蜕变

胡小平 著

当代世界出版社
THE CONTEMPORARY WORLD PRESS

图书在版编目（CIP）数据

蜕变 / 胡小平著. —北京：当代世界出版社，
2018.10
ISBN 978-7-5090-1451-6

Ⅰ.①蜕… Ⅱ.①胡… Ⅲ.①长篇小说—中国—当代
Ⅳ.①I247.5

中国版本图书馆CIP数据核字（2018）第207077号

书　　　名：蜕变
出版发行：当代世界出版社
地　　　址：北京市复兴路4号（100860）
网　　　址：http://www.worldpress.org.cn
编务电话：（010）83908456
发行电话：（010）83908409
　　　　　（010）83908455
　　　　　（010）83908377
　　　　　（010）83908423（邮购）
　　　　　（010）83908410（传真）
经　　　销：全国新华书店
印　　　刷：北京盛彩捷印刷有限公司
开　　　本：710毫米×1000毫米　1/16
印　　　张：26.5
字　　　数：390千字
版　　　次：2018年10月第1版
印　　　次：2018年10月第1次
书　　　号：ISBN 978-7-5090-1451-6
定　　　价：59.00元

- 序 -

　　记得前些年胡小平的文学创作主要是散文，2008年湖南省作协还曾高规格举办过他的散文作品座谈会。近年来，他文学创作的重点转向了小说，且已渐趋成熟，陆续发表了《大泥鳅小泥鳅》《引资》《担当》《追梦》等十余个中篇小说及一系列短篇小说，出版了长篇小说《催收》（2014年度湖南省作协重点扶持作品）和中篇小说集《钱去哪了》，在金融文学界引起了热烈反响。《金融时报》做过他的专访，中南大学文学院、湖南省作家研究中心还就他的金融小说做了课题研究，形成了科研成果。2012年，他的中篇小说《王老二和两张假钞》荣获中国第二届金融文学中短篇小说一等奖；2016年他的短篇小说《信任》获中国金融作协征文大赛小说类一等奖；2017年他的《催收》获得中国第三届金融文学长篇小说奖。他是中国作协会员、中国金融作协理事、湖南省金融作协副主席，毛泽东文学院签约作家，已发表、出版了作品350多万字，十分难得。

　　继《催收》之后，胡小平又创作了长篇小说《蜕变》。《蜕变》（原名《惊梦》）是湖南省作家协会评选出的2017年度四个作家定点深入生活项目之一，以弘扬诚信和担当为主题，以企业的兴衰转化为载体，以企业的债务纠纷为线索，讲述了改制不久的江北冶炼公司与濒临破产的岳北煤化厂因多年的货款纠纷引发司法介入，由于两家企业的特殊背景和复杂的关系，加上情报不准确、信息不对称，致使法院的执行又一次落空，且冶炼公司想趁机金蝉脱壳，将债务转嫁给了银行，银行从协助执行演变成了被执行对象……几经曲折，伴随着社会的变化和人的思想的转变，峰回路转，执行终止，银行风险得到化解，煤化厂的改制得以实施，因诚信欠缺而面临着产销下滑、高管双规、银行借贷困境的冶炼公司也开始重塑形象，走向新生。这一系列的演变、转变、改变，也正是企业或个人蜕变的过程。而这蜕变又是多么纷繁复杂，来之不易。这正是小说的深沉和深刻、精彩和成功之处。

诚信与担当是身处金融行业的胡小平一直关注、倾力表现、热情弘扬的重大社会命题。他通过错综复杂世相和守法、执法的艰难进程，细致描写了我们社会重建诚信之路的坎坷、曲折与必要、必然，展现了人性的真善美，显示了社会在改革中进步的坚实步履。《蜕变》是一曲改革和诚信的赞歌，弘扬和传递的是正能量。

小说题材新颖，内容丰富，笔触深入到企业、银行及百姓个体之中，向读者展现了一幅幅宏阔的社会画面，也描绘了一个个细微的生活场景；作为一轴时代画卷，结构精巧，脉络分明，以债务纠纷作为主线推动故事的发展，同时让企业与企业之间、企业与银行之间及企业、银行内部之间等多对矛盾时而与主线平行推进，时而相交缠绕，错综复杂，跌宕起伏，引人入胜；叙述流畅，细节逼真，让读者有身临其境之感；语言精当朴实，生动活泼；人物个性鲜明，张明亮、成大为等众多人物跃然纸上。

小平说，他还将创作第三部金融题材的长篇小说，构成他的金融小说三部曲。对此，我满怀期待！

是为序！

龚旭东[1]

2018年2月8日 于长沙

---

[1] 作者系湖南省作协副主席、著名文艺评论家、茅盾文学奖评委。

- 目 录 -

CONTENTS

引　子

张明亮低着头，摸着下巴，在地上踱着。

何小年一脸欢喜地跑进门来，说冶炼公司贴现的手续都已办妥，只等张明亮签个字就好了，又说万长花在营业厅等着，要马上赶回江北去，公司有人在等她。张明亮接过何小年手上的合同、凭证等，浏览一遍，稍一犹豫，在审批栏上签了名，又在日期栏填上"2005年3月10日"。何小年拿了资料，一溜烟下楼去了。

两只鸟儿在窗前枝头唱着悦耳的歌曲，欢快地蹦来蹦去，跳上跳下。张明亮走到窗前，学着鸟儿的鸣叫，逗着鸟儿。鸟儿偏着头，逗了逗他，"吱"的一声，比翼飞向小河对面去了，也牵走了他的目光。望着对面小河边那绿了的堤坡、红了的桃树，张明亮情不自禁地吟诵起了"东风好做阳和使，逢草逢花报发生"的诗句。

随着车子的颠簸，万长花正想着手上的承兑汇票怎么分配，谭顺义来了电话，问她在哪儿。她说在从青山回江北的路上。谭顺义问她去青山干吗，她说来贴现。谭顺义"哦"了一声，说晚上请她吃饭。

就在谭顺义跟万长花打电话的同时，于小财在煤化厂门口碰到了孔大华，说好几个月不见了，江北那边是不是有什么新情况；孔大华说没有，都有一段时间没跟那边联系了。于小财叹息着进了厂。孔大华开动了车子，可才走几百米又停了下来，拿起手机，打了谭顺义的电话。

张明亮做梦都没想到，就这么一桩普通的业务，却潜藏着一系列错综复杂的矛盾，引发出一连串惊奇曲折的故事……

第一章

眼皮跳了一下，又跳了一下……

张明亮放下笔，扯了扯眼皮，又揉了揉眼睛，侧过头，看到了窗前玉兰树上那白里透绿的花苞，看到了两只在玉兰树上跳跃着的小鸟……看着窗外一片盎然的春意，想着支行蒸蒸日上的业务，他刚才那莫名的不安一扫而光，心情也跟着明媚起来。

H行青山支行成立较晚，但发展迅速，经过十来年的追赶，存贷款已达到一定的规模，在青山同行业之间虽然还不是名列前茅，却大有后来居上之势。特别是银行股改之后的这一年多里，业务增长更是突飞猛进，存贷款当年的增长量已稳居青山同业之首。上个月，副行长何小年又揽进了江北冶炼公司这个大客户。公司在支行开了户，贴了现，存了款，又质押开了银行承兑汇票，带来了多方面的业务和收入，还将……

"张行长！"张明亮正想着下一步怎么服务好冶炼公司，扩大公司在支行的业务品种和份额，猛然听到一个陌生的声音从办公室门口传来，忙扭头一看，只见一个戴着眼镜、穿着法官制服的中年男子径直走了过来，不等他说话，就指着后边一个同样穿着法官制服、面容清朗的高个中年男人说："这位是我们岳北中院执行局的刘志高副局长，也是冶炼公司货款拖欠案件执行组的组长。"又指着刘志高旁边一个又矮又瘦的四十岁左右的男人介绍道，"这位是煤化厂财务科的于小财科长。"

张明亮扫视着众人，有点莫名其妙。

"张行长，这位是我的同事成大为，也是本案的现任主办法官。"刘志高指着戴眼镜的法官，朝张明亮点了点头。

张明亮忐忑着站了起来，忙着让座，递烟，倒茶。

"张行长，我们今天来，是要请贵行协助我们法院，将冶炼公司拖欠煤化厂的货款执行到位。来之前，我们已经做好了充分准备，我的同事屈光宗法官正在楼下……"

过道上传来一阵急促的脚步声，成大为扭头一看，忙问出现在门口的来者："屈法官，怎么，这么快就执行好了？"

"还没有。"屈光宗喘着气，扬了扬手上的扣划通知书，"营业部的人说，要扣划那笔钱，必须找行长签个字！"

"那好，张行长，就麻烦你签个字，配合我们执行公务！"成大为说着，将扣划通知书递给张明亮。

扣划通知书上写着要扣划走冶炼公司在支行1号账户上的420万元和2号账户上的110万元，全部划到煤化厂的账户上去。

张明亮看着扣划通知书，心底一惊，但随即又镇定下来，将通知书放到茶几上，说："这个字我不能签。"成大为忙问为何。屈光宗一把抓起通知书，往张明亮手上一塞，要他别啰唆，快点签。

"刘局长，对不起，今天你们恐怕只得白跑一趟了。"张明亮看着刘志高，忐忑道。

"是吗？"刘志高眉毛微微一挑，"为啥？"

"是这样。这冶炼公司的2号账户是一个活期账户，是公司用来接收进账，再转为定期存款的过渡账户，偶尔也用来对外支付，一般情况下账户上是不滞留资金的。1号账户是定期存款，钱都是从2号账户上转过来的，是冶炼公司开出银行承兑汇票的质押存款。"张明亮欠了欠身子，往刘志高那边挪了挪，"刘局长，你肯定也知道，质押款是不能扣划的，所以，今天这个字我真不能签。"

若有所思的刘志高摸着下巴，脸上掠过一片阴影。

"张行长，什么质押不质押，我可不管，只认冶炼公司。"于小财敲了一下茶几，"那账户上写的都是冶炼公司的名字，那钱就是冶炼公司的，我们就得拿走！"他看着刘志高，"刘局长，我看张行长不签字，那就是拒不配合法院执行公务，也就是抗拒法律。我请求你对他采取适当措施！"

屈光宗看一眼刘志高，又看一眼成大为，说："这事可不能卡在这里，如果拒不签字，是可以采取必要手段的。"

刘志高瞟一眼于小财，翻一眼屈光宗，撑着扶手站起来，冲张明亮挥了一下手，请他一起去楼下看看。

刚才，成大为他们到达支行后，立即兵分两路，一路由刘志高率领直接与张明亮碰面，另一路由屈光宗带领到支行营业厅执行款项扣划，以防泄漏信息，转移资金。

"请你们都立即放下手中的工作，马上站起来！"屈光宗走到柜台跟前，边说边严肃地指点着，"我们是岳北法院的，请你们配合我们执行公务，不得走动，不得接打电话！"

刚办完一笔业务的柳叶青不知道发生了什么事，一时懵了。她边缓缓站立起来，边扫视着屈光宗等人。齐小红漫不经心地最后一个起身，若无其事地歪站着，斜看着屈光宗。

屈光宗似乎感觉到了齐小红的不屑，却又不好发作，只好从包中拿出扣划通知书，挺直身板，递给柜台里的柳叶青："这是扣划通知书，请你马上扣划，不得延误！"

柳叶青接过通知书，看了看，朝屈光宗伸出手，礼貌地请他出示证件和文书。屈光宗愣了一下，掏出自己的证件，又让郭大宝和曹二喜将证件和文书拿了过来。柳叶青双手接过，一一核实验看后，边还给他们边说："屈法官，谢谢您，证件和文书我都核验过了，没问题，不过要扣划这质押款项，就要行长在这通知书上签个字才行。"

屈光宗眉头一皱，愠色随即上了脸。

"法官同志，得辛苦您去楼上走一趟，找张行长签个字。这笔质押款，没有他签字，谁也不敢让划走！"一直斜倚着桌子，两手抱在胸前，似在看热闹的齐小红朝屈光宗笑了笑道："不好意思，也请你配合一下我们的工作。"

屈光宗横一眼齐小红，又嘱咐了郭大宝两句，转身小跑着上楼去了。

郭大宝举着小摄像机走到曹二喜身边，耳语了几句。曹二喜点了点头，从手提包里取出一份盖了章的空白查询通知书，又对照一个小本子填写好了，交给柳叶青。柳叶青接过一看，暗自笑了，再打开冶炼公司的账户一查，心又揪了起来。

平时热闹的营业厅，此时显得有些冷清，只有郭大宝等人站在柜台跟前，催着柳叶青快点查询冶炼公司账户上的存款。

"好，查到了。"柳叶青看了看查询通知书，放到柜台上。

"1号账户存款余额420万，是银行承兑汇票的质押存款。2号账户户名与账号不符，经查没有冶炼厂这个户名……"捧着查询通知书，曹二喜一下愣住了。

"怎么啦？"一旁的郭大宝一把抢过查询通知书，数落着曹二喜，"你呀，怎么把冶炼公司写成冶炼厂了呢？"曹二喜一看，果然是自己写错了，连忙在查询通知书上做了更正，递回给柳叶青。

此时，张明亮陪同刘志高等人从楼上下来，进了营业厅，往柜台走来。

"查好了。"柳叶青将查询通知书递给曹二喜。

"不对呀，怎么只有几千块钱了呢？"曹二喜嘟囔着。

查询通知书在屈光宗等人手上传递着。

"九点半时钱还在账上，现在不到十一点，钱怎会就不见了？"成大为不解地问身旁的屈光宗。

"没错，九点半的时候，账上确实是有110万的。"屈光宗盯着柳叶青，

"肯定是有人做了手脚，转移了资金！"

"小柳，这是怎么回事？"张明亮严肃地问柳叶青。

"我可全是按照他们的要求做的，一直在好好地配合他们，别的什么都没做。"柳叶青一脸的委屈，边说边站了起来，"你要不信，那要他们放录像来看就是，反正他们是录像了的。"

"九点半的时候钱还在，这你怎么解释？"屈光宗说着敲了敲柜台。

"屈法官，刚刚才查询完，你又是怎么知道九点半钱还在账户上？"张明亮问。

"这……这不用你来管，我们自然知道。"屈光宗岔开话题，"我们来执行自有道理，你只管配合执行就行了。"

"难道我们还配合不好？"张明亮盯着屈光宗，"你还要我们怎么配合？"

"怎么配合？"屈光宗将手一挥，"将钱划走！"

张明亮头一昂说："那不行！"

见僵持不下，在一旁眯着眼睛看着的成大为走过来，对张明亮说："张行长，那就这样，暂且不说转移不转移资金的事，就先将1号账户的款项扣划了吧！"

"成法官，1号账户的是质押款，不能扣划！"张明亮说得斩钉截铁。

成大为轻轻地摇了摇头，看一眼刘志高，不说话了。

早上，成大为等人开着车一进入双江市地界，便给双江中院执行局的副局长吴启东打了个电话，告诉他今天要去青山县执行公务，将冶炼公司在银行的存款扣划给煤化厂。吴启东在电话中客套了一番，表示会全力支持，并通知了辖内青山法院执行局的伍兴国副局长，请他具体配合。

昨天，成大为从于小财口中得到情报，说冶炼公司在青山的银行有账户，有存款。他立马报告了局里，局里又请示了院里，院里决定由刘志高带队前来执行。成大为本想这回情报准确，又是出其不意，到了银行再快刀斩乱麻，速战速决，准能把冶炼公司拖欠煤化厂的全部货款执行到位，也好了却一桩心事，这么多年的心血和辛劳没有白费，没想到半路上冒出来一个什么质押款，转眼间煮熟的鸭子又飞了，弄得铩羽而归，下不了台面。

刘志高瞟一眼成大为，轻轻一声叹息，要屈光宗将1号账户冻结了。屈光宗愣了愣，从曹二喜手上拿过冻结通知书，白了对方一眼，嘟哝一句，填写起来。

出了营业厅，刘志高站在台阶上，想了想，跟成大为商量着要去一趟青山法院，看伍兴国能不能有所帮助。

伍兴国此时正坐在办公椅里，有一搭没一搭地浏览着手机上的信息。清早，他接到了吴启东的电话，要他一会儿去迎接刘志高一行，尽好地主之谊。他电话里敷衍着，心里却不屑一顾。此时，他听到楼下传来的声音，走到窗前，看到成大为等人从车上下来，在院子里四处张望。他若有所思，站定了一会儿，才推开办公室的门，不慌不忙走了出去，走到一楼的大厅，看到刘志高等人正沿着台阶走上来，脸上迅速堆起笑容，伸出双手，小跑着走向刘志高。

"哎呀，刘局长，有失远迎啊！"伍兴国极尽热情地拉着刘志高，边说边往楼里走，"我们吴局长今天一大早就给我打了电话，说刘局长会光临青山，我真是太高兴了，本想去银行那边迎接，也配合一下的，可是真不巧，有个会，脱不开身。"

刘志高笑了笑，客套了几句。伍兴国将刘志高等人领进了自己的办公室，让过座，递过烟，又叫阮小芳过来倒了茶。

"刘局长，这青山县城虽然不大，就一纵两横三条主街，加上十来条七拐八弯的巷子，却是有好几百年的历史，也算是一座老县城了。这里四面环山，西北边最高的山叫青山，青山县的名字也就由此而来。这里民风淳朴，重感情，讲义气，又有习武之风。当年日本鬼子一路西进，就没打进这青山县城。为什么？就因为青山人不怕死，又齐心。"伍兴国说着故意停了一下，意味深长地笑了笑，"当然，如果你对他们好，那他们比你更讲仁义；如果你把他们逼急了眼，他们也是什么都不怕的。"

"是吗？"刘志高呵呵一笑，"看来伍局长果然是个性情中人啊！"

"哪里哪里。"伍兴国摆摆手，一拍桌子，"不过，你们也不用怕，放心就是，这里还有我呢！"

刘志高微笑不语。成大为点头说"是"。屈光宗连连说"那就多拜托伍局长了"。

今天的事的确有些蹊跷。法院的人一走，张明亮就忙把柳叶青叫到办公室，询问到底是怎么回事。

"我真的什么都没做。"柳叶青也一脸疑惑，"我第一次查询时，冶炼公司的钱确实还在，但那个法官把'冶炼公司'错写成了'冶炼厂'，我就将错就错，告知查无此账户。等我第二次查询时，账上的钱确实没了，我当时也觉得奇怪。我刚才再一查，原来就是两次查询中间那会儿工夫，冶炼公司通过网银把款划走了。"

"真有那么巧？"

"也许就是那么巧吧！"

"嗯，但愿吧！"张明亮点点头，"只是法院那边会怎么想？他们会认可吗？他们又是怎么知道公司账上有钱的，而且那么准确？他们是不是离开了青山，会不会返回来，来了又会怎样？还有，那420万虽然没划走，却冻结了，什么时候才能解冻？"

张明亮这一连串的问题像是问柳叶青，又像是自问。柳叶青一时不知从何说起，只是眼巴巴地看着他。他问："刚才吓着了没有？"她答："还真有点。"他说："正常的。"又问："如果他们再来，还怕不怕？"她稍一迟疑，说："不怕了。"

昨天，冶炼公司财务部的万长花来支行贴现了115万，临走时，她说今天还要来贴现200万，再将两笔款项一起做质押，开300万的银行承兑汇票。

此刻，万长花正在赶回江北的路上。回想一个小时前的情景，她的心还怦怦直跳。早上，她按计划到支行来办理贴现，刚走到营业厅门口，一眼看到屈光宗和曹二喜，来不及多想，掉头就跑，一上车就催着司机快点走，又赶紧打电话回去，叫公司的人马上把账户上的资金转走。屈光宗跟成大为去过江北两次，她是认识的。

司机也不知道发生了什么事，只是将车开得飞快。路面坑坑洼洼，车子颠簸得厉害，万长花的头几次碰到车顶。司机只好放慢速度。她刚想打个盹，谭顺义的电话来了，问她人在哪里。她说在回公司的路上。

"你是不是去青山了？"

"是啊，幸好我去了，要不这回公司可就遭殃了。"

"怎么？"

"在银行门口，我看到岳北法院的人了。"

"你不是说下午才去青山的吗？"

"康部长说人家催着要给钱，我就上午去了。"

"哦，这样啊。"谭顺义顿了一下，"你要早点告诉我，那多好！"

"早点告诉你？"万长花眉头一皱，"告诉你干吗？"

"哦，没什么，随便说说。"谭顺义见差点说漏了嘴，忙嘿嘿一笑，"你可别想多了，人家也是关心你嘛！"

"关心我？"万长花鼻子一哼，将手机往座位上一丢，任谭顺义一边说去。他说了几句，就喂了起来，喂了一阵也就挂了。

万长花见没了声音，拿起手机，给公司的财务部部长康水田打过去，告诉他岳北的人到了青山。康水田问资金是否安全。万长花说有惊无险。康水田说："那就好，只要不来江北，随他去吧！"

屈光宗在伍兴国的办公室干坐了一阵，见已到下班时间，看了一眼闭目养神的刘志高，又轻轻碰了一下旁边垂着眼皮的成大为，说到午饭时间了，是不是请伍兴国一块吃个便饭。歪在椅子里看信息的伍兴国一听，坐了起来，将手机往桌上一搁，有点不高兴地说："屈法官，到了青山，还要你来请吃，这不是打我的脸吗？"屈光宗一脸尴尬地支吾着。成大为抬起头，朝伍兴国浅浅一笑，说屈光宗也没别的意思，只是想表达对伍兴国的一片感激之情，又说到了青山地面上，自然得客随主便，听从伍局长的安排。伍兴国哈哈一笑，嘴上说"好"，心里却有点后悔，没想到成大为还真顺着来了。

吃过午饭，伍兴国说要回办公室处理一个事情，这边有什么事下午再说。他嘴上说要走，人却没有起身。成大为心中明白，嘴角嚅动了一下，想说请伍兴国去哪儿休息一会儿，但终究没有说出来。伍兴国扫一眼成大为他们，有点扫兴地一拍屁股走了。

成大为不停地看时间，见已是下午两点多了，便拨了伍兴国的电话，却几次都是无人接听。屈光宗坐不住了，嚷着要去找伍兴国。刘志高想了想，示意成大为去。

到了伍兴国办公室的门口，成大为耳朵贴在门上，里头鼾声迭起。他在门口站了一会儿才敲响了门。

"敲敲敲的，敲什么鬼啊？"伍兴国揉着眼睛，骂骂咧咧地开了门，一见是成大为，笑容一下就上来了，"哎呀，不好意思，昨晚加班，没睡好，刚才打了个盹。"

"实在对不起，打扰伍局长的美梦了。"成大为说着进了门。

"哪来的美梦哦！"伍兴国让成大为在沙发上坐下，点了一支烟，深吸一口，再吹出来，"哦，你们那个事呀，我刚才回来就一直在想，不好弄，难度还真大着呢！"

成大为点点头，说："是啊，所以还请伍局长多帮我们想想办法。"

"你们这个执行理由不充分啊！银行那边可是占着理的，这质押款本来就是不能扣划的哦！"伍兴国弹了弹手上的烟灰，摇了摇头，"要不就这样吧，银行就先不要去了，先传唤两个人过来问问，摸个底再说。"

成大为想了想，也觉得有道理，又给刘志高打了电话。

柳叶青是抖着手签收了自己和何小年的传票的。

张明亮一看传票，忙召集何小年和郭玉梅两位副行长一起商讨如何应对。何小年刚从吴龙江那里搞贷后检查回来，正准备去跟张明亮汇报。郭玉梅则是去了扶贫点，进门还不到两分钟，水都没来得及喝一口。

郭玉梅扯了纸巾擦了擦脸上的灰尘，说："这没什么，别理睬得了。"何小年说："还是去的好，也没什么好怕的，我们又没做错什么，相信法院也不会为难人。"张明亮点点头，又叮嘱了何小年和柳叶青一番。

尽管有了思想准备，柳叶青还是一路上不断给自己壮胆，一进青山法院的大门还是不由得有些惶恐。进了讯问室，她怯怯地扫了一眼房间正中墙壁上那庄重威严的装饰，还有成大为、屈光宗等人冷峻的表情，心一紧，两腿便哆嗦起来，手心冰凉。成大为观察着她的表情，一口气问了她几个"为什么"，问得她脑子里一片空白，直到想起张明亮的叮嘱，才慢慢镇静下来，将当天发生的事情又一五一十讲了一遍，咬定没有转移资金，1号账户的是质押存款。成大为没辙，只好让她在笔录上签字，放她走。一出讯问室，柳叶青的腿一下就软了，靠着墙站了好一阵，直到看到何小年走了过来才一提气，迎上前去。

何小年心底也不免有些紧张，胸口打着鼓，但一进讯问室的门反倒冷静了下来。他大大方方地走进去，坐好，不等成大为和屈光宗问话就一连几问，问得他们面面相觑，一时无言以对。

伍兴国摇着头，从讯问室旁边的房间走出来，在刘志高身旁坐下，笑着说："刘局长，你这事情难办呐！看得出来，柳叶青和何小年说的十之八九是实情。"

摸着下巴思考着的刘志高稍稍侧过头，看一眼伍兴国，默然不语。

"十之八九？"成大为不甘地看着伍兴国，"那还有十之一二呢？"

伍兴国面无表情地大口吸着烟，脑子里飞快地转着，想找出一个两全其美的办法，既能助岳北法院一臂之力，又不让人觉得自己胳膊在向外拐。

"好吧，那我就死马当作活马医，带你们去一趟银行！"伍兴国瞟一眼成大为，"不过，这事也得看你们的造化了。"

何小年在讯问室落座的同时，张明亮急急忙忙走进了青山县政法委副书记李永嘉的办公室。他意识到冶炼公司这件事已变得非常棘手了，有必要得到地方政府的同情和理解、支持和保护。

听了张明亮的汇报，靠在转椅里的李永嘉坐了起来，笑着说："明亮啊，看你急急忙忙的，我还以为是出了什么天大的事呢！法院要执行就执行呗，反正扣划的是冶炼公司的钱，又不是你的。你不用着急，用不着给冶炼公司去打掩护，更用不着为了冶炼公司而去跟法院对着干，对着干对你没有半点好处，只会有害无益。"

张明亮哭笑不得，只好耐心地跟他解释，说了好一阵，李永嘉才一拍额头，恍然大悟地说："哦，是这样啊！我明白了，明白了。名义上那钱是冶炼公司的，可那钱是做了质押的，就变成你们银行的了，如果那钱给扣划走，就相当于扣了你们银行的钱，损失的就是银行了，对不对？"

张明亮连连点头。

"原来是这样，那这钱还真就扣划不得了。"

"是呀，书记英明！"张明亮朝李永嘉竖着大拇指，"这事就全靠您了！"

李永嘉一拍桌子，说："好，我支持你。"

一出李永嘉的办公室，张明亮就急忙拨打青山法院副院长王才智的电话。王才智说他不在，有事找伍兴国就是。何小年的电话又来了，说他和柳叶青前脚回到行里，伍兴国后脚就领着成大为等人进了门。

张明亮走到办公室门口，只见伍兴国坐在他的办公椅上，正前后一摇一摇地晃动着。刘志高在书架前浏览着书籍。成大为站在窗前，出神地看着玉兰花苞。屈光宗靠在沙发上，高高低低地打着呼噜。郭大宝和曹二喜坐在沙发上，交头接耳地说着什么。于小财坐在椅子上，呆呆地望着天花板。

简短的客套之后，伍兴国对张明亮说："张行长，刘局长他们今天来，也没别的，全是公事公办。上午的情况我也听说了，你看这里面是不是有误会？不如你把冶炼公司的相关资料都拿出来，给刘局长他们好好看看，看冶炼公司1号账户上的钱是不是真的办了质押，2号账户上的钱今天又是怎么突然从账上消失的。反正真的假不了，假的真不了，这样也好澄清一些误会，消除一些猜忌。"

张明亮听了伍兴国的话，知道他是在和稀泥，也明白他的心思，如果资料没什么问题，那既给了刘志高他们面子，让他们有个台阶下来，也撇清了银行，给银行解了套。而如果多少有点破绽，法院又揪着不放，那银行的麻烦就来了，事情可能会越弄越大。他想，既然伍兴国已提出来要查看资料，如果不让看，显然是不行的，会让他们越发起疑心，觉得里面有问题；再想，看就看，反正冶炼公司的账目清楚，质押手续齐全，上午的查询又都有时间备注，应该不会出什么状况。这么一权衡，张明亮立即吩咐人准备好资料，请屈光宗他们去过目。

屈光宗领着郭大宝和曹二喜到隔壁看资料去了。闷坐了一会儿，成大为和伍兴国也说去看看。办公室只剩下张明亮和刘志高。

"张行长，看来你还真是一个读书人呢！"刘志高指了指书架。

"哪里，只是摆样子而已。"张明亮朝刘志高一笑，"刘局长才是英俊潇洒，精明干练。"

"过奖了。"刘志高摆摆手，看着张明亮，"张行长是本地人吧？"

"是的，祖宗八代就没离开过青山这片土地。"张明亮望着窗外，看到窗口含苞欲放的白玉兰，看到小河对岸高低错落的房子，看到远处葱郁的山峰。

"好了，现在情况也基本清楚了。"伍兴国查完资料，身后跟着面色沉郁的成大为和一脸酱紫的屈光宗，边说边走进张明亮的办公室，"1号账户上的420万款项有质押合同，也同时开出了对应的银行承兑汇票，是质押存款；2号账户上的110万在查询之前几分钟已经支付，而且支付点在异地，不在青山，更不在支行营业厅。"

张明亮微笑着看着刘志高。刘志高眉宇间掠过一丝疑惑。

"看来今天确实是个误会。不过……"伍兴国故意把声音拉长，待众人皆是一脸困惑地看着他时，又接着说，"420万虽然是质押款，110万也不是银行转移走的，但这质押不能说没有一点瑕疵；至于转账嘛，明显是有人泄漏了消息，这个人是谁？又是哪里的？"他斜着眼睛盯着张明亮。

听伍兴国这么一说，有点昏昏欲睡坐在那里的屈光宗立马打起了精神。

张明亮心下一惊，不知道伍兴国这话什么意思，下一个落点又在哪儿。

伍兴国将张明亮的神色看在眼里，起身踱了几步，又停下来，慢条斯理地说："我想啊，那420万刘局长要全部划走，还是没有充分理由；而那110万呢，你说是银行转移了吗，你也没有什么证据。至于张行长这边，你看，这样行不行？那110万的事就不说了，反正钱也不在了，又不能说你有什么过错；那420万你说是质押，但存单上写的是冶炼公司。人家要执行的也是冶炼公司，又不是你们银行，那就从420万中划走一半，这样你也说得过去，刘局长也好回去交差，可说是两全其美，各得其所。你们双方各让一步，这事也就圆满解决了。"

"那不行！"张明亮一下弹起来，"这样只是美了他们，却害了我们。"

"我也不同意！"屈光宗猛地站起来。

"对，我更不答应，那420万全部是我们的，应该都划走。"于小财嚷道。

伍兴国并不理会他们，又同张明亮商量起来："张行长，那三分之一行不？"

"不行，一分也不行！"张明亮寸步不让。

"要不，就请刘局长再让一步，只给四分之一，如何？"

"伍局长，这钱不是我张明亮的，也不是想给谁就能给谁，想给多少就能给多少的。"张明亮看着刘志高道，"刘局长，你们来执行我没意见，能配合的我都配合了。那110万已经给冶炼公司支付走了，我也没有办法。至于那质押款，我能给你吗？肯定不行。那是有规定的，这你都知道，我只能……"

刘志高摆摆手，示意张明亮不必再说下去。

"张行长，冶炼公司欠着煤化厂的钱好多年了，煤化厂早已到了破产的边缘。现在厂里人心不稳，如果这笔款不能执行回去，不仅关系到厂里职工的日子过不过得下去，而且关系到老百姓对政府的信任，关系到社会的稳定啊！"成大为说着摘下眼镜，掏出手帕擦了擦。

"是呀，张行长，这钱的关系大着呐！"伍兴国走到张明亮跟前，拍了拍他的肩膀，"你是得考虑考虑哦！"

"可是，你们都知道啊！"张明亮摇摇头，十分无奈地一摊手，"这钱不是我不给，而是真的不能给啊！"

刘志高见事情已然没有转圜的余地，起身对张明亮淡淡一笑，快步走了。成大为摇摇头，也走了。屈光宗瞪一眼张明亮，一甩手跟了上去。

快下班的时候，天下起了雨，淅淅沥沥的。屈光宗走进银行营业厅，将一页纸朝柳叶青一扔，哼一声，掉头就走。柳叶青拿起那纸一看，是一纸对支行罚款三万元的通知书，理由是妨碍执行。

车窗外漆黑一片，只有迎面而来的车灯，还有车灯照亮的雨线和车轮激起的水花。依维柯内一片静寂，只有高低起伏的鼾声。刘志高闭着眼睛，回想着这次来执行的曲曲折折。这次来执行，局里本来没人愿意来，更没人愿意当这个组长，后来听说消息确切，院里又说成功了会有奖励，这才有人抢着来。郭大宝和曹二喜就是。屈光宗本来也不在名单之中，另有任务，是争取来的，他说他熟悉煤化厂这个案子，又跟成大为两次去冶炼公司执行过。刘志高一再推脱，但院里还是坚持这回要他领头。动身之前，他还再三问过成大为，冶炼公司存款的消息是否可靠。成大为开始说应该没问题，后来又说绝对准确，可现在问题就出在这消息的不准确上。他瞟一眼旁边的成大为，不由得一声叹息。

成大为实在是太疲惫了，头一勾一点的，身体随着车子的颠簸晃动着。刘志高这一声叹息虽然不大，却进了他的耳朵。他抬起头，睁开眼睛，歉疚地看一眼刘志高，正好与刘志高的目光对上，彼此轻轻一笑。

刚笑过，成大为接到吴启东的电话，问他在哪儿。他说在返回岳北的路上。吴启东说，怎么急着要回去？他小声说，多待一天就多一天的开销，何况事情又没办好。吴启东说，他知道事情不可能那么顺利，又说去冶炼公司讨债的人多，去执行的法院也不少，公司不会没有防备。成大为说，这回麻烦的倒不是公司，关键是那个行长张明亮不好对付，软硬不吃，伍局长还做了不少工作，可他就是死咬着不松口。吴启东说，他可能确实也是有难处。成大为一声叹息，瞟一眼刘志高说，其实如果他能多少给一些，这事也就好办了。吴启东问下一步打算怎么弄。成大为说，看院里的意思再说。

屈光宗突然"啊"了一声，惊醒了迷迷糊糊、昏昏欲睡的郭大宝等人。刘志高扭头看了屈光宗一眼，没说什么。屈光宗尴尬地咧嘴笑着。坐在后排的郭大宝戳了一下他的背，问他好端端的"啊"啥子。他支吾着。郭大宝催着说。他一急说，出鬼了。曹二喜一听来了神，连问啥子鬼，在哪。成大为转过身来，盯着屈光宗。屈光宗嘿嘿笑着说没什么，没什么，说着玩的，边说边抹着额头上的汗。

刚才，屈光宗做了一个梦，梦见自己朝天上一颗耀眼的星星腾空而去，眼看就要摘到那颗星星了，却突然刮来一阵大风，吹得他一阵飘飘荡荡，最后跌落在地上。

修改完个人贷款新产品的推广总结报告，张明亮起身活动了一下手脚，走到窗前，凝视着一枝绽放的玉兰花，又揽过来嗅了嗅。

支行办公室主任杨正奇走进来，递给张明亮一封快递，说是岳北寄过来的。张明亮心底一沉，接过快递，端详了一会儿才慢慢撕开封口。

信封里装的是一份判决书和裁定书，写着要支行追回2号账户上的110万，并连同1号账户的420万在限定时间内划到指定账户，否则支行将承担相应的民事责任。

"怎么会是这样呢？"张明亮一手拿着判决书，一手拿着裁定书，双手都在抖着。

"这么快？"杨正奇屈指一算，"他们回去才三四天啊！"

"这真是天大的冤枉！"何小年一脸铁青。

"哼，当初就不该对他们那么客气！"支行保卫部主任叶斌一拳砸在桌上。

"真是岂有此理！"郭玉梅一拍桌子，"别怕，就当没收到，不理它得了！"她抓起判决书和裁定书就要撕，可刚撕开一道小口子就停了下来，往桌上一丢，瞟一眼张明亮，转身就走。

张明亮要何小年等人也不用着急，各忙各的事就是了，自己却心急如焚地找李永嘉当面汇报去了。

李永嘉放下裁定书，说成大为他们这样是没道理的，对张明亮表示支持，又建议他去找一下王才智或伍兴国，向他们咨询一下，看该怎么办。张明亮来到王才智的办公室门口，耳朵贴到门上细听，隐约听到里面有说话的声音，便边敲门边喊着王院长，见没有回应，只好打他的手机，被告知正在开会，要他去找伍兴国。他本不想去找伍兴国，可下了楼，到了大门口，转念想了想，还是掉头上了楼。

听到敲门声，倚窗看风景的伍兴国转过身，一眼看到站在门口的张明亮，夸张地伸着手，大步迎上来。

"伍局长，打搅了！"张明亮接住伸过来的手。

"哪里哪里。"伍兴国让张明亮在沙发上坐下，自己再往椅子里一靠，哈哈一笑，"张行长该不是问罪来了吧？"

"岂敢岂敢！"张明亮连连摆手。

"张行长，前几天你是不是觉得我偏袒刘局长他们啊？"伍兴国斜看着张明亮。

"没有，没有。"张明亮虽然心里不是这么想，可嘴上还得这么说。

"前几天我表面上是在帮他们说话，实际上是在暗中保护你们。"伍兴国看着张明亮，"我就知道你是不会松口的，也就说了几句便宜话给他们听听。这你该都知道吧？"

"知道，都知道。"张明亮边点头边拿出岳北法院寄来的判决书和裁定书，"伍局长，这是岳北法院寄来的，李书记要我来请教你，请你帮我出出主意。"

伍兴国扫了一眼那几张纸，往椅子上一靠，闭上眼睛，摇了一会儿，睁开眼睛，叹口气说："张行长，可不是我吓唬你，你摊上大事，摊上大麻烦事了哦！"

张明亮心头一坠，看着伍兴国。

"哎呀，你看这事现在弄成这个样子，我可是没想到的啊！"伍兴国在地上走着，"哎，张行长，现在回过头来看，你当时要是听了我的建议，给他们四分之一或是五分之一，也就几十万，那这事就没有了，那多好，可你死活不同意。"

"可是，那钱是付不得的，要能付我也就付了。"张明亮苦着脸，"再说，就是付了，只怕他们也不会罢休。"

"可是就因为你不付，才弄成了现在这个样子啊！看煤化厂的人那个架势，那可不是开玩笑的，也不再是几十万能放手的了。"伍兴国一声叹息，瞟一眼张明亮，"晚了，晚了，现在是说什么都晚了哦！"

"这……"张明亮搓着手，"那现在我该怎么办呢？"

"你问我？"伍兴国指一下自己，"我又问谁呢？"

"伍局长，你就别谦虚了。"张明亮看着伍兴国，"谁不知道你是青山，乃至双江，在执行方面的专家，又敢说敢做，敢做敢当，还最讲义气，最……"

"好好好，你就别夸我了。"伍兴国压压手，"谁叫我们同喝青山的水，同吃青山的饭呢？谁叫我们是好朋友、好兄弟呢？"

"那是，那是。"

"我看，这事也只能这样。"伍兴国在椅子上坐下，"你们尽快向那边提出书面异议，争取撤销判决和裁定，但这只怕是不容易的，可以说希望不大。据我所知，这个案子的背景很复杂，涉及面广，只怕是……"他不说了，只是摇着头，脸上一副无可奈何的神情。

听他这么一说，再看他这神情，张明亮心中又是一紧。

走出伍兴国的办公室，张明亮马不停蹄地赶去双江，面见分行行长周大新。

"怎么会这样呢？"周大新放下判决书和裁定书，眉头深锁地在地上踱着，踱了一会儿，打了分行法律顾问宋广元的电话，请他马上过来。宋广元说正好在这附近办一个案子，十分钟内赶到。

"这还真有点怪，也不好办啊！"宋广元捋了捋胡须，"凭我的经验，一般的案子如果真到了罚款阶段，基本也就结案了。这次岳北法院不仅顶格罚了款，又下了判决书和裁定书，而且速度之快、措辞之硬，如果没有背景，没有后盾，或是不到万不得已，他们也是做不到的，或是不会这么做的。我干了这么多年，也很少碰到。看来，岳北法院这次不执行到位不会罢休啊，你们只怕得有充分的思想准备才行。"

张明亮听着宋广元的分析，又想起伍兴国的欲言又止，背上陡地一阵寒气袭来。

"这事应该是一个连环套，弄不好会是步步紧逼，难以收拾。当然，如果这一步挡住了，或是化解了，那后面就没有了，也就化险为夷，转危为安了。"宋广元喝口水，"问题是，现在银行已经处在了煤化厂的对立面，煤化厂会认为是银行挡了他们的路，会将不满和怨恨发泄在银行身上，也无疑会向法院施压，逼迫法院加大执行的力度，而这个问题的始作俑者冶炼公司又躲得远远的，不来露面。这样一来，事情无疑会变得更加扑朔迷离。"

张明亮长长地叹了一口气，忧心忡忡地看着宋广元。

"这事确实有些蹊跷，不同寻常啊！"宋广元捻着胡须，两眼望着窗外。

"是呀。"张明亮站了起来，"我就纳闷，冶炼公司的420万存上还不到一个月，而那110万是他们到青山的昨天上午才进的账，他们怎么知道得一清二楚？那110万没有被划走，算是万幸了。"

"这万幸是对冶炼公司而言，对你们而言那就是祸了。"宋广元看着张明亮，"也许他们拿到了那110万就回去了，不再找你的麻烦。"

"那也未必。我觉得他们就算是拿到了那110万，也还会盯着那420万，不会轻易放弃。"张明亮看一眼周大新。

"嗯，也是。"宋广元点点头。

"还有一个让我纳闷的事，就是成大为明明知道那两笔钱是怎么回事，却还要下这样的判决书和裁定书。"张明亮看看宋广元，再看着周大新。

"不难看出，岳北法院也有急于替煤化厂把冶炼公司欠的钱执行到位，好安抚煤化厂的人心，维护社会稳定的用意。"宋广元起身走了两步，"我想，他们应该不是不知道质押款不能扣划，也许是出于某种需要，拿这作为一种手段、一条途径，也许还有许多东西，你们不清楚，我更是不知道。"

张明亮长长地叹了一口气，看一眼周大新，欲言又止。

一直坐在桌前，边听宋广元和张明亮说话边思考着的周大新站了起来，说这个事不能掉以轻心，支行和分行都得高度重视，等下他去找市政法委肖洋副书记汇报，请他出面，让双江法院或青山法院先与那边协调一下，又说这事得成立一个工作小组，由分行赵万隆副行长牵头，张明亮和宋广元都参加。张明亮和宋广元对视一眼，都点头说好。周大新踱了几步，说支行要尽快向岳北法院提出异议，申请复议。张明亮自告奋勇，说他明天就去。周大新看了看张明亮，说让何小年去就行了。张明亮认为还是他本人去好，也应该他去。周大新赞赏地点点头，看着宋广元，说还得辛苦他一起去才好。宋广元说没问题。周大新要他们抓紧准备，后天上午出发，又嘱咐他们要多个心眼，见机行事，多商量，妥善应对，也不要有太大的心理压力，尽力就行了。

送走张明亮和宋广元，周大新见窗外已是暮色四合，便开了灯，摘下眼镜，在办公桌前坐了好一会儿才回家。他担忧此去岳北的结果，更担忧张明亮的安全。张明亮是他一手培养起来的干部，欣赏他的忠诚和担当、敏捷和勤奋。

张明亮拖着疲惫的身躯回到家的时候，妻子李颖正坐在客厅的沙发上看着杂志，见他进了门，忙迎上来接过他的提包，喊着在房间做作业的女儿张倩出来吃饭。

"说了要你们先吃的呀，怎么还等着，早饿了吧？"张明亮边说边在桌前坐下，"你看，饭菜都早凉了吧？"

"我刚又热过一遍。"李颖给张明亮夹了一筷子菜，"你说回来吃饭，倩倩就一直等着你呢！"

"是啊，爸爸在家，饭都吃得更香。"张倩端起碗就大口往嘴里扒饭。

"哟，跟我吃就不香了？"李颖嗔一眼张倩，给她夹了一块鱼。

"也香，一样香呢！"张倩吃一口鱼，"嗯，真香啊！"

"慢点，别噎着。"张明亮慈爱地看着张倩。

"你们都看着我干吗？"张倩闪着清亮的眼睛，来回看着父母，"我又不是什么观赏动物，有什么好看的呀！"

"嗯，我们倩倩比小熊猫还可爱呢！"张明亮抚摸了一下女儿的头。

"是吗？"张倩灿烂地笑着。

"好了，快吃吧！"李颖给张倩夹了一筷子菜豆，"作业还没做完吧？"

"快了，就剩一点点了。"

"嗯，不错。"李颖点下头，"等下还去练琴不？"

"去，做完作业就去。"张倩边吃边说。

吃过饭，做过卫生，李颖见张倩上楼去老师家练琴了，刚要问张明亮事情怎么样了，住在楼下的何小年就进了门。

"张行长，那事我一直在纳闷，可就没琢磨出来。成大为他们是怎么知道冶炼公司在我们这里有钱的，还那么准？"何小年接过李颖递过来的茶，抿一口，"这几天我又对我们的员工一个一个仔细排查了，谁也不像是跟成大为他们有联系的人，更看不出来哪个干了这样吃里爬外的事。问题肯定是出在冶炼公司那边。我们得好好跟康部长说说，别到时候怪我们。"

张明亮和何小年想到一块了，就让他跟冶炼公司反映一下情况，看对方有什么反应。何小年点点头，说干脆明天一早就去冶炼公司看看，又说岳北法院那边还是主动应对，过去一趟为好。张明亮说，周大新已经布置好了，他和宋广元一起过去。

"那不行，你去风险太大，还是我去更合适。"何小年说着掏出手机，要打周大新的电话。

"不用打了，这是我们商定好了的。"张明亮拿下何小年的手机，"我理解你的想法，也谢谢你的好意。你放心，我不会有事的。"

"哎，你还真要去？"何小年一走，李颖就问张明亮。

"我不去，那谁去啊？"

"何行长不是说他去吗？"

"他说去，那是他的一种姿态，但这个事还是我去最合适。我对情况最清楚，对成大为他们也有所了解。在这个时候，这样的事情，我不想让别人去冒这个风险，吃这个亏。再说我是行长，遇事就要冲锋陷阵，担起这个责任。"张明亮指着李颖，"你笑什么？我这可不是唱高调，只是觉得应该是我去的好。"

"好，你有境界，有担当！"李颖偏着头，看着张明亮，"那你就不怕？"

"怕什么呀？"

"岳北那些人在青山都这么横，你到了那边，那还不是他们碗里的菜、嘴里的肉？"

"哎呀，没那么可怕，不用担心。"张明亮拉着李颖的手，"有你在，我会没事的。"

李颖不再说什么，只是深情地看着张明亮。她了解张明亮，知道他打定的注意是不会更改的，唯有在心里为他祈祷，希望事情能够顺利解决。

冶炼公司在县城边上，现在是江北县的纳税明星企业。何小年对公司其实也算不上什么了解，只是知道公司的前身就是冶炼厂。

大门左右分别挂着冶炼公司和冶炼厂的牌子，只是冶炼公司的牌子宽阔高大，阳光下金光闪耀，而冶炼厂的牌子陈旧破败，蒙满灰尘，还张着大小几个蛛网。

冶炼公司这边开阔洁净，人来人往，一派兴旺，而冶炼厂那边杂草丛生，一座废弃的小高炉躺在地上，一片萧条。

何小年一早就迫不及待地来了江北，本想先找万长花，却在门口碰到了康水田。一见何小年，康水田笑呵呵地拉着他的手就走，说公司如今已是今非昔比，带他去车间看看，感受一下公司的新变化、新气象、新面貌。

康水田边走出车间边对身旁的何小年说，公司计划再用两年的时间，实现生产和销售翻番，如果到时候有资金方面的需要，还请何小年支持一把。漫不经心的何小年望着那座废弃的小高炉，说目前钢铁行业已经属于产能过剩和三高行业，上头对钢铁行业总体的授信原则是适度控制，特别是地方小钢铁，要新增贷款，只怕是有点难度。康水田哈哈一笑，说何小年小看公司了，公司虽然属地方钢铁的上游企业，与地方钢铁有着紧密的关系，但公司并不只是给地方钢铁供货，而且规模并不小，现在又红红火火，产销两旺，说不定哪天大大小小的银行都来抢着要给公司贷款，公司还不想要呢！何小年也笑了笑，说但愿吧！

"哎，何行长，我就在想，同样是在这块土地上，同样是那些人，设备也基本上是那些设备，可过去和现在，大家的心思就不一样，干劲也不一样，人都好像变了个样。"康水田指了指两个推着小矿车在跑的工人，"你说这是为什么？"

何小年摇摇头，又朝那两个工人笑了笑。

"我想来想去，觉得就两个字。"康水田伸出两个指头，晃了晃，"那就是改革，改革，再改革。这改革可不得了，力量真大。你看，过去大家觉得是给厂里干，是给厂长干；这一改，大家就觉得是给自己干，给家里干了。"

何小年皱了一下眉头，说："是吗？有那么神奇？"

"那当然啊！"康水田眉毛一扬，"你是不知道，当初改革的时候，不少的人还想不通，有意见，有的还暗中阻挠，搞破坏，个别的还跟田董事长拍桌子，对着骂，甚至追着他打，要拼命……要不是他横下一条心，硬是把改革坚持了下来，哪有公司的今天，哪有……"

"哪有你这样的人哦！"从后面悄悄绕过来的万长花戳了一下何小年的背，再闪到他的面前，"到了公司也不跟我说一声，哪有你这样的老同学啊？"

万长花跟何小年是中学同学，只是好多年没联系了。从冶炼厂改制为冶炼公司以来，冶炼公司在江北本地银行的账户就有的被查，有的被封，资金不安全，成了万长花头痛的一个事情。两个月前，万长花偶然听说何小年在青山H行当副行长，便跑过去，心想一来认了同学，日后有什么也好多个帮衬，二来正好去青山开一个账户，既便于在青山的业务往来，也多一个资金融通和进出的通道，反正江北离青山就几十公里，个把小时的车程。那天上午，万长花一见何小年就说给他送人来了，也送业务来了。何小年见万长花身材还是那么曲凸有致，眉目还是那么顾盼传情，又说特意过来开户，以后还会来存款、贴现什么的，自然是喜出望外，拍手说好。

何小年嘿嘿笑着，正要和万长花客套几句，只见前边有三男一女朝这边跑了过来。

"康部长，那钱都欠了好几年了，您就行行好，多少给一点而吧！"最先跑过来的那个中年男人边说边朝康水田作着揖。

"是啊，你要是再不给，我那个小厂就撑不下去了，我……"一个中年女人说着就跪了下去，磕起头来。

"哎呀，早就跟你们说了，欠你们钱的是冶炼厂，不是冶炼公司，你们去找冶炼厂要啊！"康水田后退两步，极不耐烦地甩手走了，见要账的几人紧随其后，又忙小跑起来。

万长花望着小跑着康水田，眉头一蹙，随即又笑容绽放，转向何小年，殷勤地招呼他上了楼，进了她的办公室。不待坐定，有人给万长花送来一份快递。她看了看寄件人，封口都没撕，便往桌上一扔，眼皮往上一翻，说："哼！又是法院寄来的，不用打开我就知道是什么！"

"习以为常了吧？"何小年笑道。

"看你说的。"万长花嗔一眼何小年，"我也只是按照康部长说的，随他怎么折腾，反正不理他得了。"

"可是你不理他，他会来找你哦！"何小年喝口茶，"你就不怕来强制执行？"

"那也没什么怕的。不瞒你说，这两年，在冶炼公司，来执行的还没几个得手的。为什么？我告诉你，冶炼公司可是江北的重点保护单位。"万长花有几分得意和自豪地头一甩，"我跟你说，那个岳北法院算是够厉害的了吧？他们前前后后来过N次了，可每次都是一分钱也没拿到的。没错，我们是欠了煤化厂的钱，可煤化厂和法院也太那个了……"

"太什么？"

"这可不是三言两语说得清的。一句话，他们也太不讲道理。说起来，那天还幸亏我上午去了青山，要不那110万肯定是没了。这也是天意。"万长花喝口水，"哦，那事现在怎么样了？没什么大问题了吧？"

何小年叹口气，故意停了一会儿才说，现在麻烦来了，问题大了。万长花睁着眼睛，问怎么了。何小年说，要罚支行3万，并限期追回那110万，连同那420万一齐划过去，否则就要如何如何。万长花一听，先是一惊，眼睛睁得溜圆，接着是怒，抓起不锈钢茶杯猛地一墩，之后又呵呵笑了，说"还有这样的事"。何小年也不说话，只是微笑着盯着她。

"哎，你老盯着我干吗？"万长花边说边擦着桌上的茶水，一脸尴尬。

"没别的，就想从你身上看出点什么来。"何小年微笑着盯着万长花，"我想你也许知道，他们是怎么知道公司在我们支行有存款的。"

"我……我怎么知道？"万长花一下弹了起来，"你可别冤枉人啊！这几天，我还在琢磨着这事，怎么就那么巧呢！"

"那可不只是巧，肯定是有人泄漏了信息。"何小年边说边手指轻轻点击着桌面，不时瞟一眼万长花。

万长花突然"哦"了一声，举了一下手。何小年忙问，怎么了。万长花想到了谭顺义，想起了那通莫名其妙的电话，却又摆了摆手说，"没什么，没什么。"

"哎，你要是知道什么，那可得告诉我。"何小年走近万长花，"现在我们已经拴在一条绳上了，如果银行有损失，意味着你们公司也是有损失的。"

"什么损失啊？"康水田说着大步走了进来。

何小年把收到法院判决书和裁定书的情况跟请康水田说了，请他跟煤化厂和法院那边解释一下，商量着把问题解决了，别让银行夹在中间难受。康水田说这都是冶炼厂的事，跟冶炼公司无关，公司可没为难银行，为难银行的是煤化厂，是法院；又说这事他也没办法，只能让他们来江北。万长花皱了皱眉头。康水田拉着何小年的手，要请他吃饭。何小年谢绝后，回青山去了。

在回青山的路上，何小年想了许多，越想越后悔当时不该轻易接下冶炼公司这个客户，因为自己对冶炼公司并不了解。

送走何小年，万长花急忙叫谭顺义在江边一个僻静的小茶楼里见面。一见谭顺义，万长花就火了，指着他的鼻子，开门见山就问："姓谭的，你最好老老实实告诉我，你是不是知道公司在青山的存款情况？是不是你给煤化厂那边通风报信，把公司在青山那边的存款情况告诉了他们？"

谭顺义一听，一个激灵，本能地摆手，说："哎哟，我的姑奶奶，你就是借我一万个胆子，我……我也不敢呐！"

"你还不承认？！"万长花眯着眼，一副了然于胸，只等他招认的表情。

"我是……是不怎么知道。"谭顺义咽了一下口水，"就是……就是上次我去你办公室，见你正在填账目，我就偷偷记下了。当时我还在想，公司真是钱啊，一笔就存了四百多万……"

"你晓得个屁！"万长花啐了一口，"那笔钱是我们开承兑汇票做质押的存款，在质押期内，那钱名义上是我们公司的，实质上是银行的，汇票到期时，如果我们公司用别的钱去还了，那钱就还是我们公司的；如果没有，那钱就被银行扣收了，没有了。"

"哦，原来是这样的啊！"谭顺义点点头，"你要不说，我还真是不知道。"

"还有，我们在青山的那110万，你又是怎么知道的？"万长花盯着谭顺义。

"我的姑奶奶，你可真是贵人多忘事啊！"谭顺义喝口茶，"那天我说请你吃午饭，你说要去青山，没时间；我问你去青山干吗，你说去贴现；我问有多少，你开始不说，后来总算说了，还说第二天还要去青山办贴现的。"

"那我再问你，是不是你把我们在青山存款的消息通风报信给了煤化厂？"万长花后悔自己当时不该多嘴。

谭顺义屁股往后挪着，缩着身体，不敢直视万长花。

"到底是不是你？"万长花一拍茶桌，指着谭顺义声色俱厉地问他。见抵赖不过了，谭顺义只好吞吞吐吐地承认。万长花一听，气不打一处来，端起眼前的茶杯将茶水朝谭顺义脸上泼过去。谭顺义忙出手来挡。

"你这个吃里爬外的狗东西！"万长花骂着起身就走。

谭顺义忙一手拉着万长花的衣袖，一手抹着脸上的茶水，可怜巴巴地说："等等，长花，我……我也是为了你呀！"

"为了我？"

"是啊，我就想多赚点钱，到时候让你住好房子、开好车子，有……"

"有有有，有你个鬼嘞！"万长花喘着气，指着谭顺义，"你如实告诉我，这一切到底是怎么回事？"

"我离开厂里以后，利用原来搞供销的一些关系，做起了贸易。这个我跟你商量过，你也是同意了的，是吗？"谭顺义瞟一眼万长花，"我与冶炼公司有业务往来，和煤化厂也还保持着联系。去年冬天，我去了一趟岳北，在街上碰到了煤化厂的孔大华。他非要请我喝酒。他跟我一样，也自己出来干了，只是比我出来得更早，生意也做得比我大。喝酒的时候，他说有一桩生意，挺划算的，问我愿意干不。我问他是什么。他说既不是走私毒品，也不是贩卖枪弹，更不是杀人放火，只要提供一点信息就行。我问他到底是什么。他说煤化厂的人跟他说了，法院在江北只怕是执行不到钱了，只能看冶炼厂或冶炼公司在别的地方还有账户没有，如果信息准确，又执行到位了，那可以给百分之五的信息费。当时我就想到你，也想到虽然我不在公司里，但毕竟曾是公司的人，就说这事不好弄，没有答应。"

"那后来怎么又同意了？"

"第二天，我都在回江北的路上了，孔大华匆匆忙忙跑到车站，说昨晚跟煤化厂的人说好了，公司可以将信息费提高到百分之八。他说，这样既不用费什么力，也不用什么成本，更不用担什么风险的好事，傻瓜才不干呢！我一想，也是的，自己做生意，有时好话说尽了，脚也跑烂了，还不一定赚到钱，这……"

"这还不用什么成本，不担什么风险？亏你说得出口！"万长花狠狠地瞪一眼谭顺义，"你知不知道，你为了一点蝇头小利，出卖了公司，出卖了我，也出卖了你自己？"

"这个我想过，在回来的车上我就有点后悔了，还跟孔大华打过电话，要他去找别人；他不肯，说只找我。"谭顺义咽了咽口水，"正是这样，我回来后好长一段时间，一直没有向你打听那方面的消息。孔大华还好几次催我，要我快点行动，我也只是应付。直到那天在账本上看到，我才动了心，就……"

"这么说，还怪我了是不是？"

"那不是，不是的。"谭顺义摇着头。

"是啊，是该怪我。"万长花一笑，"怪我为什么要把账本放在桌上？怪我为什么就没有防贼之心？"

"不怪你，全怪我。"谭顺义边瞟着万长花边双手捶打着自己的头，"是我昏了头，是我见利忘义。"

"那你把消息给了他们，他们现在给了你什么？"万长花盯着谭顺义。

"给了我什么？"谭顺义一拍桌子，"孔大华这个王八蛋，我昨天打电话问他，他一开口就教训我，说我哄骗他，提供虚假情报，害得他下不了台。我也没给他好话，还说了不再跟他往来。你知道吗，这王八蛋还吃我的黑，人家公司说给我十个点的，他竟然只给我八个。你说他黑不黑？"

"你不黑？"万长花刮一眼谭顺义，"你们这叫黑吃黑。"

"都怪我。"谭顺义一声长叹，"我现在是两头不讨好，里外不是人。"

万长花牙一咬，说："你活该！"

"我是活该。"谭顺义在自己脸上抽了一下，"可是，花花，我是真心为你好的，也是真心爱着你的。"

"谭顺义，我告诉你，我虽然喜欢过你，但从没爱过你。你好自为之吧！不过，你放心，这事我不会跟任何人去说。"万长花甩手就走。

谭顺义抢步抓住万长花的手，跪下泪流满面地看着她，动情地说："花花，你就原谅我这一次吧！"

万长花挣脱谭顺义的手，充满厌恶和不屑地瞪他一眼，快步出了茶楼。

谭顺义扶着桌子站起来，看着万长花的背影，边抹着脸上的泪，边在心里说：好啊，万长花，你给我等着！转眼，又在心里咬牙切齿地大骂起孔大华来。

两年多前，万长花和丈夫范学海在对待厂里的改革上分歧严重。万长花坚决支持改革，范学海极力反对，开始还只是打嘴巴官司，后来竟到了水火不相容的地步，饭不同桌，睡不同床，两人都说不如离了更好。

公司改革成功后，万长花当了财务部的科长，主要与银行打交道，范学海则从原来的副部长岗位上落了聘，成了一名普通员工。他受不了别人的冷落和嘲讽，也背不起自己失意的痛苦和伤感，离婚后，在同学的引荐下去广东一家民营企业打工去了。

单身三四年的谭顺义早就暗恋上了万长花，见她一离异就兴奋起来，马上黏上去，帮她做事，哄她开心……接触多了，万长花对他也有了点好感，但还谈不上爱，也就总是与他保持一定距离。

第二章

山坡坡上、地沟沟里，一片片、一垄垄的梨花盛开着。蝶儿、蜂儿在其间翩翩起舞，嗡嗡喧闹。

"嘣"的一声，一个急刹，车子猛一颠簸，停了下来。张明亮睁开眼睛，摸着额头，看到司机跳下车去。

"你看，多美啊！"坐在张明亮前排的宋广元指着窗外。

张明亮只侧了一眼，随口"嗯"了一声，无心去观赏。他一路上想着此去的种种可能，老一副心事重重的样子。宋广元几次想逗他笑一笑，他却怎么也笑不出来。

一只小蜜蜂从车窗缝里钻了进来，在张明亮的面前飞来飞去，几次擦着了他的鼻尖，差点儿钻进了鼻孔，弄得他怪痒痒的，打了一个大喷嚏，吓得那小蜜蜂一头撞着了玻璃，仰面跌落在他的大腿上。他想伸手捉来，看伤得如何，它却一翻身，飞了起来，又往玻璃上撞去。他赶紧打开车窗，又用手一扇，它嗖地一闪出去了，很快又掉过头来，飞到窗前，在空中停了停才转身离去。

"多可爱的小蜜蜂！"张明亮不由一笑，在心中说道。

司机上来了，说车子撞树上了，大家得候着。有人问要多久，司机漫不经心地说："不知道，能走了就会走的。"车上立马炸开了，一片责难、辱骂之声，有人没地方发泄，就往树上撞，或拍着车窗，踢座椅。

宋广元扭头笑了笑说："看来出师不利，坐车还撞到树了。"

坐在张明亮旁边一个宽额头、关公脸的中年男人挂了电话，"霍"地站了起来，大声责问司机到底还要等多久，可别耽误了他的生意，否则就要找他算账。司机不以为然地说，他也不是故意的，找他算什么账！关公脸一听就火了，骂骂咧咧地要去打司机。前后几个人连忙劝住，拉着他坐下。司机也不吱声了，忙着打电话，问保险公司的人到哪里了。

"他奶奶的，老子今天一路点儿背，开个车还给交警扣了，坐个车又撞树上了，真不知道是碰上什么鬼了！"关公脸说着，看了一眼张明亮。张明亮朝他点点头，笑一笑。他递支烟给张明亮。张明亮拱手谢绝。他点上烟，猛吸了一口。

"从南方来的吧？"关公脸打量着张明亮。

"是的。"张明亮点点头"大哥好眼力！"

"哪里。"关公脸一笑，"是旅游来了，还是生意上的事？"

"我们是头一次过来。"张明亮指了一下宋广元，"先随便看看，有合适的生意再说。"

"哦。"关公脸掏出名片，边递给张明亮和宋广元边说，"好，这边生意多着呢！"

"孔大华，董事长。"张明亮看着名片，嘴里念着。

"正是在下。"孔大华将烟头往窗外一弹，"鄙公司主要经营原煤和焦炭，如果两位有兴趣，我们可以合作。我知道你们南方缺煤，而我手上有的是资源，只要好好合作，包管你们赚大钱。"

车子开动了。张明亮和孔大华随意聊着，宋广元也不时插上一两句。聊了一阵，张明亮就把话题引到煤化厂上来了。

"你是说煤化厂？那我知道，我就是从那里头出来的。"孔大华叹着气，"这煤化厂原来是岳北响当当的大企业，不仅产原煤、炼焦炭，还有多种附加产品，大家都以自己是厂里的员工而自豪。可现在呢？都怕说自己是煤化厂的，说着丑呢！"

宋广元呵呵一笑，说："这有什么丑的？全国又不只是煤化厂，哪里都有这样的情况。不瞒你说，我就是从这样的企业出来的。"

"是吗？"孔大华摇摇头，"确实是太可惜了。"

"看样子，你对煤化厂还是很了解的？"张明亮问道。

孔大华亮了亮两个指头，说："在里头干了快二十年，你说了不了解？"张明亮看了一眼宋广元，说公司里有个亲戚，好多年没往来了，想去看看，正愁找不着呢！孔大华问是谁。张明亮编了个名字。孔大华想了想，摇头说没见过。张明亮表现出并不在意的样子。

到了汽车站，孔大华说还有生意上的朋友在等着，就不请张明亮他们吃饭了，保持联系，有生意上的事彼此多关照。张明亮点头称是，表示有缘自会再见。

一出车站，张明亮就向人打听岳北法院怎么走，并警惕地左右观察，不时回过头看一眼。宋广元笑了，说："你放心，这里没哪个认识你。"张明亮自嘲地一笑，"还是小心点的好，说不定就会碰上于小财，或是屈光宗。"宋广元左右扫了一眼，说："要是对面碰上了，那倒还好，就怕他们看到了你，而你没看见他们，暗地里偷袭你一下，你还不知道是谁弄的，那就惨了。"张明亮停下脚步，看着宋广元说："那我们就随时随地都在一起，万一有什么事，也好有个照应。"宋广元左右看看说："那好，我们就隔开几步走，你在前，我在后。"

两人一前一后走着，穿过两条街，拐了三个弯，走得额头上冒出汗珠，解开了衣扣。

"你看！"张明亮指着右前方一栋大楼。

在夕阳的涂抹和辉映下，大楼显得越发庄严气派，大楼上的国徽显得愈加庄重神圣。

稀稀拉拉地有人从大楼门口走出来，接着是三五成群地涌出来，从高高的台阶上往下走。

张明亮一眼看到屈光宗，又看到于小财从后面追赶着屈光宗。他赶忙闪到路边一棵梧桐树后，看到于小财瞟了这边一眼，又指了一下这边，和屈光宗边走边说地上了停在前坪的车。

宋广元看一眼手机说："离下班应该还有差不多半个小时。"张明亮边踮起脚望着远去的警车，边问宋广元："刚才屈光宗是不是看到我了？"宋广元皱了皱眉头说："应该不会，看到了准会过来的。"张明亮"哦"了一声。宋广元说："走吧，先去找个落脚的地方。"

在法院周边一连找了几家酒店、旅馆，张明亮都嫌贵。宋广元笑道："你一个行长，住得太差，未免掉了身价，失了面子，让人笑话。"张明亮不以为然道："一个芝麻小行长，哪有什么身价？住差一点没事，这事才开头，以后还不知要跑多少趟，开销一开始就不打紧的话，最后就是一笔大数。"

"哎哟，天下竟然还有你这样的行长，真是难得！"宋广元半是赞赏，半是调侃。

"老兄，你就别笑我了。我这个芝麻小行长，也是管着好几个营业网点，六七十号人，一年下来，开支的费用也不是一个小数目，每一笔都要我签字同意报销的。"张明亮边走边说，"可是我不能，也不敢随便乱花一分钱。你知道，我手松一分，下面的人就可能进一寸；我自己掐住了，下面的人也就没话说了。"他看一眼宋广元，"你是一个生活有品位，也有情调的人，可这回就只能委屈你了。"

宋广元拱了一下张明亮，哈哈一笑说："看来，你还真是不太了解我呢！跟你说吧，干我们这一行的，什么事没见过，什么苦没吃过？其实我是一个最不讲究，也最随意的人。你信不？今天晚上，给我一块木板，我就睡在这里。"他指了一下路边。

两人说笑着又进了一家旅馆，房间小，设施简陋，但还算卫生，价格也便宜。张明亮询问宋广元的意见。宋广元说挺好，就这里，虽然远一点，但早点起来，多走几步而已。

进了房间，听到宋广元的肚子"咕噜咕噜"响，张明亮说还真是饿了，提议去吃刀削面。宋广元笑着说，"这样好，既吃了有地方特色的东西，也免了点菜的麻烦，还节约了费用，一举多得。"张明亮指着宋广元，正要说话，手机响了，是李颖打过来的。他给妻子报了平安，接着又给周大新报了个平安。

从旅馆斜对面的一家面馆出来，一下台阶，张明亮就看到一个女人正盯着他的皮鞋。女人看起来四十挂零，坐在路灯下一个简易的折叠小凳上，左边摆着一个半新不旧的竹篮，对面放着一把绿色塑料靠背椅。

张明亮看看自己的鞋，又看一眼宋广元的，让他先擦。

半晌，轮到张明亮。女人熟练地从竹篮里取出一个小折叠凳，打开，摆好，请张明亮坐下。

"大姐，你这手艺不错。"张明亮的目光随着她的手跳跃着。

"哪里，也都是逼出来的，没法子嘞。"她叹口气，瞟张明亮一眼，"要是厂子还像原来那样，哪还要出来擦鞋，现这个丑！"

女人说，自己叫左又芳，原是煤化厂的职工，两年没上班，公司也没发工资。她也找过工作，但工资很低，活儿又粗又重，工作时间还长，一狠心，干脆出来擦鞋了。擦鞋虽然让人瞧不起，还日晒雨淋的，但没多少成本，又收现钱，赚的也不比找过的工作少，还自由。

"刚出来干这个的时候，也是下了很大决心的吧？"张明亮问。

"可不是！"左又芳抬头瞅一眼张明亮，边擦鞋边说，"人活着就得干活，就得挣钱，总不能让老人孩子也跟着挨饿吧！擦鞋虽然不是什么体面的工作，但也是凭自己的劳动挣钱，光明正大的，总比那些靠陪人喝酒睡觉赚快活钱的光彩，你说是吗？"

张明亮忙说："那是，工作本来就没有什么贵贱之分，都一样。"

"要都像你这么说就好了。"她同张明亮热络地聊着，"刚出来擦鞋的时候，心里还真有点别扭，就怕被熟人看见，总是躲躲闪闪、缩手缩脚的。没几天，看到一个好姐妹龚姐也在擦鞋，心理就平衡多了。她比我大几个月，保养得好，又长得漂亮，看上去比我年轻多了。别人帮她找了一份轻松的工作，工资还挺高的，可她第二天就不去了。你猜为什么？原来那是一家酒店，晚上要陪客的。"

宋广元在一旁走了两步，伸出脚，边欣赏着亮锃锃的皮鞋边夸女人皮鞋擦得好。

"老板，快别夸我。"左又芳看了一眼宋广元，略带羞涩地笑，"不管是哪个，能在我这椅子上坐下来，那就是瞧得起我，我就得给人家把鞋擦好。不瞒二位说，原来上班的时候，我每年不是车间的先进，就是厂里的标兵。"

张明亮对她的敬意油然而生，由衷赞道："大姐，不说别的，只看你这鞋擦的，就知道当年保准是一名优秀员工。"

"那又有什么用呢？"她摇摇头，"前两天我还做了一个梦，梦见厂里一片红红火火的，自己虽然累得直不起腰，心里却是乐呵呵的。"

张明亮说："不会是梦，会有那么一天的。"

"只能是做梦了。"她抬头瞅一眼张明亮，"你是不知道吧，厂子要破产了，只是大家还没有拿到钱，一时半会儿破不了。前几天还听说能从哪里讨回来一笔钱，数目还不小，可去的人两手空空地回来了，也不知道是怎么回事。"

"是吗？"张明亮看一眼宋广元，"这也正常的，现在到外面去讨钱，可不是那么容易的。"

"管它呢！反正我也不指望厂子了，自己争取每天多擦几双鞋子。"她放下布条，左右看了看鞋子，"好了，老板，擦完了。"

张明亮付了钱，道过谢，和宋广元一起回了旅馆。

天刚蒙蒙亮，张明亮就睁开眼睛，叫醒宋广元。宋广元一看窗户，立马感觉有点不对劲，下床一看，发现窗户被人动过，再一看床头，立马愣住了。

"怎么啦？"张明亮一翻身下了床。

“我的包不见了。”宋广元四处看了看，“好在里头就两件衣服、一本书、两本杂志。”

“还好，我的还在。”张明亮亮了一下包，“幸好资料都在我这里。”

宋广元捡起地上的一封信，上面打印着两行字：岳北人民不欢迎你们，限你们明天上午十点以前离开青山，否则后果自负。

“离开青山？后果自负？”宋广元看着张明亮，“那走，回去？”

张明亮手一挥，说：“好，走，回青山去！”

宋广元哈哈大笑，揩了一下笑出来的眼泪，指着信说：“他娘的真是屁话，老子既然来了，又何惧哉！”

“他们这是不打自招，亏他们想得出来，做得出来。”张明亮边说边将信放进包里，“也好，说明他们心虚了。”说着开了门，叫服务员请老板快过来看看。

宋广元走到窗边，对张明亮说：“你看，从对面伸一根长竹竿就可以挑到窗边的东西，或是从下面架一个梯子，用钩子也行，也……”

“也什么？乱嚷嚷什么！”老板闯进来，指点着张、宋二人，“我告诉你们，我这店开了十多年了，可不是孙二娘的黑店，毛巾都没丢过一条，别说什么包了。这条街上，你们去问问，我这儿哪个不知道，是你们自己没保管好东西，可别赖着店里，坏了店里的名声，别……”

宋广元倒是镇定，强调包就是在店里丢的。老板眉毛一挑，问他有什么依据，谁又给他证明。张明亮举手，说他能证明。老板鼻子一哼，说二人是一伙的，口说无凭。

“看你这老板，怎么就不讲理呢？”宋广元说。

“要讲理？那好，你说到底是我不讲理，还是你不讲理？”老板步步逼近，高耸的乳房差点就挨着宋广元的下巴了，他只好步步后退。

张明亮上前两步说：“好了，算我们点儿背，别怪店里了。”老板胸脯一挺，反来了劲头：“那也不行！”宋广元问：“还要怎样？”她双手往腰间一叉，道：“得给我道歉，赔偿名誉损失。”宋广元脖子一挺，说“没这道理”。对方眼睛一瞪，说"没道理就是道理"。张明亮说："好好好，是我们的错，是我们不该住你店里来，我们马上就走。"说着递眼色给宋广元，提了包就跑。宋广元跟着也跑。

"哎，你们别想跑！"老板嚷着，却并没有追上去。

仓皇逃出旅店，跑了百来米，张明亮突然停下来，喘着气说："押金还没退呢！扣了房费应该还能剩下百十来块钱呢。"宋广元说："算了，回去又会说不清。""那不行，丢了东西，又受了窝囊气，还要赔钱，真是没道理！"张明亮不服气。宋广元说："我可不想回去。咱也算见多识广了，还头一回碰到这样的事。"张明亮往回走了几步停下来，扭头看到宋广元原地不动，继续往前走，又停下来，回望宋广元。宋广元指了指手机，又往后指了一下，说："算了，别计较了，别耽误去法院的正事。"

几个法警把守着大门，不让围堵在门口的人进去。

"你们这是不作为，到手的钱都拿不回来！"

"他们准是得了青山那边的好处，给人抓了把柄，不敢来真的！"

张明亮站在外围看着听着，心里明白是怎么回事，正要拉宋广元撤离，人群突然开始往后退。他和宋广元赶忙避到大门一侧，看着骂骂咧咧的人群在步步紧逼的法警面前，缓慢地往台阶下退却，见大门口有了空隙，便往里走去。把门的法警手一伸，问找谁。张明亮说找成大为，屈光宗也行，有非常重要的事。法警打量了一下他们，去厅内一张桌子上拿起电话，小声说了两句后，过来告诉他们成大为和屈光宗都不在，下县市去了。张明亮忙问他们什么时候回来，法警说不知道。宋广元看一眼张明亮，转身就走。

"看来他们已经知道我们来了，是在有意回避。"走下台阶，到了坪里，宋广元才对张明亮说。

"是啊！走，过去看看。"张明亮指了指那些被驱离大门口又聚集在台阶下的人。

那群人有的说今天人不多，不如回去算了，等明天多叫些人再来；有的说既然来了，又看到成大为上了楼，起码要找到他，问上几个"为什么"，别白来一趟；有的说今天人不够，他们根本不会理睬，别耽误了时间，不如早点回去，等明天人多了再来；有的说既然不准上楼，那我们就在这里等，他们总会下楼来；有的说死等不是办法，干脆再冲一次，实在冲不进去就算了……大伙儿说着，就三三两两地走了，最后坪里只剩下两男两女。

张明亮凑上去，边递烟边跟两个男的搭讪。他们一个摆摆手，说不会；一个歪着鼻子打量了一下张明亮，笑呵呵地接了烟。一个嘴上长着桃花痣的女人扭着腰走过来，朝张明亮一笑，将他手上的一支烟夹了过去，又从歪鼻子手上抢过打火机，"啪"的一声点上火，有模有样地吞吐起来。张明亮暗想，这女人可不一般。她斜着眼睛打量了一通张明亮和宋广元，问他们来干吗。张明亮说也是找成大为的。

歪鼻子拍一下脑袋，说他差点忘了，跟一个亲戚约好十点半在家里见面的，得先回去一下，等会儿再来。他退了两步，转身就跑。桃花姐鼻子一哼，朝他一连"呸"了三口，说自己本是不来的，可歪鼻子非要她来，她来了，他倒先溜了。桃花姐走了几步，回过身来，问张明亮住哪儿。张明亮说还不知道。她就推荐一个地方，包管又安全，又卫生，又便宜，离这里没多远。张明亮接过她的名片。桃花姐说凭这名片结账，还可以打九五折。张明亮谢过对方，和宋广元在大楼四周走起来。

刚转到大楼后面一侧，张明亮看见两个人从后门出来，上了车。"成法官"三个字还在张明亮的嘴里，那车就"呜"的一声开走了。张明亮一跺脚，自责就晚了几步。宋广元望着绝尘而去的车子道："看样子他们今天不会回来了。"张明亮踱了几步，说上煤化厂看看去，反正公司就在城边上。宋广元眉头一皱，说："你就不怕被认出来？"张明亮说："公司认识我的就是于小财，总不会那么巧的。"宋广元一笑，"那可不一定，无巧不成书。"张明亮也一笑，"碰到了又怎么？他无非会说，让你离开岳北，怎么还在这里？"宋广元提议道："干脆我一个人去得了，目标小，也没谁认识。"张明亮摇头道："那不行，我得去。"宋广元说："要是万一碰上于小财，他一叫嚷，公司的人非要揪着你，问你要钱，你不给，他们就不放人，那麻烦就大了，这可不是闹着玩的！"张明亮想了想，说："不至于，其实小财已经知道我们来了，麻烦也找过了，如果再有什么，那也是随时随地的事，可到现在还没谁现身。再说，他们想不到我们会跑到煤化厂。"宋广元摸着胡须说："万事都是有可能的，现在我们在明处，他们在暗处，虽然还没有谁现身，并不等于他们不存在，也许还在等待，只是时机未到。"张明亮点了点头，一咬嘴唇说："好了，不管他了，是祸躲不过！走吧，到哪个山唱哪个山的歌，碰上了再说！"

煤化厂在城郊的一个山峦下，锈迹斑斑的牌子还挂在大门口，有的文字被尘土遮蔽得有些模糊不清了。

进大门往前走二十来米，向右一拐是一栋四层的办公楼。在一楼靠路边的一间办公室门口，挂着一块白底黑字的清算组的牌子。

"你们不给我也就算了，还要怪我情报不准确，真是岂有此理！"孔大华拍了一把桌子，"完全是因为他们行动迟缓，又怕这怕那……"

"哎，话可不能这么说。"于小财指了一下孔大华，"我们吕厂长一得到你的消息，马上就报告了成法官。成法官也是立马就报告局里。局里立即成立了执行小组。我们是午饭都没来得及吃就出发了。一路上没吃过一口饭，也没合过一刻眼，就想着赶时间，人都饿晕了，累趴了。可到了那里，还是晚了一步。"

"那是你们的事，跟我无关，我的情报是准确的，也是及时的。"孔大华点上烟。

"孔老板，真要说起来，就怪你的情报不太准确。"于小财瞟一眼孔大华。

"不太准确？谁说不太准确？"孔大华冲于小财吐了一口烟。

"孔老板，我说不太准确那是客气的，严格来说，就是不准确，而且是一点也不准确。"于小财指一下孔大华，"人家那420万是质押了的，你不知道吧？还有那110万，人家提前支付了，你也不知道吧？"

"那有什么关系！"孔大华愣了愣，"那上面写的是冶炼公司的名字，又不是别的，谁还去管那么多啊！"

"哎呀，你不懂，我懒得跟你说了。"于小财不屑地瞥一眼孔大华。

"你这是什么话？"孔大华一捶桌子，站了起来，"你算哪根葱呀，还跟我这个腔调！"

"好了，别吵了！"厂长吕大业敲了敲桌子，"我知道，你们都辛苦了。我都谢谢你们，行了吗？"

"没意思，你们以后再也别找我了。"孔大华一屁股坐在椅子上。

"谁还愿意找你不成？"于小财瞟一眼孔大华，"好像是你寻着我们来的吧？"

"你……"孔大华"腾"地站了起来，指着于小财。

"好了，大华，你看这样行不？"吕大业按下孔大华的手，"这次我们也没拿回钱，等下次弄到了钱再给你，行不？"

"这……那我还欠着那边的……那怎么办？"孔大华放下手。

"到时候一次性给啊！"吕大业说。

孔大华看看吕大业，一甩烟蒂，瞪一眼于小财，抬腿就走，却在门口与成大为撞了个满怀，忙后退一步，让过成大为和屈光宗，才气冲冲地出了门。

于小财从桌下拿出一个包来，打开给成大为和屈光宗看着。

"什么？"屈光宗看着于小财，"哪儿来的？"

于小财跟屈光宗耳语了两句。

"你拿错包了吧？"屈光宗边说边翻看着包，"什么也没有。"

"不是我拿的，是……"

"是不是你拿的没关系，以后再也不要这样了。"成大为瞅着于小财，"其实你们拿了也没什么用，我早就想到他们会来的。"

"他们？"吕大业看着成大为，"谁呀？"

"谁？"屈光宗一笑，拉开椅子坐下。

"还谁，那不来了嘛！"于小财指着门外走过来的张明亮。

"是他，还真是他！"屈光宗伸着脖子。

"他怎么跑到这里来了？"成大为眯着眼睛，自语着。

张明亮本想回避，见已来不及了，就跟宋广元对视了一眼，大大方方地走到门口，笑着说："哟，原来都在这里啊！"

于小财连忙将包放到桌下。

"哎呀，张行长的鼻子真灵啊！"成大为向前几步，握住跨进门来的张明亮的手，又用力捏了捏。

"纯属巧合，纯属巧合。"张明亮哈哈一笑，也暗中发力，又指了一下后面的宋广元，"这是我们的法律顾问宋广元宋律师。"

"张行长，佩服啊！"于小财朝张明亮皮笑肉不笑地拱拱手，"还摸到这里来了。"

"哪里哪里，到了贵地，还请各位多多关照才是！"张明亮朝众人拱拱手。

"张行长，你胆子也真够大的哦！"于小财咧嘴笑着。

"哎呀，于科长，快别夸了，我胆子就芝麻那么大。"张明亮笑着比画了一下，"不怕你笑话，昨天晚间，特别是今天早上，还真差点把胆给吓破了，当时就想快点离开岳北，只是想着特意跑过来，事情还没一点眉目就回去，心有不甘，也交不了差，又没别的地方可去，心里想着于科长，就壮着胆子找到这里来了，没想到在这里还见到了两位法官。看来，我今天的运气还不错，也是有缘。"

"嗯，好啊！"于小财嘿嘿一笑，拍了拍手。

"不过，刚才我们来的时候，担心万一有个什么意外，就跟公安局的一个老乡说好了，要是到时间我们还没回去，他就会赶过来接的。"他看一眼宋广元，"宋律师，是这样的吧？"

"嗯，是的。"宋广元点点头。

"哟，还早有准备。"于小财斜眼看着张明亮，"可是，这里是煤化厂，是一家要破产的企业，在这些穷苦人的眼里，钱就是道理，钱就是规则，他们可不会跟你客气，更不会害怕哪个。"他指着稀稀拉拉聚拢来的几个人，"你看看，说来他们还真就来了，他们准是闻到了钱的味道，看到了钱的身影。"

"来了又怎么？"张明亮看一眼聚在门口的七八个人，"我又跟他们无冤无仇。"

"张行长，你这话就不对了。"于小财背着手，走两步，"你过去是没有，可现在有了，而且是大大地有了。"

"哪来的冤仇？"

"谁叫你不签字，不付款？"于小财拍一下桌子，"我告诉你，这就是冤仇！"

"于科长，你是搞财务的吧？"张明亮扫一眼聚在门口的人，盯着于小财，"那你摸着良心说，那字我能签吗？那钱我能付吗？"

于小财脸一红，欲言又止。

"于科长，我再问你，你说我们银行欠了你们的钱吗？没有，一分都没有。"张明亮朝于小财走了一步，"你可别想赖着我，更别想赖着银行。"

"哈哈，那我还就赖着你，就赖着银行了，反正你们银行有的是钱，根本就不在乎那一点。"于小财指一下张明亮，朝聚在门口的人大声说，"告诉你们，他就是那个不同意付款的行长。大家问他要钱就是！"

门口一下炸开了锅。

"让他现在就签字付款！"

"对，不答应就别放他走！"

"不要跟他客气，揍他一顿再说！"

"哦，看不出来，原来捣鬼的就是你啊！"歪鼻子从人堆里挤进来，冲着张明亮就一拳砸了过来。宋广元眼明手快，一抬手将他的拳头架在了空中。

"你们要干什么？"吕大业敲了敲桌子。

宋广元放下歪鼻子的手。歪鼻子瞪一眼宋广元，退了回去。

"哦，那个戴眼镜的就是成大为，也不是个好东西，要打一起打！"门口有人嚷道。

"对，他们狼狈为奸，都不是好家伙，打，一起打！"马上有人附和。

"你……你们！"屈光宗指着于小财。

"哎，各位，听我说。"于小财朝门口走两步，"成法官和屈法官还是不一样的，跟我们是一条战壕里的战友，虽然这次去没有把钱弄回来，但没有功劳，还有苦劳，大家还是要区别对待的。"

"对对对，我跟屈法官是一直在努力想办法的。"成大为勉强一笑，"刚才我们就是在跟张行长商量下一步怎么办，是吧？"他看着张明亮。张明亮愣了一下，点点头。

"你们？"于小财疑惑地看看成大为，又看看张明亮。

"好了，大家都散了吧！"吕大业朝门口挥挥手，"我们先商量着，有什么消息再告诉大家。"

"不行，先把他们关起来再说！"

"对，送上门来了，就不能让他们跑了！"

"钱不到，人不放！"

"你们这……"吕大业看了一圈，最后指着于小财。

"我……"于小财后退了一步。

吕大业盯着于小财，小声说："这样会出大事的！"

于小财嘿嘿一笑，说："吕厂长，你胆子也太小了吧？"

吕大业指着于小财，厉声说："于小财，你胆子也太大了吧！"

于小财一愣，扭过头去。

成大为用眼神示意张明亮快走，又带头朝门口走去。张明亮和宋广元紧跟其后。歪鼻子等人正堵在门口。吕大业逼视着于小财。于小财在心底一声叹息，走过去，朝歪鼻子挤挤眼、努努嘴。歪鼻子不情愿地让出道来。

上了车，成大为说："我知道张行长这次来的目的，但那事只怕不会那么好办，可能会让你失望。刚才保护你，现在又送你，这可不是为了你，而是为了我自己。"

出了厂，进了城，见张明亮上了的士，成大为才返回厂里。张明亮想了想刚才成大为说的话，悟出了其中的道理，不由得摇头一笑。

　　的士在同心酒店门口停下。张明亮和宋广元四面看了看才进入大厅。酒店挂的是三星牌子，比昨晚的旅馆房间大、设施齐，房价并不贵多少。一进房间，张明亮就说："干脆下午早一点出去，午饭晚饭一顿吃算了。"宋广元说："没问题，能省一点是一点。"说着往床上一倒，很快就发出鼾声。张明亮躺在床上，一会儿仰面向着天花板，一会儿侧身望着窗外，一会儿转身对着墙壁，回想刚才的情景不免心有余悸，再想起昨晚丢包的事就有点不寒而栗……他坐起来，拿起手机，拨通李颖的电话，报了平安。妻子一再叮嘱他要注意安全，不要担心家里。

　　半晌，宋广元翻身坐起来，见张明亮睫毛上挂着几星泪花，问怎么了。张明亮说，眼睛里落了灰，揉的。宋广元一拍大腿，哈哈大笑。

　　张明亮问："下一步该怎么走？"宋广元答："还得去岳北法院走一趟。如果院里硬是不受理，那就只能上省高院去了。"张明亮说，"那现在就走，也碰碰运气。"

　　两个法警架着一个老头儿小跑着从大厅里出来，下了台阶，放开手，扭头就走。老头儿一个趔趄，坐在地上，胸前挂着一个白色的"冤"字牌。

　　趁门卫没注意，张明亮和宋广元溜进去。门卫追上来，问他们干什么。张明亮说找人。门卫挡在他们面前，说就要下班了。宋广元指了指墙上的钟，说下班还早。门卫不耐烦了，推搡着他们往外走。

　　随着一阵喧哗，电梯门开了，涌出一群人来。

　　"我说了下班了吧。快走！"门卫喝令道。

　　张明亮看一眼宋广元，只好出了门，下了台阶，走到老头儿跟前。那老头儿一见他们，就跪在地上，磕起头来。张明亮连忙说："快别磕了，我们可不是法官。"老头儿坐在地上，干涩的双眼无助地看着他们。

　　张明亮一抬头，看到一个有点眼熟的身影，忙叫了一声"刘局长"，赶紧追上去。

"是你，张行长！"刘志高回过身来。

"是我。"张明亮指一下跑过来的宋广元，"这是宋律师。"

刘志高笑了笑，说："你们的来意我已经知道了。"

"哦，我正想去找你呢！"张明亮看着刘志高，"你也知道的，那……"

"那我告诉你，"刘志左右看看，"这回你只怕是要白走一趟了。"

"那……这……"张明亮看一眼宋广元，再看着刘志高，"为什么？"

"不为什么。"刘志高摇头一笑，看一眼大楼，"你们不妨去省高院执行局走一趟，试试看吧！"

"哦！好好。"张明亮一脸茫然，机械地说着，待刘志高走了好几米远才又追上去道谢。刘志高没停步，也没说话，目不斜视地往前走。

"意料之中啊！"宋广元望着刘志高的背影，感慨地自语。

张明亮沿着人行道，心事重重地低头走着。宋广元跟在他身后，不时喊他看一些新奇的东西，他却兀自走着，并不回应。

随着"嘭"的一声，张明亮连忙边哈腰边说："哦，对不起，对不起！"

"你跟谁说呀？你先看看！"宋广元笑着拉了一下张明亮。

张明亮抬头一看，自己原来撞到街边的梧桐树上，就讪讪一笑，摸了摸额头。

"想什么呢？"宋广元看着他的额头。

"还能想什么。"张明亮长长一声叹息，"老兄啊，这滋味你是体会不到的。"

"我是体会不到，但可以想象得到。"宋广元提过张明亮手上的包，"可你急又有什么用？走吧，别想了，车到山前必有路。"

一路走着，张明亮还是一脸沮丧，默默无语。受到他的感染，宋广元也不再说话，边走边想着明天怎么去省高院。

一只手突然搭在张明亮的肩上。他一惊，下意识一把抓住那只手，同时扭头一看，是孔大华。他一把抓住张明亮的手，朝宋广元一笑，指了一下前面的同心酒店，说："走，喝酒去。"张明亮本能地谢绝。

"哎呀，你客气个啥！昨天我们能够同坐一辆车，已经是有缘了。我本来是开了车去省城的，可一进城，车就被朋友借去了，说要用两天。我只好去另一个朋友那里借了一辆车，结果还没出城又给交警扣了。这才去了汽车站，没想到半路上车还撞树上了，真是！"孔大华边走边打着手势，"昨天我匆匆忙忙的，没时间请两位喝酒，好在今天在这儿又碰上了，你说这缘分是不是不浅了？这酒绝对该喝！"

张明亮看着宋广元，见他点了一下头，就笑着说："孔老板非要这么客气，那我们就恭敬不如从命了。"

孔大华领着两人进了大厅，桃花姐就从侧面春风满面地迎了上来。孔大华边摸对方的脸，边说要她等下过来敬酒。桃花姐甩开孔大华的手，抛给张明亮一个飞吻，扭着腰上楼去了。

孔大华说："这位原是煤化厂工会的干事，能唱会跳，又能喝酒，现在是四楼娱乐城的公关部长。"

一进二楼包间，孔大华就喊服务员快点菜，上好酒。张明亮忙说他和宋广元都不会喝酒。孔大华不依，一定要大家喝个痛快。张明亮只好说，不能喝醉，尽兴就好。

孔大华问服务员要了中号的杯子，哗啦倒上酒，说："张行长，我虽然是个粗人，没什么文化，但喜欢交朋友。"然后拉着张明亮的手，"你能告诉我你就是青山的行长，是你不签字，不付款，就说明你光明磊落，敢作敢当，也相信我，把我当朋友。就冲这一点，我得敬你这一杯！"他脖子一仰，酒杯空了。

张明亮拿过酒瓶，给自己满上，端起酒杯。

"我也敬佩你的胆量。说实话，我也算个胆子大的，但我要是你，这回可不一定敢来。"孔大华拍了一下张明亮的肩膀，"于小财一回来就说是你不肯付款，要是你胆敢到岳北来，要你不死也得脱两层皮。没想到你还去了厂里，面对面跟他们理论。那么多人，骂的骂，打的喊打，你就不怕？"

张明亮有点腼腆地一笑，说："不是不怕，是不敢怕而已。"

"孔老板，要说一点也不怕，那绝对是假的。说真心话，当时我心里都有点发毛了。他们如果真把我们关起来，或是打一顿，我们也是毫无办法的。"宋广元看着孔大华道，"没想到那个成法官倒给我们解了围，你说这又是为什么？"

"这个——"孔大华偏着头想了想，"这个什么成法官的，我也不太认识，更不知道他葫芦里卖的什么药。来来来，管他呢，咱们只管喝酒。"

"好！"张明亮举起酒杯。

孔大华亮一下空杯，摇着张明亮的肩膀说："你们江北那个什么冶炼厂，太不讲信用，欠着我们的钱，就是不还，法院判决了的，也不执行，简直就是个无赖，就是……谁呀？这个时候打什么鬼电话……喂，什么啊？是你？问我要钱？要……要你个鬼哦！"他将手机往桌上一丢，"他娘的，不但给老子提供的情报有水分，不……不准确，害得老子下不了台，还要诬蔑老子，说老子不地道，占他的便……便宜，什么十个点，只给他八……八个点。你说我是那样的人吗？真是岂……岂有此理！他也太不讲义气，太不够朋……朋友了，你们说是……不是？"

"那是不够朋友。"张明亮点点头，"他是谁呀？"

"还有谁，就那个谭……"孔大华一笑，"不好意思，我……我不能告诉你，说好了要给他保……保密的；要是告诉了你，那我……我就对不住朋友了。"

"你把他当朋友，他却不真心待你。"宋广元给孔大华满上酒，"说起来，这事还真就全坏在他身上。他要不给你提供情报，你就不会被冤枉，成大为就不会去青山，那我们就……"

"你们就不会来这里了，是不是？"孔大华一拍桌子，"那可不行，那我就见……见不到你们了啊！"

"哦，那也是。"宋广元点点头。

"好啦，别说那些烦人的事了。来，咱们喝……喝酒。"孔大华一口干了，将杯子往桌上一搁，左右手分别往宋广元和张明亮的肩上一搭，"从今以后，你们的事也就是我……我的事。"他瞅一眼门口，压低了声音，"我告诉你们，岳北法院的陈大海是我的亲……亲戚，省高……高院的倪国庆是我的哥……哥们儿。"

"谁是你哥们儿啊？"桃花姐手上夹着烟，扭着腰进来了。

"你……你还记得来……来啊！"孔大华扶着桌子站了起来。

宋广元连忙挪出一个位置。

"哎呀，不好意思，来晚了，来晚了。我自愿罚酒一杯！"桃花姐揪了一下孔大华的耳朵，在他和宋广元中间坐下。

"一杯？不行，三杯！"孔大华拧了一把桃花姐的脸，"快，快喝啊！"

"哎呀，你急啥子嘛！"桃花姐要来一个大杯子，一连倒进三小杯，举起杯子，"来，两位，你们是孔老板的朋友，也就是我的朋友，我敬你们。"她一抹嘴，又连倒了三小杯，"上午我就说了那么一句，没想到你们还真找来了。好，是爷们儿，我喜欢。来，干！"

张明亮才起身，桃花姐的酒已入了喉。张明亮刚端起酒杯，她的手机响了，是老板叫她快点过去，来了客人。她跟孔大华耳语一句，又揪了一下他的耳朵，朝张明亮和宋广元飞吻着出了包间。

"孔老板，我敬你一杯！"宋广元在孔大华的眼前晃着杯子。

"哦，好，好。"孔大华从门口收回目光，抖着手端起酒杯。

"孔老板，"张明亮摇着孔大华的肩膀，"我虽然不做生意，但朋友中还是有做原煤的，也有做焦炭的，往后我就介绍他们跟你合作，你看这样好不好？"

孔大华一拍桌子，说："好，好啊！"

"不过，你可得多关照他们。"张明亮盯着孔大华。

"那还用说！"孔大华拍着胸脯，"一句话，你的朋友，就是我的朋……朋友！"他扶着张明亮的肩膀，"走，我们上……上楼去！"

张明亮说酒喝多了，不去了，回房间休息。孔大华不肯，拽着他的手摇摇晃晃地往外走。宋广元连忙向前搀扶着他。

四楼大厅里彩灯闪烁，迷蒙梦幻，两排穿着超短裙的女孩随着音乐的节拍鼓掌欢迎。孔大华一出电梯就甩开宋广元的手，说没醉，可没走几步就一个趔趄。一个女孩忙出手来扶，他趁势搂着对方的腰，一起倒在地上，引得哄堂大笑。宋广元和张明亮赶紧将他扶起来。他手一甩，朝那女孩连说"对不起"。女孩妩媚一笑，说"没关系，只要老板开心就行"。孔大华哈哈大笑，指着那女孩连声说"好"，又要她明天就到公司去报到。女孩边看左右边咯咯笑着，一副将信将疑又有点不屑的神色。后面又是一阵骚动。宋广元扭头一看，看到于小财和成大为快步走过来。于小财边走边跟成大为比比画画说着什么；成大为穿着便装，目不斜视地走着。宋广元拉了一下张明亮，朝后面努了下嘴。张明亮揉了揉眼睛，看清来人，朝宋广元打了个手势。后者会意，和张明亮架着孔大华快步往前走，拐到了一个大柱子后面。

桃花姐从包间里出来，迎面碰上于小财。于小财热情地向她介绍成大为。

"哦，你就是大名鼎鼎的成法官。"桃花姐上下打量着对方，"哎呀呀，果真是一表人才，风流倜傥啊！"

"哪里哪里。"成大为边摆手边飞快地将桃花姐从上到下扫描了一遍，"桃花姐，果然名不虚传，灿若桃花啊！"

"请多关照！"桃花姐伸出手。

成大为握了一下对方的指尖，浅浅一笑，被她领进包间。

孔大华背靠着柱子，喘着气。张明亮假装干呕，说："实在喝多了，不去唱歌了。"孔大华不干："喝了酒更要去吼，一吼酒就出来了。"说着拉着张明亮就走。桃花姐迎面走过来。孔大华放开张明亮的手，扑向桃花姐。对方一闪，孔大华扑在其中一个客人的身上。

"你？！"那人指着孔大华，"孔老板，是你呀！"

"哈哈，龚……龚老板！"孔大华指着那人。

"走走走，跟我们走。"龚老板手一招，旁边立即上来两个人，搀着孔大华就走。孔大华回过头来，招呼着张明亮。张明亮边朝他扬手边朝电梯走去。

桃花姐走过来，要给张明亮再开一间房。张明亮连说"不用"。桃花姐笑道："这里的女孩不但长得水灵漂亮，而且热情大方，能歌善舞。"张明亮跨进电梯，敷衍道："下回吧！"桃花姐挥挥手，见电梯门一关，脸上的笑容立马就跌落下去。

于小财想着成大为被歪鼻子他们羞辱了一顿，越想越觉得有愧，怕他以后对煤化厂的事不上心，就跟吕大业商量了一下，专门请他吃个饭。成大为离开煤化厂后也是全没了心思，把屈光宗送到家门口，一看时间不早了，就直接回了家。

起初，任于小财怎么说，成大为都没答应出来吃饭；后来，于小财灵机一动，说带他去认识一个人，对他今后的工作准会有所帮助。到了同心酒店，点好菜，于小财装模作样地打了个电话，说那人临时有个急事，来不了了。成大为于是心知肚明，想到于小财也不易，就不为难他，坐下吃起来，只是没喝酒，又打了屈光宗的电话。屈光宗说自己在家有事，忙完了马上过来。

吃过饭，于小财说上楼去喝杯茶，边喝茶边等屈光宗；又说楼上领班桃花姐是煤化厂的人，正好照顾一下她的生意。见成大为还犹豫，索性拉着他就走。

上了四楼，出了电梯，成大为一看情况不对，转身就要走，几个女孩簇拥而上。于小财说，既然上来了，就先坐一会儿，见了桃花姐再走不迟。成大为看了一眼于小财，轻叹一声，随着于小财往前走去。

桃花姐领着成大为进了包间，客套几句就忙别的去了。于小财给成大为点了一首《突然的自我》。成大为唱了两句就放下了话筒，说唱不好，没心思。

"哎呀，歪鼻子那帮人不知道什么，也算不了什么，别理他们就是。"于小财挨着成大为坐下，"我看，没别的，只要吕厂长理解你就行了。"

成大为嘴角动了动，欲言又止。

门开了，屈光宗气喘吁吁地跑进来，在成大为身边坐下，抹了一把额头上的汗水道："不好意思，来迟了。"说着解开衬衣的扣子，露出里头的白背心。

桃花姐带着两个女孩扭着腰进来，说她们想敬成大为等人的酒。于小财说只想喝桃花姐的酒。桃花姐抓起瓶子就倒，娇嗔道："好一个于小财，看老娘不灌死你！"于小财连忙后退，指着成大为。桃花姐走近成大为，说："我上午去找你，可看门的不让进，说你出差了，一天两天都回不来的，怎么一下又从天而降了？真是有趣，也是有缘。好，来，我先干为敬。"成大为边伸手去挡边说"不用"，桃花姐却已经干了；他犹豫一下，只好也干了。大家鼓掌喝彩。桃花姐放下杯子，冲成大为一笑，问："您知不知道上午我为什么要去找您？"于小财朝桃花姐挤着眼睛。桃花姐视而不见，又问成大为："前几天去南边收钱，本是板上钉钉的事，怎么就空着手回来了？"于小财忙说："哪有什么板上钉钉的事！再说，也不是空着手回来，还是有收获的。"桃花姐问："那钱在哪里？"于小财拉了拉桃花姐的手，说："事情没那么简单。"桃花姐一甩手，不悦道："都好几年了，总说去搞执行，可执行回来的钱在哪儿？"说着抹了一下泪光闪动的眼睛，"如果你们能弄些钱回来，厂里也不至于是现在这个样子，我也不用在这里来忍气吞声、低三下四地陪这个喝酒，陪那个跳舞。"于小财说她误会了。她一笑，又说："是误会了，我把你和成大为都当作救星了。"于小财脸一红，问："你什么意思？"她头一偏，说："自己想去！要是真有本事，就早点再去，把钱弄回来。"于小财一脸铁青。

"看来你还真有点误会我们了。"成大为瞟了一眼桃花姐，"我们一直在努力，也是用心的。如果你愿意，下次可以请你一起去，看看我们是怎么执行的，行不？"

"好啊，可以啊！那样既看了世界，又长了见识，多好的事啊！"桃花姐扑哧一笑，"不过，跟你们去可以，你们得给我发工资。不瞒你们说，我在这儿，虽然辛苦一点，也让人见笑，工资可是不低的。"

"你呀！"成大为指着桃花姐，指着指着就笑了起来。

门被推开一道缝，闪进一个男孩，跟桃花姐耳语了两句。

"不好意思，失陪了。"桃花姐朝成大为他们鞠了个躬，转身跟着那男孩出了门。

屈光宗从门口收回目光，挠挠头说："嗯，这个女人不简单，有几下子的。"

"那是。在这种地方，做这样的差事，可不是一般的人能干得下来的。"于小财坐下，碰一下屈光宗的肩膀，"屈法官，要是厂子还像过去那样红火，工会主席的宝座说不定现在就是她的了。"

成大为起身说，先走了。于小财说："怎么就走，歌都还没唱两首呢！"成大为也不多说，径直往门口走去。屈光宗跟着也要走。于小财拉着他，说他才来，得唱一会儿再走，别浪费了这个包间。屈光宗勉强留了下来。

张明亮回到房间，连喝了两杯水，酒醒了不少，就坐在椅子上给李颖和周大新打电话。李颖嘱咐他少喝酒，千万不要误了正事；周大新说去省高院试试好，不行再说，又叮嘱他要注意安全，有事多跟宋广元商量。

宋广元双手交叉，枕在脑后，在床上闭目养神了一会儿，一个鲤鱼打挺坐了起来，下床走到窗前，观看街景。

"你看！"宋广元指着窗下，"那不是成大为么？"

成大为站在酒店门口右侧的路边等出租车，等了一会儿没等到，便沿着街道往南走去。

"他怎么一个人走了？"张明亮倚着窗台，一脸疑惑。

"也许是有什么事吧！"宋广元关上窗户。

"看得出来，煤化厂的人对成大为他们也是有意见的。"张明亮在椅子上坐下。

"不仅有，还很大。"宋广元在床沿上坐下，"看来这事果然不简单，其复杂程度也许是你我难以想象的。"

"我早就预料到了。"张明亮喝口水，拨通了何小年的电话，要他打听一下冶炼公司财务或供销人员中有没有一个姓谭的。何小年说好，马上去问万长花。

此时，万长花刚加过班，正从办公室出来。守候在大门口的谭顺义立即下了车，迎上前去。万长花一看到他就莫名反感，扭头要走。他赶紧绕到她前面，说要送她。万长花不稀罕。两人正说着，何小年打来电话。她瞟了一眼谭顺义，故意跟何小年亲热地寒暄起来。当何小年问到冶炼公司供销人员中有没有一个姓谭的人时，她稍一犹豫，说没有。挂了电话，谭顺义就打听来电是谁。万长花懒得理他。谭顺义去拉她的手。她则用力一甩，虽然甩脱了他的手，自己也一晃，往地上扑去。谭顺义跨步向前，同时伸出双手，顺势将万长花搂在怀里。她一口咬住谭顺义的手背。他"哎哟"一声，松开了手。万长花飞快跑出大门。谭顺义看着她跳动的背影，抚摸着手背上那两弯深深的牙痕，一种疼疼的、痒痒的快感从心底涌起。他打了一个响指，复又上车。

何小年回电话给张明亮，说冶炼公司没那个人，又说行里一切正常，放心就是。

"没有姓谭的？"张明亮皱了皱眉头，"难道是……不可能。"

"这个你就不用多想了。"宋广元捋着胡须，"凭我的感觉和判断，那个姓谭的肯定是冶炼公司的人。"

门突然被"嘣嘣嘣"地擂响了。

张明亮和宋广元一下弹了起来，竖起耳朵听。

"谁呀？"张明亮轻轻往门口走去。

"我，孔大华！"

张明亮打开门。孔大华和桃花姐站在门口。

"哎呀，真是喝多了。刚才在龚老板那边稀里糊涂地睡了一觉，一睁眼不见你们，我就急了，赶紧要她领着我来找你们。"孔大华指了一下桃花姐。张明亮请二人进屋坐一会儿。桃花姐说："不坐了，四楼还忙着。"

一进门，孔大华就拉着张明亮的手致歉，说刚才没陪好他们。张明亮看着孔大华，一脸真诚地说："哪里，已经挺好的了。"随后，他的手机响了，是吴龙江打来的，问他在哪里，想搞点贷款临时周转一下。张明亮说自己在外地出差，过两天就回青山。吴龙江表示一切等他回去再说。挂了电话，张明亮猛然想到吴龙江与孔大华在生意上有合作的空间，就向孔大华介绍了吴龙江的情况。孔大华听后，一拍茶几，连声说"好"，保证提供好原煤、好焦炭、好价格。张明亮拨通了吴龙江的电话，将孔大华引荐给对方，又将电话递给孔大华，让他们两个说去。送走孔大华，张明亮一进门就说："这还真是个热心人。"宋广元关上门，说："但愿吧！"

临睡前，张明亮仔细检查了一遍门窗，又把资料夹从包里取出，放在枕头下。

与此同时，成大为站在自家门口，将钥匙插进锁孔，才转了半圈门就开了。这让他有点意外，也有点忐忑。见他进了门，郝梦楠合上手上的书，起身进了卧室，又"咔嚓"一声将门反锁了。他看一眼卧室门，摇摇头，无力地在沙发上坐下。成大为和郝梦楠已有半个多月没在家碰过面了，也快两个月没在一个锅里吃过饭，没在一张床上睡过觉了。刚才独自走在街头，他想的全是煤化厂和冶炼公司的事，越想越心烦意乱，甚至有点后悔当初不该那样冲动、激进。回到家里，他又感受不到一点家的温暖，只有空旷和孤寂……他往后一靠，闭上了眼睛。

这时，于小财和屈光宗相互搀扶着，歪歪斜斜地走在街上。于小财嘴里嘟囔着要去找张明亮。屈光宗劝他："算了，也不知道他们住在哪里，说不定已经回青山了。何况成大为还明确告诉张明亮，院里是不会受理的，料想他也无计可施，只能拿着石头去砸天了。"于小财打了个酒嗝，说："那可便宜他们了，就该再给张明亮一点颜色看看，才解气。"屈光宗说，"就便宜他们这一回算了，别弄不好反而惹出麻烦来。"

宋广元和张明亮一前一后，边走边东张西望地进了院子。

"喂，找谁呀？"

张明亮回过头，寻找那个低沉又带点沙哑的声音。

满脸沧桑的赵立新从门口一侧的桌子下钻了出来，将手上的笔往桌上一撂，拍了拍手，掸了掸褪色制服上的灰，指一下桌上摊开的簿子，要张明亮登个记。

张明亮边登记边说找倪庭长。赵立新边扯衣服边说他不在。张明亮问什么时候回来，答曰"不知道"。宋广元凑过去，说是来申请复议的。赵立新打量一下宋广元，指一下门外，要他先去那边大厅，找小周登记一下，立个案，弄好了再过来。

大厅四十来个平方，厅中摆着两条长木制沙发，深红色的油漆已有些剥落；天花板上散布着大小几个蛛网，有的还有蜘蛛在活动；墙上挂几个镜框，里面是一些泛黄了的制度、规则；地上零星的地有几片纸屑，还有两三个烟头。张明亮和宋广元推门进去，不见一个人影，冷冷清清的。犹疑之际，墙角柜台里头传来声音："谁？要干吗？"张明亮忙走过去。那柜台挺高，柜面平了张明亮的肩膀。小周虽然站了起来，却只露出半个头来。

"我们要立个案。"张明亮将一包烟往柜台里头一丢，把资料从包里取出来，放到柜台上。

"立案？立什么案？"小周仰着头，瞅着张明亮。

"我们真是来立案的。"宋广元指了指赵立新那边，"那边要我们过来的。"

小周翻一眼宋广元，拿过资料，只扫了一眼，就往柜台上一搁，捡起那包烟往柜台上一扔，一屁股坐了下去。

"怎么？"张明亮跳起来问道。

"没怎么啊！"小周又站了起来。

"那是怎么？"张明亮急了，下意识地敲了一下柜台。

"你干啥啊？"小周盯着张明亮。

"哦，不干啥！"宋广元拉开张明亮，"麻烦你给我们登记一下。我们那么远来一趟，也不容易的，请……"

"请请请，请什么？"小周不耐烦地挥了一下手，"我不告诉你了嘛，你们这个案我这不能立。"

"那去哪儿？"张明亮张着嘴。

"真啰唆！"小周翻一眼张明亮，坐了下去。

宋广元白了一眼小周，拿了资料和烟，拉着张明亮就走。张明亮回头看一眼小周，血一上涌，停下了脚步。宋广元拖着他往外走。

张明亮站在街边，看着南来北往的面孔，却没一张认识，望天上飘动的云朵，却没一朵见过……宋广元指了一下前边的面馆，说先去吃碗面条，再回来碰运气。张明亮有点沮丧，但也只能这样了。

赵立新伏在桌上，头枕着手，脸朝外，眼皮一开一合的。张明亮走过去，笑着朝他点点头，递上一支烟。他抬起头，用右手的拇指和食指接了，顺手拉开右边的抽屉，放在一个小铁筒里。

"登记好了？"赵立新瞅着张明亮。

"没有。"张明亮说。

"咋呢？"赵立新皱了下眉。

"我们也不知道。"张明亮看一眼宋广元，"他就说他那儿不能立。"

"我看下。"赵立新伸着手。

宋广元将资料给他。他才看了头几行就不看了，将资料推给宋广元，说："他确实不会登记，也别怪他。"张明亮急切地问："为什么？"赵立新迟疑道："我也不太清楚，应该跟煤化厂有关。"

宋广元和张明亮想从赵立新口中多了解一些相关信息，他却东拉西扯的，说自己转业后进了法院，天天在这儿守门，虽然有人瞧不起他，但他也觉得挺好，一脸的满足和幸福。张明亮见没人进出，就从包里取出烟来，往抽屉里放。赵立新伸手来挡。张明亮合上抽屉，说："没事，不会麻烦你什么。"赵立新笑着说："我一个守门的，也真不知道什么。"张明亮有意岔开话题："省高院的办公楼还远没有岳北中院来得气派呢！"赵立新说："那倒也不是，这是老办公楼，新的已经建好，正在装修中，年底之前就会搬过去了。"

一辆有法院标志的小车开进来，在门口一侧停下。赵立新朝张明亮指了一下门外，说："你们运气不错，倪庭长回来了。"

一个虎背熊腰的大汉提着公文包大步走进来。赵立新迎上去，指着张明亮和宋广元，说："倪庭长，他们等你老半天了。"倪国庆停下脚步。张明亮忙跑过去，说："倪庭长，您好！我们是孔大华的朋友。"倪国庆打量了他们一下，说"走，去办公室"。

张明亮先说明来意，又把资料递给倪国庆。阅后，倪国庆面有难色，在地上踱了起来。看着他踱来踱去，张明亮心里也是七上八下。

"倪庭长，我想您心里应该是清楚了。这处罚明显没道理，那个判决和裁定就更是违背了基本事实依据，是……"

"是什么？"倪国庆瞟一眼宋广元。

"是……应该撤销。"宋广元看着倪国庆。

"应该撤销？"倪国庆停下脚步。

"是的。"宋广元点点头。

"这样吧。你们先坐一会儿，喝点水。我出去一下就来。"倪国庆说着出了门。

张明亮和宋广元默默坐着，想着心事。只有墙角小鱼缸里的水叮咚响着，让房间显得更加寂静，沉闷。

倪国庆走了快两个小时。殷红的夕阳从窗口的树枝上筛过来，不规则地散落在桌上、地上。张明亮坐不住了，几次去门口打望。宋广元却是一派淡定，时而闭目养神，时而捻着胡须，时而翻翻手机上的短信。

夕阳猛地一沉，掉下山梁那边去了。天也随之暗了下来。

"张行长，看来有戏。"宋广元站了起来，"我跟你说，凭我的感觉和经验，倪庭长去了这么久，肯定是在跟人沟通，只要能沟通，能谈下来，就有希望。你听，应该是回来了。"他指了一下过道。

"两位，是这样，"大步走进来的倪国庆在椅子上坐下，喝了几口水，"对你们申请的撤销处罚决定，明天下午高院执行局会组成一个合议庭，你们也参加听证。至于你们的申请复议，那还得等一等。"

"那……"张明亮失望地看着倪国庆。

"那谢谢倪庭长了。"宋广元忙接过话。

"不好意思，我只能做到这样了。"倪国庆起身要走。

"能这样已经挺好了。非常感谢倪庭长。"宋广元边说边朝张明亮眨着眼睛。张明亮没反应过来。他又努了努嘴。张明亮这才明白过来，忙说："请倪庭长赏个脸，一起去吃个饭。"倪国庆婉拒道："晚上还有事，去不了。"

刘志高一进门，正拖地的杨小梅将手上的拖把往地上一掼，一屁股坐在椅子上，背对着他。

"你咋啦？"刘志高放下手上的包，走到杨小梅跟前，半弯下腰，关心地问道。

"还咋啦？"杨小梅眼一挑，指着刘志高，"我说你没用吧，你还要嘴硬。结果怎么样？还不是人家才干了三年的，把你这个干了两个三年多的踩下去了！"

"我还以为是什么了不起的事呢！"刘志高手一挥，呵呵一笑，"不就一个破局长么，有什么值得生气的！"

"哼！我就生气！"杨小梅噘着嘴。

"哎呀，那个不算什么，当不当都一样。"刘志高边说边开了电视，在沙发上坐下。

"谁说的？那可不一样了！"杨小梅腾地起身，掰着手指道，"你要当上了局长，那就是一把手。一把手是什么？那就是说一就是一，没哪个敢说二；指东就是东，没哪个敢向西。这是一种地位，也是一种声望，更是一种资本。这个你不会不懂吧？这还只是其一。其二呢，要是当上了局长，工资随着就涨了，还有这样那样，跟着也一下就涨了上去。天下有哪个不喜欢钱呢？除非是个傻瓜。有了钱，不说别的，这房子就可以换一套更大的，儿子也就可以出国留学了，还有……"

"还有什么？"刘志高瞥一眼杨小梅，"就说这些，你烦不烦啊？"

"哟，还嫌我烦了是吗？"杨小梅指着刘志高，"你可要弄清楚，我也是为你好。你要是这回当上了局长，再干上几年，说不定还能捞个副院长，那你的级别就上去了，级别一上去了，就什么都上去了。可现在这么一来，你是什么指望都没了。你清不清楚？"

"清楚又有什么用？"刘志高换了一个电视频道。

"我早就跟你说了，要你想想办法，走动走动。"杨小梅将电视关了，"可你呢？就是耳聋，听不进，好像人家院长就是你的爹、你的娃，那局长就铁定是你的，没人去争，没人来抢，就……"

"就就就，你啰唆个啥？"刘志高一拍茶几站了起来，"我告诉你，什么局长不局长，我从来就没想过，也没看在眼里。"

"啧啧啧，哎哟哟，你还没想过？没看在眼里？那是我在想了？是我看在眼里了？"杨小梅走近刘志高，偏着头瞅着他，"哦，那你早点告诉我呀，免得我天天做梦，到头来一场空！"

"谁要你想了？谁要你做梦了？真是的！"刘志高扬扬手，"你以为那局长是谁都能当的？又是那么好当的？"

"你是吃不着葡萄就说葡萄酸吧？"杨小梅哈哈一笑，"刘志高啊刘志高，我还真没看出来，原来你也是这样一个人啊！"

"你……"刘志高一下站了起来，指着杨小梅，抖动着手指。

"我怎么啦？我只不过是实话实说而已，不像有的人……"杨小梅横一眼刘志高，捡起拖把去了卫生间。

早在两三个月前，局里就传得沸沸扬扬，说接替老局长的肯定是刘志高。可今天宣布的结果是原第三副局长阳建国上了，刘志高还是第一副局长。有人透露，他这次错失良机是因为有人多次向院领导反映，说他在煤化厂案子的执行上与院里不能保持一致，消极应对，敷衍塞责，甚至有时还暗中作梗。想起这事，刘志高就感到十分憋屈，不禁心底一酸，接着一疼，颓然坐在沙发上。他刚坐下，手机响了。

"志高，在哪儿？干吗呢？"倪国庆笑着问。

"还能在哪儿？"刘志高勉强笑着。

"哎呀，志高，那些事就别放在心上，随它去了。"

"我要放在心上，那就不是这个样了。"

"那倒也是。"倪国庆顿了一下，"嗯，凭良心做事，凭本事吃饭，不看人脸色，不仰人鼻息。"

"谢谢老兄关心，也谢谢老兄指教。"

"看你说哪里去了。"

"老兄有何指示？"

"明天下午，要开一个听证会。你过来，或是安排一个人来也行，是关于你们去青山执行的事，人家对你们的处罚有异议。"

"哦。"刘志高想了想，"那我就不去了，让局里另外安排人去吧！"

那天在青山，一出营业厅的门，屈光宗就提出要对银行罚款，而且必须顶格。成大为说自己没意见，请刘志高定夺。刘志高正在思考着什么，一时没有吱声。屈光宗就当他是默认了。当刘志高觉得顶格处罚有所不妥时，屈光宗已将处罚通知书填写好了，仿佛是完成了什么重大任务，一脸得意地将通知书递给他过目。刘志高没有接，只扫了一眼。成大为看出了他的心思，却装糊涂。

兴盛公司在青山县城西部的开发区内，由一个国有小企业改制搬迁而来，全新的厂房，全新的管理方式和运作模式，尚处于成长阶段。

李颖收拾好东西，锁好抽屉，准备下班回家。楚芳微笑着走过来，问："怎么还没走？天都快要黑了。"李颖答："今天业务多，刚忙完，就走。你是不是又要加班？"楚芳笑了笑，说："平时轻松的时候天天盼着公司业务多，就怕没事做；现在订单多了，忙不过来了，让人急，也让人愁。"李颖呵呵一笑，问："什么事还让你发愁了？"楚芳一声叹息道："还能有什么，就资金的事呗！"李颖"哦"了一声。楚芳瞟一眼门口，问："张明亮是不是出差了？银行里出什么事了？"李颖点下头，却也说不清楚。

李颖出了公司大门，琢磨着刚才楚芳的话，不由自主拨了张明亮的电话，问他在哪儿、吃饭了没有、身体好不好。张明亮说自己正在去旅店的路上，等下就吃饭，身体挺好的。李颖说那就好，注意安全。

郭玉梅一眼看到李颖，忙边叫司机刘石停车，从车窗探出头，喊李颖上车。李颖走过去，道过谢，说不上车了，坐了一整天，想走走路。郭玉梅满口酒气，说那不行的，碰到了不上车，别人还会以为她怎么了。听她这么一说，李颖只好上了车。郭玉梅问张明亮在那边情况怎么样，打电话回来没有。李颖说打过，在那边还好，没事。郭玉梅说没事就好。李颖谢过她，望着窗外。

"这事恐怕没那么简单哦！"沉默了一会儿，郭玉梅瞟一眼李颖，像是自言自语，又像是对李颖说。

李颖深呼吸了一口，没有吱声。郭玉梅扭过身来，拉着李颖的手，拍了拍说："你也别太担心，不会有什么大事的，最多也就给那边的人打一顿，关几天，再……"

车子突然一个急刹。郭玉梅身子猛地往前一扑，头差点撞在挡风玻璃上。

"你……你怎么开车的啊！"郭玉梅指着刘石。

"有人横路。"刘石正视前方。

李颖感激地看了一眼刘石。她看到了，刚才路上根本就没人。

好不容易在高院附近找到一家旅馆，住进去时已是晚上八点多了。宋广元说："快点吃面条去，肚子早造反了。"张明亮说："今天不吃面了，吃米饭。"宋广元笑道："还是吃面吧，能省一点是一点。"张明亮拉着他就走，在旅馆边找了一家川菜馆，麻麻辣辣的，再加两瓶啤酒，算是美美地吃了一顿。

从川菜馆出来，宋广元拍了拍肚子，边走边说舒服。张明亮一笑，说真是不好意思，苦了大律师这几天了。宋广元呵呵一笑，撇一下胡子说，吃什么并不重要，重要的是跟什么人一起吃。张明亮哈哈大笑。宋广元也跟着笑，眼睛都湿了。

刚在房间落座，张明亮就接到何小年的电话，说不好了，行里出大事了。

张明亮一惊，忙问出了什么事。何小年边喘着气边说，齐小红带着几个人，说是十点以前赶到双江，与江北等地来的汇合后，一起去省城上访。张明亮在房间里边走动边要何小年马上去追，要快，一定要追回来，一个也不能落下，这是大事，开不得玩笑，出不得问题；又说他现在就给齐小红打电话，要他们立即掉头。何小年说自己在镇上一个煤矿搞营销，马上赶往双江去。

此时，一台小面包车正快速跑在从青山到双江的公路上。车内的齐小红正低头沉思着，突然，手机响了。她一看是张明亮的电话，忙朝大家竖起食指，晃了晃，接了电话，说自己在去双江的路上。

张明亮问："去那儿干吗？"

"去看一个朋友。"

张明亮说："不对。"

"那你说去干吗？"齐小红说。

"你是去搭火车，准备上省城。"

"你怎么知道？"

"我有千里眼啊！"

"呵呵，你耳朵还真灵呢！"

"不是我耳朵灵，是你们真不该去。"张明亮语气变得严厉起来，"小红，你听我的，现在马上掉头，不要再去双江了……什么？你们已经到了城边上……那就这样，你们进城去玩一会儿，买衣服也好，吃东西也行，绝不能与江北的人碰头，更不能与别的地方的人串联，十一点以前必须回到青山。这是底线，你得给我保证！"

"张行长，我们……"

"我知道你们想的什么，也理解你们，但你必须听我一句，就是天大的事，也得等我回来再说！"

"嗯，好吧！我答应你。"齐小红咬了咬嘴唇，"不过……"

"不过什么！好了，就这样，一切等我回来再说！"

齐小红收了线，何小年的电话就来了，说自己在来双江的路上，要她找个地方，等下他来请他们吃夜宵。齐小红将张明亮和何小年的意思跟大家说了，有的说既然张行长知道了，那就回去算了；也有的说听齐小红的，她说怎么办就怎么办；只有陈雪兰说不行，不能这样就算了。齐小红眼睛一瞪，说："要去你自己去，别把我们扯在一起。"陈雪兰说："喊我们来的是你，现在说不去了的还是你，不知你搞的什么名堂！"齐小红指着陈雪兰说："我说你死脑筋不？我喊大家来，自然有喊的道理，现在叫大家不去了，自然也有不去的理由，这个大家都明白了，难道就你是个木脑袋，就你那么笨？"大家都看着陈雪兰。陈雪兰脸一红，拍一下自己的脑袋，"哦"了一声，说"明白了，明白了"。齐小红笑着说："我就知道，人家雪兰是冰雪聪明的人。"陈雪兰不好意思地抿嘴笑着。齐小红一拍陈雪兰的肩膀说："走，进城，让何行长请吃夜宵去！"陈雪兰点头，其他人跟着欢呼。面包车上的沉闷一扫而光。

张明亮给周大新打电话，几次都占线。一接通，周大新说正好要给张明亮打电话，要他务必做好员工的工作，不得到双江集中，更不能去省城上访。张明亮说自己已经安排好了，支行有几个人应该是刚到双江，但不会去集中，更不会与其他行的人串联，而且十一点以前会回到青山。周大新放心了。张明亮告诉他，L省高院执行局明天有一个听证会，将组成合议庭，审议那个处罚决定。周大新表示，这也是一个收获。

张明亮躺在床上，边和宋广元聊着明天听证会的事及其可能出现的结果，边等着齐小红等人的信息反馈。十点五十分，齐小红发来信息：我们说话算数，都已回到青山。张明亮回道：好样的。谢谢！

长方形的听证室里，中央摆放着一张酱色长条形的会议桌。房间本来不算小，但又长又宽的会议桌把房间堵得满满的，加上顶上的日光灯有的也不怎么光亮，个别的还黑了，难免令人有一种沉闷、压抑的感觉。

张明亮一进门心就紧了一下，直到走至指定的位置，又深呼吸了两次才平静下来。宋广元在他的左下手坐下，边自信地打量着室内室外，边问张明亮是不是有点紧张。张明亮浅笑默认。宋广元说过一会儿就好了。张明亮说也不是怕，就担心他们不讲理。宋广元一笑说，据理力争就是。

屈光宗和于小财说笑着进来了。于小财跟张明亮隔了两张椅子坐下。屈光宗坐在于小财的右侧。张明亮朝他们欠欠身子，微微一笑，算是打过招呼。屈光宗正襟危坐，不露声色。于小财也只朝张明亮勾一下头，往椅子里一靠，就跟屈光宗说笑去了。

倪国庆和一男一女两位法官在张明亮的对面坐下，一脸冷漠，一脸严肃。室内立即沉寂下来，只听到墙上的钟"嘀嗒嘀嗒"数着时间。张明亮心里不免又是一紧，那"嘀嗒"声也仿佛敲打在他的心坎上。

倪国庆咳了一声，扫了一眼大伙儿，宣布听证会开始，由申请方先说。张明亮陈述了主张和理由，宋广元做了补充。随后，屈光宗说了处罚的理由和依据。于小财表示，罚三万还不够，应该罚十万才对。倪国庆眯着眼睛看了一眼于小财。后者似乎没看见，继续口若悬河。倪国庆瞪了一眼于小财，他才脸一红，不说了。

屈光宗举了一下手说："报告倪庭长，是他们故意拖延时间，才造成资金转移的。这可是事实！"

张明亮也举一下手说："尊敬的倪庭长，事实不是这样。我们压根儿就没有耽误，是他们填写的查询通知书有错误，单位名称和账号不符，无法查询。"

宋广元将质押合同及查询书等相关资料、凭证等送到倪国庆的面前。

屈光宗说："可我们马上改了。"

张明亮说："没错，你们是改了，可钱在你们查询之前就已经在异地支付了。"

于小财得意地一笑说："张行长，这个你就别想抵赖了。屈法官他们是录了像的。"

屈光宗横了于小财一眼，后者茫然地眨着眼睛。

"好。于科长说得好。"宋广元看着倪国庆，"倪庭长，我提请屈法官将录像拿出来，放一回，让大家看到底是不是银行拖延了时间。"

倪国庆左右看了一眼，见男女法官都点头，表示认可。屈光宗在包里翻了翻，说录像带没带来。

"是真没带来吗？"倪国庆盯着屈光宗。

"我问一下。"屈光宗打了个电话。

曹二喜推开门，探头探脑地走进来，将录像带交给屈光宗，在他身边坐下。女法官从屈光宗手上接过录像带，放了起来。

"好了。你们都在这儿等一下。"倪国庆看了录像，领着男女法官出了门。

屈光宗指了指于小财，压低声音说："好好的提什么录像带，真是没事找事！"

于小财一脸无奈，说："我还以为那个能唬住他们的，没想到会是这样。"他打了两下自己的脸。

张明亮和宋广元在悄悄地讨论着什么，见于小财打着自己的脸，差点笑出声来。

合议时，女法官说事实十分清楚，银行没有不配合的情节，不应该受到处罚，处罚决定应予撤销。男法官说："处罚也行，不处罚也对，但可以肯定的是处罚过重，不该顶格，不过，还是给予适当的处罚为好。"

屈光宗正数落着曹二喜，倪国庆和男女法官鱼贯进来，在原位坐下。倪国庆清清嗓子，扫一眼对面的人，说经合议庭合议，罚款由三万元改为三千元。

"这……"曹二喜满眼疑惑地左右看着。

"是啊，怎么会是这样？"于小财站了起来，"倪庭长，这不对吧？"

倪国庆瞪了于小财一眼。于小财顿时如一个泄了气的皮球，垂头丧气地坐了下去。屈光宗坐着一动不动，仿佛一个木雕。

"倪庭长，对这个结果，我也不太满意。"虽然比预料的要好，但张明亮嘴上还是这样说。

"那你要怎样才满意？"倪国庆斜看着张明亮，微笑着。

"应该撤销！"

"撤销？"倪国庆摇摇头，笑着走了。

"这倪庭长是不是昏了头了，这不明摆着胳膊向外拐吗？"等倪国庆他们一出门，曹二喜说着就拍了一把桌子。

"别乱说！"屈光宗瞪一眼曹二喜。

曹二喜脖子一缩，吐了一下舌头。

"好，张行长，你行！"屈光宗似笑非地瞅着张明亮。

张明亮笑着说："谢谢你的配合。"

"张行长，你很得意，是吗？"于小财指着张明亮，"我要你回不了青山，你信不信？"

"于科长，你吓唬谁啊？"张明亮偏着头，瞅着于小财，"我知道，你什么下三烂的事都干得出来，也已经领教过了。但我告诉你，我们既然来了，你再怎么样，我们也是不怕的！"

"于科长，你既然都这样说了，那我就得告诫你。"宋广元指着于小财，"从现在起，如果我们有任何危险，你就是头号嫌疑人。"

"你……我……"于小财指着宋广元，涨红着脸。

屈光宗扭头就走。于小财和曹二喜忙追了上去。

第三章

　　一出听证室，张明亮马上给周大新打电话，汇报了听证会的情况。周大新表示这样的结果已经不错了，要张明亮尽快赶回双江，做好支行员工的思想工作，确保队伍稳定。张明亮和宋广元乘坐第二天早上的航班，十二点半赶到了周大新的办公室。

　　"这次去收获还是很多的，尽管许多事情我们还没全弄清楚，但已切身感受到这个案子的错综复杂，也隐约感到从岳北中院到L省高院，对这个案子的执行是有不同意见的，这对我们来说是利好，可以有所突破。"宋广元喝了口茶，"这回我们在那边还结识了一些新朋友。"

　　"是的，孔大华就是其中一个。要不是有他这层关系，只怕听证会的结果不是这样。"张明亮看着周大新，"他还无意中泄露了天机，说那个泄露账户信息的人是冶炼公司的，但他怎么也不肯说出具体的人名。"

　　周大新点点头，要张明亮跟冶炼公司说一说，查一下那个人。张明亮说何小年已经跟公司联系过了，但公司说查不出来。

　　"查不出来也没关系，总有水落石出的时候。"周大新用手指轻轻点击着桌面，"处罚决定只是改判，不是撤销，这中间有许多文章可做，至少可以这样理解：他们有处罚不当之处，我们有协助执行不到位的地方。"

　　"对，这正是问题的关键。"宋广元深吸了一口气，"如果是撤销了处罚决定，追回那110万的事，他们就无从谈起，失去了基本的依据，相应地，后面这判决和裁定也就失去了基础，成了空中楼阁。"

"3000元的罚款是小事，那110万也不怕。"张明亮走了两步，"关键是那420万，他们冻结是有道理的，这笔钱过几个月就到期了，如果不能解冻，冶炼公司又没有别的钱过来，我们得垫付资金，就会有损失，而且损失会不少。"

"这个时候，要冶炼公司另外弄钱过来，只怕是想都别想。"周大新推了推眼镜，"这一冻就是六个月，还可以续冻一次，那就是一年。如果只是冻结一年就完事还好，问题是不知他们还再不再来执行。我想，一味地抗拒只怕是不行的，吃亏的只会是我们，还得想个办法解套才行。"

宋广元说这案子棘手得很，涉及面宽，又纷繁复杂，他也是头回碰到。周大新踱了几步，看着宋广元，沉吟道："在这些的背后，应该还有一股更强大的无形的力量在起作用。"宋广元连连点头，说："还是周行长看得更透彻。"张明亮忧心忡忡地说："问题是在这纷繁复杂的关系中，银行始终处于弱势地位，不管情况如何，都将受到伤害。"周大新点头道："所以我们得想个法子，不能总是处于被动。"宋广元捋着胡子说："从现在的情况看，要那边撤销判决和裁定的可能性是微乎其微，只能也必须借助政府的力量，必要时请省高院与L省高院协调，也许是一条出路。"周大新一拍桌子，说："好，就这样，多管齐下，积极争取。"

快两点了，三人才下了楼，来到大楼旁边的小饭馆。周大新要了四个家常菜，叫了两瓶啤酒，说张明亮和宋广元这回辛苦了，要犒劳一下两人。

吃过饭，周大新让张明亮跟他回办公室，一落座就说："明亮，你还是有一套方式方法的，效果也不错嘛！"

"哪里，都是您领导有力，教导有方。"张明亮有点一头雾水，不知道对方指的是什么。

"幸好你先把青山的人劝了回去，江北等地的人到了双江后，做工作就轻松多了，各县市支行才没有一个人滞留在双江。这样一来，双江这边就失去了外援，少了力量，也就散了，只有个别的上了火车，去了省城，也只溜一圈就回来了，没有去省行参加静坐。为此，省行刘行长还专门打电话过来表扬了我们。"

"这个啊！"张明亮笑了笑，"我可没做什么，都是何行长他们做的工作，也是齐小红他们有思想，有觉悟。"

"嗯，怪不得大家都喜欢你哦！"周大新瞟一眼门口，"你是不知道吧？听说从前天晚上到昨天上午，各地陆续到省行的有两百多人。他们先聚集在省行大楼前坪，后又涌入营业大厅，在厅里坐的坐，躺的躺，骂的骂，哭的哭……有的还不吃饭，不喝水，个别情绪激动的还在墙上撞头，扬言要死在那里……情急之下，省行只好向公安报警。公安出动了特警，强行将那些人带离现场，再由各地把人领了回去。"他摇摇头，一声叹息，"他们这样，又是何苦！"

"这……这怎么说呢？"张明亮看着周大新，"他们这样做固然不对，有些过激，但应该也是出于无奈。他们的心情可以理解，他们的情况也值得同情。我这么说，也不知对不对，请您批评指正。"

周大新一笑，说："也没什么，只是当着他们有的话就不能这样说了。"

"是的，谢谢您的指教。"张明亮咂了咂嘴。

"明亮，你应该知道，任何一次改革，其实就是一次利益的调整，总会有人做出牺牲，当然也会有人获利。"周大新看着张明亮，"你回去以后，还得再细致、深入地做做大家的工作，稳定好他们的情绪，千万不要再有反弹。特别要盯住重点对象，要通过他们去影响其他人员。你那里好像有个叫齐小红的吧？听说她在那些人中有一定威信，大多数人都听她的。你只要把她的问题解决好了，青山的事就好办了。"

张明亮请领导放心，表示一定会尽力做好工作。周大新说："不是尽力，而是要保证，这是政治任务，必须做好。案子的事，你是第一责任人，谁也替代不了。"张明亮说："我肯定不会推卸责任，也会担当好这个责任。"周大新紧紧握住他的手，又摇了摇。张明亮瞬间觉得身上注入了一股强大的力量。

回青山的路上，张明亮打电话给何小年，要他通知晚上召开支部扩大会，部门和网点负责人都参加，一个也不能缺。

路过兴盛公司的时候，李颖打来电话，问张明亮人在哪儿，是不是回家吃饭。张明亮说七点要开会，要她先吃，不用等。没想到，他一上楼就看到李颖捧着饭盒，等在自己办公室门口。

张明亮边吃边在笔记本上写着什么。李颖坐在办公桌对面的椅子上，双手托着腮，看着丈夫，满眼的疼爱。何小年走进门来，见了李颖，朝她拇指一竖，说："还亲自送饭来了，真是一个模范嫂子。"李颖朝何小年一笑，说："要是等开完再吃，人早都饿扁了，这楼上楼下的，送来也就两分钟的事。"何小年笑道："那也要嫂子贤惠啊！"张明亮抹一下嘴，朝何小年一扬手，说："走吧，去会议室，到时间了。"李颖指着饭盒说："还没吃完呢！"张明亮边走边说，"不吃了，拿回去吧！"

与会人员围着椭圆形会议桌坐了一圈，见张明亮和何小年进了门，都站起来。张明亮压压手，大家坐下去，神情专注地看着他，等他说话。

张明亮微笑着看了一圈，向大家问过好，说："几天不见，还真有点想念大家了。"营业部主任宁彩霞左右看看，道："您去那边，大家都担心着呢！"叶斌冲她一笑，说："就你不担心。"她脸一红，骂了叶斌一句："我可是担心死了，就怕行长在那边挨打挨骂，遭人暗算。"说着眼睛就红了，湿润了。叶斌一笑，胸脯一拍道："我就知道，张行长那是艺高人胆大，总会逢凶化吉的。"

张明亮笑着压压手，通报了去岳北的情况，传达了周大新的指示，接着说："目前及今后一段时期，除了正常工作之外，我们还有两项非常重要且十分艰巨的任务：一项是案子。这个情况错综复杂，主动权又不在我们手中。如果处理不好，不只是相关人员要问责，更严重的是支行将蒙受巨额损失。另一项是维稳。前天晚上有几个人去了双江，准备去省城上访。我跟他们打了电话，何行长也赶过去做工作，把他们都带了回来，没一个去串联，更没有一个去到省城。这说明我们员工的觉悟还是不错的，关键时刻能顾大局、讲纪律。大家要清醒地看到，不稳定的因素并没有消除，弄不好还会有人上访，或是以其他方式发泄心中的不满。这势必引起我们的高度重视，绝不能麻痹大意，绝……哦，不好意思，一个重要电话，我得接一下，大家先说一说。"说着，他快步出了门。

电话里，孔大华说吴龙江今天下午到了岳北，两人见了面，谈得很愉快，过几天弄到车皮就发货，现在正在喝酒。吴龙江表示明天就回青山了，晚上要请张明亮喝酒。张明亮说不用客气，回来再说。孔大华说，对于昨天的听证会，煤化厂有意见，岳北中院也有不同的声音，倪国庆、刘志高、成大为等都面临不同的压力。这些都在张明亮意料之中，又在意料之外。

张明亮回到会议室，何小年把刚才大家的意见和建议概括性地汇报了一下，也谈了自己的想法。张明亮肯定了大家的意见和建议，强调三点：一是不要有畏惧心理，要有信心、有决心，车到山前必有路，办法总比困难多；二是工作要分工负责，责任到人，具体来说，他的重点在案子，何小年的重点在维稳，各部门、各网点的负责人务必看好自家的门，管好自家的人；三是必须加强配合，搞好协作，大家务必齐心合力，和衷共济。最后，他说："只要大家拧成一股绳，困难再大，也会被踩在脚下。大家要记住，越是在困难的时候，越能看出一个人的境界，检验一个人的能耐，体现一个人的智慧……"

热烈的掌声穿窗而出，在空中回荡……

张明亮合上笔记本，正要宣布散会，门被"嘭"的一下踢响了，宁彩霞连忙去开门。郭玉梅左手扶着门框，右手一掌推开宁彩霞，趔趄着往张明亮左侧的空椅走去，随之而来的是一股浓烈的酒气。

"哎呀，不好意思，迟……迟到了。"郭玉梅拉开椅子，一屁股坐在椅子上，双手往桌上一拍，歪着头看着张明亮，"张行长，其实我是早……早就想回来了的，可他们不准我走，非要我再喝……喝几杯，还说什么喝一杯就给一……一百万。"她伸出一个手指，晃着，"我一听说有存款，眼睛就放光……

光了，一连喝了六……六杯。"她摇着拇指和小指，"喝得他们大喊算……算了，算……"她头一栽，趴在桌上，鼾声响起。

几个人堵在康水田办公室的门口，有的捶着门，有的叫骂着。

另一头，万长花的办公室里也聚集了好几个人。万长花耐心地跟他们解释，说欠他们钱的是原来的冶炼厂，不是现在的冶炼公司。有人说，冶炼公司是冶炼厂的崽，爹的债崽来还那是天经地义的，别想抵赖。万长花说，这是两码事，冶炼厂改制了，一改制，外面欠着的债就改掉了，没有了。有人说，他送的货就堆在冶炼公司的仓库里，就是冶炼公司用了，那这钱就得冶炼公司给。有人袖子一撸，挥拳要打万长花。她慌忙双手抱着头，好在另一个人劝住了，那拳头才没有落下来。

三楼的窗口抛下一根绳索。一个人爬上窗台，抓着绳索往下滑。

张明亮在冶炼公司门口下了车，指着那个正在往下滑的人，说那多危险啊！何小年边走过去边说那好像是康水田。张明亮心里捏着一把汗，生怕他跌落下来。

康水田一只脚试探着落了地，双手还抓着绳索。何小年拍了一下康水田的肩膀，赞叹道："你真行，还飞檐走壁了。"惊魂未定的康水田转过身来，尴尬地笑着。何小年向他介绍走过来的张明亮。张明亮向康水田伸出手，说："你演的是金蝉脱壳，太危险了。"康水田摇着头，摆着手，仰望一眼窗户，道声"一言难尽"，匆忙往前跑。何小年和张明亮紧追上去，才跑了几步，就听到楼上传来踹门的声响，接着又听到"别跑"的喊声。

仓皇之中，康水田冲进公司保卫部的值班室，往沙发上一歪，耷拉着头，闭着眼睛，大口喘气。张明亮在椅子上坐下，抹了抹额头上的汗水。何小年倚靠着桌子，指着康水田，说他刚才那惊险一幕，就跟演电影一样，算是开了眼界了。

"何行长，你就别笑话我了。"康水田坐起来，"我跟你说，这财务部部长真不是人干的！这一年多来，从早到晚，我不是被这个硬拉着，就是被那个死缠着，不是挨这个的训，就是挨那个的骂，没过几天省心的日子。"

"是这样啊，那还真难为你了。"张明亮朝康水田点点头。

"不瞒两位，这个部长我是真不想干了。广东那边，有几个老板要我过去，都愿意出这里两倍以上的工资，还安排家属就业。这还真让我有点动心，可我们田老板死活不准我走，说要走也得过两年再说。"康水田摇摇头，"我一想，既然田老板这么相信我，需要我，那就算了，先不走了。"

随着"咚咚咚"的脚步声越来越响，万长花一头闯了进来，随手又将半掩着的门关了，气喘吁吁地抵靠在门上。康水田问她怎么也跑过来了。她说不跑过来，还真让他们打死不成！她横一眼康水田，跟张明亮和何小年打了个招呼，说："不好意思，让你们见笑了。"何小年边拉了一把椅子给她边说："你们老这么躲，怕也不是个办法。"康水田苦笑了一下，说："也没别的办法，只能如此。"何小年说："可你躲得一回只一回，躲得一天只一天。"康水田皱皱眉头说："这也是没有办法的办法，也许再过那么一年半载，他们讨得疲了，没劲了，也就不来讨了。"何小年不以为然地一笑说："只怕没那么简单，那些讨债的人现在还是分散行动，到时如果他们联合起来，事情就难办了。再说，他们现在还只是跟你们说好话，求你们，如果有朝一日，谁来一个过激行为，把事情弄大了，只怕是难以收拾。"万长花手一扬，要何小年别提这些烦心事。

"好，那我也就不转弯抹角了。"何小年看一眼张明亮，"就岳北法院到支行执行的事，张行长想听听你和康部长的意见。罚款倒是小事，也改判了，关键是那冻结的420万和要追回来的110万怎么办？"

"这个很好办的！"万长花叩一下桌子，"你们别理他们，要他们来江北找我们就是！"

"问题是他们不找你们，只缠着我们不放啊！"何小年摊着手。

"那我们就没法子了。"万长花看着何小年，"我们总不能没事找事，用轿子把他们抬到江北来吧！"

"康部长，据我所知，你们与煤化厂的经济纠纷与岳北法院之间的矛盾都由来已久，情况又十分复杂，两边政府都曾出面调解过，但没得到落实。"张明亮起身踱了几步，"就这回岳北法院来青山执行而言，要执行的对象本是你们公司，却阴差阳错地把我们卷进来，成了一个无辜的受害者，面临着巨大的风险和损失。"

"那你的意思是？"康水田看着张明亮。

"我想那110万就不管它了。"张明亮在椅子上坐下，"但那420万过三个月就到期了，到期就得付款。法院冻结时间是六个月，如果法院不提前解冻，我们银行就得垫付资金，而从这回我去岳北的情况看，要提前解冻是不太可能的。因此，我们想请公司配合一下，到时候另外弄一笔钱来，将那420万先付了，反正冻着的钱也还是你们的。"

"这个主意倒是不错。"康水田似笑非笑地看着张明亮，"只是我们公司改制过来的时间还不长，虽然看上去一片兴旺，却没赚几个钱，不过是做个热闹而已；还有，现在产品价格虽然涨了，但原材料的价格涨得更快，货款回笼又不理想，资金占用越来越多，没有多余的钱。你要我拿出这么一大笔闲钱来，我也是心有余而力不足。"

"不见得吧？"张明亮笑了笑，"据我所知，公司不只是做了个热闹，钱也还是赚了的，资金更是比较宽裕，只要部长有心，力也是有的。"

"行长过奖了。"康水田苦着脸，"要真是那样，我又何必要冒着生命危险去爬窗户？又何必要躲在这里不敢出去见人？又何必欠着别人三万五万的挨打受骂？说起来，那些讨钱的有的确实可怜。"他叹息一声，"可我又有什么办法？那不是我个人的钱，要是我个人的钱，也就给了他们算了。"

"我知道你的苦处，也理解你的难处。"张明亮看着康水田，"但岳北法院来执行一事，不管怎么说，是由你们引起的，解铃还须系铃人。从现在起，少不了还得请部长多多配合、多多支持才行。当然，还有万科长。"他把目光转向万长花。

"张行长，我表个态。"万长花举一下手，"何小年是我同学，开户也好，贴现也好，都是我主动找他的。现在既然有事了，只要我能做的，我一定尽力！"

"那好，我再说两句。"康水田朝张明亮和何小年点点头，"感谢你们，是你们给公司开了户，还贴了现。不过，当初选择与贵行合作，除了长花与何行长是同学之外，也是觉得贵行安全、可靠。如今出了这样的事情，我是万万没想到的，可……"

"说实话，出这样的事，我们更是没想到。"何小年看着康水田，"可现在事情已经出了，就得面对现实，双方共同来解决才好。"

"好吧，那我也就不遮遮掩掩，实话实说了。"康水田咽了咽口水，"不瞒两位，事情发生以后，我就想到你们会找过来，会提这个要求。我也跟田老板报告了。田老板是个精明人，一听就明白，如果我们再弄钱过去，那损失的就是我们。"

何小年有点激动，提高了声音："那钱是冶炼公司应该付给煤化厂的，并不是公司的损失。"康水田脸一阴，说："冶炼公司与煤化厂的恩恩怨怨可不是三言两语说得清的，更没有你想得那么简单。"

门口传来杂乱的脚步声，听到一个说"看到万长花往这边跑了的，怎么一闪就不见了"，另一个说"应该没跑多远，肯定就躲在这附近的房间里"。

值班员指了指后门。康水田刚要走，听到门外起了争执，就悄悄走到门口，从门缝里往外看，只见两个警察和公司保卫部的人一起在驱赶那些讨债的人。

门外的嘈杂声渐渐地远了，小了……

康水田朝张明亮做了一个请的手势，说："走吧，到吃饭时间了，吃饭去。"张明亮起身，回道："今天就不去了，有机会再来。"

送张明亮和何小年上了车，康水田一转身就对万长花说，"也好，现在那边死咬上银行了，就让他们咬去吧！这样我们倒轻松了，少了一个大麻烦。"万长花没有说话，只是瞟了他一眼，仿佛不认识他似的。

回青山的路上，张明亮说："对冶炼公司不要抱任何希望了，只能靠自己。今后与客户合作，还得事前对客户多一些了解，不能什么都揽过来。"何小年连说是他没把好关，只关注了公司业务层面，没有更多了解公司的背景、债权债务关系，特别是公司的诚信状况。张明亮说："也不全怪你，我也有责任。"正说着，万长花给何小年发来致歉的信息，并表示只要她做得到的事，一定会尽力而为。张明亮说："这个万长花快言快语，还不错，你要与她保持联系。"何小年连连点头。

　　齐小红吃过晚饭，稍稍打扮了一下，提前十来分钟来到茶馆，进了预订的小包间，又点了茶点。约定的时间马上就要到了，见张明亮还没来，她有点生气了，刚起身要走，见张明亮推门走了进来。张明亮看一下手机，问："迟到没有？"齐小红嘴一撇，说："现在还没有，但很快就迟到了。"张明亮在她对面坐下，说："不好意思，本来是提前过来的，就怕你等，没想到半路碰到一个客户，非拉着我说话。"齐小红一笑，说："又没谁怪你。"张明亮嘿嘿笑了笑，说："没怪就好。"齐小红看了看张明亮，要他站起来。他不知道她要干什么，顺从地站了起来。齐小红边比画边要他再转一圈。他问："怎么啦？"齐小红打量着说："仔细看看呗！还好，看样子在那边没挨过打。"张明亮呵呵一笑，说："好好的，谁敢打呀！"齐小红脸一红道："人家心里可担心着呢！"张明亮嘿嘿笑着，挠了挠头，说："谢谢你。"

　　两人默默对坐了一会儿，齐小红先开了口："约你来，也没别的，用不着紧张，更用不着害怕。"张明亮道："你又不是老虎，有什么怕的？"齐小红扑哧一笑，弦外有音："我要是老虎倒好了，早就把他吃到肚子里去了。"张明亮忙岔开话题："不好意思，回来这两天，跑政府，跑法院，今天又去了江北冶炼公司……"齐小红截过话头："那天晚上，你说一切都等你回来再说。昨天，我从早等到晚，今天又从上午等到下午，还真有点急了，这才约你今晚见面。"张明亮说："我没忘，确实是太忙了。"齐小红妩媚一笑，说："我知道，人家也是说着玩的。"张明亮喝口茶，嘿嘿一笑不语。

　　"说实话吧，"齐小红盯着张明亮，"当时要不是你跟我那么说，就是天王老子来，我也不会回来，准会上火车。"

"是吗？"

"当然。"齐小红抿一口茶，一声叹息，"你想想，大家好端端地干着，一夜之间，搞一个什么股改，就把我们改得不是银行的人了，成了外派人员。你说，这大伙儿能接受吗？"

"股改可是大势所趋，是历史的必然，不只是你们的身份变了，我们也一样。"张明亮指指自己，"就说我吧，说起来是一个芝麻小行长，可如今一改，也成了一个合同制的打工仔，不再端着铁饭碗，弄不好哪天这行长也当不成，甚至给炒了鱿鱼……"

"你们跟我们还是不一样的。你们至少还是银行的正式员工，还在银行的门槛里面。我们呢？被你们一脚踢出大门，成了什么外派人员，或外包人员，仿佛一群弃儿。"齐小红咬了咬嘴唇，"说起来，当初我们也是你们百里挑一挑进来的。大家在这里一干就是五六年，甚至十来年，都把银行当作自己的家，把同事当作兄弟姐妹，将一生的希望寄托在这里，准备将毕生的力量贡献在这里，一夜之间要让大家离家出走，骨肉分离，要让大家希望破灭，要……"她哽咽了。

"看你说的……"张明亮瞟一眼齐小红，看着桌面，"没你说的那么惨吧？"

"没这么惨？"齐小红抹了抹红了的眼睛，"张行长，你是站着说话不腰疼吧！你也不想想，我还算年轻的，也已经快三十了，到时你们随便找个什么理由，将我们退给外派公司，我们去找谁？还能去干什么？我们就会数钱，就会记账，就会干银行的活！"

"你这么聪明能干，又这么漂亮，到哪里都可以胜任的，都是……"

"你可别给我灌迷魂汤，说漂亮话，自己有几斤几两，我还是清楚的。"齐小红头一扬，"再说了，我们是一个群体，不只是我一个人，就算我到哪里都能有碗饭吃，那我也不能不管他们。如果我只顾自己，他们会瞧不起我，更不会听我的话。那天晚上，我听了你的话，自己回来了，也把他们一个不落地带了回来。"

"谢谢你，也难得你有这样的情怀。"张明亮给她续上茶，"其实，银行股改的根本目的是要把银行办得更好，办成真正的商业银行，在国际上更有竞争力，并不是非要裁减人员，更不是非要跟谁过不去。没错，从今以后，大家的身份变了，对大家的要求也更高了，业绩将成为衡量一个员工优劣的重要标准之一。股改以后，将实行同岗同酬，不再分三六九等。这不正是你们多年来梦寐以求的吗？还有，我听说了，今后每年都会从你们中间择优转换一些为合同制员工，跟我们一样。"

"那是以后的事，谁能知道！"齐小红哼了一声。

"现在是股改刚刚完成，有些东西肯定还要完善。但这有一个过程，需要一定的时间。你们的一些想法和要求，我都理解，也在积极向上级反映。"张明亮微笑着看着她，"你要相信上级，也要相信支行，还要相信我。"

"我要不相信你，前天晚上就不会回来，今天晚上也不会约你。"齐小红满眼柔情地看着张明亮，"其实我也没别的，就心里憋得慌，想跟你说说话。"

"谢谢你的信任。"张明亮避开她的目光，"你平时对我工作上的支持，我都记在心里。我也知道，这回你还是会支持我的。"

"你知道就好。"齐小红咂咂嘴唇，目光落在他扶着杯子的手上。他瞟她一眼，将手往回收。她倏地起身，一把抓住他的手，在手背上"吱"地啄了一下。这都发生在一瞬之间，他还没弄清是怎么回事，她已经坐在了原位，朝他笑着，一脸娇羞。

"小红，我……我知道你喜欢我。说实话，我也喜欢你。"张明亮脸上热烘烘的，"但我们只是好同事，好朋友。你说对不？"

齐小红深情地凝视着他，没有说话。茶室里一片沉寂，只有柔和的灯光、轻柔的音乐，还有汩汩的血脉、怦怦的心跳……

"你放心，我知道该怎么做，不会为难你的。"齐小红含着泪光，朝张明亮灿烂一笑，看一下时间，"哦，都9点半了，你快回家吧！"她起身往门口走去。张明亮望着她高挑的身影，心底由衷地涌起一股感动和感激……

在食堂吃过午饭，万长花回到办公室，关上门核对账表。谭顺义悄悄溜过来，踮起脚往窗户里瞄了一眼，转身走了两步，听到里面有椅子挪动的声音，立马调头去敲门，敲了几下，见里面没有反应，接着又敲。

"敲敲敲，敲你个鬼啊！"

谭顺义听到声响，连忙躲到一边。

"谁呀？"随着门猛地打开，万长花探出头来。

谭顺义一闪，钻进了门。

"你……你来干什么？"万长花瞪他一眼。

"我……"谭顺义把门关了，"来看看你呀！"

"没谁稀罕！"万长花走到桌前。

"可我稀罕！"谭顺义嘿嘿笑着。

"你有什么鬼事？"

"看你说的，哪有什么鬼事。"谭顺义从包里拿出一个信封，边说边塞进她的抽屉里。

"什么？"

"嘿嘿，没什么，给你的，或者说是你该得的。"

"给我的？"万长花去拉抽屉。

"是呀！"谭顺义挡着她的手。

"给我的什么？"

"你拿着就是了，用不着问那么清楚。"

"我可不能稀里糊涂地拿了别人的钱。"

"哎呀，你怎么这样犟呢？"谭顺义跺了一下脚。

"我就是这样！"万长花一掌推开谭顺义，拿出信封，往他手上塞。他躲避着。信封落在了地上。

"你……你这又是何必呢？"谭顺义愣愣地看着万长花。

"何必？"万长花指着谭顺义，"那你又何苦？"

"我怎么啦？"谭顺义捡起信封。

"你是怎么赚钱的？你说给我听听！"

"我……我怎么啦？"

"好，你以为我不知道是不是？"万长花逼视着谭顺义，"你以次充好，还短斤少两……"

"那……那也是没办法。"谭顺义苦着脸，"你也替我想一想，你们把价格压得那么低，我要不变通一点，那还不亏死去。"

"这么说，你还有理了不成？"

"那我以后不再那样做了，行吗？"谭顺义将信封往抽屉里塞。

"谭顺义！"万长花一把抢过信封，扔在地上，指着谭顺义的鼻子，"你是不是以为我是见钱眼开的人？你是不是觉得我会跟你同流合污？"她步步紧逼。

"没……没有。"谭顺义边退边摇着头。

"那你还拿这个来干什么？"

"其实，我也没别的意思，就是想感谢你一下，也请你帮个忙。"谭顺义看一眼万长花，"想……想让你给我付款安排得早一点、多一点。"

"你这个样子，还想早一点、多一点，莫想偏了个脑壳！"万长花指着谭顺义，"我告诉你，你这样的人，我瞧不起，更看不上！"

"那我改，总行了吧？"

"狗能改得了吃屎？"万长花鼻子一哼。

"嘿嘿，那现在的狗，还真就有不吃屎的。"谭顺义嬉笑着。

"可你改不了。"万长花指一下谭顺义，"告诉你，上次你将公司在青山的存款信息告诉岳北那边，就已经让我很失望了。"

"我……"谭顺义抽一下自己的脸，"我真该死！"

"你走吧！没谁稀罕你这昧心钱！"万长花捡起信封，塞到谭顺义的手上，"我再也不想见到你！"

"你……"谭顺义瞠目结舌地看着万长花。

万长花气呼呼地打开门，双手将谭顺义推了出去，又用力将门关上，震得窗户哐哐直响。谭顺义踢了一脚门，将信封放进包里，朝楼道口走去。在楼道的拐弯处，他接到了孔大华的电话。孔大华问他有什么新的信息没有。他没好气地说没有。孔大华笑他怎么这么大的火气，是不是得罪了女朋友，不等他说，又嘱咐他继续打听，一定要把信息弄准，弄准了及时告诉他，有了成果，那上次的信息费也就好说了。他闷声闷气地说好，又问生意上合作的事能不能给句准话。孔大华说暂时还不行，以后再说吧。他挂了电话，呸了一口，又骂了一声王八蛋。

早上，伍兴国站在窗前，揭着手臂上的薄皮，给从门口走过的阮小芳看到了，笑他成了个赖皮猪，没人喜欢了。他说别人喜不喜欢没关系，只要她不嫌弃就行。阮小芳呵呵一笑，说"那你就等着吧"，朝他摆摆手，走了。他昨天去钓鱼，曝晒了大半天。

此刻，伍兴国刚回到办公桌前，在椅子上坐下，吴启东的电话就来了，说他从江北过来，过半个小时就到。伍兴国说："那太好了，热烈欢迎领导来指导工作。"放下电话，又叫阮小芳过来，清扫了地面，整理了桌面。

楼下传来哭闹之声。伍兴国走到窗口，见楼下坪里几个人正在推推搡搡，一个法官好像是在调解。他望了一眼大门口，将窗户关上，走到门口，朝过道两头张望了一下，回到办公桌前，看了看时间，背着手低头在桌前转了转，从书柜里拿出一本书来，捧在手上，心不在焉地看了起来。

吴启东敲了一下门，边走进来边说，兴国，在认真学习啊！伍兴国忙放下书，迎上前去说："领导怎么提前到了？我正准备上大门口去迎接呢。"吴启东："说今天是怪了，那路竟然不堵车。"他扫了一眼桌上的书，问伍兴国看的是不是省高院罗局长主编的那本案例精选。伍兴国哈腰一笑，说："正是，这书写得真好，简直就是一部宝典，在执行中要是碰到了什么难题，只要拿这书一看，就能找到答案。"吴启东一笑，说他准是又碰到什么困难了。伍兴国"嘿嘿"笑了笑，说也没别的，就岳北来青山执行那事。吴启东问找到答案没有。他说还没有，真不好找。吴启东笑着指了指伍兴国，说这书哪是什么宝典，只不过是一本普通的案例汇编罢了。伍兴国忙说："那可不是，你舅舅这本书确实是编得太好了，既有理论，又有实践，而且理论和实践结合得天衣无缝，你虽然是罗局长的外甥，但罗局长对你要求可严了，你全是靠自己的真本事吃饭的，我看市局那局长的宝座，如果今年不是你的，那明年准是。"吴启东哈哈一笑，说他在从江北来青山的路上，接到了成大为的电话，再次对不受理银行申请复议的情况做了解释，也表明不会接受银行提出的提前解冻的要求。伍兴国说成大为昨天晚上给他打过电话，说的意思跟这个差不多，还说要请他继续给予支持和帮助。

"该支持的要支持，该帮助的要帮助，但有一条底线，你给我记住，就是不要为了支持和帮助而牺牲银行的利益。"吴启东喝口茶，侧看着伍兴国。

"嗯，我明白了，也记住了。"伍兴国点点头。

吴启东一声叹息，说："人家问冶炼公司要钱那是没错的，如果冶炼公司守信用、不赖皮，人家就不会跑到青山去，银行也就不会卷进来了。"

张明亮轻轻推开门，叫了一声伍局长。伍兴国忙招呼他进去，又介绍了吴启东。张明亮在吴启东旁边坐下，说正好准备这两天去双江，专程向吴启东请教。吴启东说不客气，有什么在这里说就行了。

"也没别的。"张明亮稍一想，"就是想请你跟那边说一说，听说你……"

"也没什么，就打过一两回交道，只是认识而已。"吴启东看着张明亮，"你要我再跟他们说说，这个没问题。其实，昨天你们周行长、赵行长都跟我说了，我也跟成法官打了电话，只是人家不买账，我也没办法。"

"那能请你带我们去那边走一趟不？"

"这……有必要吗？"吴启东看一眼伍兴国，"以后再说吧！"

"对对对，现在还不到时候。"伍兴国点着头，"到时候再说的好。"

"不过，你们可以再次申请复议。"吴启东想了想，"也用不着再跑过去，只把材料寄过去就行了，至于结果如何，那就难说了。"

阮小芳敲门进来，说到了下班时间，该去吃饭了。伍兴国看一眼窗外的夕阳，说："那还等什么，走呗。"张明亮说他来做东，请两位局长吃个便饭。吴启东呵呵一笑说："那倒不必，法院虽然不像银行一样有钱，但一餐饭的钱还是有的。"张明亮一想，今天机会难得，就说："那我今天就蹭局长的饭了。"

在去吃饭的路上，张明亮给何小年发了信息。何小年飞快赶了过来，进了包间，说自己在隔壁吃饭，听说吴启东和伍兴国在这儿，特意过来敬杯酒，以表敬意。

席间，张明亮将成大为他们来青山执行的来龙去脉跟吴启东说了。吴启东说他不知道原来是这样，如此一来，那这事还真有点玄了。

何小年出了包间，买了单，在楼下候着。伍兴国下了楼，深一脚浅一脚地去签单。老板说早买过了。吴启东看着张明亮。张明亮左右看看，说："可能是何小年一块买了吧，没事，请局长吃个便饭也是应该的。"

出了门，吴启东说直接回双江。伍兴国一只手搭在阮小芳的肩上，一只手挥舞着跟吴启东告别。见车子远了，阮小芳腰一扭，手一甩，小跑起来。伍兴国一踉跄，扑倒在地，不等张明亮伸手去扶，已自己爬了起来，边说"小芳，我送你回家"，边往前追。阮小芳边跑边回过头来，说"不用，自己回去"。

"好，你给我等着，看哪天收拾了你！"伍兴国站在那里，看着阮小芳跳动着的越来越小的身影，气恼地自个骂着。

李永嘉受县长委托，主持召开协调会。会议已开了近两个小时，争论了一阵，吵闹了一番，现在已冷清下来，不再有人说话，只有烟雾越来越浓，鼾声越来越响。

"你们这是要熏腊肉啊！"万长花抹了抹眼角的泪，出门透气去了。

张明亮也憋不住了，转身推开了背后的窗户。一股热浪带着清新扑面而来。马上有人喊不要开窗，热死人了。又有人说开着好，免得熏死了。

"请大家打起精神来！"李永嘉扫一圈会场，敲了敲桌子，"抽烟的同志请克制一下，少抽一点，最好不要抽。不抽烟的同志请克服一下，忍耐一点。"他将烟架到烟灰缸上，"好了，通一下风就行了。窗子还是关着，要不这空调也白开了。"他看一下时间，"哦，这会不用多久了。大家也别急，张行长已经给大家准备好了午餐。"

见万长花推门进来，李永嘉要她代表冶炼公司再说一说。

"好，那我就再说一说。"万长花站着，"首先，我还是那句话，公司感谢银行，也对给银行带来的麻烦表示歉意；其次，对煤化厂和岳北法院，可以叫他们去江北，公司不怕，但如果他们不来，那公司也没有办法；再次，要公司再拿钱放到银行里来，这不现实，要公司主动付钱给煤化厂，那也不可能；最后，只要公司能做的事，公司愿意配合，特别是我。"她看一眼何小年，"人还是要讲良心的，但有些时候，有些事情，可不是讲良心就办得到、办得好的。"

王才智朝伍兴国递了个眼色。伍兴国点了一支烟，抽一口，看一眼李永嘉，又把烟放在烟灰缸上，咳了一下，说："那好，我也再啰唆两句。说起来，这事本来跟我们青山法院是没任何瓜葛的，可现在变得好像是我们跟岳北法院有什么说不清的关系了，特别是我，还成了一个被怀疑对象，说我只帮着那边说话，屁股坐歪了。这真是天大的笑话，也是天大的冤枉。"他用手指敲了敲桌子，"天地良心，到现在，我还没抽过他们一包烟，没喝过他们一杯酒，没……"

"没什么就好。"李永嘉笑了笑，"伍局长，这些没根没据的东西，你也不要去想，更不要放在心上。你是我们青山执行方面的专家，你就说说该怎么办吧！"

"怎么办？"伍兴国搔了搔头，"这我也不好说。"

"不好说你也说说看。"李永嘉吸一口烟。

"那我就说说，说不好请书记和院长批评指正。"伍兴国看一眼王才智和李永嘉，"一句话，这事情很复杂、很麻烦。上回张行长去那边申请复议，那边没有受理。后来张行长又反复申请，加上中院吴局长和我们王院长多次与那边沟通、协调，那边总算受理了，却不采信银行的举证，还是白搭。"

"那怎么办？"李永嘉挺了一下腰。

"还真不好办呢！"伍兴国叹口气，"我想，得做好两手准备，一是继续与那边沟通协调，争取他们能有所改变，但这几乎是不可能的，当然，也许会有奇迹出现，因为情况是不断变化的；二是要做好那边来强制执行的准备，我不希望是这样，也许那边冻结到期以后，不再来续冻，不再来执行，不了了之，但愿是这样。"

"如果那边要来续冻，要来执行，那又怎么办？"李永嘉眨着眼睛。

"那还能怎样？"伍兴国耸一下肩，摊一下手，"人家来冻结也好，来执行也好，我们也不能干预，更不能阻拦。"他瞟一眼王才智，一声叹息，"这人难做啊！帮这边说话嘛，那边会说我们干预执行，搞地方保护主义；配合那边吧，这边又会说我们是吃里爬外，胳膊向外拐了。"

王才智坐正了，说他表个态：一是坚决听政府的话，政府要他们怎么办就怎么办；二是他们与岳北法院虽然是同一个系统，但他们毕竟喝的是青山的水，吃的是青山的饭，在不违规不违法的前提下，他们一定会保护青山的利益；三是他们会尽力配合银行做好相应的工作，也请银行多理解。

赵万隆微笑着朝大家点头致意，强调岳北法院所谓的判决和裁定都是站不住脚的，银行不可能履行所谓的付款责任，担心的是如果岳北法院再次来执行，必然会有矛盾，甚至产生冲突。

"好了，大家都说了，我再说几句。"李永嘉敲了敲桌子，扫了一圈会场，"我想啊，这事情不管怎么说，都是由冶炼公司而起的，那么冶炼公司一定不要回避，更不要躲在一旁看把戏、看热闹，要主动与煤化厂及法院沟通、协商，争取早点把问题解决了，别让银行夹在中间，更不要让银行来替你们受罪。王院长这边前期已经做了大量的工作，特别是伍局长辛苦了。下一步，还要请王院长和伍局长多给银行出主意，当好参谋，也要多向中院和省高院汇报，争取上级的支持。由上级与那边协调，可能效果会更好。要强调的是，我不要你们搞地方保护主义，但绝不能胳膊向外拐。谁要向外拐，到时候书记县长追究起来，可别怪我没说。"他瞟一眼伍兴国，看着赵万隆，"说实话，赵行长，这个事，我也为你们感到委屈。可事情已经到了这一步，也没办法，只能面对。我想，一方面你们要积极应对，充分调动各方面的力量，争取事情向着有利的方向发展，另一方面还真得做好那边来强制执行的思想准备，做好预案，到时候不要弄得手忙脚乱，惊慌失措。当然，我说的要有准备，并不是要你们去搞对抗，更不是要你们去准备打架斗殴。"

赵万隆看一眼张明亮，微笑着朝李永嘉点点头。

台阶的阴凉下，聚集的人已是黑压压的一片，还稀稀拉拉地有人聚拢过来。

"……20……35……50……"歪鼻子站在台阶上，手上指点着人头，嘴里数着。

左又芳风风火火地跑了过来。

"好，你是第62个。"歪鼻子指一下左又芳，走到她跟前，"你不去刷鞋了？"

"我本来是要去的，都走到半道上了，可他们非要我赶过来，还说今天来的，现场每人发50块钱，今天不来的，下次钱弄回来了，每人要扣200。这里外一算，那就是200……哎哟，不行，不来的应该扣300才对。"左又芳拍了拍裤子上的灰尘。

"哦，那是，那是。"歪鼻子恍然大悟地点着头，"等下我就跟他们说，应该是扣300。不来的活该，没谁叫他们不来的。"

"算起来，厂里都有快两年没发一分钱了。在这里站一下，就能拿50块钱，还真是没想到。"左又芳算了算，"嗯，我要挣50块钱，那得刷20多双鞋子。"

歪鼻子挤到人堆里，跟两个人说了几句，上两级台阶，转过身，拍几下手，大声说："好啦，人来得差不多了，太阳也老高了。主席的意思是不等了，也别让大家晒着，大伙都往上面走，上楼去吧！"

人群一拥而上，却在大门口被法警手挽手站成的人墙挡住了。

伴随着叫骂声、口号声，人群起伏进退，有如波浪一般。

一阵骚动过后，于小财的头在人堆中冒了出来。

"大家好，都辛苦了！"于小财站在椅子上，举着双手，"其实我的心情也跟大家一样，希望能快点把钱拿回来，可那钱不是大家想得那么简单。我刚才就是从成法官那里来的，来之前一直在和成法官商量，看怎样才能把钱拿回来。请大家……"

"大家别信他的，他已经和成大为是一伙的了！"

"是的，他的话是信不得的，全是骗人的鬼话！"

"滚下去，别站在那里丢人现眼！"

一个纸团砸在于小财的头上。于小财慌忙下了椅子，钻回了楼里。

人群往里涌，眼看人墙就要被突破。吕大业从外边奋力挤了进来。

"大家好，我……我来了！"吕大业站上椅子，边说边喘着气，一脸汗水。

"你来干什么？"

"你来又有什么用！"

"下去，别挡着！"

"我求求大家了，千万别这样啊！"吕大业朝人群拱着手。

"别这样，那怎样啊？"

"你给我们发工资！"

"只要有钱，我一定给大家发工资。只是我现在手上没钱，一分钱也没有，真的没有。我对不起大家，给大家赔礼了。"吕大业向人群鞠了一躬，抹了一把汗和泪，"可是，我也要告诉大家，你们这样做，那是违法的，还是别在这里了，快回去吧！"

"别听他的！"

"下去！"

"那……那我给大家下跪了！"吕大业下了椅子，跪了下去。

人群开始往后退。

吕大业泪流满面地跪在地上。

人群退到台阶边沿停了下来。

吕大业跪着往前挪。

人群朝台阶下往后撤。

成大为站在窗口，看着人群退到了坪里，又看到那个背着"冤"字的老头一瘸一瘸地从人行道上走进了前坪。

"好了，主席说，吕厂长也是为大家好，就先听他一回，今天就到这里了。大家都散了吧！"歪鼻子抬腿就要走。

"钱呢？"左又芳一把抓住歪鼻子的衣袖，"你不是说现场要发钱的吗？"

"什么钱啊？"歪鼻子故作茫然。

"那50块啊！"左又芳跺一下脚。

"什么50块？"歪鼻子眨眨眼睛，"哦，那个呀，楼都没上，人也没见到，哪儿来的钱哦！"他手一摊，"你看，我也没拿到，大家都没拿到啊！"眼睛一瞟，"不过，主席说了，下次一起补给大家！"

"骗子，死骗子！"左又芳一甩手，"下次你们再也别来叫我，叫我也不会再来了！"她瞪一眼歪鼻子，大步走了。

左又芳一走，不少人跟着也骂骂咧咧地走了。一男一女走过来，围着歪鼻子，拉拉扯扯的，非要钱不可。

男的说："你给我钱，不给钱你别想走。"

女的说："是你喊我来的，你误了我的工，快给我钱。你要是不给我钱，我就跟到你家里去！"

"谁……谁拿了你们的钱？"歪鼻子眼睛一瞪，青筋一鼓，两手一甩，"你们问我要钱，那我问谁要钱去啊？！"

"哎，歪鼻子，你不给就不给，还凶什么呢？"男的说着走了，边走边往回看。

"没有就没有，骗人干吗！"女的愣了愣，也走了。

"我看你们还啰唆！"歪鼻子提着拳头，故意跺了两下脚。他们以为歪鼻子追着要打，拔腿就跑。歪鼻子哈哈大笑。

成大为转身才走了两步，听到楼下传来爆竹和鼓乐之声。他返回窗前，只见两个人抬着一块大匾额，上面写着"青天"两个金色大字，在阳光下熠熠生辉。前面有人放着鞭炮引路，后面有人吹吹打打护送。

王维权扬着手跑下台阶。鼓乐队在台阶下止了步。王维权跟一个抬匾额的人说了几句，跑上了台阶。鞭炮放完了，鼓乐没有停息。

刘志高放下案卷，来到窗前，朝旁边窗口的成大为扬一下手，勾一下头，一同望着楼下。

阳建国领着几个人快步走下台阶。王维权朝阳建国哈一下腰，和阳建国一起接过匾额。有人忙前忙后地拍照。那老头一瘸一瘸地过来，一把抓住阳建国的手臂，胸前那白底黑字的"冤"字在阳光下也是格外醒目。拍照的人一把将老头拉开。老头一歪，倒在地上。阳建国抬着匾额上了台阶。鼓乐跟在后面。

空旷的地坪里只有那老头坐在地上，嘴里喊着"冤"，那声音飘在空旷的地坪上，化在灼热的阳光里，是那样的微弱，那样的无力……

"那老头，都喊了好几年了冤吧？"刘志高指一下老头，看着成大为。

"嗯。"成大为心一颤，扭过头去。

刘志高叹息一声，摇着头回了办公室。

会已开了两个小时，还是莫衷一是，只好接着开下去。

"前面大家说了那么多，尽管有的话不中听，但我不怪大家。"阳建国敲了敲桌子，"昨天煤化厂那么多人聚集在楼下，扬言要冲进大楼里来，要我们给一个说法。当时，我可真是捏了一把汗的。这怎么说呢？你说抓人吧，那是不好抓的，抓不好会弄出大乱子来，谁也担不了那个责任，你说不抓吧，又怕他们真冲进来，真要冲进来了，谁也不知道会是个什么结果。后来幸好吕厂长来了，给那些人又鞠躬，又下跪，那些人才散了。"他扫一圈会场，"同志们啊，从那些人的言行中，我看到了许多，尤其是他们对那笔钱是多么渴望、多么需要。也不知你们是不是看到了？"

"这还要说。我一个亲戚，两口子都在煤化厂里头，两年多没发工资了。没钱吃饭，没钱买衣服，没钱送孩子上学。你说，他们能不想钱吗？"曹二喜气愤地说着。

"可不是。我一个邻居好不容易进了厂，可才上了半年多班，厂子就没工资发了。没办法，只好去酒店干那活。结果第三回就给派出所抓了，要罚款两千。她娘请我去说情。没办法，我只好硬着头皮去了。人家给了我一个面子，但最后还是要罚款八百，得不偿失，造孽哦。"郭大宝说着，一声叹息。

"是啊！金钱虽然不是万能的，但不管在哪个社会，不管到哪里，钱还是要的，没有钱，不说寸步难行，至少办事也难。"阳建国摇摇头，"而人家煤化厂的职工都两年没发工资了，就是原来有点老本，也早该吃得差不多了。俗话说得好，坐吃山空嘛！说起来，一个女人，因为钱去干那样的脏活，大多应该也是迫于无奈。怎么说，他们的境遇也是值得同情的，大家说是不是？"

"嗯，是可怜啊！"有人说。

"还有比这更可怜的呢！"又有人说。

"好了，别扯远了。值得同情只是一个方面。"阳建国点上烟，吸一口，"另外啊，大家还得想一想，他们老是这么来吵吵闹闹，既影响我们的办公秩序，又破坏我们的社会形象，还是一个不稳定的因素。真要哪天伤了人，或是弄出个人命来，那麻烦就大了，可不是我们哪个能承担得起这个责任的。"他弹了弹烟灰，"好了，这说来说去，关键的就是要把那钱弄了回来，只要那钱不弄了回来，他们就随时都可能会再来。大家说，是不是这样？"

曹二喜和郭大宝齐声说"是"。

"对，还是阳局长英明。只要把那个钱弄回来了，那就什么都好办了。"屈光宗拍一下桌子，"再说，这煤化厂的案子，也是省里督办的，要是没个结果，也是交不了差的。"

"是倒是，只是那一笔钱确实是人家支付在前，我们查询在后，另一笔也确实是做了质押的存款。"陈大海瞟一眼屈光宗，"这要弄回来，你凭什么？只怕是没那么容易吧！"

"凭什么？"郭大宝眼睛一眨，"就凭那判决和裁定啊！"

"对，先别管那么多，把钱弄了回来再说！"曹二喜说。

"我只想提醒大家一句，还是别感情用事的好。这个案子盘根错节，不是大家想得那么简单。"刘志高左右看看，目光落在桌面上，"我想，我们应该跟院里，特别是要跟煤化厂，说清说透那钱的真相，让他们清楚其中的来龙去脉，知道那存款到底是怎么回事。这样，事情才好处理，我们也好进退有据。"

"对，刘局说得在理。这样一来，万一有什么状况，我们也好说话，不至于说不清、道不明。"陈大海看一眼阳建国，"再说，我们也应该实事求是，让大家知道事情的真相。"

"哎，你这是什么话？好像阳局就不实事求是了！"郭大宝指着陈大海。

"就是嘛！"王维权讨好地瞅一眼阳建国，"人家昨天都敲锣打鼓，还放着鞭炮，给阳局送来了匾额。你没看到？"

"不好意思。"陈大海瞟一眼王维权，看着阳建国，"阳局，我还真是没看到。"

"谁让你……"

"你东拉西扯的干吗！"阳建国瞪一眼王维权，看着对面的成大为。

低着头的成大为一抬头正好碰上阳建国的目光，见不发言是挨不过了，就推了推眼镜，字斟句酌地说："我是知道的，这个煤化厂和冶炼公司之间的经济纠纷本来就复杂，现在又把银行和我们法院牵扯了进来，事情就变得更加复杂了。如果没有非凡的魄力，不用非常的手段，这事只怕是……"

"怎么？"阳建国瞅着成大为。

"这……这怎么说呢？"成大为眉头蹙了一下，"说实话，要我再直接去冶炼公司或是去江北执行，那我是没信心的；而要我再次去青山找银行，我心里更是没有底气。"他瞟一眼屈光宗。

"我想来想去，要想拿到钱，那要么是让银行去逼冶炼公司，让冶炼公司付钱过来，要么是只能再次去青山，到银行来一个强制执行。"屈光宗看着阳建国，"当然，不管怎么样，那钱我们一定得弄了回来才行。"

于小财举着手，说屈光宗说得好，他举双手赞成。阳建国扭头瞟一眼于小财，看着李正道，问他有什么想法。李正道站起来，说他也没别的，就请法院的同志加把油，把钱早点弄了回来就行，要是再只花钱出去，那也没钱可花了。于小财忙扯了扯李正道的衣襟，要他别这么说。

"李厂长，你这是什么意思？"屈光宗红着脸，指着李正道，"你以为我们出去执行好玩是吗？轻松是吗？我告诉你，每次出去，我们没睡过一个好觉，没吃过一顿好饭，有时还要挨打受骂。虽然没拿回几个钱，那也怪不得我们，要怪只能怪冶炼公司太无赖，也得怪你们自己，谁叫你们跟这么一个赖皮公司去做买卖。"

刘志高瞥一眼屈光宗，往椅子上一靠，闭上了眼睛。同时成大为也斜了一眼屈光宗，嘴角动了动，欲言又止。

李正道又站了起来，朝对面和左右各鞠了一躬，想说什么却又哽咽着说不出来。阳建国有点不耐烦地朝他压了压手，说下次去执行，请他也参加，去体验一下。李正道说他就别去算了，少去一个人少一份开支。于小财忙拉着他坐下，悄悄说去就去呗，不差那一点的，可别惹得大家不高兴。李正道仿佛没听见，只是直直地望着墙壁。

"好了，看来大家对再次去青山，在思想上是基本统一了的。"阳建国环视一圈，身子一挺，"还有一点，我要告诉大家，那就是省高院江副局长昨天给院长打了电话，又问了我，看我们什么时间去、怎么去。"

刘志高缓缓睁开眼睛，稍稍扭过头，瞟一眼阳建国，随即又合上了眼皮。

"我看，过几天就去，在冻结到期的前两天去最好。还有，去的人得多一些，不能像上次那样。"屈光宗看一眼成大为，"我看青山那里的人也不好惹，执法环境不比江北好到哪里去。人去少了，弄不好会钱没弄回来，还要白挨顿打。"

于小财马上附和，说是要多去些人才好。刘志高坐了起来，冷眼看着于小财，说那是去执法，不是去打架，多去人那是要多花钱的。于小财说只要能把钱弄了回来，多花点钱也没关系。

"你就知道那钱一定能弄回来？"刘志高笑了笑，"我这可不是给你们泼冷水，而是请你们先冷静一点，不要盲目乐观，免得到时候想不清，接受不了。"

"好，还是刘局有水平。"阳建国似笑非笑地看一眼刘志高，"他这可不是泼冷水，而是告诫大家，这事情可没那么简单，得有充分的思想准备。"

刘志高浅浅一笑，说："上次去青山，由于情报不准确、信息不对称，大家虽然是辛苦了，却是无功而返，白白费时费力，消耗钱财。对此，我深感愧疚。而此番再去，情况必定更加复杂，更难驾驭。因此，我在这里郑重提出，辞去执行组长一职，请局里另请贤能。当然，我也声明，不是知难而退，更不是对谁有意见，而确实是难以胜任，怕误了大事。"

"刘局，这组长你要不当，那就没谁能干了。"刘志高话才落音，成大为就抢着说了。

刘志高哈哈一笑，摇着手说："哪里哪里，能者多了去了，比比皆是。"

"是啊，你要不干了，那谁适合来接呢？"阳建国偏着头，瞅着刘志高。

刘志高也不应答，捧着杯子，品起茶来。

"阳局。"屈光宗手一举，"要是刘局真心想辞了，那我看有一个人就非常合适。"

"谁？你说！"阳建国指一下屈光宗。

"那还有谁，成庭长啊！"屈光宗嘿嘿笑着。

"成庭长？"阳建国打量着成大为。

"不合适，不合适的。"成大为轻轻地摆摆手，看着阳建国，"这案子的来龙去脉我都清楚，也一直参与了执行，但那都是小打小闹，可不比这回。上回我协助刘局去了青山，虽然没有把钱拿回来，但在刘局的直接领导下，还是有不少收获的。不说别的，要没有上次的成果，就没有现在的这个局面和条件。我希望此番再去，还是请刘局挂帅，我仍然做刘局的助手。这样才轻车熟路，得心应手。"

"那就这样吧。"阳建国看一眼刘志高，再看一眼成大为，"如果刘局能不辞辛苦，再去青山，那这组长就还是请刘局担任，如果刘局确有难处，那就有劳成庭长了。"

"好，就有劳成庭长吧！"刘志高瞅着成大为，意味深长地一笑。

"谢谢两位局长的信任，也谢谢各位的美意。"成大为微笑着朝大家点点头，"只是，这组长的担子可重了，一定得请哪位局长来挂帅才合适，那样才名正言顺。"

"好了，这组长人选也好，谁来挂帅也好，就都由院里去定吧。"阳建国扫一圈会场，"在这里定下来的，一是青山一定得去，二是去的人肯定会比上回多。"

成大为心想，如果不出意外，这组长已非他莫属，说不定还会给他挂上一个副局长。一散会，他就尾随着进了阳建国的办公室，侃侃而谈地说了再去青山的必要性，也说了再去青山的艰巨性，还说了张明亮不好对付，肯定不会轻易就范，但不管怎么复杂、怎么艰难，他都是有信心、有决心的。阳建国一拍桌子说，好，就要这样。其实，成大为心中清楚，刚才阳建国是希望有人推举王维权的。

杨小梅无精打采地回到家，在沙发上呆坐了一会儿，拿起扫把去做卫生，却全无心思，做一下停一下。猛然听到门口有了脚步声，接着又听到钥匙插进了锁孔，正倚着墙生闷气的杨小梅立马拉长了脸，又上了一层厚厚的霜。

刘志高一进门，杨小梅的扫把就扫在了他的脚上。

"你这是干吗？"刘志高边躲避边说着。

"干吗？"杨小梅瞪他一眼，"扫地啊！"

"有你这么扫地的？"刘志高跳一步。

"不这么扫，还怎么扫？"

"你没看见我？"

"你是谁啊？"

"我是谁？"刘志高一笑，"我是刘志高啊！"

"你是刘志高？"

"我不是刘志高，那还是谁？"

"你去哪儿？"

"回家啊！"

"回家？"杨小梅斜他一眼，"你走错门了吧？"

"走错门了？"刘志高呵呵一笑，"你不在这里嘛，没错的！"

"还好意思回家！"杨小梅说着鼻子一哼，扔下扫把，走到沙发跟前，一屁股坐下。

"怎么啦？"刘志高像一个做错了事的孩子，轻轻地走过去，站在她的跟前。

"怎么啦？"杨小梅翻他一眼，"你问你自己！"

"问我自己？"刘志高一脸茫然。

"你还装糊涂是不是？"杨小梅站起来，在他额头上戳了一下。

"什么呀？我真不知道呢。"刘志高抚着额头。

"你呀，你呀！"杨小梅指着他的鼻子，"原来还指望你能当个局长院长什么的，现在倒好了，一个副局长都保不住，还给人家抢走了，去了什么工会，我都替你害臊呢！"

"哎呀，我还以为什么呢，原来就这么个事哦！"刘志高将手上的包往沙发上一扔，往卧室里去了。

"哟，就你清高是不是？可清高能卖钱？能买米？"杨小梅气呼呼地站了起来，指着他的背，"告诉你，我可清高不起来，我每天需要的是油盐柴米，我只希望儿子能读个好的学校，可你……"见他没理睬，她越发生气了，脚一跺，抓起茶几上一个玻璃杯子就要摔，但举过头顶又放下了，搁在茶几上。

"你呀。我都不生气，你又生什么气呢？"刘志高换了衣服，笑着走了过来。

"你不生气？"杨小梅眨着眼睛。

"是啊，好好的，我才不生气呢。"刘志高在沙发上坐下，架起二郎腿。

"谁都知道工会是养老的地方。可你才四十出头，你就不怕人家笑话？不怕别人说你窝囊？"杨小梅盯着他。

刘志高哈哈一笑，说："那你可错了，现在的工会可是个好地方，是不少人争着去、抢着去的。"

杨小梅轻蔑一笑说："哎哟，那你还是争来的、抢来的？"

"虽然不是争来的，也不是抢来的，却是领导关怀的结果。"刘志高眼睛一转，"你知道吗？开始是安排我去纪检监察室的。"

"搞纪检监察？嗯，那还不如去工会。纪检监察是个得罪人的地方，弄不好，别人会恨你一辈子。工会倒是个做好事的地方，要真做好了，别人还总记着你的好处。"杨小梅挨着刘志高坐下，脸上的霜也化了。

"就是嘛。"刘志高拉着杨小梅的手，"这么多年来，我在外面办案的时间多，家里都是你操持着，你也辛苦了。现在好了，我有时间多待在家里，帮你干些家务，管管孩子了，多好的事呀。"

"别只说得好听。"杨小梅嗔他一眼，"这些我宁愿自己干，不稀罕你来做！"

"不稀罕也行。"刘志高嘿嘿笑着，"那我就多花一点时间，对以往的一些案例，做一些整理，做一些研究，出一个集子。这事我想了多年了，只是一直没时间。现在好了，时机来了。人一辈子，总是有得有失，也是有失有得的。"

"不管你怎么说，我心里还是有些不舒服。"杨小梅看一眼刘志高，"那个阳建国，踩着你的肩膀上去了，还要这样对你，也做得够绝的了。你就看着，他是不会有好结果的。还有那个成大为，也不是个好东西。"

"看你说到哪儿去了。我离开局里，跟他们都没什么关系，是我自己主动提出来的。"刘志高拍拍她的手，"至于成大为，他人还是不错的，也是有他的难处。"

"是吗？"她睁着眼睛。

"局里和院里都决定要再次去青山，如果我还待在局里，还是副局长，那我就得继续当那个执行小组的组长。"刘志高摇摇头，"可是组长这担子我实在不想挑了，成大为能挑起来，我还得感谢他呢！"

"挑不起那个担子？"杨小梅眼睛红了，眼里泛起了泪光，"这么多年了，我可从没听你说过这样的话，你挂在嘴边的只有四个字，不累，不怕。"

"那是此一时，彼一时。社会在变，时代在变，别人在变，自己也在变。"刘志高扯了纸巾，递给她，"说起来，这回我还真得感谢他们。"

"哦，也是，也是。"杨小梅偎在刘志高的怀里，闭上了眼睛。刘志高搂着她，轻轻地摇着。泪水迷蒙了他的眼睛。泪珠从他的眼角滚下来，敲开了她的眼帘。她幸福地一笑，说做饭去。他说帮她做。她灿烂一笑，拉着他的手朝厨房走去。

杨小梅拉着刘志高去厨房的时候，成大为正坐在刘志高原来坐的那张椅子上沉思着。上午宣布之后，刘志高立马就搬了办公室，只带走了私人物品，所有的公物都留了下来，而且打扫得窗明几净。

屈光宗在门口探进头来。成大为问他怎么还没走。屈光宗说等他，都来过三回了，只是没打扰他。成大为问是不是有事。屈光宗吞吞吐吐地说也没别的，就想请他一起喝杯酒。成大为说算了，不去了。屈光宗有点尴尬地站在那里，进不是，退也不是。过了一会儿，成大为向他招了招手，示意他坐过去。他在成大为对面的椅子上坐了下来。成大为瞅着屈光宗，欲言又止。屈光宗坐着坐着，泪水出来了。成大为问他怎么了。他说没别的，就为成大为当上了局长高兴。成大为站了起来，在地上走了走，拍着屈光宗的肩膀，说那好，去他家里吃饭去，随便炒两个菜就行。屈光宗喜出望外，一抹眼睛，说那太好了，他来炒菜，又给家里打了电话。

屈光宗亲自下厨，又拿出了家里最好的酒，跟成大为边喝边聊，吃过饭，又把成大为送到楼下，看着他上了楼，见房间的灯亮了才往回走。成大为仰面躺在沙发上，头有些疼，嘴也有些干。此刻，他是多么希望郝梦楠能从卧室里出来，递上一条毛巾，端过一杯热茶……可他睁开眼睛，撑着坐了起来，四处一看，哪里有她的踪影。他勉强站了起来，歪歪斜斜地进了厨房，烧了水，加点蜂蜜，冲了一杯。

夜深人静，楼下小车停靠的声音虽然不是太大，但躺在沙发上的成大为还是听到了。他一翻身爬了起来，跑到窗前一看，又赶忙回到沙发跟前，坐下，拿起一本书来。

"哟，郝总回来了！"郝梦楠一进门，成大为忙站了起来，边说边迎上前去，可刚迈开脚步就绊着一个什么东西，一个趔趄，跌在沙发上。

"成大为局长也是刚回吧？这么晚了还在学习？"郝梦楠走过来，左手拎着包，右手在鼻子跟前划了划，"看这一屋的酒气，庆贺的酒没少喝吧？"

"没有呢，哪有什么庆贺，就跟光宗喝了几杯。人家也是一片情意。你就别笑话我了。"成大为讪笑着，将手上的书放到茶几上，"这也就随便翻翻，边翻边等你回来。"

"等我回来？"郝梦楠呵呵一笑，"可不敢劳驾你，更不敢笑话你哦。你现在是局长了，就好好干吧，早点干出个院长来！"她说着进了卧室，将门"呼"地关了。

成大为一声叹息，黯然神伤地坐下，将那半杯蜂蜜水"咕咚"两口就喝了。

吕大业和李正道隔着办公桌，面对面地坐着，都愁眉苦脸地埋着头。闷坐在李正道一侧的于小财稍稍抬起头来，看看这个，又看看那个，欲言又止。

窗外树上落下两片叶子，一片飘飘荡荡地进了窗户，落在于小财的面前。于小财用力吹了一口，那树叶飘了起来，旋转两下，歇在吕大业跟前。吕大业瞥一眼于小财，拿了树叶，扔在地上。

李正道实在憋不住了，咽咽口水，瞅着于小财，说："你总得想个法子，不能让吕厂长干着急吧。"吕大业说："是啊，阳局长今天又打电话来问了，说兵马未动，粮草先行，钱准备好了没有。"于小财说，天地良心，他一直在想办法，只是再也想不出办法来了，又不能去抢、去偷，要是能告诉他哪里有偷、哪里有抢，那他也豁出去了。停了一下，他又说，要是能印出钱来，那他可以一秒钟也不停地印，累死也愿意，如果能卖到钱，那把他卖了，他也没有半句怨言。吕大业笑了，说："你这样谁会要，又能卖几个钱？"

"好了，这狗屁科长我早就不想干了，你们去找有办法的人来吧！"于小财踢一脚椅子，甩手就走。

"于小财，你给我站住！"吕大业厉声喝道。

于小财止步。李正道乜一眼于小财，默然无语。

"于小财，你给我坐下！"吕大业拍了一把桌子，站起来，指着于小财，"你这个时候撂挑子，那就是一个懦夫，可耻，可恶！"

于小财低着头，回到桌前，坐下，用眼睛的余光睨着吕大业。

"小财，我知道，在这个时候，你这个科长是不好当，可谁又轻松呢？"吕大业坐下，"今天在这里，我也就跟你们说几句掏心窝子的话吧。有时我也在想，这个'维持会长'干得实在窝囊，没什么意思，就想辞掉不干了，可是没人来接手啊……又想着这事虽然没谁愿意来干，但还得有人来干才行的，要不大家的日子就更难过了，一咬牙也就挺了下来，只是有委屈也只能埋在自己心里，有眼泪也只能偷偷地往心里流……再说李厂长吧，要是不留在厂里，那早发了，早……"

"吕厂长，你就别说我了。"李正道抹了抹眼角上的泪水，"谁叫我们有这个缘分呢。"

"好，就冲着缘分，再难我们也干下去！"吕大业瞅着于小财，"小财，行不？"

"嗯，好吧。"于小财抬起头，"只是厂里能卖的也都卖了，实在是想不出别的法子了。"

"别急，再想想，办法总是有的。"吕大业挠着头。

一片沉寂。只有风吹过树梢的声音。

"要不，看能不能到哪里借一点？"于小财看眼李正道，再看着吕大业。

"借一点？嗯，这是个办法。"吕大业皱皱眉头，"只是向谁去借？"

"要不问问孔大华？"李正道看着吕大业，"听说这两年，他还是赚了一些钱的。"

"他会借？"吕大业摇摇头，"上次为信息费的事，还在这里吵吵闹闹的。再说，他也知道厂里现在是个什么样子，还敢借？"

"那也不一定。"于小财想了想，"依我看，他那天来吵吵闹闹，就不像只是为了那点信息费，应该是还有别的什么想法的，只是没说出来。"

"嗯，我也看出来了。"李正道说。

"那你就试试看？"吕大业看着于小财。

于小财拨通孔大华的电话，只说吕大业有事想请他过来商量。

过了半个多小时，门外喇叭响过，孔大华大步流星地走了进来。吕大业连忙上前迎着，握手，让座。

"吕厂长，这么火急火燎地叫我过来，有什么好事啊！"孔大华将手包往桌上一拍，"于科长要是慢打两分钟的电话，那我就上省城去了。"

"孔老板现在生意越做越大，是个大忙人。"吕大业看着孔大华，"我也就开门见山了。今天请你来，没有别的，就是想向你借点钱，也不太多，就十来万吧！"

"你放心，我们这是花小钱去弄大钱，等钱要回来了，马上就还给你。"李正道说。

"对。"于小财看着吕大业，"还可以计利息。"

"对，可以计利息的。"吕大业点着头。

"嗯，钱倒是不多，也用的是正事。"孔大华手指叩着桌面，"只是，你们就有把握把钱弄回来？"

"这……"吕大业吸了口气，"说实话，我也没把握。不过去了还是有可能弄回来的，而如果不去，那就连可能都没有了。"

"是这样吧。"孔大华点上烟，吸一口，吹出来，"我毕竟曾经是厂里的人，厂里的事就是我的事，我是义不容辞要支持的。只是我现在是个生意人，自然是想多赚几个钱，不想做亏本买卖，更不想血本无归。我只是想，那钱要是弄回来了，倒是你好我好大家好，而万一没弄回来，那你们拿什么来还呢？"

吕大业和李正道面面相觑。于小财扭头看着门外。

"要不，我提个建议，你们看行不？"孔大华往椅子上一靠，"你们要借的是十来万，我干脆借你们一个整数，给二十万得了。如果那钱弄回来了，你们将钱还给我就行，我也不要什么利息，就算是回报厂里。如果那钱没弄回来，你们又没别的钱拿来还我，那就拿临街的那块空地抵着。"

吕大业见于小财点头，又见李正道默然无语，就站了起来，在桌前走动着。

"哎，吕厂长，你就别晃了，行还是不行，说一声就是，城里还有老板在等着我，要不那我就先走了，你们想好了，再给我一个信。"孔大华站了起来。

吕大业一咬牙，再一声叹息，说："那好吧，就这样。"

"那好，一个小时后，我让人送钱过来。"孔大华拿着包就走。

"唉，有钱真是好啊！"于小财望着离去的孔大华，摇头感叹着。

李正道木雕似的坐在那里。吕大业看他一眼，见他头发半白，面色忧戚，心中一动，不禁悲从中来……

孔大华说的城里有人等他，那是一点也不假。这个人就是吴龙江。

吴龙江刚在酒店门口下车，孔大华就赶到了。两人又是握手，又是拥抱，显得十分亲热。进了房间，吴龙江拿出一个纸包来，说是张明亮特意带给他的一点心意，也没别的，就两条南方好烟。

酒至半酣，吴龙江说他这番来岳北，一是想加大与孔大华合作的力度，争取多发一些原煤和焦炭去南边，在目前及今后一定时间内，南边的原煤和焦炭还会是供不应求的，二是想利用岳北的资源，直接在这边投资。孔大华说加大合作力度正是他所期待的，投资办公司也正是时候，如果用得着他，他一定鼎力相助。

酒后闲聊，两人自然就聊到了张明亮。

"不瞒你说，对张行长，我是真的充满感激之情，充满感恩之心的。"吴龙江满眼深情地说着，"当公司还小，别人瞧不起的时候，是他看准了我和公司，给了公司第一笔贷款，后来又一手把公司扶植起来，让公司有了现在这个样子。而最难得、最让人信服的是，在我头脑发热，想跨行业投资的时候，他能让我冷静下来，不走弯路，不走岔路，不走错路。正因为这样，公司才一直朝着正确的方向健康发展，做大做强。"

"那是难得，也是你的福气啊！"孔大华感慨地说道。

"那是的。"吴龙江一拍沙发，"他给我放了第一笔贷款之后，快过春节了，我让人给他送了一点过年物资，开始他是执意不收，见推不脱了，他就折价将钱打到了公司账上。对这个我还真有点不高兴，问他怎么非要这样。他说你把公司做好了，发展了，壮大了，那比送给我什么都好。他就说了这么一句，让我好好去想。我想了老半天才明白，还真是那样。"

"嗯，你运气好。"孔大华拍拍吴龙江的肩膀，"碰上贵人了啊！"

"后来，彼此交往多了，了解深了，我要认他做朋友、做兄弟。你猜他怎么说？"吴龙江拉着孔大华的手，"他说只做朋友，不做兄弟。我问他为什么。他又让我去想。第二天我跟他说了我是怎么想的，他一听就哈哈大笑，说我这样想就对了。你说他可爱不，可敬不？"

"那当然！"孔大华连连点头，"说实话，我第一眼看到他，就感觉到这个人不错。后来知道他是为什么来的，那就更佩服他了。"

两个天南地北地聊着，孔大华突然说还得给张明亮打个电话才行，可一看时间，已是快12点了。吴龙江说没事，试一下，他也许还没睡。孔大华一拨就通了，问张明亮怎么还没休息。张明亮说搞业务营销去了，刚从乡镇一个企业回来。孔大华说别太操劳，也要劳逸结合。张明亮问他在哪儿，还在忙什么。孔大华说在和吴龙江聊天，又悄悄说成大为他们近日会再次去青山。

第四章

"张行长，屈法官说了，如果你现在把字签了，那你马上就可以下车回去，如果不签，那就真的要拘留你了。"于小财走到张明亮的跟前，"你是聪明人，就签了吧！"

早上，张明亮刚写过日记，正要拿了笔记本下楼，猛地听到楼道里传来了杂乱而急促的脚步声，刚起身，只见屈光宗已跑到门口，身后跟着郭大宝和曹二喜。屈光宗要他立即执行岳北中院的判决和裁定，将那冻结的420万元和转移了的110万元，一并划到煤化厂的账户上去。张明亮边解释那钱不能付，边趁机跑出了办公室，一出门又打了李永嘉的电话，可才说了两句，就在二楼的过道上给法警堵截住了，被带到了营业厅，可他还是不签字。于小财几次声言别跟他啰唆，先带走再说，他也拒不松口。屈光宗见围观的群众越聚越多，就给法警队的郎队长递了个眼色。郎队长手一挥，两个法警架着张明亮就上了停在路边的依维柯警车，鸣着笛出了城。

此刻，车就停在双江城郊的路边。

"没错，是这样。"屈光宗看一下表，"现在是9点52分，我再给你3分钟考虑。"

"如果不签，他们真会把自己带到岳北去吗？如果真是这样，那肯定惨了；如果签了，那他们准会去找柳叶青等人要求付款……如果柳叶青等人拒绝付款，那无疑也会跟自己一样……如果钱划走了，对支行来说那将是灭顶之灾……自己将会成为支行的千古罪人，为员工所唾骂……与其让更多的人受连累，让支行遭受损失，还不如自己吃点亏算了……也许他们只是吓唬一下，或是做一个样子吧……不过，不管怎么样，还是不跟他们硬碰硬的好，这样……"张明亮思量着。

屈光宗问他想好了没有。他说这字现在不能签，也不能在这里签。屈光宗眼睛一亮，随即又眉头一皱，问那要什么时候签、在哪儿签。张明亮说回青山签。屈光宗和郎队长交换一下眼色，说那不行，只能在这儿签。张明亮想激他们一下，便呵呵一笑，说："就知道你们害怕，不敢回青山的。"郎队长鼻子一哼，拳头一亮，说别人怕，他可不怕。张明亮说："那就好，走，回青山去。"

"张行长，你别以为只有你聪明。"屈光宗眯着眼睛，"我劝你还是快点签了的好。你用不着因为公家的事，到时候让个人吃那么大的亏，何况你签个字，付了款，那都是你应该履行的责任和义务。你要知道，一旦真的被拘留了，那后悔都迟了。"

"屈法官，这我知道，也没什么后悔的。如果你们非要拘留，那你们就拘留吧。"张明亮盯着屈光宗，"不过，我要提醒你们，你们要拘留我，那是没理由的。其实我清楚，你们要拘留我，无非是想逼我签字，逼行里划款而已。"

"是的，你说对了。要想放了你，那你就得签字，把钱划了。"煤化厂的保卫科长牛大贵手一挥，"告诉你，一句话，付了钱就放人，不付钱，你就别想走！"

"你这是……"张明亮指着牛大贵，抖着手。

"是为你好，你就别为难自己了，快签了吧！"屈光宗将笔递给张明亮，"我们也是执行公务，你配合是应该的。"

"对不起。"张明亮瞟一眼屈光宗，"这我无法配合。"

"那好吧，张行长，你我本来前世无怨，今世无仇，你就别怪我了。"屈光宗摇摇头，叹口气，"不过，我还是希望你能抓住这最后的机会，签了吧！"

张明亮仰头望着车顶，不再理睬他们。

"张行长，你这是什么态度！"郎队长有点火了。

屈光宗朝郎队长摆摆手，说张明亮现在可能是有点想不通，可以理解，不过没关系，反正他不签也是一样有效的。张明亮翻一眼屈光宗，闭上了眼睛。

张明亮一给带走，何小年马上给周大新打了电话。周大新说他在省城开会，要他立即跟赵万隆汇报。赵万隆说他马上去青山，又指示何小年一要稳定员工的情绪；二要马上向青山县委、县政府汇报；三要想办法打探张明亮的去向。何小年丢下听筒就往县政府跑去。过了一会，赵万隆打电话给何小年，说他看到那台依维柯了，并跟了上去。

何小年急急忙忙地跑进了李永嘉的办公室，说张明亮已经被岳北法院的人带走了。李永嘉用手指梳理了两下头发，边在地上来回走着，边自言自语地说怎么会是这样。

这时，车队穿过双江市区，驶上了一条乡村公路，但才走了不到三百米又停下了。郎队长和屈光宗等人下了车。

在一块空地上，成大为阴着脸看一眼屈光宗，又看一眼郎队长，长长地一声叹息。屈光宗咽咽口水，说当时那情况，把张明亮带了出来，那也是没办法。成大为说那现在怎么办。屈光宗说既然已成事实，那就只能往下走了。陈大海说还是适可而止，别太强求的好。郎队长说可不能便宜了张明亮。李正道说他没别的，只要能弄到钱就行。牛大贵说那是的，钱不到手，人就不能放。成大为说现在是骑虎难下，进不好，退也不好。这时，阳建国来了电话，问成大为情况如何。他如实说了，又请示下一步怎么办。阳建国顿了顿，不说别的，只问他去青山的目的是什么。

陈大海头一个上了车，给曹二喜等人每人发了一瓶矿泉水，也给了张明亮一瓶。张明亮朝他一笑，接过水，又道了谢。

"我估计他们还会找你谈一谈的。这应该是你最后一次机会了。你还是好好想一想，好汉不吃眼前亏，一旦上了高速事情就大了，也晚了。"悄悄说着的陈大海浅浅一笑，"你放心，我不会害你。实话告诉你，我虽然是跟他们一起来的，但我并不认同他们这次的行动和这种做法，尽管他们也有他们的难处和苦衷。"

张明亮朝陈大海点点头，问他现在是什么时间。他说10点半。张明亮喝了两口水，闭上眼睛，头枕在靠背上。

"哎呀，张行长，你看这是何苦呢？我真是没想到，这回怎么能让我们在这里，竟然是以这种方式来见面呢？"

张明亮有意迟延两秒才缓缓睁开眼睛，斜看着成大为说："哎哟，果然是成大局长啊！"他坐起来，"恭喜你了，才几个月不见，就当组长了，又当局长了，说话也不一样了，都差点让人认不出来了啊！"

"哎呀，张行长，别这样说嘛。"成大为在张明亮右侧的椅子上坐下，"我们也是没办法。如果你能配合我们，那情况就完全不一样了。"他指着侧坐在前排椅子上，正看着他的李正道，"哦，你看，李厂长也来了。"

张明亮朝李正道点下头，对成大为说："是啊，成局长，你说得真好。如果我能配合你们，那你们当然是好了。可是，你也不想一想，如果你们把这不该拿走的钱拿走了，支行还怎么经营？怎么发展？我又怎么向员工交代？怎么对员工解释？银行的脸面往哪里搁，银行的损失又问哪个要？而我呢，无疑会被问责，再落下一个软骨头的坏名声。所以啊，于公于私我都不能签字，不能付款，就是自己吃些亏也应该。你说是不是？"

"张行长，我可是为你叹息啊！"成大为摇摇头，"我知道你是一个读书人，工作又十分出色，是一个有能力、负责任的好行长。"成大为叹了一口气，"可是，你现在本来应该是坐在办公室批阅文件，或是在政府哪儿开会，或是陪着领导在哪儿考察……当然，我也理解你的难处，也知道你的担心和想法，你是怕钱划走了要承担责任。其实，你这个担心完全是多余的，你只不过是做了你应该做的事，履行了你应尽的义务。你是没有过错的，谁也没有理由来追究你的任何责任。前不久我们在安徽也执行了这样一个案子，那个行长开始也不肯签字，我们一把他带到车上，说要拘留他，结果还不到半分钟他就签上了'同意划款'几个大字。他一签字，立马就下车走了。你看，这样多好啊！"

"成局长，你在编故事吧？"张明亮喝口水，"很遗憾，安徽那个行长不是我学习的榜样，我只能让你失望了。"

"张行长。"成大为往张明亮那边挪了挪，"我们见面也不是第一回了，不说朋友，也算是熟人了，我得跟你说几句负责任的话。现在时间是非常有限了，可别错过了这最后的好机会。我真的是为你担心，为你着急。你是读书人，在这样的关键时刻，还是少一点书生气为好。"

"读书人怎么了？书生气又怎么了？"张明亮说着要站起来，旁边的法警赶紧按住他的肩膀。成大为朝法警摆了摆手，法警松了手。

"告诉你们。"张明亮站了起来，"读书人明事理、明是非，书生气里有正气、有骨气！"

"张行长，你别误会，我真的是为你好的。"成大为说着摘下眼镜，擦了擦眼睛，动情地说，"去年我们在河南也执行过一个类似的案子，那行长也是不肯签字划款，结果是先拘留，后追究刑事责任，自己吃了大亏，妻儿也跟着受连累。唉，真是……"

"你什么时候又去河南了？"屈光宗挠着脑袋，自语着，"好像没有吧？"

成大为侧了一眼屈光宗。屈光宗扭过头去。

"屈法官，这你就不懂了。"张明亮看一眼屈光宗，边说边打量着成大为，"成局长，你上过大学吗？学的是什么专业？故事编得那么好，演得也不错啊！"

成大为似乎没听见张明亮的话，只是嘴角蠕动了一下。众人的目光都集中到了成大为的身上。他左右瞟了一眼，闭上了眼睛。之前成大为摘下眼镜的时候，张明亮就注意到了他左眼好像不方便，刚才再一打量，心中就更有数了。

车内一片沉寂，可以清晰地听到呼吸的声音。

李正道突然站了起来，走到张明亮跟前，说："张行长，算我求你了，你就签个字，把那钱付给我们吧！"他布满血丝的眼睛里满是焦虑和无奈、乞求和渴望。他的目光让张明亮的心头一紧，一种从未有过的惊诧和同情从心底一涌而上。

李正道和张明亮默默地对视着。

"张行长，我……我给你跪下了。"李正道说着就往下跪。

"别……"张明亮赶忙伸手去扶，可他已经跪了下去。张明亮连说带劝，好不容易才将涕泪纵横的李正道扶了起来，自己也已是泪水满眶。

"张行长，我们煤化厂也是岳北一家有名的国有企业，有上千的职工。原来效益一直不错，只是到了前几年才不行了，无法再生产下去，只好停了……张行长，你看我这样子，是不是像个六十多岁的人了？其实我今年才四十六岁。"李正道抹了一把泪，"说起来，我也是一个副厂长，又是一个有技术的人，不少民营企业高薪请我，但我一个也没答应。为什么？因为我们的职工人可怜了，我不能离开他们。这两年来，我常在外奔波，就想多弄几个钱回去，让职工看到一点希望……就说这回吧，我们可是满怀信心和希望来的，家里的几千职工和家属，也都在眼巴巴地等着这笔钱回去。这笔钱大家盼了很久了，都快要把眼睛盼穿了！大家都在算着，等这笔钱回去了，就可以分到多少，就能够……"

"就没想到这钱是回不去的？"张明亮避开李正道的目光，"对不起，李厂长，不是我不想，而是我不能签字付款，只能让你，还有你的职工失望了。"

"为什么？"李正道疑惑地看着张明亮。

"因为那钱虽然写的是冶炼公司的名字，但它已经质押给我们银行了，是我们银行的钱了。"张明亮解释着。

"是吗？"李正道眨着眼睛。

"是的。"张明亮点下头，"哦，李厂长，我们银行没欠你们公司的钱吧？"

"那没有。"李正道点下头，"你们银行没欠我们的钱，欠我们钱的是冶炼厂，也就是冶炼公司。"

"这就对了，那钱是不能划的。"张明亮看着李正道，"你想啊，我们没欠你们的钱，却要强行扣划给你们。你说这合理吗？显然不合理。你说我会同意吗？肯定不会。"

"那……那冶炼公司欠我们的钱呢？"李正道茫然地自语着。

"在冶炼公司呀。"张明亮看着李正道，"对，李厂长，快去找冶炼公司吧。问他们要，那才是名正言顺的！"

"去找冶炼公司？"李正道甩一把涕泪，"张行长，你以为我们不想去找？你以为我们没去找过？我告诉你，那冶炼公司简直就是一个泼皮，一个无赖！他们并不是没有钱，可就是赖着不给。我都在报纸上看到了，上面说公司一片红火，去年的利润上千万，今年的势头比去年更好。"

"冶炼公司是不是个无赖，这我暂且不说，但报纸上说公司一片红火，这我倒是也看到了的。"张明亮看着李正道，"不过，你知道公司的红火和利润是怎么来的吗？"

李正道摇摇头。

"那可不是等来的，也不是靠来的，而是改革改出来的，也是大家干出来的。"张明亮拉着李正道坐下，"我听说当地政府也想让你们厂里改制，可你们的干部职工思想不通，转不过弯来，还是抱着自己是国有企业职工、自己是国家干部的固有思想，还想让国家包下去、养下去，有的职工甚至说要与厂子同生死、共存亡。还听说你们的职工动不动就上街游行，到法院闹事，到政府静坐……可是，改革是大势所趋，是历史潮流啊！李厂长，你应该懂得，面对历史潮流，历来是顺之者昌，逆之者亡！冶炼公司有其不讲诚信的地方，但也有其大胆改革、勇于创新的一面。"

"没错，当地政府曾经是要我们改革、改制，可就是不给钱，财政穷啊！开始的时候，厂里也是有很大一部分人不愿意改革、改制，就想着当国家工人、当国家干部好，不过，经过这两年来的折腾，现在大家想通了，只要能多少给一点钱，怎么改都愿意，可现在又不知道怎么改了。"李正道一脸无奈，"张行长，你也知道，要想改，首先就得有一笔启动资金，可这钱哪里来？政府不给，自己没有，总不能去抢去偷吧！就这回出来之前，关于这钱搞回去以后如何使用，厂里开会都是争论不休的，大多数的人主张全分了。我主张留着作为厂里改制以后大家的股金，可就是没几个赞成的。"

"真有意思，钱都还是个梦，就早想着怎么分了。"张明亮摇头一笑，"李厂长，看来那些改革的先行者总结得没错。改革最大的困难不是别的，就是思想的更新、观念的转变！"

"对，这个你说得对。"李正道低下头，沉默一会儿，抬头神情复杂地看着张明亮，"张行长，我……我给你跪也跪了，好话也说了这么多，你就不能……"他说着哽咽了，眼泪溢出了眼眶。

"李厂长，你给我下跪，我确实担当不起。不过，你是为了你的工厂和职工，我也是为了我的银行和员工啊！我理解你的心情，也知道你的压力，但我只能说对不起了，请你理解我，也理解我们银行的难处。我想这中间，应该是你们的干部和职工还不明真相，误解了我们银行，以为是我们银行在帮冶炼公司打掩护，卡着冶炼公司的钱不付给你们。这一点还请你回去以后，一定向干部和职工讲清楚，讲清楚这一点，对你开展工作也是有好处的。"张明亮轻轻拍了拍李正道的手，"李厂长，在你的身上，我看到了一种精神、一种力量，如果你能带领职工像冶炼公司一样进行改革的话，你们厂还是可以获得新生的，也是可以像冶炼公司一样地红火起来的。我相信你有这个信心，也有这个能力！"

"好吧。张行长，话说到了这个份上，我就不多说了。"李正道站起来，走了两步，又转过身来，看着张明亮，"不过，张行长，按法院的判决你们是应该将那钱付给我们的。我们相信法院，相信法律。"

张明亮站起来，大声说："对，我也相信法律的公正和公平。"

下了车的李正道转过身，扶着车门，探进头来，神情复杂地瞅了张明亮一眼。

"成局长。"张明亮叫了一声头靠在椅背上，右手摸着下巴，正在闭目沉思的成大为，"我想斗胆问一句，你们值得我相信吗？"

"好了，张行长，你也别问了，就这样，你看行不？"成大为坐起来，嘴角朝张明亮轻轻一笑，"我们采取一个折中的办法，双方都退一步。你打个电话回去，叫何行长他们把钱只划到我院在岳北H行的账户上，不划到煤化厂的账户上去。对这个你也许还有疑虑，但请你放心，你认为我们的裁定和判决有错误，那我们给你充足的时间去申诉，在问题没有搞清楚之前，我保证划过去的钱一分不动，如果真的错了，到时候我负责把钱划回来。我是负责这个案子执行的主办人，这一点我是可以做到的。你一定要相信我！"

"划到法院的账户上，不给煤化厂？如果错了可以再划回来？嗯，这似乎有些道理……可这是不是一个圈套？能放心、能相信吗？不能！这钱本来就不能划，也不应该划的，一旦划过去了，那必将是肉包子打狗有去无回，就是能回来，那也不知要耗费多少时日、多少人力财力……再说这钱划到法院账上，与划到煤化厂账上又有多少区别？"张明亮想到这里，瞟了一眼成大为，不由得在心里笑了，又暗暗在心里给自己加油。

成大为问张明亮，他这个建议如何。郎队长边鼓掌，边说这个建议挺好，可以说是三全其美，只有成大为才能想出这样的好办法。张明亮乜一眼郎队长，说美的只是他们。成大为请张明亮马上跟何小年打电话，快点把钱划了，他可以在划款通知书上签字。成大为说着在划款通知书上写了"该案终结前，此款暂留中院。成大为×年×月×日"的字样。

张明亮心想，也好，正好利用一下，就说"那好吧，试一下"。成大为从屈光宗手上拿过张明亮的手机，开了机，告诫张明亮只能说划款的事，只能讲普通话。张明亮笑了，说他只会说土话，普通话说不来。成大为拨通了何小年的电话，把手机递给张明亮。

"……何行长，你放心，他们没对我怎么样，我很好的。我在哪儿？这个我不能说。"张明亮瞟一眼紧盯着他的郎队长，"……对，成局长说了，款不直接划到煤化厂，只划到法院的账户上，在案子没弄清楚之前，钱不动，他保证……什么？你怕？付款没有依据？哦，对，你手上是没依据的……还什么？梁明要下午才回来，他不回来就办不成？那是的……好，好的，再见。"

张明亮说的主要是青山方言，声音又时高时低，语速时快时慢，成大为他们听得也就模模糊糊，似懂非懂。

"成局长，电话我已经打了，完全是按你的要求打的，只是他们觉得付款没理由，也没依据，只怕我这个电话打也是白打了。"张明亮将手机递给成大为。

成大为接过手机，递给屈光宗，斜一眼张明亮，轻轻叹息一声下了车，和候在车旁的几个人说了几句，钻进了一辆黑色小车里。

早上，屈光宗他们去支行执行时，成大为和李正道就坐在这车上。这车就停在青山收费站外。成大为就在车上指挥。

营业厅笼罩在一片沉闷、悲戚的氛围之中。宁彩霞倚着大厅通向办公室的门，用手指了指齐小红，嘴巴张了一下，想说什么却没说出来。齐小红一脸沉郁，双目低垂，边来回走动边喃喃自语着。柳叶青伏在桌上，侧着头枕着手臂，痴痴地望着墙壁，脸上泪痕尤在。

走到墙边的齐小红猛一抬头，一眼看到郭玉梅推开门走了进来。

"哎，你……你们是怎么回事啊？"郭玉梅指了柳叶青、齐小红等，最后指着迎上来的宁彩霞。

齐小红靠着墙，眼睛看着地面。柳叶青站了起来，手扶着桌沿。宁彩霞走近柜台，一脸茫然地看着郭玉梅。

"你看着我干吗？"郭玉梅将包往柜台上一扔，"我问你们，是怎么回事？"

"我……"宁彩霞低下了头。

"我我我，我你个鬼哦！你们这么多人，竟然让人家把个行长给搞走了。你们当时为什么不挺身而出？为什么不见义勇为？为什么不冲上去阻拦？为什么不把张行长抢了回来？我都为你们害臊呢！"郭玉梅敲了一下柜台，"我只问你们，张行长哪一点对你们不好？又哪一点对不住你们了？你们就忍心眼睁睁地看着张行长被人家搞走？就能心安理得地让张行长去受罪？我看你们真是一群……一群忘恩负义的白眼狼！"

柳叶青"哇"的一声趴在桌上哭了起来。

郭玉梅瞪一眼柳叶青，骂道："哭哭哭，哭有个屁用！"

"郭行长，当时你不在现场，那情景你是不知道的，要是……"

"要是什么？"郭玉梅指着走过来的齐小红，"要是张行长不安排我一大早去镇上参加那个鬼剪彩，要是我在现场，我是赔了命也不会……"

叶斌从门口路过，一见郭玉梅撒腿就要跑。

"你跑什么？"郭玉梅指着叶斌，"进来！"

"何行长要我去了一趟公安局。"叶斌边说边走过来。

"哎，我问你。"郭玉梅指着叶斌，"当时你到哪儿去了？保安又去哪里了？"

"郭行长，你可别乱怪人。"叶斌后退一步，"当时我在金库准备出库，等我知道了，跑上来时，那些人都不见了踪影。要是我在那里，那我是怎么也要跟他们理论一番的。"

"郭行长，你回来了。"何小年推门进来。

"哎呀，何行长，你怎么搞的？"郭玉梅冷冷地看一眼何小年，"你怎么能让他们把张行长搞走呢？你让别人怎么看张行长，又怎么看我们银行呢？"

"郭行长，当时的情况很突然，也很复杂。走吧，去办公室我再跟你细说。"何小年边说边走，"刚才我去了政府，跟相关领导汇报了情况。"

郭玉梅问张明亮现在在哪儿、情况如何。何小年说十几分钟之前，张明亮跟他打了个电话，虽然没说具体在哪里，但应该还在双江境内，平安无事。

车队出了收费站，上了高速公路，朝省城方向驶去。张明亮回过头，可什么也没看到，视线被窗帘挡住了。

"看什么呢？还盼着有谁来救你吧？"曹二喜笑了笑，"告诉你，谁也不会来救你了，你只能自己救自己了。"

张明亮身子哆嗦了一下，心也仿佛一下掉进了深渊，跌进了冰窟，一种莫名的恐惧强烈袭来，瞬间脑子里一片空白。郭大宝响起了鼾声。张明亮瞟了他一眼，双手抱在胸前，仰靠在座椅上，闭上了眼睛。

车上一片寂静，入耳的只有车子的马达声、轮胎和地面的碰撞声、呼啸而过的车流声，以及偶尔的一两声咳嗽和郭大宝断续的鼾声。

张明亮朦胧地听到屈光宗在跟谁打电话，说先到A市，再到郑州。想到下一站是A市，还得走三个小时，中途也不知会发生什么，张明亮才消退一点的忧虑和恐惧又增加了。

可是，才走了个把小时，车子一减速，一拐弯，下了高速，开进了与A市相邻的B市的一家小宾馆。

张明亮跟郎队长，还有陈大海和曹二喜同在一个房间。

成大为拎着盒饭进来，把饭菜分给张明亮，并请他到桌上去吃。郎队长狼吞虎咽，几下就将一盒饭一扫而光。张明亮没有心思吃饭，只慢慢地嚼了两口就放下了。郎队长端着空饭盒凑过来，呵呵一笑，说这么好的饭菜都吃不下，要是不把钱快点划了，到了岳北那边，那只得饿死了。张明亮瞟他一眼，懒得理他。郎队长没趣地出门去了。

房间里一片死寂。张明亮躺在床上，不时地睁眼看一下。成大为精神委顿，坐在桌前思考着什么。陈大海和曹二喜分别坐在床沿上和椅子上，都勾着头，昏昏欲睡，但张明亮一动身，他们又都警觉地抬起了头。

"成局长，你不休息一会儿？"张明亮坐起来，打了一个呵欠，看一眼陈大海和曹二喜，"你们都放心，我是不会跑的。你们也都辛苦了，休息一会吧！"

"可不是，从昨天下午到现在，才吃了一顿饭，在车上打了个盹，你说累不累？"曹二喜揉着眼睛，打了一串呵欠。

"那你们这也怪不得别人，全是你们自讨苦吃。"张明亮望一眼窗外。

"就这样，你以为谁还愿意来啊？"曹二喜瞅一眼成大为。

"你乱说什么啊！"成大为横一眼曹二喜。

曹二喜慌忙低下头，背过身去。

成大为看一下表，说两点多了，要张明亮快打电话，看事情办得怎么样了。张明亮说没那么快的，过一会儿再打。

"张行长，我真的是为你好，希望你能够理解我的一片苦心。"成大为坐到床沿上，看着张明亮，"如果你把钱划了，那你就不要跟我们去那边了。我真的不忍心看到你去吃那样的苦，受那样的罪。"他的右眼眶有点儿湿润起来。

"成局长，你这样子还真是让我有点感动了。"张明亮轻轻一笑，"你的良苦用心我知道，也心领了。"

成大为将手机递给张明亮，要他马上联系何小年，快点划款。何小年只说一句梁明还在回来的路上就挂了电话。成大为要张明亮再催。张明亮说那急也没用，人不到是办不了的。成大为看一眼表，在地上走着。

郎队长虎着脸进来，瞪一眼张明亮，一头倒在床上。

张明亮突然站了起来，说差点忘了一件大事，这事要不弄好，那就是想划款也是划不出的。成大为忙问什么事。郎队长也一跃坐了起来。张明亮说也没别的，就是支行在人民银行账户上的存款一般不超过两百万，如果要划走那笔钱，那还得向市分行调钱才行，而要向分行调钱，得提前一天报计划，还要经科长、行长签字批准。成大为和郎队长对视了一眼。郎队长转身就走，很快叫来了屈光宗。

"张行长，你蒙人吧？"屈光宗看着张明亮，"我妹妹也在银行，我对你们银行的资金流动还是知道一些的。你就别蒙人了。"

"屈法官，我看你是只知其一，不知其二了。你要知道，所有的银行都是有完备的管理体系，有严格的内控制度的。我们现在实行的是在集约化经营下的精细化管理。而资金管理就是精细化管理中的一个重要组成部分，就是要通过加强资金的调度和管控，有效地防范资金风险，最大限度地提高资金效益。"张明亮看着屈光宗，"你要不相信，那你现在就打个电话，问问你那妹妹吧。"

"成局长，少跟他啰唆，叫范行长过来就什么都清楚了。"郎队长神气十足地说。

趁他们有的去叫范行长，有的上厕所的时机，陈大海悄悄告诉张明亮，这范行长叫范刚，原来是岳北某银行一个支行的副行长，也是他们院里一位领导的亲戚，在业务方面是个内行，去年股改时因贷款问题被迫买断工龄，离开了银行，是这次的业务顾问。

范刚跟着郎队长和曹二喜一起进了门。他三十五六岁，中等个头，身子瘦瘦弱弱，头发向后梳着，面皮白净，戴一副金边眼镜，夹一个黑色小包，进来后离张明亮远远地站着，目光刚与张明亮对上就慌乱地躲开了。

"范行长。"不等他开言，张明亮抢先说了，"他们这次请你来做什么顾问，给了你多少好处呀？"他说着朝范刚走了过去。郎队长以为他要打范刚，连忙拦住。范刚后退几步，绊着椅子，身子一歪，差点儿摔倒。曹二喜连忙出手扶住，又不住地朝他挤眼睛。

"范行长，哦，对，我不应该叫你范行长，只能叫你范先生，因为一来你不再是银行的副行长，二来你已经丧失了一个曾经的银行员工应有的道义。"张明亮指着范刚，"范先生，我问你，你知道这个事情的来龙去脉吗？你知道这个事情的前因后果吗？你知道他们为什么要这样做吗？你知道他们这样做的后果吗？你想过你跟他们来充当了什么角色吗？你想过你来又能起到什么作用吗？你肯定不知道，或是知道也只是知道一些皮毛，你肯定也没有想过，或是想过也没想明白。如果是这样，那你的头脑就太简单了，你的行为也太莽撞了。不过，从你的模样来看，你应该是一个聪明人，也是一个精明人，不至于做出这等不成熟不明智的举动来，你一定是受了他们的蒙蔽，受了他们的利诱……"

不等张明亮说完，范刚就甩开曹二喜的手，红着脸，低着头，仓皇离去。

"哎呀，这范行长，咋是这个样子！"郎队长一拳砸在墙壁上。

"就……就是的嘛，我看他简直就是饭……饭桶！"曹二喜一跺脚，追范刚去了。

"郎队长，这你就错怪人家范先生了。可不是他不用功、不卖力，而是你们确实没理由，没道理，他才不敢，也不能理直气壮，因而感到愧疚，觉得羞耻。不过，你们还得给他厚报才行的，因为他毕竟跟你们来了，而且上了场，演了戏，虽然怯场，没把戏演好。"张明亮看着成大为，"成局长，你说是不是？"

成大为刚要开口，手机响了。他一看是阳建国打来的，赶忙边接边出了门。

"李永嘉，我问你，一大清早的，你们青山的张行长就给人带走了，你知不知道？"双江市政法委副书记肖洋听了周大新的汇报，立马就打了李永嘉的电话。

"我知……也不是太知道，好像……"李永嘉支吾着。

"好像什么？你到底知不知道？！"

"早上张行长是跟我说过两句，但后来就再没跟我联系了，不……"

"不不不，你还不什么呢？"肖洋边说边敲着桌子，"我告诉你，张行长被带走这个事，市委刘书记也知道了。他非常生气，指示我来处理，我是……"

"是我工作没做好，我检讨，我……"

"你现在检讨有个屁用。人家给你报告的时候，肯定是碰到了难题，希望你能从中做些工作。你倒好，还等着人家再来向你报告。他都给人家带走了，失去自由了，他还怎么跟你联系？还怎么向你报告？我告诉你，你这是做的老爷官、太平官，你这是不负责任，不敢担当……"

"对不起，肖书记，是我的错，是我……"

"好了，好了，不说这些没用的了。"肖洋喘了一口气，"那我再问你，你知不知道张行长现在在哪里？"

"这……这，我也正在打听，但暂时还没有打听到他具体在哪里，我想，应该还在……在我们青山境内吧！"

"还在青山境内？碰你的鬼哦！"肖洋的火气一下又上来了，"李永嘉，你蒙谁啊？你向谁打听了？谁跟你说了？人家周行长告诉我，他们11点多就上了高速，往省城的方向去了。"

"那……那他们的胆子也太大了，太让人出乎意料了，太……"

"也是你太不敏感，太不称职！"

"那是那是……哦，报告书记，张行长现在在哪里，中院执行局的吴启东副局长也许知道，可能……"

不等李永嘉说完，肖洋就收了线，随即打了中院副院长胡跃进的电话，叫他带上吴启东，在一刻钟内赶到他的办公室。

周大新给肖洋的茶杯续上水，送到肖洋的手上。肖洋接过茶杯，在椅子上坐下，喝两口，放下杯子，看着周大新，问张明亮能不能挺住，会不会出什么状况。周大新说，他平时倒是一个很有责任感、头脑又灵活的人，这回虽然情况不同一般，但应该也不会出什么大问题。肖洋说一声但愿吧，若有所思地望着窗外。周大新一时坐下，一时又站了起来。

胡跃进领着吴启东匆匆忙忙地跑了进来。肖洋指了一下沙发，示意他们坐下。胡跃进站着，说书记这么紧急召见，是不是有什么重大事情。肖洋看着胡跃进，问他知不知道岳北法院去青山执行的事。胡跃进看着吴启东。吴启东说知道一点，成大为昨天给他打过电话，说可能会去青山执行，但没说具体是哪一天，还说到了这边会告诉他的。肖洋盯着吴启东说，可是他们今天一大早就去过了，而且带走了张明亮。吴启东红着脸，低着头，说这个他还真不清楚。

"可他们没告诉你！"肖洋看着吴启东，"这又说明了什么呢？"

"说明他们不相信我们，怕我们走漏了风声，不……"

"不仅如此吧？"肖洋看一眼胡跃进，再看着吴启东，"你们跟那边是不是有过合作，是不是相互熟悉？"

"原来是有过合作。其实也谈不上合作，只能说是一种相互支持。"胡跃进有点不自在地挪了挪身子，"那还是三年前，我在执行局的时候，局里去那边执行一个案子，头两次去，都是劳而无功，第三回我带队去了，在那边的支持和帮助下，虽然是历尽艰辛，但总算把钱划了过来。"

"去年夏天，成大为他们又一次去冶炼公司执行，事前到了我们局里，希望我们能给予支持。考虑到他们曾帮助过我们，我带人一同去了。"吴启东坐下，"前年冬天他们去过一回江北，不仅没执行到一分钱，反而有一台车给公司的人扣了，后来还是我叫江北法院出面协调，才放了那台车的。"

"那天是我让他们去的。"胡跃进看一眼吴启东，"我还真没想到，冶炼公司的情况会那么复杂，弄得那么紧张。"

"那天我们才到银行门口，几十个人突然从四面八方围了上来，而且大多是老大娘、老大爷，有的还挂着拐杖，把小院子围了个水泄不通。他们不准我们下车，不准我们喝水，不准我们吃饭，不准我们上厕所。我们在车内又热又渴，还要挨饿。开始车内还有空调，后来车子没油了，只好干烤着，一个干警中了暑。我只好和成大为在电话里商量，先撤退再说。可那些人非要成大为保证，以后不再来江北执行才放车放人。成大为没办法，只好勉强答应了。"吴启东一声叹息，"这冶炼公司简直就是无赖，太可恶了。"

胡跃进摇头叹息，说我们本土法院去尚且如此，别人去那儿就可想而知了。肖洋问他们知不知道，成大为这次去青山执行的，是冶炼公司做质押的存款。吴启东看一眼胡跃进，说知道一点，半年前成大为去青山的时候，联系过他。肖洋盯着吴启东，问他屁股坐偏没有。吴启东避开肖洋的目光，说没有。肖洋拍一把扶手，说没有就好，他不赞成搞地方保护主义，偏袒当地被执行对象，但也不准跟别人暗送秋波，更不能吃里爬外。吴启东双手抓着膝盖，感到背上有些发凉，嘴里连连说着"那是那是"。肖洋扬扬手，要他们赶紧给成大为打电话。胡跃进用手肘碰了一下愣着的吴启东，要他马上给成大为打电话。吴启东掏出手机，没拿稳，掉到了地上……

阳建国在电话里数落了成大为一通，说院长发脾气了，怎么把事情弄成这样一个局面。成大为没作过多解释，只是听着，等他数落完了，才问他下一步怎么办。他没好气地说："你自己看着办吧。"成大为心中清楚，他是顺手扯了院长的大旗来压他。

成大为站在窗前，出神地望着窗台上的蚂蚁来来往往……手上的手机突然颤动起来，一看是吴启东打过来的，他稍一犹豫，按了接听键。

"成局长，你……你不地道啊，说了要告诉我的，怎么不声不响就自个去了，也不通知我一声，害得我好不狼狈。"那头传来吴启东有些生气的声音。

"哎呀，吴局长，真是不好意思。"成大为走到过道上，"实在是仓促，我还没来得及跟你报告。你也知道的，干我们这个，有时就得出其不意。出乎意料的是，事情并不像我们预料的那样顺利。当初还真没把你请去就好了，我现在真的是后悔莫及。"

"是吗？"

"是呀，我还正准备打你电话的，正巧你打过来了，看来我们还真是心有灵犀……"

"成局长，你就别跟我说漂亮话了，我知道你的心思，也……"

"吴局长，你可别误会，一定要相信我……"

"那好，我问你，你们现在在哪儿？"

"在哪？这是在……在哪儿？"

"成局长，你就别支支吾吾的了，快告诉我。我现在在市政法委肖书记的办公室。"

"哦！我们在B市。"

"在B市？"

"对，在B市。"

"你不觉得有点离谱了吗？"吴启东瞟一眼肖洋。

"吴局长，我们也是没办法，不得已啊！"

"不得已？可是……哦，我们肖书记有两点重要指示：一是你们必须确保张行长的人身安全，不得有任何意外；二是你们必须尽快返回双江境内，不得再在B市滞留，不得……"

"吴局长，请你转告肖书记，张行长现在挺好的，虽然他不太配合我们的工作，但我们对他还是客客气气的，汗毛都没少他一根。至于是否回双江去，这我做不了主，还得请……"

"请你听清楚，肖书记还指示，你们今天必须把张行长送回银行去！"

"这……这个只怕是不行的。"

"为什么？"

"实话跟你说吧，张行长已经被我们拘留了。"

"那……那不管怎么样，你们必须回到双江境内来，肖书记说了，这是底线！"

"那……"成大为还要说时，那头已是忙音。他摇摇头，自嘲地轻轻一笑，抬头看了看西斜的太阳。冬日的太阳虽然不像夏天的那样轧眼，那样灼热，但在对视太阳的瞬间，他仍然感到左眼有微弱的刺痛。他摘下眼镜，掏出手帕，轻轻在眼睛上揉了揉，走进房间，请张明亮马上给市分行打电话，快点把资金调了下去。张明亮漫不经心地从成大为手上接过手机，拨通了周大新的电话。周大新说他上午就赶回了双江，已经做出了相应部署，又嘱咐张明亮不要担心行里的事情，要注意保护好自己，还告诉他根据目前的情况，分行决定中止他的任职，现在他说的话、签的字已不再代表支行。周大新怕他产生误会，又解释说中止他的任职只是暂时的，是为了保护他。郎队长一把抢过手机，问他叽里咕噜的跟谁在说、说的什么。他仿佛没听见，若有所思地坐在那里。

周大新的话给了张明亮莫大的安慰和鼓励，使他精神为之一振，也让他一直高悬着的心又放下了一半。想着争取时间和机会的目的已经达到，他在划款通知书上写下了"请按规定办理。×年×月×日×时×分。张明亮"。写完，他长长地出了一口气，身上感觉轻松了许多。

"成局长。"张明亮站起来，笑着双手一摊，"好了，现在我电话打了，字也签了，该我做的，我能做的，都已经照办了。你们要带我去郑州也好，去岳北也好，都随你们。你放心就是，我不会逃跑，更不会跳楼。"

说归说，其实张明亮的心里还是有些发毛。他不知道下一步会是去哪里，也不知道他们会采取什么样的手段……按理说他们是不能将自己带离青山、带离双江的，可自己现在确是身在B市。如果他们真的红了眼，硬要将自己带去岳北，那也是没办法的。他越想越怕，越想越急，思维也变得迟钝、混乱起来……

成大为盯着"按规定办理"那几个字，眼睛感到一阵一阵的刺痛。他嘴角颤动了一下，闭上眼睛，五六秒之后又猛然睁开，怪怪地瞅了一眼张明亮，大步离去。

通知书在屈光宗的手上抖动着。他狠狠地瞪了一眼张明亮，将通知书往空中一抛，踢一脚椅子，出了门。郎队长从地上捡起通知书，左看右看，没看出个名堂来。他走到张明亮跟前，问写的是啥子意思。张明亮翻一眼郎队长，说他又不是傻子，自己看。郎队长亮一下拳头，往墙上一砸，一甩手，出了门。歪在床上的曹二喜鼾声大作。陈大海朝张明亮竖了一下大拇指。张明亮朝陈大海会心一笑。陈大海看一眼曹二喜，要张明亮也躺一会儿，等下还不知道要去哪里。张明亮要陈大海放心休息，他是不会跑的。陈大海说他知道，但他不能睡，这是纪律。

沉默了一会儿，张明亮和陈大海聊起了双江、岳北两地的风土人情，又聊到了成大为。张明亮问成大为的眼睛是怎么回事。陈大海说那是多年前的事了。

万长花将一摞的账本放进抽屉，锁上，刚起身准备下班，何小年打电话过来，说那边的人早上又来了，而且带走了张行长，现在不知去向。她脑子里"嗡"了一声，一屁股跌在椅子里，好一会儿才回过神来。刚回过神来，手机又响了，一看是谭顺义打来的，直接就摁了，可刚摁了，他又打了过来，她还是摁了。如此五六次之后，谭顺义发来了信息，问她怎么不接电话，有非常重要的事情要跟她商量。她猜想着是什么，又联想到张明亮被带走的事情，以为从他那里能听到什么，就给他回了电话过去。谭顺义一开口就问她在哪儿，要去找她。她说不行，有事就在电话里说。

"是这样的。"谭顺义边说边将车在路边停下，"冶炼公司的业务我不再做了，也不想做了，但是你得把货款如数一次全给我结了，我……"

"我告诉你，公司的业务你不做了，那正好，我没意见，但要我把货款如数一次全给你结了，那不可能，也……"

"哎呀，长花，你我又不是别人，何必要这样，你就……"

"谭顺义，我告诉你，我跟你可没什么关系！"

"哎呀，长花，你就别么说，至少你曾经还是喜欢过我的，我虽然糊涂过，可那也都是为了你……"

"为了我？见你的鬼去！"万长花呸了一口。

"好好好，你不看我的面子，也总得给田老板一个面子吧？"

"你给我少来这一套，你就是把天王老子搬出来，也别想那样！"

"哎呀，长花，别激动，我也是在跟你商量嘛。我知道你一贯对工作认真负责，原则性强，但在坚持原则的前提下，还是有个灵活性的，对不？"

"灵活性那也要看是什么事，是对谁。"万长花顿了一下，"我问你，张行长被那边的人带走了，这你知不知道？"

"什么时候？在哪儿？"

"你就装吧！"

"长花，我是真不知道，真没骗你的，骗你是狗，是……"

"我看你就是一条狗，要不是你，那边的人就不知道我们在青山有钱，张行长就不会被带走，那……"

"哎呀，长花，幸亏是这样，那边的人才不来江北，不来公司执行了。"谭顺义笑着说，"这说起来，你还应该感谢我，你说是不是？"

"无耻！"万长花挂了电话。

"你……他妈的，这娘们儿！"谭顺义拍了一把方向盘，启动车子，开了不到两百米又停了下来，给万长花发了一条短信。

万长花生了一会儿闷气，打电话给何小年，问知道张明亮在哪里了没有。何小年说还没有，有了就告诉她。她刚了挂电话，谭顺义的短信就来了，要她将卡号发过去。她一想，将信息删了。

李颖正在埋头核对账目，在一处有错误的地方做了标记。楚芳走过来，站在她跟前，她却毫无反应。她邻座的高莉从隔板上探过头来，敲了一下隔板。李颖抬起头，问什么事。高莉指了一下楚芳。李颖抬头一看，忙站了起来。楚芳斜了一眼高莉。高莉脖子一缩，坐了下去，却竖着耳朵听着这边的动静。楚芳看着李颖，说有个事，看她是不是知道了。李颖一愣，忙问什么事。

"是这样的。"楚芳瞟一眼高莉那边，"下午我去了一趟税务局，路过银行，听到门口有人在议论，说张行长给什么人抓走了。开始我还以为是自己听错了，或是他们在造谣，后来听他们说得有鼻子有眼的，也就信了。这你不知道吧？"

李颖茫然地摇着头，慢慢地坐了下去。

专注听着的高莉手一扫，扫翻了茶杯，茶水湿了桌子，也湿了裤腿。她忙着抽纸擦拭，又连连跺了跺脚。

楚芳在李颖肩膀上轻轻拍了拍，要她早点回去，也别焦急。李颖点下头，指一下账本，说把账核对完就走。楚芳见有人喊她接电话，就小跑着走了。李颖边核对边想着张明亮的事，眼前的数字很快就模糊起来。高莉在那边有节奏地敲着桌面，哼起了《喜唰唰》的曲子。李颖收好账本，起身回家。高莉阴阳怪气地要她路上走好，注意安全。她朝高莉一笑，摆摆手，出了门。

何小年从营业厅出来，一眼看到了李颖，忙迎了上去，把事情的经过简要地跟她说了，又说下午张明亮跟他联系过，虽然没说他在哪里，但人没事，放心好了。

天擦黑的时候，车子离开了宾馆，上了高速。张明亮从路标上朦朦胧胧地看到，车子没有往省城方向去，而是往双江的方向走了。

车上鼾声一片。

车子走走停停，停停走走。张明亮尽管疲惫极了，眼皮像一道千斤重的闸门似的，但每次车一停下来，眼睛就自然地睁开了，听到屈光宗在电话中跟人商量着什么，虽然听得有些模糊，但青山、江北、两河等几个地名还是听清楚了的。

在两河拘留所办完交接手续已是晚上9点多了。临走时，成大为对张明亮说，大家都是为了公事，个人是没什么怨恨的，希望他能理解。张明亮说，不管是为公事，还是为私事，都不能任意乱来，得讲个道理，讲个良心。

空旷的值班室里只有副所长曹立夏和张明亮两个人，都站着，打量着对方。曹立夏五十上下，中等个，稍胖，平头，浓眉，方脸，嘴唇厚实，上唇右侧有一颗小黑痣。他问张明亮是怎么回事。张明亮简要地把情况说了。他听得似懂非懂，半信半疑，说成大为他们只是把他暂时寄放在这里，明天还会来提他走的。

曹立夏把张明亮送进东端的第一拘室，打着呵欠走了，临走时告诉他，这是严管室，晚上是不关灯的。拘室高深空荡，两只白炽灯一前一后高高地吊在天花板上，射散出白里透黄的刺眼的强光。室内从外到里并排放着五张铁架单人床，床与床之间相距不到一米，第一张床挨着窗户，第五张床靠着厕所。厕所与床仅一面一米五左右的矮墙隔着。尿臊味和屎臭味虽然不是太浓，却还是丝丝缕缕地钻进了鼻子。

看上去外面四张床上的人都已经睡了，向里或向外侧身躺着。张明亮在床沿上坐了几分钟，感到实在太疲乏了，便和衣躺了下去，可他刚躺下就听到有人说话了。

"哎，你这鳖，怎么就不讲一点规矩啊！"

张明亮用力睁开眼睛，只见邻床的一个黄毛小子慢慢地坐起来，靠着墙，歪着头，斜着眼睛看着他。

"你看什么，就说你呢！"黄毛提高了声音。

张明亮也不知哪来的火气，加上猛然想起，在这里头，可不能示弱，就一翻身坐了起来，眼一瞪，冲着黄毛就骂："狗崽子，你是不是想死啊？活得不耐烦了是吗？看老子不一脚踩扁了你的狗脑袋！"

张明亮骂着就要下床。睡在黄毛旁边的人慌忙掀开被子坐了起来，一边骂黄毛不会说话，一边劝张明亮消消火气，别跟他计较。

"老子今天本来就窝了一肚子的火，正好不知道找哪个去发，你倒是要来点起这把火，那还不是你自己找死！"张明亮将一个"死"字说得又重又长，说着又抬腿朝黄毛踢将过去，吓得黄毛慌忙躲避。"嘣"的一声，黄毛掉到了床下。

"哎呀，老大，你得起来说句话了。"第二床的慢悠悠地坐起来，"老四得罪了刚进来的这位老兄，这位老兄的火正旺着呢。"

睡在窗户边的老大不慌不忙地下了床，迈着鸭子步走过来，对着刚从地上爬起来的黄毛就是左右各一个耳光，边打边说："你这个没用的狗东西，就知道给老子丢脸。你也不睁开你的狗眼看清楚。这位老兄是谁你知道吗？那么多的车送，又那么多的人陪着来的，一定是见过大世面、干过大事业的。你还不快给这位老兄有个表示！"

"对不起，是小的我瞎了眼，有眼不识泰山。"黄毛说着自己给自己左右各扇了一个巴掌，又"扑通"跪下，磕了两个响头，可怜巴巴地看着张明亮，打着哭腔，"您大人不计小人过，请您多多原谅！"

"好了，好了。你们老大发了话，你也认了错。"张明亮手一挥，"行了，没事了。我呀，就这个德行，谁要想损我、害我，那我是毫不客气，而谁要是敬我、服我，那我准会加倍还他。"他说着捶了捶腰。老大一个示意，黄毛忙爬到张明亮的床上，给他捶起腰来。其他几个也都聚了拢来，坐在张明亮或黄毛的床沿上。

"老兄，你怎么就进来了？"老二问。

"哎呀，可别提了，今天老子抢到了他们的枪，就差一点儿崩了他们两个。"张明亮狠狠地啐了一口唾沫，"唉，只可惜，他们人多势众，我是孤军奋战，寡不敌众啊！不过，尽管如此，他们还是有两个被我掀翻在水沟里，痛快，那真是痛快！"他摸了一下下巴，"你们都不知道吧？不瞒你们说，老子原来也是摸过几年枪的，怕他个啥！"

"老兄厉害，有种！"老大一说，其他几个也跟着附和。

张明亮问他们是怎么进来的。老大说他是黑帮小头目，老二说他是偷了别人的东西，老三说他是打伤了别人，黄毛说他是吸毒。张明亮哈哈大笑，问有谁能想办法让他打个电话出去。他们都摇着头。

"老兄，我们这第一拘室的人是二十四小时都不准出门，饭菜茶水都是送进来的，哪里还能打出去电话哦！"老大挠挠头，眼睛一转，"老兄，我看你也是个人物，就告诉你吧。不过，明人不说暗话，这我们兄弟是要担风险的，你还得有个表示才行。"

"痛快，我认了。"张明亮在老大肩上拍了一巴掌，"好，你说，多少？"

"兄弟每人一百，另加一百。"老大说得很爽快。

"行！"张明亮说得痛快。

"告诉你，老兄，这里头听说只有肖兵秘密藏着一个手机。明天早上看能不能把他喊过来，请他帮你这个忙。不过，他一般是不会答应的。说起来他这个人也蛮有点那个的，反正你不能让他白打。"老大说着看一眼窗外。

"我知道。"张明亮打了个哈欠，"大家休息吧，我也困了。"

"对。老兄辛苦了，是该休息了。"老大指了一下最外边靠窗的那张床，"请老兄睡我那边去。"他说着做了一个手势，老二他们就都忙着往里挪了一个床位，黄毛也赶紧把张明亮的被子抱到了窗边的床上。

躺下一想起刚才那一幕，张明亮差点笑出声来。其实他知道，他进门的时候，他们根本就没睡着，是有意让黄毛来试探他的，如果刚才他不是那样应对的话，那说不定现在他正赤裸蹲在地上，或是靠墙站着，也许是在吃红烧猪脚，或是爆炒排骨之类的。

铁架床冰凉的，床板上就一个薄薄的棕垫，棕垫上是一张草席，只一床薄被，没有枕头。张明亮只好将被子垫一边盖一边，将衣服当枕头。歪在床上，想着行里不知道是个什么样子了，想着李颖和张倩见不到自己准是万分焦急，想着自己明天还不知道会去哪儿，想着领导和员工肯定在为自己担心……尽管眼皮十分沉重，思想却格外地活跃。一天没吃什么东西，肚子又咕噜咕噜地吵闹起来，还隐隐地有点儿疼痛。这样一来，睡意就更没有了。而老大他们几个却或在梦中伤心地哭泣，或在阴森森地磨着牙齿……

想起今天的事，张明亮就觉得犹如梦境一般，早上还是好好地在办公室，晚上却待在这里，真是世事难料，人生无常！

第五章

从远处飘过来的有些嘶哑的隐隐约约的鸡鸣，窗外的一阵大一阵小的风声雨声，黄毛的有些恐怖的梦魇和野猫的撕裂的嚎叫……或缓或急地钻进张明亮的耳朵，让他感到时而胀、时而疼，格外难受。他一时轻轻地捶着额头，一时又用力揉着太阳穴。

院子里那朦胧而惨淡的灯光映照在空旷的地坪上，映照在阴冷的墙壁上，随着风声而摇曳变幻。他撑起来，望一眼窗外，不由自主地打了一个冷战，躺下，扯着被子捂住头，但随即又平静下来，掀开被子，靠墙坐了起来。

三年前，煤化厂向岳北的法院起诉冶炼厂，要冶炼厂支付拖欠的五百万元。法院受理并做出了冶炼厂支付煤化厂五百万元的判决和裁定。两年多来，法院几次到江北执行，不但没执行到货款，反而遭到围攻或殴打。煤化厂的职工几次去法院或政府静坐，要给一个说法，并扬言要去省城。去年年底，出于维稳的考虑，L省高院把这个案子列为督办的重点案件。这样一来，煤化厂对岳北法院的执行也就催促得更紧更急了。岳北法院也想趁机有所作为，早点结案，一直在寻找合适的时机。

冶炼公司的质押存款被冻结以后，张明亮就清楚地意识到，就凭银行自身的力量是解不开这个套的。要解开这个套的关键在冶炼公司，可冶炼公司却不闻不问，甚至幸灾乐祸，真是令人心寒。

沉郁激昂的旋律、一双双饱含热泪的眼睛、一份份字字铿锵的决心书、一句句催人奋进的口号……三年前支行保机构、保牌子、保饭碗，高唱《国际歌》时的画面又一一在张明亮的眼前浮现，是那样清晰，那样亲切，又那么激动人心，那么激励斗志……想着眼下，联想过去，更坚定了张明亮这钱不能划走的决心和信念，觉得自己只能如此，别无选择。这样想着，他欣慰地笑了，在朦胧中合上了眼睛。

天才麻麻亮，张明亮又醒了。他坐在床上，感到胸口发紧，好像有个什么东西掐在那里，脑袋木木的，有些发胀，腰背又酸又疼。他知道这是一天来的焦急气恼、愁苦劳累所致。窗外一片模糊，但风已停，雨已歇，院子里一片沉寂。

张明亮在龙头下捧着水洗了一把脸，在窗前坐了一会儿，见老大醒了，便问他有纸笔没有。老大从床缝里抠出一支又小又短的圆芯来，说是他特意藏的。张明亮准备了两片写有"我在两河拘留所　张明亮"字样的小纸条，好一旦有机会就尽快把它传递到两河县H行去。

天大亮了。老大来到窗前，和张明亮一起等候肖兵过来。

电铃一响，院子里立马闹腾起来，说的说，笑的笑，唱的唱，喊的喊，叫的叫，骂的骂，有的跑厕所，有的去洗漱，有的在看路，有的在望天，有的在伸展手脚，有的在打扫卫生，有的在无聊地走动，有的在傻傻地发呆……

"喂，你过来一下，有个事！"老大朝一个正从窗外走过的中年男子边招手边警惕地张四下望着。那男子前后看了看，背着手不紧不慢地走了过来。

"这位老兄想请你帮个忙，当然不会让你白帮的，你放心。"老大凑过去和肖兵悄悄说着什么。他先是点着头，接着又摇头，说："不行，真的不行了。那个东西昨天就给李警官收走了。"他指了指在对面指挥打扫卫生的胖高个干警。

"哎呀！真是的，你怎么就不藏好呢！"老大埋怨着。

"你们干什么啊！"李警官严厉地喝问道。

肖兵看了张明亮一眼，赶紧走开了。

老大无奈地双手一摊，说："老兄，你看，都……都怪这该死的肖兵。"

"没关系的，再想办法就是。"张明亮拍了一下老大的肩膀，"看来只能碰运气了。"

老大摇着头，叹着气，好像是因为没给张明亮帮上忙而遗憾，又似乎是因为到了手的好处飞了而气恼。

"张明亮，你出来！"曹立夏站在窗前，生硬地说着。

张明亮听着心里好不是滋味，抬头看了曹立夏一眼。

"哦，张明亮，给你换一个地方。"曹立夏似乎觉察到了什么，说话变得轻柔多了，"早饭你也不要到这里面吃了，等下跟我到干警食堂去吃面条。"

曹立夏把张明亮换到了第五拘室。这里面就他一个人。站在这高大空荡的房子中间，一股阴凉凉、寒碜碜的风吹来，他心头一紧，又添了两分孤寂和愁苦。他在靠窗的床上直挺挺地躺下，脚手分开，头枕被子，望着天花板，好不容易才让自己静下来，琢磨着怎样才能把纸条早点传递出去。

过了半个多小时，曹立夏领着张明亮去吃早餐。一起吃早餐的还有李警官、女警官小马、炊事员老刘、肖兵等。李警官脸黑，额宽，留一个小平头，吃饭从头到尾没说半句话，没露一丝笑。肖兵说所里的人都怕他，当面叫他李警官，背地里却叫他"活雷公"。炊事员老刘人称"老顽童"，五十好几了，额头上那横着的皱纹就像一条小沟，嘴上那又粗又硬的胡须就像一把刷子，爱开玩笑，总是咧着嘴，笑笑呵呵，吃着饭还要不时地要撩一下肖兵。

"你这个老顽童。"撩多了，肖兵用筷子在老顽童头上敲了一下，对他的回敬老顽童却是不恼不怒，只是傻笑。

"好吃吗？"曹立夏看着张明亮，"你昨天一天都没吃什么东西，应该是饿了的。"

"好吃，真的好吃！"张明亮边吃边说。其实这面条也就那个样，只不过是此时此地罢了。

曹立夏朝老顽童努努嘴，老顽童将一碗没吃的面条给张明亮分了一半。

吃了早餐，几声哨子响过，一部分人进了拘室，一部分人跟着李警官去了劳动区。肖兵帮老顽童洗碗、喂猪、打扫食堂卫生。曹立夏进了值班室。院子里很快寂静下来，也变得空荡起来。

肖洋一出电梯，一眼看到了周大新站在他办公室的门口。周大新迎上来，说他是特意早点赶过来的。

进了办公室，周大新说他昨晚一个晚上都没睡好，老担心着张明亮，也不知道他究竟在哪里，情况怎样了。肖洋说他也不太清楚，还在打听。其实他是知道的。昨天晚上胡跃进已经向他汇报了。他开始也想告诉周大新，但当他找到周大新的电话，准备要拨的时候，他又犹豫了，担心银行的人或是张明亮的亲友知道了以后，跑去问两河拘留所要人，一旦发生不测，那麻烦就大了，就决定先缓缓再说。

"书记，我想您应该是知道的。"周大新看着肖洋，"听说胡院长和吴局长跟那边一直是有联系的，他们肯定清楚那边的动向和行踪。"

"没错，他们跟那边是有过往来，有一些联系，但这回那边过来，一开始就是瞒着他们的。这也可以理解，虽然天下法院是一家，就跟你们银行一样，但毕竟岳北是岳北，双江是双江，那边有些顾忌，也在情理之中。你说是么？"肖洋给周大新端过一杯茶。

"那……"周大新接过茶。

"你放心，我一直在关注着，在追问着的。我刚才在路上还给跃进打了个电话，跃进说暂时还没有什么新消息，一旦有了新情况，马上向我报告。"肖洋看着周大新，"要不你先回去，我这边一旦有了什么消息，第一时间就告诉你。"

周大新刚回到办公室，肖洋的电话就来了，说张明亮有了消息。周大新忙问在哪儿。肖洋说别急，得先答应他两个条件，一是这消息暂时只能他一个人心中有数，不要告诉任何人，二是务必做好员工和张明亮亲友的工作，一旦他们知道以后，要确保他们不冲动，不蛮干，不能惹出麻烦来，更不能搞出事端来。周大新满口说好。

在空荡荡、冷清清的院子里，张明亮一会儿双手抱在胸前，一会儿双手背在身后，独自不安地来回走动着，不时地朝大门外张望，又担心曹立夏看见他在外溜达，让他回到拘室里去。好在曹立夏几次见他也没说什么，他就胆子大了起来，干脆站在栅栏前不动了，守候着看是否有人进来。

门卫老陈带过来一男一女，说他们是来收水费的。张明亮趁曹立夏和那个男的说话的空儿，用身体挡住曹立夏的视线，把纸条塞到了女的手上，同时给她一个急切而又信任的眼神。她先是惊疑，然后是茫然，接着是收下纸条，给一个微笑，并将纸条飞快地塞进了衣兜里。这一串的动作是连贯的、迅速的，是优美的、漂亮的。

张明亮看着她走向大门。她在大门口回头看了他一眼，没有点头，没有挥手。他看不清她脸上的表情，更不知道她内心的想法。她出了大门，把他的视线也牵到了大门之外……他不知道她姓什么、叫什么，可她那美丽的微笑、美丽的眼神，还有那一连串优美的动作已经深深地刻在了他的脑海里。

走进值班室，张明亮有意和曹立夏攀谈起来，夸这里的环境如何好，干警如何优秀，特别是他虽然是这里的所长，却没一点架子，和蔼可亲。笑眯眯地听着的曹立夏突然哈哈一笑，说："张行长，我知道你的心思，你就别套近乎了，这个电话我是不会让你打的。这是纪律，请你理解。"张明亮尴尬地站在那里，过了一会儿才说没关系，一样谢谢他。曹立夏笑了笑，说理解就好。沉默了一阵，张明亮又问成大为他们今天会不会来，来了又会不会来把他带走。曹立夏摸了摸下巴，说这个可说不准，不知道他们来不来，当然，如果他们来了，要带他走，那他还是可以想想办法，拖一拖他们的，不过，如果没有上级的命令，他们硬要带他走，那他不好阻拦，也是拦不住的。

张明亮在曹立夏那里要了几张旧报纸，躺在床上心不在焉地翻着，一眼看到了昨天《双江日报》的头版头条，赫然报道冶炼公司上半年的生产是如何红火，经营是如何景气，销售近亿元，创利上千万。

"真是岂有此理，这么好，却要让银行来做替罪羊，害得我来受这个窝囊罪！"张明亮嘴上骂着，手上将报纸稀里哗啦地撕成几片，再狠狠地扔到地上，跳下床，重重地踩了几脚，"哼，一点信用都没有，还什么明星企业！"他气呼呼地在地上来回走着，走了几回，捡起撕烂的报纸，气冲冲地走到值班室，将报纸在曹立夏的面前拼好，边指点着报纸边激愤地说着，"曹所长，你看，你看看，就是这冶炼公司，效益那么好，可欠着人家煤化厂的钱就是一分也不还。你说可恨不可恨？"他咽了咽口水，"还有，你赖着也就算了，还要在这个报、那个报上大吹大擂，唯恐别人不晓得，真是可恨！"

"张行长，你不要生气，一生气，吃亏的还是你。"曹立夏呵呵笑着，"这报纸我早就看过了。关于冶炼公司的报道这两年我都看到过三四回了，有的还是整版整版的。按照报上说的，那个厂长，哦，是董事长，那还真是一个大能人。不过，如今这报上的东西，有的又能信得几分，谁知道他到底是个什么样，何必那么当真呢。"他说着提高了声调，拉长了声音，"如今啦，能借得到，能欠得着，能骗得了，能赖得过的，那就是好汉，就是本事，就是这个！"他亮了亮大拇指。

"可是，古今中外，欠债还钱，那是天经地义的事。你就是确实还不了，有困难，那也得给人家一句好话，给人家一个好脸，让人家心里舒服一点，你说是不是？"张明亮敲着桌子，"可这冶炼公司现在也不是没有钱，也不是还不起，怎么就不还呢？不管怎么样，总还得讲个良心，讲个天理，你说是么？"

"是倒是，只是如今还有多少人是摸着良心说话，摸着良心做事的？那说出来的话，做出来的事，又有多少是凭着良心的？"曹立夏一声叹息，走了几步，疑惑地看着张明亮，"哦，张行长，冶炼公司也不在你们青山，怎么就把钱存到你们那里去了呢？冶炼公司那些不讲信用的事你们就不知道？"

"冶炼公司是不在青山，而是在离青山有五六十公里的江北。"张明亮坐到曹立夏的对面，"可是，冶炼公司和青山的一些企业有业务关系，为了业务方便，冶炼公司在青山也需要有账户。当然，这只是一个方面，更重要的是公司为了逃避法院的执行。不过，这一点我们开始是不了解的。你也知道，如今银行之间的竞争越来越激烈，特别是在抓存款上，常常为了一个客户、一个账户、一笔存款，几家银行一起来争抢，争得你死我活，抢得天昏地暗的。"

"你说的这个，我倒是领教过的。家里那点存款，几家银行的人都来做工作，有时还真是左右为难，只好化整为零，每家放一点。"曹立夏笑了笑，"不过也好，你们一竞争，老百姓倒是受益了。不说别的，你们银行现在的服务态度就好多了，不再像过去那样，去存点钱，还要求你们似的。"张明亮感慨地说："是啊，现在银行竞争主要是比服务，比产品，看谁的服务优，谁的产品好。"

"张行长，你出来一下！"李警官在外面喊着，"有人看你来了！"

两河H行的行长方文才站在栅栏跟前，正往里头张望。张明亮跑过去，紧紧握住他的手，好一阵说不出话来，只有泪花在眼里闪动。方文才打量着他，说那个女同志真是不错，亲自将纸条送到了他的手上，他一看纸条，立马叫了司机就走，一路又跟曹立夏打电话，让他关照。张明亮握着他的手，说谢谢他了，真没想到，会待到这里头来。方才文感慨地说，如今想不到的事也多了。

临走时，方文才塞了一沓钱到张明亮手上，要他别省着，吃好点。望着他离去的背影，张明亮感动着、感激着，可一转身看到墙上写着的"悔过自新"几个大字，心口一疼，心底又添了一分沉重和伤感。

曹立夏让肖兵搬了过来，免得张明亮独居一室孤寂。

肖兵，长脸，高鼻，小眼，留西式头，嘴边总是挂着笑，曾是乡镇干部，后辞职下海，经营过小锅厂、小铸造厂，现在是一家砖厂的老板。早几天，他厂里一个车间的包工头，上午拿着车间工人的工资跑了，下午在火车站被追了回来，挨了一顿揍，关了两天黑屋。包工头出来后跑到派出所报了案，说他不是要跑，更不是骗钱，而是要去办事，过一天就要回来的。派出所接到报案后到厂里来调查，车间的工人都证明工头不是逃跑，而工头却确实挨了揍，关了黑屋，派出所就拘留了他。

"他们都是外省来的，来的时候都一个个老实巴交的样子，求着要我留下他们。没想到他们事先串通好了，有意让包工头跑，过了两个小时又来向我报告，说包工头拿着他们的工资跑了。他们想的是，如果包工头真的跑了，就好再来问我要钱。可世上的事就是这么巧，他们做梦也没想到，包工头在火车站碰到了出差回来的副厂长和业务员。他们见他支支吾吾，神色慌张，就给我打了个电话，我就叫他们给押了回来，还好，钱还都在他身上。"肖兵叹口气，点上烟，"你看，我给他们事做，给他们工资，可他们还要串通起来害我。早知是这样，我就不收留他们了，也将那个狗东西弄回来了，骗了就骗了，不就几万块钱么。唉，一想起这事心里就难受，就觉得冤。"

张明亮把自己的事说了，问肖兵是不是比他更冤。

肖兵神情专注地听张明亮说着，夹在指间的香烟烧到手指了还不知道，直到张明亮喊他才忙将烟头丢了，将手指放进嘴里吮了吮，吹了吹，说是比他更冤，又朝张明亮竖了竖大拇指，说不简单，佩服。张明亮一笑，说也没什么。

"哎，他们乱抓了你，那你们也可以抓他们的人啊！"肖兵头一甩，将垂下的一绺头发甩了上去，"他们不放你，你们就不放他们的人，看他们怎么办！"

"那是不行的，可不能违法犯罪。"张明亮拍了一下肖兵的肩膀，"说句开玩笑的话，你说的这个办法，在一些个体或是民营企业，也许是行得通的。"

"嗯，也是。"肖兵点着头，"两个月前，外地一家法院到镇上信用社来执行一家私营企业的存款，开始气势汹汹的，动不动就要抓人，容不得商量，结果惹恼了一些工人，他们将法院的人一顿乱打以后，反锁在房间内，不让他们喝水，不让他们吃饭，在里面待了一个晚上，直到第二天在当地法院的调解下，那些人才得以脱身，钱也只是象征性地划走一点，算是给当地法院一个面子。"

"像这样的情况，一方面说明那执行人员素质不高，没有文明执法，另一方面那些工人做得也不对，是违法的。"张明亮摇摇头，"说起来，现在法院出来执行也是不容易的。"

"嗯，你说得对。"肖兵满怀歉意地看一眼张明亮，"张行长，有件事，我对不住你。其实我的手机还在这儿，并没有被李警官拿去，是我撒了个谎。"他从西装上衣里面的口袋中摸出一个小诺基亚，开了机，递给张明亮，"你快打吧，别让他们看见听见就行。"

"没关系的。其实当时我从你的眼睛、神色就看出来了，你没有说真话，但这不能怪你。"张明亮朝他一笑，"当时就是我，也会跟你一样。那时你不知道我是怎么回事，是不敢轻易接近的。"他接过手机，打了何小年的电话。何小年说知道他在两河了，是刚才方文才告诉他的。张明亮嘱咐他做好稳定工作，向社会和客户做好正面的宣传和解释，以免产生误解和曲解，不要影响业务的正常发展和各项工作的正常开展，一定要注意保护好自己和员工的人身安全，不能再有人落在他们的手上，他们没有拿到钱，肯定还会采取行动，一旦发生冲突务必把握好分寸。

肖兵说，他进来后，这里的干警倒还理解他、同情他，让他帮着做些事、管些事，进来才三四天，已经得到了干警的信任，可以在里面自由走动。他自嘲地一笑，说平时一天到晚累死累活的，哪有这么清闲过，也好，就当在这里休息几天。张明亮摇头一笑，说他说得对，就当是在这里休息。

曹立夏蹲在地上，手上拿着一截小木棍，边比画边问着张明亮。张明亮蹲在他的对面，认真地解答着。肖兵弯着腰，站在旁边听着，又不时地抬头四处望一望。

"协助执行，现在已成了银行一项非常重要的日常工作。"张明亮挪了挪脚，"遗憾的是，尽管银行小心翼翼地协助执行，可麻烦还是不少，因为有时申请执行人、法院和被执行人之间，在执行的过程中往往存在矛盾和纠纷，银行夹在中间，就像磨心，左右难受。"

"不用说别的，你们和冶炼公司、煤化厂、岳北法院之间，不就是一个活典型么？"曹立夏站了起来，拍了拍屁股，"哦，冶炼公司在你们那里的存款情况，成大为他们怎么就掌握得那么清楚？"

"他们获取信息的渠道，无非一是来自我们银行，可能是个别员工一时糊涂，被人收买，违规泄露客户信息，或是个别员工被人利用，无意间将一些信息透露给了他人；二是来自冶炼公司。我认真排查过，前者基本可以排除，后者的可能性较大。"张明亮看着曹立夏，"这钱如果真的给划走了，那损失的就是我们银行，冶炼公司却是金蝉脱壳了。"

"嗯，这倒是，幸好你挺住了。"曹立夏点点头，"只是成大为他们满怀信心而来，结果是猴子捞月亮，看得见，捞不着。"

张明亮说："那只怪他们情报有误，只知其一，不知其二。"

"嗯，那也是。不过，他们的心情也可以理解。要是我，开始满怀信心地跑过来，却是一下掉进冰窟里，也会有点想不通的。"曹立夏眨了眨眼睛，"哦，张行长，我还想请教一个问题，就是那420万元，明明是以冶炼公司的名义存的，那当然就是冶炼公司的钱了，怎么又变成了你们银行的了呢？"

"是这样，曹所长。"张明亮拉着曹立夏一起蹲下，拿过他手上的小木棍，边说边在地上比画着，"今年三月上旬，冶炼公司将收到的银行承兑汇票在我行贴现以后，将那贴现的420万元以定期半年存款的形式存在我行，然后将这笔存款质押给我行，我行给冶炼公司开具与质押款存期相同或短于存期，总金额相等或少于存款的若干张银行承兑汇票。质押存单由我行保管，我行成了这笔存款的质权人。换句话说，就是这笔钱看上去是冶炼公司的，因为写的是冶炼公司的名称，但实质上这笔钱可能已经用掉了，只要有人拿汇票来承兑，银行就要无条件付款，而付款来源就是这笔质押存款。因此，除了存款人偷税漏税要强制性补交税金外，法律规定银行是优先受偿这笔存款的。当银行承兑汇票到期时，如果冶炼公司另外拿来了钱来支付票款，那么这笔钱还是冶炼公司的，如果冶炼公司没有另外拿钱来支付票款，那么我行就直

138

接用这笔做质押的款项来支付票款，否则，我行就要垫付资金。而银行一旦垫付资金，就要遭受两方面的损失：一是增加不良贷款，因为银行承兑汇票在正常情况下是或有资产，垫付时就要转为贷款，而且是不良贷款，并有可能形成终极风险；二是造成了直接经济损失，因为垫款是要占用资金的，而这些被占用的资金如果投放出去或是上存的话是有收益的。在实际中，绝大多数都是直接用质押的款项来支付票款，很少有另外再拿钱来的。"

"原来还这么复杂啊！"曹立夏偏着头，指点着张明亮画在地上的关系图，"哎呀，张行长，要不是你这么比比画画，我还真是搞不懂呢。说实话，直到刚才，我还觉得岳北法院是有些道理的。"

"这也正常，并不奇怪。"张明亮指着关系图，"银行承兑汇票确实是有点复杂，没接触过的人是不太清楚，也难以理解。"

"嗯，这是有一定的迷惑性。"曹立夏站起来，"如果他们知道这笔钱是做质押的，那他们也许就不会来了吧？"

肖兵说："我看未必。"

张明亮看一眼肖兵，说："是的。"

曹立夏挠了挠头，说："那按理说，他们知道那存款是做质押的以后，就应该终止执行了，为什么还要那么搞呢？"

"我也不太清楚究竟是为什么。"张明亮扔了手上的小木棍，"但有一点可以肯定，那就是这里面的情况很复杂。"

"嗯，看得出，想得到。"曹立夏点点头。

"你……你干吗？"肖兵指着墙角喝道。

"我……我活干完了，可以休息了么？"墙角探出一个人头来。

"宋太平，你真干好了？"肖兵指着宋太平，"可别想耍花招！"

"肖所，我哪敢呢。"宋太平笑着走了过来，老远就递着烟。

肖兵瞥一眼那烟，扬着手说："去去去，不抽。"

"我就知道你会嫌弃的。"宋太平摇头晃脑地走了。

张明亮望一眼快到头顶的太阳。阳光有点儿晃眼。

小马跑过来，喊曹立夏去接电话。曹立夏一会儿就跑着回来了，告诉张明亮一个好消息，说电话是局里打来的，市里的肖副书记有了指示，务必确保张明亮的人身安全。肖兵拍手叫好。小马冲张明亮甜美一笑。曹立夏将电话卡给了张明亮，要他快去给家里报个平安。他跑着去了值班室，先打了周大新的手机。

周大新接到张明亮的电话非常高兴，说他当集体利益和个人利益发生冲突时，选择了牺牲个人，保全集体和他人，是负责任、有担当的表现，又说他现在的任务就是吃好，睡好，保护好自己，别的什么都不用担心。这让他感动和欣慰，更增添了他的信心和力量。

天刚大亮，左又芳就到了街边的那棵大树下。她摆放好篮子、椅子，坐下，从篮子里拿出一个大可乐瓶子，喝了两口水，拧上盖，放回原处。

一声喇叭响过，一辆小车在她前面五六米远的地方停下。

"又芳，这么早啊？"孔大华下了车，笑呵呵地走过来。

"哟，是孔大老板。"左又芳一笑，"又换车了？"

"是啊！"孔大华在椅子上用两个手指抹了一下，看一下两个手指，再吹一口，才一屁股坐了下去。左又芳一脚勾开椅子。孔大华坐在了地上。

"你干吗？"孔大华边说边爬起来。

"滚开！"左又芳瞪一眼孔大华。

"我……我怎么啦？"孔大华拍着屁股上的灰。

"没怎么，你走吧，别挡了我的生意！"左又芳望着街面。

"到底是怎么啦？"孔大华摸着头，看一眼椅子，"哦，我明白了，是我的错，真的是我的错。"他一把拉过椅子，一屁股坐下去，伸出脚，"辛苦你一下，行吗？"

左又芳翻一眼孔大华，低头擦起鞋来。孔大华说，他的公司现在越做越大，需要增加人手，想请她去公司做事。她只是埋头擦鞋，并不应答，直到擦完了才抬起头，瞅他一眼，说擦好了。孔大华说声谢谢，掏出十块钱，递到她手上，说别找了，起身就要走。她一把抓住他的衣袖，说不行，得找给他。他边说不要，边挣脱着。她脸一沉，将那十块塞到他手上，说："你要这样，以后就别再来了。"他讪笑着，说那找，那就找。她正要找钱，手机响了。一接，是歪鼻子打来的，说上午九点去法院，见面二十块，散场再发二十块。她说不去，又骂一声死骗子。歪鼻子说这回绝对没骗，钱都在他手上了。她说不信，又问哪儿来的钱。歪鼻子说先别问那么多，到了那里再告诉她，一句话，这回绝对没骗人，骗人是狗。孔大华问她啥子事。左又芳边找钱边说："还有啥子事，去法院那边呗。"孔大华接过她找的钱，说他猜到了，准是跟李厂长他们去青山那边弄钱的事有关。

"那你……"左又芳连忙将"去么"两个字吞了下去。

"我……"孔大华嘿嘿一笑，"又芳，不瞒你说，我还真没时间去，今天是特意赶早上省城的，有一个合同要签。再说，我也真没在乎那……"

"那大老板，你快走吧，别耽误了你的生意！"左又芳推了孔大华一把。

"那，那我走了啊！"孔大华走到车旁，跟她挥挥手，上了车。她将篮子、椅子什么的往路边的小店里一寄，小跑着就往法院那边去了。

法院大楼的前坪里已黑压压地站了一片的人。歪鼻子见左又芳过来了，赶紧迎了上去，将二十块钱塞到她手上。她稍一犹豫，将钱塞进了衣兜。

"你来了就好。"歪鼻子左右看看，悄悄说，"今天来的人多，看这架势，后面来的只怕是不一定有了。钱就那么多，没想到大家一听说真有钱，还都来了，我……"

"我走了。"左又芳掏出那钱，往歪鼻子手上一塞，甩手就走。

"那不行。你既然来了，就不能急着走。"歪鼻子一把捞住她的手，把钱塞到她的手上，"这钱再少也不能少了你的。"他前后看看，凑近她的耳朵，"我告诉你，吕厂长说，这钱还是从孔大华手上借的，大部分给李厂长他们带走了，去了青山那边。这个是剩下的，也就那么一点儿。"

"青山那边有消息了没有？"左又芳边说边踮着脚，打望着人群。

"看样子怕是不顺利。"歪鼻子叹口气，左右瞧一瞧，压低声音，"要是顺利，就不会要大家来了。我听说是于小财给吕厂长打了个电话，说要多一些人到法院来吵，给法院施加压力，迫使法院加大执行的力度，要不只怕又是空手而归。一旦空手而归，那不仅借来的钱会打了水漂，跟大家也不好有个交代，更不好跟孔大华去说了。"

"我就猜着，这事不会那么容易，要是有那么容易，也就不会……"左又芳踮起脚，边目光在人群中搜寻边自语着。

有人跑过来，拉着歪鼻子就往人堆里挤。

阳建国正在嘻嘻哈哈地打电话，那头不时传来轻佻的笑声，见门口有人闪过去闪过来的，他才跟电话里说有事了，等下再聊。

"谁呀？进来，别在那里晃来晃去！"阳建国瞅一眼门口。

"是我。"王维权小跑着进了门。

"王庭长，王副庭长，看你这慌慌张张的，像个什么样子！"阳建国板着脸。

"阳局长，不好了！"王维权望一眼窗外。

"不好了？！"阳建国站了起来，"怎么了？"

"煤化厂的人吵着要……要……"王维权哈着腰，支吾着。

"要要要，要什么？"阳建国拍一下桌子，"你快说呀！"

"说要跟你对……对话！"王维权站直了。

"跟我对话？"阳建国眉头一皱，"真是莫名其妙！"

"他们来了上百号人，说你要不答应，他们就要上楼来，还要上省里去……"

"去省里干吗？"阳建国盯着王维权，"去偷？去抢？"

"那倒没说，只说要去拉横幅，要去静坐！"王维权低着头。

"岂有此理！"阳建国一捶桌子，"他们这是无理取闹，目无法纪，真是可恼，可恶！"

"就是嘛，为了他们的事，院里能想的办法都想了，能做的事都做了，特别是你，都担了那么大的风险了，他们却还要这样，真是好心当作了驴肝肺，不知好歹。"王维权边说边观察着阳建国的脸色，"我看，干脆别理他们得了，反正他们也就聚在那里，闲扯的闲扯，打牌的打牌，没有叫骂，没有打闹，是搞不出个什么名堂来的。"

"我说你不懂了吧，"阳建国指一下王维权，"这种看上去的平静才是最可怕的，弄不好就会在沉默中爆发，一爆发就不可收拾，那就晚了。"

"局长批评得对。"王维权哈哈腰，小心翼翼地说着，"那……那是不是就让他们派两个代表上来谈一谈，正好有些东西也跟他们说一说，万一这回那钱没弄回来，让他们也先有个心理准备，到时候我们的压力就小了，别又来怪罪我们，找我们的麻烦。"

"那好吧，你去安排一下。"阳建国挥了一下手。

王维权退了出去。阳建国拉开抽屉，拿出笔记本，夹在腋下，走到窗前，往坪里一看，目光立马被那个"冤"字吸了过去……他虽然把目光从那个"冤"字上拽了回来，但那个"冤"字直到他走进了对话桌前，还在眼前晃动。

这时，刘志高也来到了窗前，也看到了人群，还有那个"冤"字。开始他有一种莫名的轻松，接着又是一阵莫名的沉重。

对话了一个多小时后，阳建国一脸铁青，又羞又恼地回到办公室，抓起听筒就给成大为打电话，要他尽快返回青山，想办法得到伍兴国的支持，务必把钱执行到位。刚才歪鼻子等三人作为对话代表，说了一大堆，归结起来就一句话，法院必须把钱搞回来。阳建国无奈，只好一再表态，一定会尽心尽力，争取实现预定目标。

叶斌气喘吁吁地跑进何小年的办公室，说他看到那边的人进了青山法院。何小年说，成大为他们才到青山收费站，他就已经知道了，刚跟赵万隆商量过，正在部署。叶斌说，他马上带人过去，问他们要见张明亮，可别让他们溜了。何小年要他放心，他们一时半会不会走，也不敢到行里来，肯定会让伍兴国来做工作，我们只管等他的电话就是了。

成大为接过阮小芳递过来的茶，喝了一口，放到桌上，看着伍兴国，说没办法，只好又来求助他了。屈光宗站起来，哈一下腰，说是的，要是有办法，也就不会再来麻烦他了。伍兴国瞟一眼屈光宗，话里有话地说："这个我知道，你们只有在这个时候才会想起我。"屈光宗笑着说："那可不是，你是永远在我们心里的。"伍兴国斜一眼屈光宗，说："你可别咒我，我活得好好的。"成大为不满地瞅一眼屈光宗，说："看你这嘴，就是不会说话，本是一番好意，一说出来就全变了味了。"屈光宗抹了抹他那猪肝色脸上的汗，说："那是，那是，只要伍局长能帮我们把钱弄过去了，一定会好好报答。"歪坐着的伍兴国挪了挪屁股，瞟一眼屈光宗，说："我可不稀罕你们的什么报答，只要别害我就行。"屈光宗张口结舌，愣在那里。

"屈法官，你看你，真是越来越不会说话了。人家伍局长是真心诚意帮助我们，纯粹是看在我们是朋友、是同行的情分上，可不是看重你说的什么报答。"成大为朝伍兴国讪讪一笑，"当然，伍局长为我们的事情费了心，出了力，我们是绝对不会忘记的，谁要是忘记了，那谁就对不起朋友，那就是忘恩负义，是……"

"好了，成局长，你也别多说了。你们的心情我理解，你们的想法我也知道。"伍兴国坐起来，"俗话说，一回生，二回熟，现在我们也是熟人了。再说，我们又是一家人，也用不着说两家话。"他扫一眼成大为和屈光宗等人，"好吧，我就给银行打个电话，叫他们过来。要不，我派人带你们去银行？"

屈光宗忙说，那还是叫银行的人过来好。成大为看着伍兴国，说有劳他快给银行打个电话，让他们早点过来。伍兴国站起来，走两步，说他心里也没底，只能试一试，不知道何小年是不是买他的账。

郭玉梅在办公桌前坐下，拿起一份文件，才看了四五行就放下了，起身，在地上走着，走了两圈，在沙发上坐下，出神地望着窗前玉兰树的枝头。一只鸟儿落在枝上，偏着头瞅她一眼，"叽"的一声鸣叫，飞到了另一棵更高的树上。她蓦然脑子一动，火花一闪，一个想法"叭"地蹦了出来。其实一段时间以来，特别是昨天以来，她一直都在想，只是朦朦胧胧，似有似无，现在突然间清晰了、具体了。

"对，这是机会，也是最后的机会了，不能再失去，必须抓住！"郭玉梅在心中对自己说着。她在街道搞过几年，后来在一家小国有企业当过副厂长，十年前调进支行，八年前当上了副行长。六年前，张明亮提拔为副行长。两年前，支行班子调整时，郭玉梅上上下下是花了心思、花了功夫的，因为如果这一回不上去，那就没什么机会了，岁月不等人啊！可结果是张明亮上了，她还是原地没动。为此，她跑到双江，在几个行领导的办公室里，一个一个地哭诉过去。周大新热情地接待了她，她骂就耐心听着，哭就给她递纸巾……等她平静下来了才做一些安慰，做一些开导。下班时间到了，她却不走，说如果不给她一个答复，她就睡在这里了。周大新没办法，只好反复斟酌一番后说，这一回是没办法改变了，以后有机会再考虑。这两年来，"机会"两个字她一直牢记在心，从未淡忘，也在寻找。随着日子一天天地过去，这个机会的紧迫感她也是越来越强烈了。

其实，这两年来，周大新也给郭玉梅创造了两个合适的岗位，可她软硬不吃，死活不去，非要过一把当行长的瘾不可。周大新无奈，有一次只好提议让她去江北试一试，结果遭到党委成员的一致反对。而这正是他所希望的，他早就料想到了。他深知，郭玉梅虽然是女人，却心思粗放，对权利的欲望又太重，是不适合做一个机构的一把手的。

周大新也清楚，这两年是苦了张明亮的。好在张明亮大事讲原则、小事讲风格，工作上有头脑、有思路，业务上有拓展、有成效，打得开局面，撑得起场面，对郭玉梅更是多尊重、多谦让，使得她心服口服，也就基本相安无事，虽然有时起点波澜，却没有大浪。

只是成大为他们这一来，特别是昨天张明亮一被带走，郭玉梅的心海就波涛汹涌了，心思跟着也翻腾起来，刚才这灵光一闪，更是让她看到了机会。她思考着，如果张明亮一时回不来，支行总得有个人来主持工作，何小年毕竟年轻，显然驾驭不了，那就只有她了；而如果事情弄大了，出了问题，张明亮触犯刑律或被免职撤职了，她就顺理成章地接替其成为行长。想到这里，她不由得眼前一亮，一拍沙发的扶手，"嗵"地站起来，但刚走到桌前，还没坐下，又一连自问：你这是怎么了？怎么能有这样的想法？是不是太……太卑鄙，太龌龊了？她颓然坐下，往后一靠，双目空空地望着天花板。

过了一会儿，她眼睛一睁，猛地坐起来，牙一咬，手一握，自语道："常言说，无毒不丈夫。张明亮，这也怪不得我了，一切看你的造化吧！"

伍兴国在门口张望，一眼看到从楼梯间走上来的何小年，忙张开双臂迎上去，嘴里说着："何行长，你总算来了。"何小年大步走过来说："不好意思，让局长久等了。"伍兴国牵着何小年的手，边走进办公室边说："久等的可不只是我，还有成局长他们。"何小年一见成大为，故作惊讶地说，"怎么成局长又过来了？"成大为起身去握何小年的手。何小年装着没看见，将手往裤兜里插。

"何行长，可不是我要请你过来，是成局长有个事，想跟你商量。"伍兴国指一下成大为，在椅子上坐下。

何小年见成大为要开口说话，就抢先说："哦，好，我也正好有事，想要请教成局长。"

"那何行长请说。"成大为看着何小年。

"也没别的，就想请问，现在张行长在哪里？是不是……"

何小年正说着，楼下传来了呼喊声：

"交出张行长！"

"我们要见张行长！"

伍兴国走到窗前往下一看，回头对何小年说："怎么一下来了这么多的人，都把楼下大门口都给堵了。"

"我怎么知道？"何小年摇摇头，"我是自己一个人来的，没带一个人。我还以为真的是你伍局长有急事找我，要不我就不会来了。"

"怎么？"伍兴国回到桌前。

"怕成局长把我也抓走啊！"何小年看着成大为。

"他们要这么闹，那是可以抓的！"走到窗口的屈光宗指了一下楼下。

"那你们就抓呗，我失陪了！"何小年甩手就走。

"你……"伍兴国追了两步就停下了，瞪一眼屈光宗，"我说了叫你们不要来的，你们不信，偏要来，这下好了，把火烧到我这里来了。"他一抬腿，一屁股坐在办公桌上，敲了敲桌子，"你这不是坑我吗？这事我都还没来得及跟院长汇报。这下好了，院长知道了，不骂死我才怪呢！"

"我……"屈光宗一脸委屈地看着成大为，"我们也没想到他们会知道，更没想到会是这样的。成局长，你说是不是？"

成大为面无表情，一动不动坐在那里。

"这……这怎么办？"伍兴国跳到地上，走到窗前，看到何小年上了车，出了大门，"好了，何行长也回去了，看你们跟谁商量去？"

楼下的人越聚越多，叫喊声越来越响。

王才智打电话来了，质问伍兴国是怎么回事，责令他赶紧处理好，别扩大事态，弄得不好收场，影响院里的形象。

"这下好了，院长怪罪来了。"伍兴国走到窗边，看一眼楼下，回到桌前，看着成大为，"成局长，这事你看怎么办呢？"

"能不能有劳伍局长去做做工作，让他们快点散了？"成大为看着伍兴国。

"他们找的是你们，不是我。"伍兴国头一偏，"他们会听我的？"

"成局长，干脆我带几个人下去看看。我就不信他不怕！"屈光宗手一挥，带了郭人宝和曹二喜就走。

屈光宗等人走出大楼，一字排开，站在台阶的顶层，俯视着台阶下的人群。

"各位，我先问你们一个非常严肃的问题。"屈光宗一手叉腰，一手指了一下人群，"你们不知道自己这是在干什么吗？"

下面一时一片沉寂，无人回应。

"那我告诉你们，你们这是冲击法院，是犯罪行为，是可以抓起来，关进监牢里去的！"屈光宗挥了挥手，"我奉劝你们，还是赶紧散了的好！"

"对，赶紧散了的好！"郭大宝边说边扬着手。

"怎么？不走是不是？"曹二喜手一撸，亮了亮一下警棍。

"打人了哦！"不知是谁这么一喊。

"走，冲上去，让他们打！"有人这么一说，人群立马就往台阶上涌。

"你们要干吗？"屈光宗掏出枪来，举在手上，"我命令你们，立即后退！"

人群停了下来，对峙着。

"退回去！都给我退回去！"屈光宗往前走了半步，晃了晃举在手上的枪。

"开枪啦！"

"冲啊！"

随着有人这么一喊，人群立马往上涌动起来。眼看人流就要涌到跟前了，曹二喜扭头就跑，郭大宝跟着也跑。屈光宗一手抱头，一手提枪，拔腿追了上去。一瓶矿泉水砸在他的背上。

站在窗前看着的成大为默然退回原位，轻轻坐下。

"你怎么能举枪呢？"屈光宗一进门，伍兴国就指着他，"我早就跟你们说了，青山的人最讲道理，但又最不怕死。你以为举着枪，他们就被吓跑了？幸好你跟兔子一样地跑得快，又有我们那些人帮你挡着，要不你的枪早不在你的手上了！"

"我……我也没想到是……"

"你还说什么呢？"成大为瞥一眼屈光宗，"伍局长批评得对，枪是不能随便动的。"

楼下的呼喊声此起彼伏，一浪高过一浪地从窗口涌进来。屈光宗额上的汗珠不断冒出来，不时扯着衣袖去揩汗水。曹二喜缩着脖子，不断地往郭大

148

宝那边靠，就怕有人来揍他似的。郭大宝瞟了他好几回，又指了指角落，示意他已经无处可退。成大为闭着眼睛，一脸平静地坐在那里，心底却是翻江倒海一般。

"伍局长。"成大为喉结滑动了一下，满眼期待地看着伍兴国，"你能不能想个办法，让我们先安全离开青山？"

"这个？"伍兴国放下二郎腿，吸了一口烟，吐出几个圈圈，"也不是不可以。不过，如果你们屁股一拍走了，楼下那些人跑来缠着我，问我要见张行长，那我怎么办呢？我又找谁去？嗯，这倒还放在一边，关键是你们要早走就好了，现在是想走也走不了的了。"他走到窗前，指着楼下，"不信，你自己来看看，这栋楼都给他们围着了。这架势，只怕是插翅难飞了哦！"

"伍局长，怎么也得请你想个法子才行。"屈光宗给伍兴国作了个揖，"算我求你了好不好？"

"哎呀，求什么喽！"伍兴国手一扬，"都是一家人，说什么两家话。"

"伍局长能这样说，那就好，那就好。"屈光宗又点头，又哈腰。

"成局长，你看这样行不？"伍兴国踱了几步，"我去跟他们说一说，让他们推荐两个代表，来跟你们谈一谈。"

成大为想了想，说："好吧，也只能这样了。"

电视信号关闭了，就寝的铃声响了，灯灭了，不一会儿院子里就沉静下来。张明亮睁着眼睛，躺在床上，想起两天没见到李颖和张倩了，心里怪难受的，翻来翻去地睡不着。

"想老婆孩子了吧？我刚进来那两天也一样，是睡不着的。"肖兵侧过身子，看着张明亮，"来，给家里打个电话吧！"

张明亮接过手机，打到家里，没人接，打李颖的手机，无法接通。怎么回事呢？他越想越睡不着，越想越有些不安起来。

朦胧中，张明亮听到有车辆在大门口停了下来，接着是喇叭声、人的喧哗声响成一片。他赶忙警觉地起身坐在窗前朝外张望，心里也不免有些紧张起来，担心是成大为他们来带他走了。

曹立夏跑了过来，对张明亮说："成大为他们来了，你要见机行事。"

在值班室一见面，郎队长就满口怨气，怪张明亮指使人去围攻他们，害得他们到现在饭都没吃上一口。张明亮一听就有点火了，说："我人在这里，与世隔绝，怎么指使别人围攻你们，真是莫名其妙！你拿出证据啊，否则你就是诬陷！"

郎队长一时语塞。

"曹所长，我看他这是在指桑骂槐，想一箭双雕，看起来是在说我，其实是在损你呢！"张明亮看着曹立夏。

"你……"郎队长指着张明亮。

"怎么，想打人是吗？"张明亮脖子一伸，"好，你打，我给你打！"

屈光宗连忙起身，拉开郎队长。

"好，张明亮，你行啊！"郎队长说着手一甩，气呼呼地出了值班室。

"曹所长，是这样的。今天下午，我们去青山，想请伍局长协助我们执行，可刚到不久，一些人就尾随来了，在外面又喊又叫。后来，人越来越多。他们叫喊着要见张行长，扬言见不到他，就不准我们离开青山。伍局长去做工作也没有用。就这样僵持着，一直到晚上七点多，我们只好答应带他们到这里来。"成大为看一眼张明亮，浅浅一声叹息，"他们都说是张行长的亲友，其实我一看就知道，其中是有亲友，但也有银行员工，还有社会上的闲杂人员。"

"成局长，我先申明，可不是要偏袒谁。要我看，张行长的亲友和员工，问你们要见见他，那也没错。人心都是肉长的，将心比心嘛。"曹立夏摇摇头，看着成大为，"成局长，你说是不是？"

"曹所长，"成大为有些无奈地看着曹立夏，"你不知道，我们拘留张行长，这可不是我们的初衷，也是没办法。说起来，我和他无冤无仇，打心眼里我还是很佩服他的。"

张明亮呵呵一笑，说："成局长，做人要敢作敢当！"

成大成看一眼张明亮，喉结滚动一下，站起来，对曹立夏说："时间不早了，我们就先到外面去，让外面的人进来和张行长见个面，也好让他们放个心。"曹立夏说："人多了不方便，让他们进来几个代表就行了。"

伍兴国进了门，握着张明亮的手，边打量边说："你这回可是受委屈了，还好，气色不错。"张明亮笑了笑，说："那也是托了你的福。"

"张行长，今天下午可真是为难我了。成局长要我担保你的亲友和员工见到你后就让他们走；你的员工和亲友要我担保见到你后，才让成局长他们离开。这我心里也没底啊，谁知道他们说话算不算数！"伍兴国凑近张明亮的耳朵，看一眼门口，"说句不该说的话，也是一句大实话，今天我可是屁股坐到你们这边来了。看起来我是在保护成局长他们，不让他们挨打，暗地里是在支持你们，只要你们的人不出格，我就睁只眼闭只眼。"

"谢谢你保护了我的亲友和员工，也保护了成大为他们。"张明亮话里有话，"我知道，你伍局长是站在公正立场的，还帮我们出主意，想办法。只是你局里个别人就不是这样了，一直在为他们说话，为他们提供信息，希望他们能如愿以偿。对这种做法，我们是有看法的。我们不要你搞地方保护，但也要尊重事实，不偏不倚。"

"张行长，"伍兴国讪讪一笑，岔开话题，"不瞒你说，他们这次过来，事前也没告诉我们，我是有想法的。说实话，对这个案子，我开始确实是不太了解，只知道冶炼公司在你们行里有存款，但不知那存款是做质押的。做质押的款项可以冻结，但不能扣划，冻结也应该及时解除。"

"你能这样说，那就好，请你……"

"我……哦，你夫人他们还等着要见你，我先走了。"伍兴国起身，握了一下张明亮的手，匆忙离去。

李颖走到张明亮面前，鼻子一酸，眼睛一红，眼泪立马滚出眼眶。张明亮却呵呵笑着，边给李颖擦眼泪边说："好好的，哭什么？"李颖端详着他道："胡子长了，眼圈也黑了。"张明亮拍了拍自己的胸脯，安慰道："真的没事，挺好的。"李颖问他还会在这儿待几天。张明亮装着轻松的样子，说应该就两三天吧。李颖说，那个郎队长说了，他们只是暂时把他放在这里，到时候还要追究他的什么刑事责任。张明亮要她别信，那是吓唬人的，没那么严重，更没那么简单。李颖半信半疑地看着他，说昨晚周大新来家里慰问过了。

李颖一出门，郭玉梅就大步走进来，夸张地打量着张明亮，先骂了一通成大为他们，又数落了何小年他们几句，最后问他还要在这待多久。张明亮谢过她，爽朗一笑，至于在这还要待多久，他就不知道了。郭玉梅点点头，要他安心在这里，行里的事不用操心，有她和何小年，还有赵万隆在，放心就是。说着，她朝门口招了招手，亲友和员工代表一拥而入。女代表手拉手站在一起，看着张明亮，或泪花闪动，或潸然泪下。柳叶青禁不住哭出声来，一转身跑到室外去了。齐小红多么想走到张明亮跟前，好好看看他，悄悄地跟他说上一句，可她只能咬着嘴唇，强行忍着。柳叶青一跑，她也抑制不住，扭头跟着就跑。

叶斌绘声绘色地讲述着下午去见成大为时的情景。

"好了，别说了。我理解你的心情，但今后一定要讲究策略，不可留人口实，给人抓了把柄。"张明亮拍了拍叶斌的手，扫一眼众人，"大家也一样，一定要记住，不管发生什么情况，千万不能乱来，要掌握好分寸。虽然他们把我弄到了这里，但我们和法院不是对立面，没有根本的利害冲突。我们更多的是要跟他们摆事实、讲道理，争取他们的理解和同情，而不是跟他们对着干，对着干只会使矛盾更加尖锐，问题更加复杂。"

大家依依不舍地出了栅栏门，一步一回头地向大门走去。李颖走到大门口又突然转身跑回来，拉着张明亮的手，认真地说："你真的不怕？我是怕，真的好担心。"

张明亮微笑着，坚定而自信地说："不怕，真的不怕。"

"嗯，好。"李颖双手握着张明亮的手，"我知道，这回你只能顶住，也必须挺住，是没有退路、别无选择的。我理解你、支持你，我们全家都支持你！"

张明亮心底一热，一把将李颖搂在怀里……

阳建国躺在床上，目光落到哪里，哪里就是马旺财那悲愤的脸，闭上眼睛，那个"冤"字还是放射着强光，刺痛着他的眼球……他边咒骂着边下了床，拿出一瓶酒，拧开盖子，哗哗地就往嘴里倒着……

八年前一个初夏的上午，阳光明媚。那时，阳建国还在岳北近郊一个县法院任执行庭长。那天，他带着成大为和林法官等人去执行一个案子。

刚从地里回来的马旺财一见几个穿制服的人往自己家里来，吓得赶紧将锹往墙角一扔，躲进屋里，大气也不敢出地从窗口往外张望。

"家里有人没有？"成大为边打量着院子边往屋里喊着，一连喊了几声，都没有谁回应，只有他的声音在回响。

"你们看，地上有新脚印，那锹上也还有鲜泥巴。"林法官指着地上，又指一下锹，"准是躲在屋里，不敢出来。"

"不对，这是有意不配合执行。"成大为看着阳建国，"我看，不如进屋去搜，把人揪出来得了！"

阳建国扬了一下手。成大为领头往屋里冲。

马旺财情急之下，钻进了鸡笼里。

"哈哈，出来，快出来！"成大为踢了一下马旺财露在外面的屁股。

马旺财还想往里钻，无奈鸡笼就那么大，怎么也藏不下整个身体。

"不出来？那我开枪啦！"成大为边说边故意弄出响声。

"别……别开枪，我……我出来，出来。"马旺财边说边往笼子外边退。

成大为将马旺财押到阳建国跟前。

"你是谁？是不是马大富？"阳建国厉声问马旺财。

"我……我是马旺财，是……是马大富的爹。"跪在地上的马旺财抖抖瑟瑟地抬起头来，一脸的鸡屎。

"马大富去哪儿了？"阳建国问。

马旺财埋下头。

"阳庭长问你呢！"成大为踢了一下马旺财。

"出门了。"马旺财小声说着。

"去哪儿了？"成大为问。

"不知道。"马旺财怯怯地抬头看一眼成大为。

"阳庭长，我看他不老实，没说实话。"林法官说。

"你真的不知道？"成大为稍稍弯下腰，指着马旺财，"那我问你，你儿子跟人家打官司，欠着人家的钱不还，这你也不知道？"

马旺财一听，就边喊着"冤"，边磕起头来。

"你跟我们喊什么冤啊？"成大为看一眼阳建国，"你喊冤也没用。"

林法官说："对，你唯一的出路就是别耍赖了，快点把钱拿出来！"

"天啦，我没欠钱，也没有钱啊！"马旺财磕了两个头，趴在地上。

院子一侧传来羊的几声"咩"叫。

成大为跟阳建国耳语了两句，踢一下马旺财，说："那好吧，你去把羊赶过来！"

"干吗？"马旺财蹲在地上，警惕而疑惑地眨着眼睛。

"干吗？抵钱啊！"成大为一笑。

"那使不得，使不得啊！"马旺财边说边磕着头。

"死不得？谁要你死啊！"成大为呸了一口，指一下林法官和另一个人，"去，你们去把羊都赶出来！"

"阳庭长，你看？"林法官看着阳建国。

阳建国抬头望一眼天上飘过的云朵，望着对面的山梁。

林法官走向羊圈。

马旺财坐在地上，抹着泪。

林法官赶过来五只羊。马旺财一见羊，一头扑过去，一把抱住阳建国的腿，把他吓了一大跳。

在外头玩耍的小石头回来了，蹦蹦跳跳地走到院门口，一见阳建国他们就赶忙退了回去，躲到院外靠墙的一棵大树上，掏出弹弓和石子，瞄准着。

马旺财死抱着不放。阳建国怎么也挣不开。成大为上前掰开马旺财的手。

阳建国脱了身。成大为刚直起腰，只听他一声惨叫，捂着眼睛倒在了地上。与此同时，马大富操着一个木棒冲进了院子，一棒打在王维权的腿上。

成大为和林法官都被送进了医院。马大富被关进了看守所。一个多月后，阳建国出任县法院的副院长，一年后，又调入岳北中院。成大为出院没几天也提了副庭长，过了一年半，他和阳建国又成了在一栋楼里办公的同事。马大富因暴力抗法，打伤执行人员，被判处有期徒刑十年。对这个案子的判决，当时在岳北中院的刘志高和阳建国交换过意见，认为事实不清，量刑过重，但阳建国坚持认为，如果对暴力抗法者不予严惩，不仅不能打击暴力抗法者的嚣张气焰，还会挫伤执行人员的激情和锐气，更不好向成大为和王维权交代。刘志高去问成大为怎么看、怎么想。成大为说他心痛，还瞎了一只眼睛。刘志高喟然长叹，不再言语。半年后，成大为的左眼安了一只假眼，又戴上了眼镜。林法官的腿被打成了骨折，在医院躺了十来天，回家休息了两个月就上班去了。

大半瓶酒下了肚，阳建国扶着墙走到床边，往床上一倒，在昏昏沉沉中睡着了。

就在阳建国往床上倒的时候，成大为拖着疲惫不堪的步子回到宾馆。他从两河回到双江已是午夜，饭店早都打烊了，只好在夜宵摊上简单吃了点东西。

站在镜前，他看着自己，摘下眼镜，揉了揉眼睛，又捧着清水洗了洗。这几天来，他的左眼一直隐隐地疼着，有时还分泌出少许白色黏液来。

郝梦楠原本在县城一个派出所任副所长，管内勤，后因工作不顺，一气之下下海去了。两年后，她开始跟成大为商量，要他也出来算了，公司可以由他来主持，她做他的助手。他说，不行，做法官是他从小就向往的，好不容易才实现了，得好好珍惜。听他如此一说，她也就不再勉强，由他去了。

她的生意做得风生水起，又将公司迁到岳北。随之而来的是她越来越忙，越来越累，真有点力不从心了，就又劝丈夫出来，可后者还是不为所动，并鼓动她请一个助手，好自己解脱。她一声叹息，不再劝他，也没请助手，尽管忙前忙后，累死累活，但看到公司蒸蒸日上，心里也就有一种说不出的快慰和自豪。

这天，她正在跟一个客户谈生意，突然接到电话，说成大为在执行案件时受伤了。她立刻中止与客户的商谈，赶到医院，放下生意，精心照顾了他两天，之后也几乎每天晚上都要到医院来陪他一会儿。

出院那天晚上，成大为靠在沙发上，拉着郝梦楠的手，真诚地说："梦楠，这一阵真是辛苦你了，也受累了。你生意那么忙，还要这么跑来跑去地照顾我。"

"看你说的，你又不是别人。"郝梦楠捧着他的脸，"吱"地亲了一口。

成大为摸着她亲过的地方，有点羞涩地笑着，往后挪了挪身子，同时脑子里突然闪过一个意念，却又说不清是什么。

"怎么啦？"郝梦楠盯着成大为。

"没……没什么。"成大为摇着头。

"真没什么？"

"梦楠，你……你想说什么就说吧！"成大为低着眼睛。

"大为，我也没别的，只是想，你早上好好的一个人出去，到晚上见到你就一只眼睛没了。你也许不在意，不心疼，可我在意，我心疼。"郝梦楠挽着他的手臂，头靠在他的肩上，"大为，我真的不放心。这回还只是伤着了眼睛，下回还不知道是什么呢！"她立马又觉得说得不好，连"呸"几下。

"没事，不会有什么的，以后注意就得了。"成大为拍拍她的手。

"没事？谁知道啊！"郝梦楠坐起来，沉默了一会儿，"大为，我知道你有理想，有抱负。可是，你心里应该也清楚，法院这碗饭不是那么好吃的，法官更不是那么好当的，有时要说不想说不愿说的话，要干不想干不愿干的事，要……"

成大为心里默认了，嘴上却不以为然地说："我看还好，没那么……"

"这个，我也懒得跟你多说了。"郝梦楠摇着他的手臂，"就说我们的公司吧，现在规模也大了，靠我一个是怎么也撑不住了，要是你能过来，公司不仅能有更大的发展，我也轻松了，不用再这么操劳。"

"是吗？"成大为轻轻一笑。

"是啊，你来做董事长兼总经理，我就只做一只依偎在你怀里的小鸟。"郝梦楠说着一头往他怀里拱。

"嗯，这只小鸟真可爱。"成大为搂着郝梦楠，轻轻地摇着。

"是吗？"郝梦楠满眼柔情地看着他，"你听我的了？"

"这……"成大为咬了咬嘴唇，"董事长也好，总经理也好，你也知道，我可没那么个头脑，更没那个能耐，肯定是干不了的。"

"干不了？"郝梦楠一下坐了起来，盯着他，"你不干，那谁来干？"

"你干啊！"成大为一笑，"你不干得挺好的吗？"

"你真不干？"郝梦楠变了脸色。

成大为咽了咽口水，点了点头。

"那好，你去做你的局长梦、院长梦吧！"郝梦楠剜一眼成大为，又推了他一把，手一甩，进了卧室，"呼"的一声将门关了。

此后，郝梦楠不再提这个事，自己早出晚归，全力以赴地经营着公司，直到去年才聘用了一个总经理。

马大富服刑之后，马旺财就开始上访，先是在县里，后来到岳北，也去过省城。近两年来，经人指点，他不再去别的地方，就只在岳北，只去法院，一有空闲，背着一个大"冤"字就去了。到了那里，既不吵，也不闹，更不去纠缠谁，只在地坪里走一走，坐一坐。

这几年里，成大为时不时地在反思，对马旺财一家走过了从愤怒、怨恨到平和、理解，再到内省、自责的心路历程，人也变得深沉多了、圆通多了，不再那么意气用事、锋芒毕露，有两回甚至想去跟马旺财说说话，却终究下不了决心。

此刻，成大为想起当年在马旺财家的情景和遭遇，想起这两年来为煤化厂的执行遇到的波折和屈辱，想起郝梦楠对他的期待和埋怨……心头的那根弦悄然颤动起来，发出大提琴一样低沉的旋律……不禁在心底一声叹息，潸然泪下……

周大新在办公桌前踱来踱去，踱了一会儿在椅子上坐下，看着写在纸上、划了又划、圈了又圈的郭玉梅和何小年的名字。

论排名，何小年在前，郭玉梅在后。当时让何小年去青山，是出于先让他熟悉情况，打好基础，到时候好顺利接上张明亮的班。对此，郭玉梅自然心知肚明，却又不好说什么。在张明亮的正常任期内，只要不出现什么意外或特殊情况，他是不会提前离开青山的，而她在张明亮明年年底任期届满时，也得退下来。

然而，郭玉梅比何小年明显强势，平日里，她或明或暗地挤压何小年，所幸张明亮在掌舵，始终在平衡，加上何小年低调、谦逊，按照周大新嘱咐的"夹着尾巴做人"，才相安无事。有了摩擦和冲突，也总是何小年先退让，然后张明亮为他们做些沟通，再将他们叫到一块，表扬郭玉梅几句。郭玉梅见张明亮不偏不倚，秉公处理，也就不好多说，只好顺坡下驴，与何小年握手言欢。

而在现在这个特殊时段，如果让何小年主持工作，郭玉梅肯定不会配合，说不定还会在暗地里搞点小动作，让事情变得更加复杂；如果让郭玉梅来干，按照她的个性和学识水平，又怕她一时冲动，把局面弄得不可收拾。

周大新抓起听筒，打通了赵万隆的电话。此时，赵万隆正在何小年的陪同下，已快走到李永嘉办公室的门口。他问周大新："什么事？"周大新说："也没别的，就是想请你临时主持一下青山支行的工作。"赵万隆说他没意见，他也觉得让何、郭任何一个来主持都不理想。

回到支行，赵万隆召集郭玉梅和何小年开了一个短会，先是让他们汇报一下昨天晚上到现在的工作，然后传达了周大新，也是分行党委的决定，看他们有什么想法。何小年说没什么，坚决拥护、坚决服从；郭玉梅嘴一撇，甩下一句"没什么"，屁股一拍就走了。赵万隆先是一笑，又摇了摇头。

张明亮提着菜篮子，正准备和肖兵去地里摘扁豆，杨正奇和宁彩霞等几个员工，还有李颖一起进了院子。

　　杨正奇紧紧握着张明亮的手，摇了好一会儿才说自己来迟了，行里员工都很想念他，都想过来探望，又告诉他支行成立了护行队，队员不仅有员工，还有员工家属。张明亮叮嘱杨正奇，一旦碰到什么情况，一定要讲究策略，注意分寸，要能控制住局面，万万不可造成大的冲突，更不能酿成流血事件。杨正奇点头说好，又问张明亮那天怎么不大喊一声，只要一喊，大家一阻拦，那车子就开不动了。张明亮说，就怕造成大的正面冲突，一旦打起来，吃亏的肯定是银行，如果真的发生大的流血冲突，理亏的还是银行。

　　"哎呀，你是不知道，现在在青山城，你可成了大名人了，都把你传得神乎其神的。"李颖边说边收拾着东西，"有的说你是一个大英雄，临危不惧，斗智斗勇，不仅资金保住了，自己也安然无恙，真是了不起；有的说难怪青山这些年吸毒的多了，原来你是一个隐藏得很深的大毒枭，是一个国际贩毒组织的重要头目，是越南通过国际刑警组织追捕的要犯，那天捉拿你就是国际刑警组织和越南北部公安机关，在中国公安机关配合下采取的联合行动；有的说你是一个大贪官，肯定是贪污了几百万，甚至上千万，因为你当了几年的行长，银行又是那么有钱，那天包围办公楼就是中纪委组织的抓捕行动。"

　　"哈哈！好笑，有趣！"张明亮开怀大笑，"真是没想到，这么一闹腾，我竟然成了一个大英雄，又成了一个大毒枭，还成了一个大贪官。英雄、毒枭、贪官，有意思，真是有意思啊！"随即，他又一声叹息，可笑、可怜、可悲、可恨……一同涌上心来。

　　"哎，这个你也莫怪别人这么说。"李颖抬起头看着他，"你想，那天突然来了那么多的车辆，警笛叫着，警灯闪着，那么多的警察，又是枪，又是棒的，青山人还没见过那样的阵势、那样的场面。这些年来，青山吸毒的确实是多了，你这行长也是当了好几年了。一个芝麻大的小行长，根本就算不了什么，可在一些不知情的人眼里，必定有权有钱，要弄个几百万不是难事。"她摇头一笑，"三人成虎。一桩事情，这个添点盐，那个加醋，就编排得面目全非，说得神乎其神了。"

"嗯。你说得有理，很多的事情就是演绎出来、编造出来的。"张明亮端详着李颖，饱含深情而又满怀歉意地说，"我没什么，只是让你担惊受怕，操心受苦了。还有倩倩，两三天没看到她了，怪想她的。这事她不知道吧？"

"你说她能不知道吗？"李颖叹口气，"那天下午，她一进门，就一副焦急担心的样子，泪汪汪的，问这问那，饭也吃不下了。那天晚上，周行长到家里来慰问，她就在里屋竖起耳朵听着。昨天早上起来，她的眼皮都肿了。她说不去上学，要在家里等你回来。我好不容易才劝她去了学校，把她寄宿在老师家里。"

"那你要告诉她这究竟是怎么回事，跟她说明事情的真相，别让她胡乱猜想，让她不要担心害怕，要她好好吃饭，好好睡觉，不要耽误学习，不要影响身体。"张明亮抚摸着李颖的手，"下午放学以后你把她接回家里来，晚上七点我准时给她打电话。"

肖兵提着满满一篮子的扁豆走过来，说请李颖他们吃了午饭再回去。李颖婉拒，说家里还有很多事情。

天才放亮，成大为就下了床，刚洗漱完又接到阳建国的电话，说高院那边江副局长非常关注，不断地在问情况，特别是煤化厂的人逼得急、逼得紧，务必要有所收获，否则是交不了差、收不了场的。他只是听着，末了才说"好的，再想想办法"。阳建国说："你怎么说话软不拉几的？可不能丧失了勇气和斗志。"他只好大声说："好的，一定想办法。"阳建国方满意地挂断电话。成大为放下手机，呆坐了一会儿，苦思冥想了一阵，把屈光宗和李正道等人叫了过来，把刚才阳建国的话跟他们说了，看他们有什么想法。

"我们也没别的，一句话，那钱必须弄回去。李厂长，你说是吗？"于小财看着李正道。李正道点下头，瞟一眼成大为。

"那还用说。"屈光宗一拍桌子道。

"看现在这个样子，银行是不会同意划款的，虽然可以逼着银行去找冶炼公司，但冶炼公司连你们都不怕，还能听银行的？只怕未必。就算能弄到钱，只怕也不是三两天的事。"李正道看一眼屈光宗，"哦，当然，我并不是没有信心，也不是怕什么，更不是要怪哪个。"

"那是，李厂长只是说了句实话而已。"于小财看了看屈光宗和成大为，"我看这个事，不能吊死在一棵树上，还得想个其他法子才行。"

"好，于科长说得对。"成大为起身踱了几步，"现在看来，青山这边就是能弄到钱，也不会那么容易，更不是今天明天就能到手的。我们还得另谋出路，两条腿走路才行。"

"成局长，看样子，你准是胸有成竹了吧？"于小财看着成大为。

"没别的，出路还在冶炼公司，得去一趟江北。"成大为扫一眼于小财等人，"说实话，这事情的症结不在银行，在冶炼公司。"

"可冶炼公司……"于小财脸带疑惑，"谁还敢去？谁又……"

"我看成局长说得在理，去问冶炼公司要钱，那可是名正言顺的。"李正道咽咽口水，"听说冶炼公司现在红火得很，并不是没有钱，只是……"

"只是没那么轻松，更没那么简单。江北我是去过的，冶炼公司我也是去过的。"屈光宗看着李正道，"要是有那么轻松、那么简单，大家就不要跑到青山来了，更不要这么窝囊了，这……"

"这……这个李厂长也知道，只是……"于小财见郎队长盯着他，就低头不说了。

"好，去江北我没意见，我也愿意去。"屈光宗看一眼成大为，"只是……如果成局长也去，那就有点太冒险了。成局长你肯定还记得，上次放我们走的时候，他们是说了狠话的，说不想再在江北见到我们，如果……"

"原来屈法官也有怕的时候啊！"郎队长呵呵一笑。

成大为斜一眼屈光宗，看着郎队长说："江北是一定得去的，这个险不得不冒。当然，我们也不能去硬闯，得动动脑筋，只能智取。"

"智取？"屈光宗和于小财异口同声地问。

"是的。"成大为点点头，坐下，看着于小财，"关键是要有你的配合。"

于小财忙问要他干啥。成大为说很简单，只要他跟孔大华联系一下，要孔大华把冶炼公司那个朋友的电话给他就行。于小财面露难色，说孔大华现在生意做大了，根本就瞧不上公司的人了，何况上次的信息费又没给他，把他彻底得罪了，正憋着一肚子的怨气，只怕是不会理睬的。成大为要于小财尽管放心好了，孔大华以后还会有用得着公司和他的地方，准会给他这个面子，当然，说话得注意策略，要让孔大华觉得这对他也是有好处的。于小财想了想，笑着说，他明白了。

一辆小车停在江北城郊公路边的一家土菜馆。谭顺义下了车，夹着包直往里走，推开包间的门，看到成大为等人，却不见孔大华，转身就要走。屈光宗一下闪过去，顺势拉他一把，随手将门关了，抵在门上。

"谭总，好久不见了，没想到吧？"于小财走上前，伸出手。

"是你？！"谭顺义接住他的手，"你怎么来了？"

"想你了呗！"于小财指一下成大为和屈光宗，"成局长和屈法官见过吧？"

"见过，去年你们来执行的时候看见过的。"谭顺义朝成大为和屈光宗点点头。

"见过就好。"成大为拉开椅子，"来，谭总，请坐。"

"孔老板呢？"谭顺义坐下，四面看着，"他还在睡觉？"

"谭总，请先让我向你表达我们的歉意。"成大为欠欠身子，"孔老板没过来，是我们借他的名义给你打的电话。不过，这事他是知道的，也是同意的，还要我们向你问好。"

于小财抢着说："对对对，他还说了，欢迎你去那边玩呢！"

"哦，好好好，你们告诉他，只要有时间，我一定去看他。"谭顺义暗叫上当，却呵呵一笑，"哎呀，其实你们直说了更好，何必还要以孔老板的名义，弄得别别扭扭的。"

"毕竟还是孔老板跟你联系得多呀！"于小财笑了笑，"你也别怪，我是怕你不相信才那么说的。"

"于科长，你这就见外了，我们可是老朋友。你也许早忘了我，我可是一直惦记着你的哦！"谭顺义哈哈大笑，"可不，你看，你一召唤，我毫不犹豫，立即放下手上的生意，马不停蹄地就赶过来了。"

"你听出我的声音了？"于小财偏着头。

谭顺义眼睛一眨，顿了一下说："是啊，要不我怎么会来得这么快。"

"哦，那也是。"于小财点着头。

"前一阵孔老板说过，会来青山和江北一趟的，我还以为他真的来了，没想到他放了我的鸽子。"谭顺义抓着于小财的手，"于科长，你回去以后跟他说，下回来了，我得让他先喝三大杯。"

"好，没问题，我一定转告！"于小财拍一下胸脯。

"哦，谭总，你知道我们到了青山吗？"屈光宗问。

"听说了。"谭顺义看一眼成大为，"听说你们来了三四台车，二十来个人，还带走了人家的行长，但事情并不顺利，也……"

"也没什么，都在意料之中，也在掌控之中。"成大为微笑着看着谭顺义，"谭总，我们今天来，是有一事想跟你商量，也需要你的帮助。"

"成局长，你这也在我的意料之中。"谭顺义一笑，"需要我做什么，局长尽管开口。"

"也没别的。"成大为朝谭顺义稍挪了挪椅子，"就是想请你给我们提供一点有关冶炼公司存款方面的最新信息，江北的、青山的，或是别的地方的都行。"

"对了，你放心，我们是不会让你白辛苦的。"于小财说。

一听这个，谭顺义立马想起半年前的事，眼前出现了万长花一脸怒气的面庞，耳边响起她责骂的话语，火气也就一下上来了，刚要发作又强压了下去。

"成局长，不瞒你说，这事我是真想帮，只是今非昔比，我是想帮也帮不上了。"谭顺义叹息一声，"自从上次那么闹腾以后，在公司我就再也没有了信息来源。他们对我像防贼一样，我现在是什么都看不到，也听不到了，完全成一个聋子、瞎子。"

"谭总，这是一点点辛苦费。"于小财拿出一个信封，"你先拿着，到时候还会有的。"

谭顺义看了一眼信封，稍一想，推了回去。

"谭总不想帮忙？"屈光宗盯着谭顺义。

"没有，真的没有。"谭顺义摇着头，"只是无功不受禄而已。"

"哎呀，谭总，你这就谦虚了。"于小财拍拍谭顺义的肩膀，"你还是有功于我们的，我们可没有忘记。"

谭顺义摆着手。

"哦，谭总，我有一个小事，但很重要，得请你帮个忙。"屈光宗朝谭顺义一笑。

谭顺义心里一咯噔，忙问："什么？"

"不难。"屈光宗走近谭顺义，"就是请你叫康部长或是万科长过来一下！"

"这……"谭顺义摇着头，"这个我可没那个能耐，叫不动的。"

屈光宗一拍桌子，大声说："叫不动也得叫！"

谭顺义肩一耸，头一偏，似笑非笑地说："你……你这就是霸蛮了，非要逼着人家去干做不到的事。"

"看来这个忙，你是真的不想帮了？"于小财眯着眼睛盯着谭顺义，"不过，谭总，当年有些事，你应该没忘记吧，可得好好想一想，掂量掂量！"

"什么意思？"谭顺义心底一惊，嘴上却毫不在意地说，"于科长，你要知道，那都是老皇历了，厂子早就改了制，我也早就不是公司的人了。"

"可是，虽然冶炼厂改了制，但煤化厂还在。"于小财一声冷笑，"还有，虽然你不在公司里了，但有些人还在公司里，那虽然是老皇历了，可事还在，只要一打开，还是找得到，也看得着的。"

"那又怎样？"谭顺义定定神，呵呵一笑，"那又不是别的，都是好事。当然，有些事，虽然你于科长比我更清楚，但我也还是略知一二的，你说是不是？"

"你？"于小财指一下谭顺义，"好吧，看样子你是铁了心不帮了？"

"不是我不帮，而是实在帮不了。"谭顺义双手一摊，一脸无奈地看着于小财。

"谭顺义！"屈光宗指着谭顺义的鼻子，"你给我老实点！"

"老实点？"谭顺义一拍桌子，猛地站了起来，指着屈光宗，"你要谁老实点？"

"还有谁？就你啊！"屈光宗一捶桌子。

"我？好，你来啊！"谭顺义将手伸向屈光宗，做出要他铐上的样子。

"好了，好了。"成大为朝屈光宗和谭顺义压压手，"你们都别那么大的火气。"

"你吓唬谁呢？"谭顺义指一下屈光宗，"你要想清楚，这是在江北，不是在岳北。你要惹毛了老子，只要老子喊一声，你们谁也别想离开这里！"

"那是，那是。"于小财忙起身走过来，"谭总，我们也是看在老朋友的份上，想起过去的情谊才跑来麻烦你的。也没别的意思，只是想请你帮个忙，你要是实在帮不上，那就算了。"他朝屈光宗眨着眼睛。屈光宗却站在那里，一动也不动，一个木头人似的。

"你们把老子骗来，我还没跟你们算账，你们倒是欺侮起老子来了，真是岂有此理！"谭顺义一推椅子就要叫喊。于小财连忙拉着谭顺义的手，边朝成大为挤着眼睛边说："谭总，对不起，我们走，就走！"

成大为眯着眼睛看一眼谭顺义，嘴角动了动，向门外走去。谭顺义走到门口，站在台阶上，故意朝正在上车的于小财说，"于科长，老朋友了，吃了午饭再走吧！"于小财边关门边对开车的屈光宗说，"别理他，快走！"屈光宗一脚猛踩下去，车一下窜出了院子。于小财听到谭顺义在后面大声说"别怕，慢点开，没人追"，不由得回头望了一眼，朝窗外狠狠地吐了一口唾沫。

于小财上车的时候，万长花正坐在办公桌前，脑子里乱成一团麻，没一点头绪。近来除了谭顺义，还有两个男人在讨她欢喜，她觉得这两个都不错，又都有不如意的地方，不知选哪个更好，加上范学海又托人来说想跟她复婚，因而有时甜蜜，有时苦恼。手机"叮咚"一响，吓了她一跳，打开一看，是谭顺义发来短信，说想请她去吃野味，还有个事也想跟她谈一谈。她一看心里就有一种想呕的条件反射，立马删了信息，将手机往桌上一扔，往椅子上一靠，闭上了眼睛。

何小年轻轻推开虚掩着的门，见万长花毫无反应，就悄悄走到办公桌前，猛地敲了一下桌面。早上，他请示了赵万隆，又给张明亮打了电话，汇报了一些情况，说想再去一趟江北，看能不能有所突破。张明亮说，"好，注意方法，注意安全。"

"谁呀？"万长花一下弹了起来。

"我呢。"何小年笑着，"吓着了吧？"

"是你呀！"万长花亮着眼睛，捂着胸口，"吓死我了，真是吓死我了！"

"想谁啊？想得那么入神的！"

"还想谁？想你呗！"万长花脸一红，"哎，你还别说，我感觉到你今天会来的，你还真就来了。你说，这是不是叫心有灵犀？"

"嗯，就算是吧！"何小年呵呵一笑，在她对面的椅子上坐下，"那你猜我今天是干什么来了？"

"干什么来了？"万长花笑盈盈地将一杯茶端到他的手上，"还能有什么好事，无非是要我快点拿钱过去，或是主动与煤化厂和解，能让张行长快点回来，对不对？"

"非也，非也！"何小年摆着手。

"非也？"万长花扑闪着眼睛，"那你来干吗？"

"是为你而来，也为公司而来。"何小年神秘地微笑着。

"为我而来？为公司而来？"万长花一脸茫然。

"是的，不错。"何小年点点头，"为公司的现状把脉而来，为公司的未来献策而来。"

"是吗？"万长花眼睛一转，"那你说来听听。"

"那好，我就说说。"何小年喝口茶，"公司现在看起来是不错，产销两旺，一片红火，可是公司已经面临着原材料价格上涨、同业竞争加剧、市场供需变化、国家产业调整等问题。不过，这都是次要的，关键的还不是这个。"

"那是什么？"

"什么？"何小年走了两步，"这个东西，十分珍贵，十分重要，可以说是企业的命根子，是跟企业与生俱来的，也是跟企业相伴相生的，可是，就这么一个宝贝，你们却正在践踏着它，毁坏着它，在……"

"哎呀，到底是什么，你快说嘛！"万长花跺着脚。

"不是别的，就两个词。"何小年伸出两个指头。

"什么？"万长花拧了一把何小年的手臂，"快说！"

何小年一本正经地说："信用，信誉。"

"这？"

"这你也许看到了，想到了，却是视而不见，听而不闻，因为你身在其中，不识庐山真面目，也许是根本就没看到，没想到，因为你久入鲍鱼之室，已经习惯了，麻木了，也许是……"

"是吗？"

"难道你没意识到公司正在失去信用和信誉，正在滑向……"

"没这么严重吧？"

"没这么严重？"何小年一声叹息，"老同学，我看你是只缘身在此山中，或是久居鲍鱼之室。"

"什么？"

"没什么，你只是执迷不悟。你睁开眼睛看一看，一年到头，公司有几天没人因讨钱不到而骂你们说话不算数，承诺不兑现，又有几天不是这家法院来冻结，就是那家法院来扣划。你要知道，这些可都不是给公司添光增彩的事，不是……"

"哎呀，你就别扯那么宽好不好？公司现在也是在一个特殊时期，或者说是一个过渡阶段，那些来讨钱的也好，来执行的也好，过一段时间就自然不会来了。"

"没错，过一年，或三年两载，别人是不会来了，也不用来了。"何小年一笑，"为什么？因为来也白来；又为什么？因为到那时，冶炼公司也不知到哪里去了。"

"你……"万长花猛地举起手，却轻轻地落在何小年的肩膀上，"哎呀，你想要说什么，就快点直说了，别转弯抹角的让人难受，好不好？"

"好吧，那别的我就不说了。"何小年把万长花的手从肩上拿开，"当年冶炼厂与煤化厂的贸易往来都是有合同的，可冶炼厂没有按照合同付款，产生了经济纠纷，引发了法院介入，后来冶炼厂改制，在双方政府的协调下，冶炼厂对煤化厂的债务由冶炼公司承接了，但冶炼公司一直没有履行付款义务，才造成了现在这个局面，才……"

"才不只是这样的，事情可没那么简单！"万长花回到自己的座位上，手上玩着笔，"冶炼厂跟煤化厂的业务往来，充其量也就四五年的光景。开始那两年还是不错的，供货及时，又货真价实，但后来就变了，不仅以次充好，还短斤少两，价格又高。这样一来，双方就扯皮了，也终止了业务往来，货款也就欠着了。当然，也不全是冶炼厂不想付款，而是这个时候冶炼厂已经不行了，就是想付也没钱可付了。"

"只是这样？"何小年半信半疑。

"不是这样，那还是啥样？我还说假话不成？"万长花站了起来，"再说岳北法院来执行，我们为什么要抵制？就因为那判决压根就不公平、不公正，我们欠煤化厂才380万，却判我们要支付500万。你说哪有这样的道理？简直就是混账！"

"法院这样判，那总是能自圆其说的。"何小年起身走了两步，"你还要知道，在案件审理过程中，有的法官有时难免带些主观意愿，掺杂个人情感，甚至带点个人私利……这又集中体现在证据的采信上。就说这回吧，那存款是做质押的，事实明摆在那里，可他们就是不采信，你又有什么办法？"

"就是嘛！"万长花气愤地一拍桌子，"当时我们一收到判决书，马上就提出了异议，可他们就是不更改，也不撤销，说那都是利息什么的，还说要我们双方去协商，如果协商好了，可以不强制执行。我们去跟煤化厂协商，可煤化厂就死咬着，一点也不肯松动，根本谈不下去。"

"到了这一步，煤化厂当然是不会轻易松口的了，以为有了那纸判决书，就有了一把尚方宝剑，那钱也成了囊中之物。可他们万万没想到，你们冶炼公司也不是一盏省油的灯。"何小年摇摇头，走几步，"说起来，协商和调解都是解决问题最好的办法，可你们都缺乏诚意，一次又一次地错过了协商和调解的好时机。如果你们双方能在司法干预之前协商解决了，那多好，退一步来说，就是在判决之后协商好了，那也不至于弄到今天这步田地，还把我们也牵扯进来！"

"不牵扯进来，那你现在能坐在这里？"万长花笑着。

"你这是幸灾乐祸。"

"冤枉！"

"那好。我再退一步来说，就是眼下如果你们双方能协商好，那也是亡羊补牢，犹未为晚，还是能……"

"好了，不说这些了，说来烦人。"

"可是，这个事情，你再烦，也还得说。"何小年看着她，"说好了，对你也好，对公司也好，都有好处。"

"都有好处？"万长花白一眼何小年。

"当年那以次充好、短斤少两、损公肥私的事，一方是干不出来的，你这边肯定也有人配合了、参与了。"何小年看着万长花，"如果我没猜错的话，这个人还一直与那边保持着联系。这回岳北来执行，跟这个人应该也是有关联的。这个人是谁，你也许不知道吧？"

"我……我不知道，真不知道。"万长花犹豫一下，还是没有说出谭顺义来。

"不知道也没关系，反正事情已经糟到这个样子了。"何小年边踱步边观察着万长花的脸色，"只是再这样糟下去，公司的信用定会荡然无存，信誉定会彻底丧失！"

"没那么恐怖吧？"万长花睁着眼睛，张着嘴巴。

"没那么恐怖？老同学，我可不想吓唬你。"何小年笑了笑，"我只是提醒你，如果再这样下去，你说到时候还有哪家银行敢让你们去开户？还有哪家银行敢给你们贷款？"

"这……这个……"

"好了，我也不想多说了。你自己去好好想一想吧！"何小年坐下，往椅背上一靠，"不过，我还是要告诉你，现在事情正在节骨眼上，也是你们挽回信用、维护信誉的绝好时机，千万不要错过了，一旦错过了就再也没有了。"

"是吗？"

"当然！"何小年打着手势，"你看啊，原来那边坚持问你们要五百多万，你们不肯，双方才有了纠纷。现在好了，那边几次来执行，一分钱也没拿到，这回他们以为可以大功告成，没想到又是出师不利。那么，如果这个时候，你们能跟他们谈一谈，那也许两百万就能解脱。这样一来，那就是你好我好他们也好。"

"跟他们没什么好谈的。不谈！"康水田走了进来，握着何小年的手，"何行长，你倒是大方，一开口就两百万！"

"康部长，我只是一个建议，也可以说是一个请求。"何小年看一眼万长花，"当然，这对公司和你们个人都会是有益的。"

"是吗？"康水田眯着眼，呵呵一笑，"只怕是好让你们脱身了吧！"

"没错。"何小年坦然一笑，"如果谈好了，那是你好我也好，公司好银行也好。"

"哎呀，长花，你看人家何行长多会说话，说得多好听啊！"康水田看一眼万长花，再看着何小年，"只是我这个人，从小就胆小，嘴又笨，哪里敢去跟他们谈判，又天生小气，从来就大方不起来，别说两百万了，就是两万也是舍不得的。"他拍拍何小年的肩膀，"何行长，你的想法不错，又很会做思想工作，只可惜我是力不从心，没办法，只能让你失望了。希望你不要怪我，你非要怪我，那我也没办法，只能随你去了。"

何小年怔怔地看着康水田，一时不知说什么才好。康水田握一下何小年的手，说他还有事去，先失陪了，走到门口又叮嘱万长花，要留何小年吃了午饭再走。

"你看，他都这样说了，我还能说什么呢？"万长花指一下隔壁，"老同学，我真是心有余而力不足了。"

"那你能不能直接跟你们田董事长说一说？"

"这……"万长花摇摇头，搓搓手，"你应该也知道，田董事长可是个强势人物，一般人的话是听不进的。"

"这个我知道，他要不强势，那改制是根本改不下来的。"何小年走两步，"只是你再强势，也得讲道理，讲诚信啊！"

"好了，不说这些了。"万长花把门掩上，"有个事，你好好给我参谋一下。"

何小年问："什么事？还弄得神神秘秘的。"

万长花看一眼门口，拿出手机，翻出两张照片，让何小年选择。他问选择的标准是什么。她说，不看地位，不看家财，只看是否忠诚，是否可靠。他边看边说，"这个目光清澈，脸面端正，鼻子挺，耳朵大，下巴还有一颗痣……应该不错；哦，你看这个，还真有点像我呢！"万长花与何小年的目光一对撞，撞出来一脸绯红。

"真要是你就好了！"万长花妩媚一笑，一把抓住何小年的右手，却又触电似的立即放开了，闪回到椅子跟前，站在那里，凝视着他，满脸娇羞。何小年左手抚着右手，一身都是热烘烘的，额头上的汗珠一下冒了出来。

一片寂静，静得只能听到他们的呼吸和心跳……

何小年走了，万长花关上门，坐在椅子里，静静地想着，想到去年成大为他们来江北执行的场面，想到半年多前在青山看到屈光宗和曹二喜的场景，想到刚才何小年说过的一些话，想到此刻张明亮不知身在哪里……想着想着，心里不免有点难过，也有点愧疚起来，起身想去找田本国，但走到门口又停住了，无力地回到桌前，坐了下去。

那天晚上，何小年给万长花回了个电话，说如果有可能的话，还是跟范学海复婚更好，最好不要在那两个中去选择。万长花说这事急不得，她得好好考虑考虑。

第六章

张明亮在学习室看冯梦龙编撰的《智囊全书》，看到精彩处，不禁拍案叫好。

曹立夏走到门口，朝张明亮努努嘴，又指了指身后的成大为，转身离去。成大为领着屈光宗和于小财进了门，有点尴尬地朝张明亮笑了笑，在他对面坐下。

一阵沉默。

成大为咂咂嘴，欲言又止。

"张行长，我们成局长想跟你谈一谈。"屈光宗说。

张明亮还是埋头看书。

"张行长，我知道，你肯定在怪我、怨我。"成大为看一眼张明亮，"只是我们也是奉命行事，执行公务，还请你多理解、多配合。"

"好啊，我配合。"张明亮合上书，"你们想谈什么？是谈理想，还是谈人生？是谈过去，还是谈未来？"

"这些都太遥远，也太空洞。"成大为轻轻一笑，"我们就谈现实，谈眼下吧！"

"对对对。"屈光宗在张明亮斜对面坐下，"你就说一说对这次被拘留有什么想法吧！"

"我倒想先听你们说一说。"

成大为一愣，眉头蹙了一下。屈光宗抬手就要拍桌子，随即又轻轻放了下来。

"好，你们都不开口，那就我来说一说。"张明亮边说边比画着，"在你们来青山之前，我们就给你们分析过，会有三种可能：一是你们能够清醒地看到问题的实质，明智地做出决定，不来了，让冻结到期自行解冻；二是你们迫于压力，尽管不想来，却不得不来，来了之后只是做个样子就回去；三是你们做出了乐观的估计和判断，当不能轻易得手时，就进行强制执行。我们的判断是，第一种情况的可能性不大，第二种情况有可能出现，第三种情况最有可能发生，尽管你们也知道要划走那钱是很难的，或者说是不可能的，但因为多方面的原因，也迫于多方面的压力，你们还是要来试一试。"他稍作停顿，"不过，我们早就想过，对我们来说，出现第三种情况，既是最坏的，也是最好的。现在的局面正好印证了我们的分析和判断。只是很遗憾，这回又得让你们失望了！"

"张行长，我不得不佩服你，你的分析十分到位，也谢谢你的理解。"成大为朝张明亮点点头，"只是我们不想失望，也不能失望。如果我们失望，后面就会有更多的人失望。而更多的人失望会让我们抬不起头来，喘不过气来。"

"是啊，失望不得的！"屈光宗大声说。

"那可怎么办呢？"张明亮皱了皱眉头，看着成大为，"成局长，我总不能背叛银行、背叛员工，背叛良心、背叛自己吧！"

"张行长，你言重了。"成大为轻轻地摆摆手，"我们之间过去素不相识，无冤无仇，一个在南，一个在北，只因冶炼公司与煤化厂的事我们才有缘相识。我知道，你有强烈的事业心，有强烈的责任感，你对银行无限忠诚，对工作十分认真，你思维开阔、聪慧敏锐，又严于律己、廉洁奉公，对你的为人、你的才学，我都是非常敬佩的。"

"成局长，你这是给我灌迷魂汤，戴高帽子吧？"张明亮笑了笑，"你是想让我飘起来，脚不着地，好……"

"张行长，你可别误会。"屈光宗看一眼成大为，"我们成局长说的绝对是真心话。刚才我们在路上还说起你，真的。"

"这我知道，你们还想利用我。不过，我告诉你们，你们想也只是幻想、空想。"张明亮停了停，"成局长，有个事，我还得告诉你，就你们这次的行动，有的媒体已经关注到了，我们暂时还不想让事态扩大，所以没有接受记者采访。当然，如果你们有兴趣的话，那我们随时可以让记者来采访你们，回答他们的提问。"

"没必要！"成大为摆摆手，"张行长，你应该比我更清楚，媒体是不好惹的；再说，这个事情，如果报道出去，对你们也不是好事。"

"未必吧！"张明亮笑了笑，"我们可是不怕的。"

成大为低下头，好像在思考着什么。

"你不怕？"屈光宗黑着脸，指着张明亮，"难道你就没有错？"

"错？哎呀，我还真不知道错在哪里。"张明亮胸一挺，"我想请教的是，法律文书上的被执行主体不一致，那算不算是错误？"

"那……那不算什么，顶多就一点小瑕疵。"屈光宗脸一红，"改过来就行了，是不影响执行的。"

"好，在你的眼里，那么庄重、那么神圣的法律文书随便改一下就行了，而我们的举证却不采信，你……"

成大为忙接过话题，软中带硬地说："你可能不知道，现在实行的是审执分离，判决了的、裁定了的，那我们就得执行！"

"我想审执分离本身是没错的，是科学的，是司法改革的成果。"张明亮笑了笑，"只是你们现在的所作所为，对被执行者来说那是不公正、不公平的。你说，这是不是司法的腐败和悲哀，是不是对法律的践踏和亵渎？是不是会对社会造成创伤，对被执行者造成伤害，对司法形象造成损害？"

"可是，张行长，"屈光宗接过话，"如果判决或是裁定错了，你可以申诉啊！"

"申诉？"张明亮激动地站了起来，"难道我们没有申诉吗？难道你们不知道我们的申诉吗？"

"没错，你们是提出过异议。"成大为叹了一口气，"可那不是我们的事，我们的职责是执行。"

"可是，你们是有审查法律文书的责任和义务的，当审查发现错误的时候，你们的执行就应该中止或终止，并提请审判机关重审，重新做出判决。可你们……"

"好了，这样吧！"成大为挪了挪身子，"如果你对执行有异议，那你可以申请执行监督，如果我们真的执行错了，那么，你可以申请执行回转，但前提是必须先执行，而且申诉不影响执行。"

"明明不对，也先执行？执行了再申请执行监督，再申请执行回转？"张明亮苦笑一下，手一摊，"可是，到时候我能回转吗？又拿什么来回转？"

"你不相信？"屈光宗问。

"我不是不相信。"张明亮苦笑了一下，"只是没法去相信。"

"当然，我们将充分考虑你们的实际情况，会给你们充足的时间来申请执行监督的，而且那钱也不划到煤化厂的账户上去。"成大为看着张明亮，"我保证，在事情没搞清楚之前，那钱一分不动，如果真是我们搞错了，钱一定一分不少地返回来。"

"好，成局长表了态。"屈光宗往椅子上一靠，"这下你该放心了吧！"

"好了，张行长，说了这么多，就请你配合一下。"成大为拿出划款通知书，"在这个上面，补签'同意划款'四个字吧！"

"成局长，真不好意思，这字我不会补，钱也不能划走，哪怕是一分一厘。"张明亮虽然说得声音不大，语气却显得十分坚定。

"你……你要再这样，那……那我们就真要考虑追究你的刑事责任了！"屈光宗额头上的血管凸了起来，就像爬着一条蠕动的青虫子。

"屈法官，你可别吓唬我！"

"吓唬你？"屈光宗看一眼成大为，"我可不是跟你说着玩的！"

成大为从提包中拿出一本厚厚的书，翻开，放到桌上，边往张明亮面前推边说："张行长，你看，这书里是这么写的，协助执行义务人在接到人民法院协助执行通知书后，拒不协助执行，致使判决、裁定无法执行的，可处三年以下有期徒刑。"

屈光宗看看张明亮又看看成大为。成大为靠在椅子上，眯着眼睛看着张明亮。张明亮挺着腰，冷眼看着成大为。他们都在控制着自己的情绪，也在观察着对方的反应和变化。

"成局长，还是你自己多看看吧！"张明亮将书推向成大为。

"好吧，张行长，我也不想多说了，也不是我说了算数的。"成大为推了推眼镜，"只是要告诉你，我们一时半会还回去不了，还得执行下去。"

"执不执行那是你们的事，我也管不了。"张明亮喝口茶，"不过，我要奉劝你们一句，还是知难而退的好，别到时候收不了场。"

"不瞒你说，我是想退，可我现在还不能退，也退不得啊！"成大为一声叹息，"你总不能让我两手空空就回去了吧！"

"也是啊！如果又让你们两手空空而归，那是很没面子的。可是，我又有什么办法呢？"张明亮望了望天花板，眼睛一眨，"哦，路子还是有的。去江北找冶炼公司要钱就是，那才是挑水找对了码头，才是名正言顺、天经地义的。"

"你以为我们没去过？要是在那边能拿到钱，就不会到青山来了。"屈光宗说。

"对对对，我们刚才还去过那边。"坐在一旁的于小财插上一句。他们是直接从江北来两河的。

"哦，原来你们奈何不了冶炼公司，就跑来纠缠银行？"张明亮一声叹息，"银行也不是一个软柿子，随你们怎么捏的哦！"

"那可不是。"成大为摇摇头，"张行长，我跟你说实话吧！这次来执行之前，关于来与不来、怎么来，局里和院里都是开过几次会的。会上有不同意见，而且争论得很激烈，只好请示高院……"

"这又说明什么？说明你们院里还是不错的，有正气在，有正义在，有正直的人在，有主张正义的人在。至于你说的什么高院要求执行，据我所知，那根本就不是高院的决定，只是高院个别人在非正式场合的表态。"张明亮看着成大为，"我倒是要提醒一句，到时候如果真的出了什么麻烦，问责起来，恐怕你成局长也是脱不了干系的。"

"这……"成大为欲言又止。

"成局长，我还听说你们院里个别人是唯恐不乱，就盼着你出问题，好拆你的台，看你的戏。"张明亮盯着成大为，"我也想问你，你作为这个案子的主办法官，对这个案子的基本事实和方方面面的情况，应该是最了解的。在院里开会的时候，如果你能坚持实事求是，那事情就不会是现在这个样子。你敢说你问心无愧吗？你敢看着我的眼睛吗？"

成大为试着扭过头，可刚接触到张明亮的目光的边缘，他的视线就"啪"的一声给弹开了。他感受到了那目光的锐利和灼热……

"成局长，你怎么啦？我再问你，那个刘局长怎么这回没来了？这个执行组长怎么又落到了你的头上？"

"张行长，这说来一言难尽。"成大为轻轻一声叹息，"我只是一个小小的副局长，你说我能说服人家吗？能左右案子吗？能有自己的选择吗？不行的！有些事情，许多时候，总是身不由己的。就说这次拘留你吧，可真不是我的初衷，不知道他们怎么就把你弄上车了，造成了既成事实，才有了现在这个样子。"

"成局长，我可不是三岁小孩！现在我给你们弄到这里，行长给免了，什么都没了。这下你们满意了，高兴了吧！"张明亮抓起茶杯，往桌上重重一搁，茶水溅了出来。

"你……"屈光宗甩了甩手上的水，指着张明亮。

成大为朝屈光宗摆了摆手，摘下眼镜，掏出手帕，揩了脸上的茶水，又擦了擦眼睛。

"怎么？成局长，你的眼睛没事吧？"张明亮抹了一下泪花。

成大为木然坐着，不知道他是在回忆着什么，还是在思考着什么。

"你……你什么意思？"屈光宗指着成大为的眼睛，"成局长的左眼，那是在执行公务的时候被人打伤的。"

"这我知道。听说是……"

"张行长，说来惭愧，那时我还在县上，年轻气盛，做什么有热情、有干劲，总想有所表现，把什么都看得简单，总以为自己是以执法的名义去的，别人就应该老老实实、服服帖帖。"成大为平静地看了一眼张明亮，"这些年来，这一直是我心中的一个伤痛，也让我学会了许多，感悟到了许多。好了，不说这个了。社会是最好的学校，时间是最好的老师。"他站起来，看着张明亮，"我想请你给冶炼公司说一说，让他们给煤化厂付两百万，或是百来万也行。如果能这样，那对我们对你们都是有好处的。说实话，这案子再执行下去，你我都要承受很大的压力和风险。"

"你的这个想法倒是不错，只是你觉得冶炼公司会答应吗？"张明亮站了起来，"肯定不会。"

坐在门口的于小财走了过来，说想跟张明亮单独说几句。成大为看一眼于小财，和屈光宗一起往门口走去。张明亮示意于小财在对面坐下，要他有话直说，用不着遮遮掩掩的。于小财瞟一眼站在门口的成大为，犹豫了一下，看着张明亮，小声说请他签个字，把那钱划了过去，一定好好感谢他。张明亮问他打算怎么好好感谢。于小财想了想，伸出一个手指。张明亮视而不见。于小财伸出两个手指。张明亮笑着摇头。于小财伸出三个手指。张明亮笑而不言。

"那给你四成怎么样？"于小财边咽口水边伸着四个指头。

"给我四成？"张明亮点点头，"嗯，好。干一辈子，还不如这一下子！只是……"

"只是什么？"于小财忙问。

张明亮还是笑而不答。

于小财咬了咬牙，伸出了五个手指。

张明亮还是摇头。

于小财一时没了主意，神情复杂地瞟一眼成大为，看着张明亮。张明亮伸出双手，亮着十个手指。于小财目瞪口呆。

"怎么？舍不得了？"张明亮呵呵笑着。

"你这……这……也太……"于小财眼睛一转，绕到张明亮身边，贴近他的耳朵，"张行长，你应该相信我，你帮了我，我绝对不会害你。你尽管放心好了，我保管这事只有你知我知，天知地知。"

"是吗？"张明亮盯着于小财，"有你知我知、天知地知，还要谁知！于科长，你要知道，脚下有土地，头上有神明！你能瞒得过，能躲得了吗？"

于小财慌乱地躲避着张明亮犀利的目光。

"于科长，你是昏了头了吧？亏你想得出来，说得出来！"张明亮拍了一下桌子。

"我……"于小财看着张明亮，连连后退。

"于科长，你乱说些什么呢？"成大为走过来，握着张明亮的手，"好吧，张行长，我们今天就谈到这里。我敬重你的才学，更敬重你的人品。这个话我本来是不应该说的，但我还是说了。"

送走了成大为他们，张明亮站在空坪里，望一眼头顶上的太阳，心中一片灿烂，情不自禁地哼起了《突然的自我》。他喜欢歌里的那句"伤心也是带着微笑的眼泪"。

一垄垄的稻子熟了，染得田野一片金黄，也染去了于小财刚才的沮丧。他一路观赏着，不停地啧啧称赞。还在生气的屈光宗狠狠地瞪了于小财一眼，问他高兴个啥子。于小财瞟一眼屈光宗，说没啥子，就好看呗。屈光宗说那算个啥，目光却也转向了窗外。

车子猛地一颠，颠得只顾看着田野的于小财一头撞在车窗上，也颠开了闭目养神的成大为的眼睛。他摸出手机，看一眼时间，正好吴启东来了电话，说请他下午三点到院里参加一个协调会，可带三四个人去，多了不行。屈光宗建议老杨和范刚都跟了去。成大为点头认可。

成大为他们一进门，喧哗着的会议室里一下变得鸦雀无声了。

"对岳北法院来青山执行一事，双江市委市政府都高度关注，也十分重视，已责令我院与岳北中院沟通、协商，尽快将事情妥善处理。"胡跃进微笑着扫一圈会场，"现在矛盾的焦点在那存款是不是质押，质押是不是有效……我希望大家秉着尊重事实、充分沟通、相互理解、协商解决的原则，把今天这个会开好，开出成效。下面请何行长出具质押的有关证据，好供成局长一方验证。"

何小年从桌下搬出一个铁皮箱，放到桌上。坐在他旁边的柳叶青开了锁，将里面的合同、账本、凭证等拿出来，摆到桌上。

满头的白发和额头上的几道深沟，一同书写着老杨的沧桑和坎坷。他戴着眼镜，又借助放大镜，对相关凭证、合同等一张张地左看右看，上看下看，正面看，反面看，看了再看，还对着灯光或是太阳照了再照，不放过任何一个细节、任何一个疑点。

何小年和柳叶青一时向老杨、范刚等人解释这个，一时又向吴启东、伍兴国说明那个，走来走去、忙前忙后的，弄得一脸的汗水。

老杨和范刚一会儿跟成大为打着手势，耳语几句，一会儿又在资料上指指点点，或是在纸上写写画画。成大为或闭目不语，或边听边点头，或轻轻说上一句两句。李正道坐在那里，无事可做，也没哪个搭理他，有些无聊，才坐了一会儿便打起了瞌睡，头一勾一点的，接着就起了鼾声。成大为瞟他一眼，伸出手又收了回来。李正道鼾声越来越大。成大为轻轻摇了摇他的肩膀。他一惊，睁开眼睛，抹了一把嘴角的口水。成大为小声问他，昨晚是不是又没睡好。李正道揉一揉眼睛，说哪儿睡得着啊。成大为来了哈欠，忙用手捂住嘴巴。

两个小时以后，各种资料都回到了柳叶青的手上。她一一清点过后，放进铁皮箱里，上了锁。何小年提起箱子，放到桌下。

"各位好，我是搞了几十年鉴定的杨老头。"老杨起身给大家鞠了一躬，站着，"我这个人，从来就是只讲事实，不讲情面。因此，也就不讨人喜欢，不……"

范刚轻轻碰了一下他的手臂。

"可不是我吹牛，我这眼睛虽然有点昏花，却还是火眼金睛，这放大镜在我的手上，那就更是照妖镜了。不瞒各位，革命工作这么多年了，我还很少看走过眼。"老杨扶一下眼镜，瞟一眼不动声色地坐在那里的成大为，晃了晃放大镜，"刚才，我看了一个多小时，从笔迹、字迹、墨水、印泥、印鉴、纸张、纸质、数字等十多个方面，一一仔细地核验过了，没有发现有虚假的、伪造的、修补的、更改的之类的东西，都是真实的。"他瞅一眼成大为，"好了，我就说这些了，也只能说这些了。"

"那好，我也说几句。"范刚欠欠身子，脸随之一红，"刚才杨老说了，那些合同、凭证等都是真实的。这个我没意见，凭感觉就知道。但是，从业务流程和账务处理来看，那还是多少有些问题的。"

正襟危坐的成大为稍稍侧过头，看一眼范刚。正看过来的范刚心领神会，站起来接着说："问题就在于，按照规定，质押的存款是应该放到一个专用账户中去的，而冶炼公司的存款不是这样。这说明什么，大家应该一想就明白。"他得意地坐下，左顾右盼着。

"范先生，我想请教你两个问题。"何小年朝范刚一笑，"一是请把你说的规定拿出来，给大家长长见识，是哪个法律里面这样写了？又哪个这样做了？二是冶炼公司存的是定期，又怎么能放到你说的一个专用账户上去。再说，这存款与开出的承兑汇票对应得十分清楚，一笔就是一户。要说专用账户，那这不是专用账户，又是什么？"

"这……这……"范刚支吾着，"但我们原来是这么做的，当然那也是活期。这样，更灵活一些，成本也低得多。"

"范先生，怪不得银行不留你了，原来你就想着自己，只收得媳妇嫁不得女儿。"何小年面带讥讽地一笑，"你要知道，你想降低成本，客户也想提高效益。而效益从哪里来？就从这一笔笔的业务中来。你说是不是？"

范刚咬咬嘴唇，点了点头。

"好，这就好！"何小年哈哈大笑。

"不过，我还有一事要请教何行长。"范刚看一眼何小年，"就是贵行给冶炼公司开出的承兑汇票，与存款的金额并不一致，少了四万，这又怎么解释？"

"这个啊……"何小年眼睛一转，"范先生应该知道，质押存款可以开出等额或少于存款金额的汇票，但一分钱也不能多。"

"好，没错，是这样。"范刚点头一笑，"那这四万就不是质押存款了。何行长，请问我这样理解，对不对？"

何小年看一眼赵万隆，见他点头，就说："嗯，就算是吧。"

"好，总算达成了一点共识。"伍兴国鼓一下掌，"要我看，那就先把这四万划了再说，其他的再商量。成局长，你看呢？"

成大为看着李正道。李正道知道这事的艰难，心想多得不如少得，少得不如现得，就点了点头。成大为心里一声叹息，闭上了眼睛。

"这样我看也行。"吴启东看一眼胡跃进，"就将那四万划过去得了。"

老杨一手拿着一根头发，一手拿着放大镜，入神地照着。范刚低着头，不时地瞟一眼成大为。李正道见成大为不言不语，猛地意识到了刚才不该点头，就缓缓站了起来，扶着桌子说："就划那四万，那肯定是不行的。冶炼厂欠我们的是五百万，不是四万。"他眼圈一下就红了，"厂里的人都在眼巴巴地等着这钱回去。要是这钱不弄了回去，那我……"他抹了一把鼻涕，"我就死……死在你们这里了。"

"那……那可死不得，死不得的啊！"吴启东连连摆着手。

李正道双手捂着脸，坐下，孩子似的抽泣起来。成大为瞟他一眼，在心里又一声叹息。

"好了，李厂长，你的心情和难处，大家都理解，就别难过，别伤心了。"吴启东抹了一下眼睛，"再说，大家不是在商量嘛！"

"是的，李厂长，你也别急，大家还在商量着呢！"伍兴国看一眼成大为。

"好吧，我也说两句。"成大为坐正了，"那质押虽然是真实的，却也并不是没有瑕疵。那四万无疑必须划了过去。当然，并不是划了这四万，这执行就中止了，或是终止了。"

"好了，最后我来说几句。"胡跃进朝大家点点头，"刚才大家都说了，也达成了共识，那就是质押是真实的、合法的、有效的。这是问题的核心和关键。解决了这个，其他的就迎刃而解了……那四万可以划走，其他的是质押款项，不能扣划！"

成大为一怔，身子抖了一下，嘴角动了动，欲言又止。

何小年将箱子放到桌下的时候，康水田正气冲冲地从江北F行尹行长办公室里出来。上午十点多，江北法院通知他去双江参会。他本不想去，只是正好有私事要去双江，就稍一迟疑，答应了。可车子还在江北城边上，万长花就打来电话，说江北F行不给公司贴现了，要他赶紧过去，非去不可，否则不要怪她。他一听，急了，忙叫司机掉头。他知道，如果贴现不办好，矿石就进不来，矿石进不来，那就要停产，一旦停了产，损失就大了，损失一大，田本国准会怒斥他。

康水田好说歹说了一阵，尹行长还是不松口，托词说行里这个月的贴现规模用完了，要贴也得等一段时间。康水田说等不得的，一定要请尹行长想想办法，跟上头说说，增加一点规模。尹行长转了一下椅子，站起来，走两步，看着康水田，说实话跟他说了，其实规模还是有的，要是平时，就是来贴一个亿也没问题，可现在不行，上头打了招呼，不得再给公司贴现，贷款就更不用说了。

"听说那个岳北法院在青山搞执行，弄得蛮僵的，上头怕也来冻结账户，自找麻烦。"尹行长走到康水田跟前，"康部长，也不瞒你说，其实就是上头不打招呼，我现在也是不敢给你办了。去年夏天那法院的人还到行里来过，只是当时你们还没有开户。说不定他们现在就在来江北的路上，你说是

184

不是？"

"不会，他们不敢来江北的。"康水田摆着手，"要不，他们就不会去青山了。"

"谁敢说不来？我是宁可信其有，不可信其无！"尹行长回到桌前，一屁股坐在椅子里。

"那我这个忙，你还真就不帮了？"康水田偏着头，斜看着尹行长。

"想帮，但不敢帮。"尹行长说。

"尹行长，你要这样就不好了，那就断了路了。"康水田说。

"你要断路，那我也没办法。"尹行长站起来，"希望你能理解，以后日子还长着。"

"好吧，你不帮这个忙，我也不勉强。不过，你要记住，江北的银行，可不只你F行一家。"康水田手一甩，大步出了门。

上了车，康水田问万长花去哪里。万长花说，H行是去不得了，上回就不给办了，可以去L行看看。一见L行陆行长，康水田就说请帮个忙，贴五百万的现。陆行长接过汇票一看，说正好公司的承兑汇票下周就要到期，得准备好资金，千万不要让银行垫款。万长花一听，连忙向康水田努嘴，使眼色。康水田明白了，一把从陆行长手上抢过汇票。

"怎么？你不贴了？"陆行长莫名其妙。

"哦，不贴了。"康水田边将汇票递给万长花边说，"别人要得急，贴现来不及了，就背书算了。"

下了楼，康水田说幸好万长花提醒一下，要不可麻烦了。万长花说今天是走了，可还是得准备资金的，不能让人家垫款才行。康水田说那不急，先把今天的事办了再说。万长花问去哪里。康水田想了想，说干脆去信用社。

信用社的匡主任一见康水田，就打趣说："哎哟，康大部长下乡来了，可是让我这乡村银行增辉添色啊！"

"哪里哪里。"康水田讪讪一笑，"上回主任去公司，多有怠慢，多有得罪，还请主任见谅才是。"

"岂敢岂敢。"匡主任哈哈一笑，"部长携美女同来，有什么好事，尽管说来。只要匡某能办的，必当尽力。"他看着万长花，从上刷到下。

"匡主任，今天我们可是给你送业务来了，就算是对你上次的一个补偿。"万长花扭到匡主任跟前，"上次也是没办法，老板有指令，说只能在三家银行开户，实在是安排不过来，可不是康部长和我不愿意。"

康水田见匡主任两眼死盯着万长花那高挺着的胸脯，心里一笑，目光转向了窗外。

"匡主任，看啥呢？"万长花竖起手指，在匡主任眼前晃着。

"哦，没，没什么呢。"匡主任脸一红，"你有什么事，直说了吧！"

万长花打开包，拿出汇票，往桌上一摆。

"哦，想贴现？"匡主任背着手，踱了几步，望着窗外，"可以，但要上浮15%的利率，还要留存15%做存款，行不？"

"匡主任，你杀人啊！"万长花看一眼康水田，在匡主任额头上一点，"你要价也太高了吧？不行，起码都得各减五个点。"

"这……"匡主任摸着额头，眨着眼睛，心里一盘算，冲万长花一笑，"那好吧，就按万科长的意思办。别人怕法院来查询冻结什么的，我们可不怕。"

回公司的路上，万长花想着近来的事情，朦胧地有一种预感，想说给康水田听听，但话到嘴边，还是咽了下去。

一束斜阳从窗外枝叶间照射过来，落在账本上，亮闪闪的，有些晃眼。李颖放下笔，合上账本，一抬头看见朝她走过来的楚芳止了步，站在那里朝她招招手，又指了指后面的办公室。她起身走了过去。

楚芳将一杯热茶递到李颖的手中。李颖接过茶，道谢，抿一口，放到茶几上。

楚芳拉着李颖的手说："听说张行长的问题还有点严重，怕是一时半会儿回不来吧？"

"楚姐，那都是社会上的谣传，信不得。"李颖轻轻一笑，"我们家那个是什么样的人，我心里有数。"

"那是，那是。"楚芳自语着。

"楚姐，还有什么事吗？"李颖边说边站了起来。

"哦，也没什么。"楚芳抓着李颖的手，让她坐下，"有一个小事情，昨天就想跟你商量的，看你心情不太好，也就没说。既然你现在问起，我就说了。其实也没别的，公司要新来一位做财务的，根据她的情况，董事长说做你现在这个职位比较合适。你在这个职位也干了好几年了，平时又忙又累的，还常要加班，换一换也要得。你有什么想法，也说说看。"

李颖一听，什么都明白了，微笑着说："没事，听从安排。"

"真没事？"

"真没事。"

"嗯，好，那就好。"

李颖一出楚芳的办公室，两颗泪珠就滚出眼眶。高莉见她快步走了过来，脚往外一伸，将她绊倒在地。

"哎哟，你这是怎么啦？好端端的，怎么就摔倒了！"高莉边高声说着边上去扶李颖，却在她还没站稳时又顺势用力一推，李颖仰天倒在地上。

"哎呀，你这又是怎么啦？才一个狗吃屎，又来一个四脚朝天，变魔术啊？"高莉边说边朝楚芳那边看，等她出手去拉李颖时，李颖已被别人扶了起来。

"你看你，这几天又急又气的，弄得路都走不稳了吧？好在这是在办公室，要是在大马路上，说不定人都早到车轮下去了。大家说是不是啊？"高莉左右看着。

没人搭理高莉，都一个个地回到自己的岗位上去了。李颖虽然清楚刚才是怎么回事，却还是对高莉友好地笑笑。高莉没趣地回到座位上，鼻子一哼，骂了一声"活该"，但也只有她自己听得见。

三年前，李颖所在的一家市属国有企业破产了。如果张明亮运作一下，她完全可以被安排到青山政府哪个部门或哪个事业单位去，至少可以到银行去做代办员，但张明亮没有，而是把一个代办员的名额给了一个员工家属。她一气之下，应聘了兴盛公司。公司董事长见她是行长夫人，又是做财务的行家，也就乐呵呵地接收了，并安排她替代高莉的职位，做了主管会计。高莉为这事，对她一直心怀怨恨。

这些天来，李颖为张明亮的事，还真是受了不少的委屈，遭了不少的白眼，刚才又受了高莉的一番羞辱，情绪自然好不起来，走在路上也是低着头，无精打采的。高莉刚才本想借机发作，却没有达到目的，也心有不甘，就尾随李颖而来。到了一个转角的僻静处，高莉从后面一掌将李颖推倒在地，骑在李颖的身上，挥拳就砸。

齐小红边打电话边急忙走过来，绊着高莉的脚，往前一扑，差点摔倒。她扭头一看，见是两人在打架，就跺了跺脚，又"呸"了一声，走了。但走了两步又回过身，边走边说"别打了，快起来"。高莉抬头横她一眼，手却没停。齐小红低头一瞅，见压在下面的是李颖，不由得蒙了。这两年来，在她心里，李颖无形中朦胧地成了她的情敌。她有时甚至产生一种离奇的想法，要是李颖和张明亮分手，或是有个什么意外，那多好，但每每一有这个想法，又骂自己自私卑劣。高莉还在边骂边打。李颖却没还手，只是抱着头，趴在地上一动不动。矛盾中，齐小红拉开高莉，扶起李颖。高莉整理了一下衣服，骂骂咧咧地走了。李颖头发乱了，额头上渗着血珠。齐小红从包里取出纸巾，给李颖擦掉脸上的灰尘和额上的血迹。李颖拢了拢头发，扯了扯衣服。齐小红没细问她，只说自己还要去拜访一个客户。李颖礼貌地谢过她。齐小红又看她一眼，小跑着走了。李颖觉得齐小红那一眼有点怪怪的，却又说不出来怪在哪里。

李颖拖着沉重的脚步回到家，一想起今天的事情，眼泪就哗哗地来了，好一阵才止住。她擦干眼泪，想给张明亮打个电话，按几个键又罢了，如此好几回，一声叹息后，将手机往沙发上一扔，去了厨房。

张倩将书包往沙发上一丢就搬了一个小板凳，进了厨房，帮着李颖刨姜剥蒜。李颖问她小考考得怎么样。她头一低，小声说"第五名，退了两名"。

李颖说："不错，挺好的，爸爸不会怪的。"张倩一抬头，忙起身，问："妈，额头上是怎么啦？""自己不小心，碰了一下，没事的。"张倩给李颖吹了吹，又问"疼不疼"。李颖笑着说，"没事，不疼。"

天色暗下来，刮起了风，下起了雨。随着夜的加深，风更紧了，呜呜地叫，雨更大了，哗哗地响。张明亮听着秋风，看着秋雨，想着自己此刻竟坐在这里，不由得悲从中来……

于小财早已响起了鼾声，李正道却还是烙饼一样翻来覆去。他坐起来，走到窗前，看了一阵雨，悄悄出门，走到成大为的房间前，犹豫片刻，敲响了门。成大为一听是他，马上开门，请他进去。于小财说，想明天上午去一趟江北。成大为认为还是不去的好。于小财说，没事，江北的人就谭顺义认识他，不会那么巧的。成大为说，那就安排两个人陪他一同去。李正道说自己一个人去就行了，人多了反而不方便，还要多花钱。成大为坚持要郭大宝跟他一起去，说万一有什么情况也好有个照应。郭大宝心里老不情愿，却不好多说，只得同意，又换上于小财的便装，穿在身上有点紧巴，也有点别扭。

李正道坚持要去江北，讨钱只是一个借口，真正的目的是想实地看看冶炼公司。前几天，张明亮跟他在车上说的那一番话已在他心底掀起了波澜，也让他对冶炼公司产生了莫名的好奇。

一路看过来，虽然有少数车间显得冷清，个别的还大门紧闭，但更多的还是让李正道看得热血沸腾，恨不得走向前去，操起铁锹，痛快地干它一阵。

此刻，他站在高炉的安全距离的最近处，看着那翻腾的炉水、飞溅的火花，啧啧称赞，拍手叫好。一个工人朝他一笑，又示意他再退后一些。他碎碎地后退了两步，同时又不由自主地叹息了一声。

"哎，李厂长，我看煤化厂只要有这一小半的样子，就谢天谢地了。"郭大宝瞅一眼李正道，"你说是吗？"

"那还用说！"李正道瞟他一眼，"可人家这也不是天上掉下来的！"

"嗯，那倒也是。"郭大宝瓮声瓮气地说着。

车间一侧，一高一矮两个人在说着什么。李正道和郭大宝一前一后轻手轻脚地走了过去，静静地听着。

"嗯，公司现在这样子，看起来还是红红火火，钱也没少挣，可我总觉得有点不对劲，却又说不出来，不知道是为什么。"高个子说。

"这个呀……我早就想说了。一个单位，如果总有人围着你吵吵闹闹，你说那会是个好事吗？就像你一样，如果老是有人追着你讨钱，也不管你有没钱，是不是欠着别人的钱，你就是不给，你说你会有个好印象吗？会有个好名声吗？"矮个子拍了一巴掌墙壁，"再说，你我都累死累活的，天天炉火烤着，说不定哪天一不小心，掉进炉里，化成了水，什么都没了，可凭什么发起工资来，却还没有车间主任的一小半。"

"哎呀，这没什么奇怪的！不要去比，比不得的，你要跟田董事长去比，那你一年的工资还没他一个月的零头多呢！要比，那就多比自己，比自己的现在和过去。我只问你，你现在是不是比前些年的工资多了？"

"是多了，可也更累了啊！"

"那就对了，也行了，累一点，多些钱，值得，就怕累得要死，钱却没拿几个，更怕的是你想干活，却没得活让你去干。"高个子拍了拍矮个子的肩膀，"当初也没谁不让你去当车间主任，更没谁不让你去当董事长，是不是？"

矮个子点点头。

"这就对了。"高个子呵呵一笑，"再说那车间主任，那董事长，可不是那么好当的。现在公司红火还好，到了不好的时候，日子也是不好过的。到时候，你还能在家里吃碗热饭，睡个安稳觉，而他们……"

"不见得！"矮个子嘴一撇，"你别说得比唱的还好听。"

"你呀，你看你，就忘记了。"高个子指了指矮个子，"早些年，改制前后那阵子，田董事长那过的是什么日子，你不是没看到过。皮都掉了两层，人都变了个样子，有两次命都差点丢了。"

"那也是他自讨的。"矮个子"呸"了一口，"厂子原来好好的，也是他搞烂的。"

"你……你怎么能这么说呢？"高个子指一下矮个子，"不错，厂子原来是好好的，也是在他的手上烂的，可那也不能全怪他呀！是政策变了，市场变了，人心也变了，要不是他豁出去了，跟着变，公司能有现在这个样子？你能拿到现在这么多工资？人还是得讲个良心，有个满足的。"

"没错，公司比起原来是好多了，收入也是比过去多多了。这个我都承认，没有埋没。"矮个子翻一眼高个子，"可是，我心里就是不平衡，不服气。"

"好了，好了，别跟自己生气了。"高个子笑了笑，"我当过车间主任，也是不容易的。哪个岗位都有自己的责任，都有自己的烦恼。别看平日里董事长风风光光，一旦公司有了什么情况，那种滋味也是不好受的，就像过去的皇帝，够威风够气派吧，可为什么有时也唉声叹气，有的人不想当呢，就因为皇帝也有皇帝的难处，只是……"

"假正经！"矮个子瞟高个子一眼，鼻子一哼，朝炉前走去。

"哎，你……你们干吗？"高个子一扭头看到了在凝神静听的李正道和郭大宝。

"哦，没干吗，没干吗。"李正道摇着头。

"对，没干吗，就看看。"郭大宝讪笑着。

"走走走，没什么好看的！"高个子挥着手。

"好，就走，就走。"李正道边说边往后退。

"哼，神气个鬼呢！"郭大宝骂道，却只有他自己听得见。

李正道走到车间外面的花坛前，吹了吹灰尘，坐下。郭大宝在李正道旁边坐下，说："看来，冶炼公司那个董事长还是有几下子的。"李正道望着厂区，说："人家要没有几下子，怎么能把厂子改制过来，又怎么能把公司搞到这样红火？"郭大宝叹口气，"要是煤化厂的吕厂长也有这个魄力就好了，就不要死盯着这点钱，更不要这样偷偷摸摸地来了。"李正道斜一眼郭大宝，欲言又止。郭大宝不好意思地笑了笑，"我知道吕厂长也是个大好人，不容易的。"李正道瞟一眼郭大宝，起身就走，边走边回味着刚才高个子和矮个子的对话。郭大宝吐一下舌头，跟着也走。

"公司既然这么好，为什么又要这样呢？"李正道望一眼车间，在心里自语着。

万长花椅子一推，拎着包，气冲冲地出了门。谭顺义忙追了上去。

在一楼楼梯的入口处，正要上楼的李正道与跑下来的万长花差点撞了个正着。他连忙闪到一边，让过万长花，一抬头见谭顺义追下来，又赶紧身子一侧，退到一边。

下了楼，万长花才走了十来米就给谭顺义追上了，挡在她的跟前。

"走开！"

"你不给我钱，我怎么好走呢？"谭顺义嬉笑着。

"没钱！"

"没钱？"谭顺义哈哈大笑，"你骗谁呢！"

"有钱也不会给你！"万长花指着谭顺义的鼻子，"上次就警告过你，你就是狗改不了吃屎，还是那样。"

"你声音小一点好不好？！"谭顺义四面张望着。

"小一点？"万长花看着楼上，"我就要大……"

"好好好，你今天没钱就算了，我过两天再来，行不？"谭顺义看眼万长花，又望一眼楼上。楼上几个人正往这边看。

"来也没用！"

"那我让田董事长签个字，总该可以了吧？"

"那你就让他去付吧！"万长花厌恶地瞥一眼谭顺义，一甩手，大步往楼上走。

"你！"谭顺义咬咬牙，朝公司门口走去。

李正道从柱子后面出来，说不上楼去看了，就回双江去。郭大宝说这样更好，免得让人问出来，或是让人认出来。

谭顺义骂骂咧咧地走着，几次想要回去跟万长花再理论一番，走到大门口，又猛地转过身来，一眼看到走过来的李正道。与此同时，李正道也看到他了，本想回避，却来不及，只好硬着头皮迎上来。谭顺义拉着李正道的手，边往门外围墙下快步走边问他怎么来了。李正道说顺便过来看看。谭顺义问他是不是跟法院的人一道来的。李正道点头说是。

"听说你们把人家的行长给带走了？"谭顺义看着李正道，"如果真是那样，那你们也太横、太狠了。"

"那也怪不得别人，只怪他不配合，不签字。"郭大宝抢着说。

"可是，听说你们虽然带走了那个行长，钱还是没拿到的，是吧？"

"还不是你当初提供的信息不靠谱。"郭大宝没好气地说。

"哎，你是谁？"谭顺义盯着郭大宝，"你又知道什么？"

"我……是……"郭大宝边支吾着往一旁走。

"哦，他是厂里保卫科的。"李正道指一下郭大宝，"他是不知道什么。"

"老子给你们弄情报，辛辛苦苦，担惊受怕的，什么都没得到，公司怪我吃里爬外，恨不得剥了我的皮、抽了我的筋，孔大华还要吃我的黑，没一句实话。"谭顺义瞪一眼郭大宝，鼻子一哼，十分生气地说，"他们怪我也好，吃我的黑也好，也都算了，没想到你们还要来埋怨我，说我的不是，真是……"

见有两人走过来，李正道忙碰了一下谭顺义的手。谭顺义立即换成笑脸，跟来人打了个招呼。待那两人过了，李正道说孔大华也什么都没得到，就别怪他了，又安慰了谭顺义几句，要他放心，只要钱弄了回去，保证会一分不少都给了他。谭顺义说，那好，就等着那一天。李正道要谭顺义记了于小财的电话，说以后这边有什么好消息，就直接联系他。谭顺义左右看看，要李正道不要跟任何人说他们来过公司，免得他到时候说不清。

一辆小车在路边停了下来，康水田从窗口探出头来，大声问谭顺义躲在角落里干什么。谭顺义朝李正道挤一下眼睛，边回答康水田的问话边向他走了过去。郭大宝看一眼李正道，拔腿就跑，才跑几步就绊着一块石头，扑倒在地，随即爬了起来，还没站稳，又往前跑。康水田指着走过去的谭顺义，问他鬼鬼祟祟地在干吗。谭顺义嘿嘿笑着，边走边说，没什么，就跟两个双江来的朋友说几句话，又装模作样地要跑着的郭大宝别急，还早，赶得上，用不着那么跑，别摔着了。康水田一笑，关了车窗。

谭顺义望着李正道和郭大宝的身影越来越小，直至消失在他的视线里，才上了停在大门口一侧的小车。

郭大宝实在跑不动了才停了下来，捂着肚子，喘着气，蹲在地上，等李正道赶上来。

满头大汗的李正道在路边一个石礅上坐下，指着郭大宝的膝盖。郭大宝一看，裤子开了一个洞，膝盖擦破了皮，还渗出血来。

"肯定是刚才摔的，我还不知道呢，现在倒疼起来了。"郭大宝对着伤口，心疼地看着，一口接一口地吹着。

"郭法官，好好的，你跑什么呀？"李正道喘着气。

"我……我是怕他们追过来，也是为你好。"郭大宝红着脸，"你想啊，要是他们追上来了，那还是跑出一个算一个的好，那样至少还有一个回去报信的。再说，我在前头跑得快，那你在后面跟着也就跑得快呀。如果真给他们抓着了，打我一顿倒不算什么，要是打了你，那可就不好了。你说是不是？"

"你呀！"李正道抹着汗水，"好端端的，怕什么？又没谁追过来。"

"那你……你怎么也要跑啊？"郭大宝歪着脖子，咧嘴笑着。

"你！"李正道忍不住一笑，站了起来，手一扬，"走吧！"

郭大宝在李正道的后侧，腿一拐一瘸地走着。

江风习习，华灯初上。万长花拎着包，从风光带上下来，大步走过斑马线，顺着人行道往前走着。

谭顺义边开车边嘻嘻哈哈地打着电话，突然看到一个老头横过马路，赶忙一个急刹，又一拐，停在路边。他瞪一眼老人，本想训斥他几句，却一眼看到走在前面的万长花，就一踩油门，追了上去。万长花看到谭顺义追过来，装着没看见，目不斜视地向前走着。谭顺义放慢车速，与万长花并排走着。

万长花还是旁若无人地走着，又从包里拿出手机打起来，没说几句就开心大笑，把路人的目光都牵了过去，也牵起了谭顺义的火气。再想这半年来她对自己的各种变化，他不由得怒从心头起，恶从胆边生，将手机往副驾驶位上一丢，猛地一踩油门，车子朝人行道上冲了上去，无奈人行道离路面高了点，将车子挡在下面。万长花听到车子"呜"的一吼，又听到"砰"的一响，本能地扭头看了一眼，随即快步拐进了一条小巷。她这一眼满满的轻蔑和鄙夷，又深深刺痛了谭顺义，激怒了谭顺义。他骂了一声娘，下车就追。

小巷里灯光昏暗，行人稀少。万长花听到后面的脚步声和喘息声，赶忙躲进路边的角落。谭顺义冲过去。万长花刚要出来，谭顺义又跑了回来。他骂骂咧咧地走着，在离万长花几步远的地方停下来，冲万长花歇斯底里地喊道："你滚出来！"万长花紧靠墙角，缩做一团，屏着呼吸。谭顺义叫了几声后，静静地听了听，才拖着脚步向巷口走去。听到谭顺义走远了，心有余悸的万长花才试探着走出来。她前后看了看，抚了抚心口，喘了几口大气，走向巷子深处。其实，刚才他们近在咫尺，谭顺义如果平心静气的话，是可以听到她的心跳的，也是可以闻到她的体香的。

谭顺义一上车就接到孔大华的电话。孔大华问他在哪里。他没好气地说在天上。孔大华问他怎么了，火气十足的。他只顾走路，懒得理他。孔大华要他别那么大的肝火，有什么说给他听听。谭顺义说李正道跑到江北来教训他了，真是岂有此理。孔大华哈哈大笑。谭顺义问他笑什么，没事他就挂了。孔大华说，当然有事，而且是大大的好事。

"好事？"谭顺义哼了一声，"你还能有什么好事？"

"好吧，那就不说了，算了。"

"那你快说，是什么好事？"

"天大的好事……"孔大华又不说了。

"好，你不说，那我挂了。"

"好啊，你口口声声说要跟我合作，我来找你，你却是这样，你……"

"你在哪儿？"

"我在江北。"

"真的？！"

"还假的不成！"

"你逗我吧？"

"逗你？"孔大华哈哈一笑，"你就等着吧，过些日子，我准会来江北的。"

"哦，那好，那……"

孔大华不等谭顺义说完就挂了电话。他一手搂着桃花姐，一手端起酒杯，一口干了。桃花姐给他斟上酒。他双手捧着桃花姐的脸，将嘴凑上去。桃花姐抬起手，将手掌挡在两张嘴之间。他放开手，从手包里掏出一沓钱来，塞到她的手上。桃花姐将钱往他身上一扔，大步出了门。他哼了一声，弯腰捡钱。

天一亮，曹二喜就说饿了，起来吃面条去。郭大宝想再睡会儿。曹二喜边穿衣服边说："你就别硬撑了，我早就听到你肚子咕噜咕噜响了。"郭大宝侧过身，面壁而睡，说："真不饿，你去就是了。"曹二喜洗了把脸，走到门口，问郭大宝要不要带两个包子上来。郭大宝说"不用"。曹二喜摇着头出了门。

两天前，于小财跟成大为说："钱就那么多了，也不知道哪天才能回去，怎么办？"成大为和李正道一商量，说："以后钱得更节约着用，每天只吃两顿饭，早餐先自己解决，住宿也得搬到城边的小酒店里去。"这两天，郭大宝都没吃早餐，午饭和晚饭其实也没怎么吃饱。他个子高，食量大，又不好意思多吃。曹二喜一走，他肚子就咕噜得更响了，可再响，也得忍着。四年前，他妻子病了，前年儿子又考上了大学。平时他总是少花一分是一分。

李正道进了于小财和牛大贵的房间，在牛大贵头上摸了摸，问："好些了没有？"牛大贵有气无力地说："时好时坏。"李正道说："等下我跟成大为商量一下，让你和几个人今天先回去。"牛大贵这几天一睡觉就做噩梦，昨天又感冒了。

曹二喜带了两个包子回来，径直走到郭大宝床前，也不说话，将包子往他嘴里塞。他闭着嘴，又伸出手来拨弄着。

"哎呀，我都给你带回来了，你就吃了呗！"曹二喜站在床边，"再说，反正都过了你的嘴了，我是不会再吃了，你不能让我去丢了吧！"

郭大宝看一眼曹二喜，坐起来，拿过衣服，要掏钱包。曹二喜一把按住他的手，说："才多大的事，就两个包子，何必要算得那么清楚，算我请你吃的好了。"郭大宝眨眨眼睛，从曹二喜手上抓过包子，两口一个就吃了。

"吃包子啊？"成大为说着走过来。

"嗯。"郭大宝咽下包子，舌头在嘴唇四周滚了一圈。

"没吃饱吧？"成大为看着郭大宝。

"吃饱了，吃饱了。"郭大宝不自然地说着。

"成局长，我们什么时候回去？"曹二喜看着成大为。

成大为瞅一眼曹二喜，转身一脸阴郁地走了。郭大宝怪曹二喜不该问，让成大为不高兴了。曹二喜说："那有什么，他要不高兴，也随他去了。"

一刻钟后，李正道等人陆续进了成大为的房间。成大为说了几句开场白之后，让大家充分发表意见。

"我没别的意见，坚决听从成局长的指挥和安排。"屈光宗看一眼成大为，又扫一眼与会人员，"不过，如果就这样回去，我不赞成，也不甘心。有的人想回去，可以，我不阻拦，但我不会跟着走。"

"我没别的，只讲几句直话。"老杨扶一下眼镜，口沫四溅地说了起来，"来之前我就说了，人家这么大的一家银行是不可能造假的，果不其然，人家全是真的。你们让我来，我来了，可来又有什么用呢？无非是耗费了我的时间和精力，花费了人家的钱财，真是不值得。"他抹一下嘴，举一下手，"我还是要申明一句，我这么说，并不是对局里院里有什么意见，更不是对成局长有什么看法。"

"说实话，我当初就觉得这事有点玄乎，但又心存幻想，何况阳局长一再说这是一个政治任务，谁也不能讲价钱、讲条件，就稀里糊涂地跟着来了。"一个瘦高个瞟一眼成大为，"要早知道是现在这个样子，还真是不如不来，不如……"

"不如什么？"郎队长一拍桌子，指着瘦高个，"你这是什么思想？什么觉悟？你知不知道，你这是在蛊惑人心，在动摇军心，你……"

成大为朝郎队长摆摆手，说："没事，大家可以畅所欲言。"

"好，既然成局开明，那我就再畅言两句。"瘦高个不屑地瞅一眼郎队长，"我要早知道是这样，是打死也不会来的。说起来，我革命工作也几十年了，各种事情都经历过，却还没见过这回这样窝囊的。"

"窝囊？"郎队长盯着瘦高个，"你说谁窝囊？"

"我又没说你。"瘦高个眼睛一翻，"是我窝囊好了吧？"

"你……"郎队长举起手，又放下。

成大为朝郎队长压压手，说："好了，大家有什么就说出来，别憋在心里。"

"好，那我也说两句。"曹二喜左右看看，"反正我是不怪谁，也不怨谁，要怪，只怪银行，要怨，只怨冶炼公司。"

"要我看，就只怪那个张行长，就怪他不签字。"郭大宝看着膝盖，"要不是他，我就不会去江北，这膝盖就不会是这样。"

"嗯，好，这说的才像话。"屈光宗一拍椅子，看一眼成大为，"怎么能责怪自己，埋怨起自己来了？何况谁也不是神仙，哪有看得那么准的？就是神仙也有失算的时候，大家说是不是？"

"是倒是。"老杨笑了笑，"只是要怪银行，怪张行长，那还真是有点说不过去。"

"哎，你帮谁说话啊？"屈光宗指着老杨。

"帮良心说句话。"老杨摸着胸口。

"那老杨，我问你。"郎队长站起来，"你在哪里上班？又在哪里领工资？"

"我凭自己的良心上班，凭自己的本事领工资。"老杨瞥一眼郎队长。

"成局长，那我们还要在这儿待多久？"曹二喜看一眼郭大宝，"再待下去，有的人只怕是路都会走不稳了。"

"你看着我干吗？"郭大宝脸一红，"我又不饿，真的不饿！"

"你呀！"曹二喜指着郭大宝，"没吃饱就是没吃饱，还硬撑着干啥呢？"

"成局长，不瞒你说，这两天我也是没吃饱。"于小财扭过头，看着李正道，"李厂长，钱也不多了，如果还是这么多人待在这里，就是喝粥，也是撑不了几天的。"

"好吧，我也说两句心里话。"李正道站起来，向大家鞠了一躬，"这回大家来，都辛苦了，我感谢大家！说老实话，当初来的时候，我心里就打着鼓。事情弄到今天这个地步，我不怪大家，也不怪成局长，更不怪局里和院里。"他看一眼默默听着的成大为，"成局长，我想，照现在这样，这么多人待在这里，也没必要，是不是能回去的先回去，留下几个就行了。"

"好，我赞成！"老杨举着手，"我心早就飞了。"

曹二喜附和着，又捅捅郭大宝。郭大宝沉默不语，眼睛往成大为那边睃。

"好，那就这样吧！"成大为挺了挺腰，目光又扫了一圈，"请光宗，还有于科长，你们两个跟我留下，其他的吃了午饭都回去。"

人都走了，成大为孤独地坐在那里。他想着这事的曲折和艰难，想着自己眼下的处境，蓦然感到极度的疲惫，想去倒杯水喝，却连站起来的力气都没有，脑子里也是一片混沌，只好闭上眼睛……

在大队人马离开双江的当天下午，成大为他们就改住进城郊的一家小酒店。

第七章

　　柳叶青有心将表哥马剑飞介绍给齐小红，一直在寻找机会。今天一早，她见齐小红心情舒畅，就带头说起热播的一个言情剧里的情节和人物，引得平时很少谈论男女情感的齐小红也跟着感慨。见火候到了，柳叶青又有意说些男女之间的趣事，说到痛快处，假装随意将手机摆到齐小红眼前。齐小红一眼看到手机上的照片。见齐小红看到照片时眼睛一亮，柳叶青故意笑着问她，"这哥们儿帅吧？"齐小红脸红了一下，说："还凑合吧！"柳叶青一看有戏，心里便有了主意。

　　太阳在山尖上一跳，带着火红猛地跌下山后去了，跌出一个红霞满天。柳叶青和齐小红沐浴着晚霞，说说笑笑地走在大街上。到了"红磨坊咖啡馆"楼下，柳叶青抬头看看，领着齐小红上了楼。一见她们进了包间，临窗而坐的马剑飞忙站起来，有些羞涩，也有些拘谨地给她们让座，问她们喝什么、吃什么。柳叶青坐一会儿就说有事，先走了。她走时朝马剑飞眨眨眼睛，又拉了拉齐小红的手。

　　刚看完《焦点访谈》，坐在电视跟前的柳叶青收到马剑飞发来的短信，说咖啡喝完了，准备下楼，下一步怎么办。柳叶青说可邀请她散散步，或逛逛街，顺便买点什么她喜欢吃的或玩的东西。不到半分钟，马剑飞说齐小红要回家。柳叶青说那就送她回去，最好是走路。三分钟后，马剑飞说他们在的士上了。柳叶青说那好，要送到家门口，如果能进门坐一会儿，那就更好了。过了十分钟，他说到了她家楼下，但她坚决不让他送上楼去。柳叶青说那就在楼下等着，望着楼上，看灯是不是亮了，她是不是到窗口往下看。不到五分钟，他说灯亮了，窗户开了，她朝他挥了挥手，眨眼间就不见了。柳叶青说好，回去吧。

齐小红在沙发上坐了几分钟，起身走到窗前，往楼下看，见马剑飞走了，便回到客厅，又坐在沙发上，想起马剑飞的模样，想起他的言语和动作，又将他与张明亮对照了一番，不由得摇摇头，接着又笑了。坐了一会儿，她拿起手机，打了张明亮的电话，对方已关机。她猛然想起，张明亮的手机不在他手上，又摇头笑了，接着是一声叹息。

第二天早上，柳叶青一见齐小红就问感觉如何。

齐小红笑了笑说："人忠厚，纯朴，也帅气，不错的。"

柳叶青眼睛一转，说："那是，他从小就诚实厚道，从不与人争吵，从小就爱学习，没有别的爱好，一天到晚就捧着一本书，也不知读了多少，反正是读了研究生的，人长得高高大大，家境又好，殷实富足。要说缺点，那也是有的，就是不会花言巧语地哄女孩开心，不会巧舌如簧地逗女孩喜欢。不过，追着他跑的女孩可多了，那真是一溜一溜的，一串一串的，却没几个他看得上眼的。就这样，一拖就拖下来了，马上就要二十八了，还没有女朋友，急得他妈是托这个托那个，跟我都说了好几回了，要我给他在银行里物色一个。不瞒你说，我第一个想到的就是你，只有你才配得上他，哦，是只有他才配得上你。"

齐小红一笑说："他那么优秀，我可配不上呢！"

柳叶青脸上的笑意减了一大半，话里有话地说："小红，我就知道，你不是不想找，是心里早就有人了吧？"

齐小红脸一红，追着柳叶青就要打。柳叶青绕着桌子跑，齐小红在后面追……见何小年从门口走过，两人才停了下来，一个蹲在地上，一个扶着桌子，指着对方，大口地喘着气。

一大早，阳建国打电话过来，说煤化厂和上头都催得紧，要成大为务必有所突破。于小财也跑过来，说歪鼻子又在跟吕厂长他们吵了。吃过早餐，成大为和屈光宗、于小财商议了一会儿，试着给吴启东打了个电话，说想再跟银行谈一谈，恳请他来主持。吴启东犹豫了一下说可以，他来通知相关人员。

会议室里，临时摆了一个"匚"形的会议桌。赵万隆领着何小年、宋广元、叶斌等人坐在成大为和屈光宗、于小财的对面。

一开场，吴启东就说他和伍兴国今天只是主持一下，只听不说，希望双方能心平气和地谈，谈出一个双方都能接受、都能满意的结果，说着又朝左右拱了拱手。

不等吴启东的手放下，叶斌就指着成大为，问张明亮哪天能回来。成大为不动声色。屈光宗说张明亮能不能回去，主动权在他自己手中，也在何小年他们手上。何小年说他听不懂。屈光宗说他装糊涂，又说他们今天是带着诚意来的，就希望能让张明亮尽快回去。

"是这样，早上成局长也开导了我们，要我们不能只考虑自己，也得替你们想一想。"屈光宗看一眼成大为，"我一想，也是这个道理。那我们就退让一步，钱这次就不全部划走，只划一部分算了，但不得少于三分之二，少于……"

"你想得美！"叶斌一拍桌子站了起来，"哼，还三分之二，就是万分之一分也不行！"

"你……你这是什么态度！"屈光宗也站了起来。

"我就这个态度，你怎么着？"叶斌挺着胸。

"你……"屈光宗指着叶斌，脸憋得通红。

赵万隆给何小年丢了个眼色。何小年拉了拉叶斌的手，示意他冷静。

吴启东双手压了压，说："哎呀，我想，既然你们是来商谈的，那就还是好好谈吧，都别激动好不好？"

"是的嘞。"伍兴国晃了晃头，"我看，既然是谈，那双方都得有诚意，双方都得让个步，好让对方下得台、过得去，你们说是不是？"

成大为瞟一眼伍兴国，轻轻地点点头。屈光宗感激地看一眼伍兴国，坐下去。

何小年"呵呵"一笑，说："伍局长，还是你会说话。"

"哪里哪里，我只是随意说说。"伍兴国捧起茶杯，喝一口，讪讪一笑，"也是为你们双方好呗。"

叶斌眨眨眼，恍然大悟似的说："好啊，伍局长，真有你的，看你这屁股又坐到哪里去了？"

伍兴国起身看看椅子，又拍一下屁股，边坐下边笑着说："我坐在凳子上，没坐到哪儿去啊！"

叶斌说："好，你就装呗！"

"装？"伍兴国左右看着，双手一摊，"你说我装什么啊？我又有什么要装的呢？"

"这个用不着我来说，你自己最清楚。"叶斌盯着伍兴国。

"是吗？"伍兴国哈哈一笑，"这倒好，我本是想给你们双方做个调解，结果是好心当成驴肝肺。既然是这样，那我就不说了，刚才的话就当我没说。"

"伍局长，你别生气。这事要解决，还是少不了你的。"赵万隆朝伍兴国笑了笑，"你刚才说的双方再让个步，是怎么个让法呢？"

"嗯，那这样吧！"伍兴国往椅子上一靠，"当然，这事首先得请成局长拿出个姿态，让步更大一点。这一次就别说什么三分之二了，一半怎么样？哎呀，也莫一半了，干脆就一个整数，两百万，怎么样？"他伸出两个指头。

成大为嘴角颤动了一下，轻轻点了点头。

赵万隆看着何小年。何小年看着宋广元。

宋广元捋捋胡须，笑着说："伍局长，你应该清楚，这钱不管多少，哪怕是划走一分，也是没道理的。"

"要是这样，这事就不好办了，我们也懒得管了。"伍兴国看一眼吴启东，"吴局长，您看呢？"

"嗯。"靠着椅子闭目养神的吴启东睁开眼睛，双手往椅子的扶手上一搭，"这事啊，说来说去，根本的还得看你们双方自己，其实跟我和伍局长是没有任何关系的。"

"对，吴局长说得对。"伍兴国看一眼吴启东，"我们只是一个见证者而已，成不成那是你们双方的事，我可不想让别人来说我屁股坐歪了。"

一阵沉默。

"赵行长，何行长，你们不给我们一点，那总不行吧？"于小财站起来，看看这个，又看看那个。

"有什么不行的呢？"何小年看一眼赵万隆，冲于小财一笑，"于科长，你不要担水找错了码头。欠你们钱的是冶炼公司，我们银行可没欠你们一分钱。"

"哎，何行长，你这么说，那就是成心不想让张行长出来了。"屈光宗眼睛一转，"哦，对了，张行长不出来，你就可以取而代之，当上行长了，是吧？"他得意地一笑，"何行长，看不出来，你还是一个有心计的人啊！"

"你……你瞎说！"何小年气愤地指着屈光宗。

"瞎说？"屈光宗哈哈一笑，"那好吧，既然你们这么不在意张行长，那就……"

"好了，赵行长，今天我本来是抱着希望和诚意来的，可这个结果真让我有点失望。"成大为看一眼赵万隆，"既然是这样，那我们也就没什么可谈的了，真是令人遗憾。"

"是啊！"赵万隆朝成大为一笑，"确实令人遗憾。"

成大为向吴启东和伍兴国点点头，起身领着屈光宗和于小财向门口走去。

赵万隆走到门口，又回过身来，与有些尴尬地还坐在那里的吴启东和伍兴国握手道别。吴启东说，他今天本是要出差的，只是想着事情如果有个结果，那也是好事，就出面牵了这个头。伍兴国一声叹息，说这结果在他意料之中，又在他意料之外，只是这样不欢而散，以后的路怕是长着了。赵万隆说事情已经摊上了，路就是再长也得走。

"那路只怕是崎岖坎坷，荆棘丛生哦！"伍兴国肩一耸，摇头一笑。

"伍局长，那路如果是非走不可的话，就是比登天还难，那也是怕不得的。"赵万隆看着伍兴国，"不过，我总是相信，坎坷再多，也是可以跨过去的，荆棘再多，也是可以铲除掉的。"

"好，赵行长说得好！"伍兴国竖一下大拇指，"我伍某佩服，佩服！"

一出会议室，何小年就跟张明亮打电话，说看来成大为他们有些着急了，想退让了。张明亮一听，放下手上的报纸，兴奋地走出学习室，往值班室走去，想听听曹立夏的意见，可走到门口又折了回来，刚才的兴奋也没有了。他觉得成大为他们也许不是要退却，而是在试探，想以退为进。

郭玉梅靠在椅子上，两眼空洞地望着窗外，像是在琢磨着什么。

齐小红大大方方地进了郭玉梅的办公室，敲一下桌面。郭玉梅一愣，身子随着椅子转了过来，上下扫视着齐小红。

"怎么？不认识我了？"齐小红呵呵笑着。

"哎呀，我们小红是越来越漂亮了啊！"郭玉梅语气中不免有几分嫉妒。

"哪里哦，还是您有气质，有能力，有魅力，有……"

"你看你这小嘴，刀子一样的。"郭玉梅指了指齐小红，拉着她的手，一起在沙发上坐下，"找你来，其实也没什么，就只是随便聊聊，好久没单独跟你说说话了。"

"哦，是这样啊！我还在想，郭行长是从来不找我谈话的，今天突然找我，准是出了什么大事，或是我犯了什么大错误，一路上紧张得要死，心里那鼓就一个劲地敲，差点把肚皮给敲破了，没想到还没什么事，就随便聊聊，那真是太荣幸了，都让我有点……有点受宠若惊了！"

"你看你，至于吗？"郭玉梅指了指齐小红。

"那当然。"齐小红一本正经地看着郭玉梅，"郭行长，不是我夸您，您可是员工心中的女神呢！"

"是吗？"郭玉梅眉开眼笑，"你逗我吧？"

"没有，真没有。"齐小红摇摇头，"您看啊，远的且不说，只说这回的事吧！岳北那边的人来了，叶斌都有点畏畏缩缩的，就您敢说'怕个屁，不要怕'，尽显巾帼英姿。"她叹息一声，"只可惜您当时不在现场，您要在就好了，那情况就不一样了。"

郭玉梅一拍扶手，说："不是吹牛皮，要是我在现场，张行长肯定是带不走的。"

齐小红掩口一笑，说："嗯，那是的，我一万个相信。"

"好了，我们不说这个了。"郭玉梅收了笑意，看着齐小红，"我问你一个事，你一定要如实跟我讲，不能有半点的隐瞒。"

"什么？"齐小红心底一惊，又一笑，"郭行长，我胆子小，你可别吓我啊！"

"这可不是吓你，是个原则问题，开不得玩笑的，你一定要如实地说，听见了没有？"郭玉梅盯着齐小红。

齐小红身子一挺，说："好，我保证不扯谎，不乱说。一句话，实事求是，行吗？"

"好，这态度就对了。"郭玉梅坐正了，一脸严肃地看着齐小红，"小红，我问你，是不是你泄露了冶炼公司在支行的存款信息？"

"没……没有！"

"真没有？"

"真没有！"

"那你知不知道是谁泄露了？"

"不知道。"

"真不知道？"

"真不知道！"

"你要对你说的负责任的，知道吗？"

"知道。"齐小红举着手，"我保证我说的没有半点虚假。"

"好，不是你就好。"郭玉梅侧过身，面对着齐小红，"小红，你也许不知道，我可是一直在关注着你的。你是一个好苗子，有文化，有知识，又能干，还长得漂漂亮亮，一朵玫瑰花似的。只是这几天来，有人在议论，说是你泄露了冶炼公司的存款信息，才给支行带来了这么大的麻烦，造成了这么大的损失。对这个，我一开始就不太相信，还批评了个别人，叫他们不要胡乱猜疑。可是，俗话说，知人知面不知心啊！这些天来，我心里也没底，有些七上八下的，不知是信好还是不信的好。不过，现在好了，听你这么一说，我就放心了。哪个还要怀疑你，那我就要严厉批评了。"

"我早就知道，郭行长对我是最好的，只是我嘴笨，又害羞，也没机会表达，就一直埋在心里，今天总算有这样一个机会。"齐小红起身，将郭玉梅的茶杯从桌上端了过来，恭恭敬敬地递到她的手上。

"哎呀，你坐，你坐。"郭玉梅将茶杯放到茶几上，又拉了一下齐小红的手，让她坐下，打量着她，"小红，今年多大啦？"

齐小红脸一红，略带羞涩地说："二十不止，三十不到。"

"是吗？"郭玉梅眨眨眼睛，一拍额头，"好像今年是二十七吧？嗯，小红啊，那也算是不大不小了哦！"

"嗯，是大龄女青年了。"齐小红自嘲地一笑，"我一个寝室的同学，有的孩子都这么高了，可以打酱油了。"她又比画了一下。

"是吗？"郭玉梅也笑了。

"当然。"齐小红头一扬，"不过，跟我一样，一人吃饱，全家不饿的也还有几个呢！"

"你就不想找一个？"

齐小红眼睛一转，调皮地说："想，又不想。"

郭玉梅点点头，"青山这么大，就没有一个你如意的？"

"这……这怎么说呢？"齐小红有点尴尬地一笑，"有，也没有。"

"小红，据我的观察，你心中早就有了一个人了，是吗？"郭玉梅半眯着眼睛，似笑非笑地盯着对方。

齐小红心底又一惊，警惕心随之也上来了，稍一想就呵呵一笑，说："当然有啊！"

"是谁？"

"远在天边，近在眼前。"

"我？"郭玉梅指着自己，眨着眼睛。

"正是。"

"开玩笑！"

"非您莫属！"齐小红一本正经地说，"您不仅过去在我的心里，现在在我的心里，而且会永远在我的心里。"

"你……你，你看你这妹子！"郭玉梅指着齐小红，眉头一皱，"小红，你在行里做代办员也有好几年了吧？"

"是呀，都快五年了。"

"你是一毕业就来了的。"郭玉梅点点头，"那一批报名的有三十来个，就招了三个，你是其中长得最漂亮，表现又最突出的。这些年来，工作也干得出色，还……"

"可这又有什么用！"齐小红浅浅的一声冷笑，"还不是一句话，一夜之间，我们就成了什么派遣员工了，不是你们的人了。"

"说起来也是，在这个问题上，银行是对不住你们的，特别是你。"郭玉梅拉着齐小红的手，"小红啊，我跟你说心里话，我为你感到非常可惜，也为你感到十分遗憾。因而你有些想法，有些意见，我都能理解，都能谅解。不过，你要有想法，有意见，却不讲，不说，不汇报，不反映，那别人是不知道的，也是没哪个来管你的，你说是不是？"

"嗯。"齐小红点下头，感激地看了郭玉梅一眼。

"听说上次你们是准备去省城的，半路上给张行长劝了回来。当时，有的人有想法，不愿意调头，你还骂了她一顿，是不是这样？"郭玉梅看着齐小红。

"嗯，是这样。"齐小红低着头，"张行长劝我们回来，也是为我们好。"

"为你们好？"郭玉梅一笑，"哦，也是，也是。张行长对员工确实是十分关心的，特别是对你，那就更是另眼相看了，你说是不是？"

齐小红点下头，又摇了摇头，同时也在思考着。

"有些事还真是想不清。"郭玉梅摇摇头，瞟一眼齐小红，看着窗口的玉兰树，"说起来，你们这个事，也真算是个大事了，因为涉及你们的切身利益，关系到你们一辈子的前途。按理说，张行长作为一行之长，是应该多为你们着想，主动为你们争取，但好像还没有引起他足够的重视。当然，他还是做了一些工作的。"

"嗯，这我知道。"齐小红淡淡一笑。

"不过，你也别急，以后还有的是机会。"郭玉梅看一眼门口，"听说有的人又在串联了，准备在春节前再一次去省城反映情况。你不想去吧？"

"我……还早，到时候再说吧！"齐小红看一下手机，"哦，郭行长，下面叫我了，有客户等着要办业务。我下去了啊！"

"这小蹄子！"看着齐小红不紧不慢地走出办公室，郭玉梅在心里骂道。

阳光从地坪跨过阶前的小水沟，跃上台阶，跨进门来。

宋广元拥抱着张明亮，说："早就想来看你的，只是这几天都在忙着。"

张明亮说："知道，辛苦你了。"

"这些天，我仔细探究了事情的来龙去脉，分析了煤化厂、冶炼公司及银行、法院等利害各方的立场和行为，越发觉得这事绝非一般的复杂。"宋广元边踱边将着胡须，看一眼门外，"不可否认，成大为他们应煤化厂的请求而来，也可以说是迫于煤化厂的压力，或是还有别的原因，当然，这也是他们的职责。在执行中，他们确实是有瑕疵，也牵强。可从审执分离来看，他们的执行从程序上来说似乎是正当的、合法的，尽管他们受理了你们的复议申请，却不采信你们的举证，你们也无可奈何。这样一来，按照正常的程序，我们就只能向L省高院申请执行监督。可这明摆着，L省高院要么不受理，要么维持原判。我们就只能要么请这边的省高院出面，与L省高院协商解决，要么请这边的省高院将案子提交到最高法院去。不过，有一点我们可以坚信，那就是不管到哪里，不管何时，真理总归是真理。只是，这有一个过程，而且可能会是一个漫长的过程，将要花大量的时间，花不少的精力和财力。"

"是啊！"张明亮点点头，"看来我们又想到一块去了。"

"当然，成大为他们也应该清楚，这个案子果真提交到最高法院，只要被受理，他们绝对占不到便宜。他们也会担很大的风险。"宋广元喝了一口水，"现在，他们一方面担着巨大的风险，另一方面又不愿轻易放弃，已成骑虎之势。"他长长地叹了一口气，又摇了摇头，"这事也许会是旷日持久，又不了了之。"

宋广元走了好一阵了，张明亮还在琢磨着"旷日持久"和"不了了之"。这些天来，他一直在想，这问题的症结和关键都在冶炼公司和煤化厂，是因为他们之间的经济纠纷才导致法院介入，又将风险转嫁到了银行身上，也将矛盾转交给了银行和法院。其实，银行与法院是没有利害冲突的，只要解决了冶炼公司与煤化厂的矛盾，银行与法院的矛盾也就迎刃而解了。因此，下一步还得多在冶炼公司和煤化厂上下功夫。

两年前，应煤化厂的强烈要求，岳北中院决定去江北执行，由成大为带屈光宗一同前往。开始成大为还觉得这是局里院里对他的信任和倚重，因为局长和院长都曾说过，谁把煤化厂的钱执行回来，那就要重奖谁，并作为以后提拔的重要依据，后来一听说江北那边的人是如何强悍，冶炼公司又是如何强横，这是个烫手山芋，谁接了谁倒霉时，再想到自己曾经的经历和伤痛，不由得打起了退堂鼓来，几次走到局长门口，又退了回来。他的犹豫屈光宗看在眼里，就不断地跟他说这是机会，也是机遇，机不可失，时不再来，就算不在意提拔，可不能不在意奖励，奖金可是看得见摸得着的，又说成大为和他搭档多年，已执行过不少难案、疑案，熟悉套路，经验丰富，办法多样，煤化厂的案子不在话下，准会马到成功。听了屈光宗的鼓动，想着虽是一个烫手山芋，如果一旦成了，可是名利双收的好事，也就坚定了去的决心，并做了相应的准备。

遗憾的是，头一次就出师不利，第二次又铩羽而归，第三次还叫了吴启东一起过去，结果被堵在车里，写了保证书才得以脱身。几经挫折，他有过心灰意冷，但未放弃，而是想着下一步该怎么走，下一回该怎么去。写过保证书以后，他知道江北不好再去了，只能另辟蹊径。这就有了孔大华联系谭顺义，有了谭顺义提供情报，有了浩浩荡荡去青山的执行，有了现在这个纷繁的局面。

回想这些，成大为到深夜两点才在鸡鸣狗叫中朦胧睡去。天还没大亮，他又醒了，走出房间，走进前坪，望着天边的鱼肚白。坐在前坪的竹椅上，望着远处山坳发呆的于小财一见到成大为，忙拎了一把竹椅走过去。成大为接过竹椅，坐下，问于小财是不是睡不着。于小财点点头，试探着问是不是回去算了。屈光宗边系衣扣边走过来，问谁说要回去。于小财瞟一眼屈光宗，没敢吱声。

"于小财，你少给我说泄气的话啊！"屈光宗瞪一眼于小财。

"我……我是真的不想待在这里了。"于小财低垂着眼睛。

"你就想这样空手回去？"屈光宗盯着于小财，"就不怕歪鼻子他们骂你？不怕吕厂长他们怪你？"

"这……"于小财挠着头，看着成大为。

"好吧，别多说了，说也没用。"成大为看一眼屈光宗和于小财，"我也想早点回去，可哪天走不是我们说了算的。"

"如果走，那……那个张行长怎么办？还真把他带回岳北？"屈光宗咬着牙，狠狠地拍了一把椅子，"真该让他吃点苦头，可不能便宜了他！"

"说这些干吗！"成大为瞟一眼屈光宗，"上午去一趟两河，看看情况再说吧！"他起身，朝房间走去。

屈光宗指指于小财，跟着走了。于小财掏出手机，跟李正道打了电话，说他可能这两天就回去。李正道说要是没什么希望，就早点回去，不要花冤枉钱了，还有孔大华逼得紧，天天催着要早点把事情办了。

张明亮将报纸放上报架，走出学习室，站在台阶上，望了望湛蓝的天空，深深吸了一口桂花的清香，刚要转身回学习室，小马跑来告诉他，何小年和李颖到值班室了。

张明亮和何小年紧握着对方的手，彼此端详着。这一握的是信任，是默契，是理解，是力量，无须言语，无须表白。这是再优美漂亮的文字也难以形容，再诚恳真挚的言语也难以表达的。

"张行长，你可是大家的主心骨。行里的员工，还有员工家属，都盼着你早点回去。他们都想着你、念着你，都想跑过来看你，来过的还想来，没来过得更想来。他们说不见到你，心里就不踏实。昨天晚上，支行几个退休的'老革命'说今天一定要来看你，我准备下午派车送他们过来，没想到他们一大早就自己租车赶过来了。"何小年抹了抹湿润的眼睛。

"是这样啊？"张明亮点点头，"还真是难为他们了。"

"可不是，王老还病着，是住在医院里的。当时有人劝他别来了，养病要紧。你猜他怎么说？他说，即便动不了了，抬也要抬着他来。你看，这王老，还是那么一个倔劲！"

张明亮一笑说："难怪他一见我就说病好了一大半，回去就要参加护行队去。"

何小年笑着说："张行长，你都成了灵丹妙药了。"

张明亮欣慰地笑了笑。

李颖给张明亮带来了两本书，还有一盒亲手做的菜。

何小年和李颖一走，曹立夏就拉着张明亮的手说："我看你这些天，虽然受了委屈，却是值得的。当然，你这是为了集体和他人，这也正是你的可贵可敬之处。如果是你自己出了问题，别人只怕是躲还躲不过，哪能抢着来看你哦！"

听着曹立夏的话，张明亮心底荡漾起一种从未有过的快慰和幸福。是啊，员工的眼睛就是一个斗，员工的心就是一杆秤。你如果为了大家，他们就敬佩你、信服你、捧着你、抬着你；你要是只为自己，他们准会戳你的背脊、骂你的爹娘。

快到中午时，张明亮才知道今天是曹立夏五十岁的生日，掏钱要老顽童快去买酒买菜。肖兵说，那是得摆几桌，好好热闹一下。曹立夏说不能摆，也不想摆，早已把亲戚朋友都辞了，中午就在所里随便吃一点，晚上回家再和老婆孩子一起炒几个菜，和和美美、安安静静地过一回生日，又说酒这里头本来就不能喝，今天李警官他们又训练去了，所里人手少，就更不能喝了。见他执意不肯，张明亮也不再勉强，只下厨多炒了两个菜，以茶代酒表达了对他的敬意和谢意。

吃过午饭，肖兵看一眼停在大门口接他回家的小四轮，说真舍不得张明亮。司机几次按喇叭催促，他才跟张明亮握手辞别。张明亮望着他走出大门，上了车，直至车子消失在视线里。肖兵走了，但他那长而油亮的西式分头，那小而溜活的眼睛，那背着手、昂着头走路的样子——铭刻在了张明亮的记忆深处。

张明亮背着一竹篮南瓜、冬瓜从屋后走过来，交给蹲在地上剥大蒜的老顽童，跟站在值班室门口的曹所长打了个招呼，进了学习室。他刚坐下，小马跑过来，说成大为他们来了，曹所长要他去值班室。

一见面，屈光宗就说他们今天来是要提前解除对张明亮的拘留，但他必须好好配合。张明亮尽管早有预感，还是感到有点意外，眉头一皱，问成大为要怎么配合。成大为说，简单，写一个事情的基本情况和一份具结悔过书就行了。张明亮起了疑惑，怕他们是在挖陷阱、设圈套，便警觉起来，问悔过书是什么。成大为说，认个错就行。张明亮问，谁向谁认错？屈光宗抢着说，当然是张明亮向他们认错。张明亮愤然作色，怒问自己何错之有，又错从何来。屈光宗火了，说："你这些天在这里完全是白待了，竟然一点也没反省到自己的错误。"张明亮一听也不爽，说："这些天来，我是天天在反省，只是越反省越觉得不错在自己身上。"

"那错在谁身上？"屈光宗问。

"还有谁？"张明亮一笑，"你呗！"

"我？"屈光宗指着张明亮，"你胡说！"

"胡说？那我问你，是谁收买了小人为你们提供情报？又是谁为你们提供了冶炼公司在青山的存款信息？"

"张行长，这我可以明确告诉你，我们法院没收买谁，也用不着收买谁。"成大为推了下眼镜，"不过，你要相信我们的侦察手段和侦察能力。"

"我知道，你是不会说的，要保密嘛。"张明亮笑了笑，"不过，你不说，我也知道是谁出卖了我们。只可惜冶炼公司这个人为你们提供的情报不真实、不准确，反而还误导了你们，害惨了你们。也许是你们收买的这个人邀功心切，在没有完全弄清楚之前就把情报卖给你们，你们轻易地相信了，也许是冶炼公司故施伎俩，使了个鬼招，他们来了个金蝉脱壳，让你们中了套，让我们背黑锅。如此看来，他们既出卖了我们，也出卖了你们。从这一点来看，你我都是他们的受害者，谁都没有理由再为他们保密。"

"是吗？"成大为想了想，看了一眼屈光宗和于小财，"不过，我可以告诉你，给我们提供信息的人有冶炼公司的，也有青山的，而冶炼公司的信息有的又是青山这边转告的，或是转让的。"

屈光宗惊疑地看着成大为。他却视而不见，嘴角掠过一丝淡淡的得意。这屈光宗和于小财都没觉察到，但张明亮看在眼里。张明亮哈哈一笑，说："那好，既然你对我不再保密，我也就不再保留了。说起来，那个人可以算是一个双面间谍，也可以说是三面通吃、三面讨好的人。当然，到最后，他必然是一个什么也得不到，被三面指责、三面声讨的人。"

"还有这样的人？"屈光宗一脸茫然。

"没错。"张明亮看一眼成大为，"关键是你们不该向煤化厂和院里隐瞒事情的真相，误导厂里、院里做出错误的判断和决策，最终又害了你们。"

"张行长，你这个说法不妥，至少是不准确。"成大为摇头一笑，"好了，别说这些了。你也知道，世上没有回头箭。"

"好。"张明亮眨了眨眼睛，"看来你们是不到黄河心不死，要这么走到底了！"

"没办法。"成大为瞟一眼屈光宗，"不过，我有我的理由。"

"我明白了。"张明亮点点头，"如果你现在就中止或终止执行，就证明你搞错了，那就得问责，就得有人承担责任；如果继续搞下去，到适当的时候，你又找一个合适的理由，将案子推给下一个人，就像你的上手一样。成局长，你真聪明啊！不过，我提醒你，可千万别聪明反被聪明误哦！"

成大为和屈光宗、于小财面面相觑，脸色红的红、白的白、青的青。

一阵沉默过后，成大为要张明亮抓紧写基本情况和具结悔过书。张明亮问是不是必须要写。屈光宗说必须写。成大为一脸诚恳的样子，说以人格担保，保证写了对张明亮只有好处，绝对不会害他。张明亮哈哈一笑，说那好，他写。屈光宗眼睛一亮，连忙把纸笔放到张明亮面前。成大为推了推眼镜，背着手在地上踱着。于小财走近两步，伸着脖子往纸上看。张明亮暗自一笑，提起笔，将基本情况和具结悔过书一气呵成，递给成大为。成大为浏览一下递给了屈光宗。

"你……你怎么能这么写？"屈光宗脸上的笑容变得扭曲、僵硬，"张行长，你这是严重地对自己不负责，也是对成局长不负责！"

"张行长，这样吧，"成大为指一下屈光宗手上的纸，看着张明亮，"你就把那几点看法改成悔过书，里头只要有一个地方能看到你承认错误也就是了，我们也好回去为你说话。这样，总该没问题吧？"

"成局长，算了吧，就别改了。"张明亮冲成大为一笑，"我也不知道怎么改。"

"好，你坚持不改，那我们也就不勉强了。"成大为轻轻摇摇头，"不过，下一步怎么走，我们也是爱莫能助了，听天由命吧！"

"成局长，你又错了。"张明亮哈哈一笑，"可不是听天意，而是听人愿！"

"张行长，你呀！"成大为握着张明亮的手，"我真是服了你了。"

"成局长，你服的并不是我，而是一个理。"张明亮呵呵笑着。

成大为一脸阴郁，想笑却笑不出来。

这两天来，齐小红莫名地有些焦虑和渴望，而且越来越强烈。今天凌晨，她做了一个梦，梦见张明亮回来了，还拥抱了她。就这一拥抱，让她醒了，带来无限的惆怅和伤感，再也没有睡着，睁着眼睛挨到天亮。

此刻，齐小红从食堂吃过午饭出来，一眼看到走在前面的叶斌，就小跑着追上去。叶斌停下脚步，笑着等她走近。她拉着叶斌的衣袖，走到墙边，前后看一眼，小声问："你想不想张行长早一点回来？"叶斌给她这没头没脑的一句问住了，一时没反应过来，愣了一会儿才说："当然想啊，做梦都在想，昨天晚上就梦见他在办公室，好晚了，灯还亮着。"

"是吗？你也……"齐小红有点羞涩地一笑，"可是，他现在在哪儿呢？"

叶斌眨眨眼睛，疑惑地说："不是在两河吗？"

齐小红斜叶斌一眼，说："难道你还想让他在那里待下去？"

"没有啊！"叶斌猛地摇着头，"我才不想呢，就巴不得他马上离开那里。"

"你有什么好办法，能让他早点回来？"齐小红看着叶斌。

"没……没有。"叶斌看着齐小红，"你有？"

"要想让张行长回来，就得让那边的人都回去。"齐小红瞟一眼左右，"我问过别人了，他们回去的时候，是不可能带他走的，也不可能把他留在两河。你说是不是？"

"嗯，我想想啊！"叶斌摸摸下巴，再一拍额头，"哦，我明白了。要想让张行长早点回来，就得让那边的人早点回去，对不对？"

"对，聪明，是这样！"齐小红朝叶斌竖一下大拇指。

叶斌嘿嘿笑着，问齐小红是不是有办法。她示意叶斌低下头，跟他耳语了几句。他边点头边"嗯""哦"地应答着，眼里闪着兴奋和光亮。

"你们在干什么？鬼鬼祟祟的！"

齐小红一扭头，看到郭玉梅已走到她的身后，正似笑非笑地看着她。

"没……没干什么，就随便说说。"叶斌挠着头。

"郭行长，您可别冤枉人啊！"齐小红呵呵笑着，"我们可是光明正大，没鬼鬼祟祟哦！"

"没鬼鬼祟祟？"郭玉梅打量着齐小红，"那怎么躲在墙脚下，偷偷摸摸的。"

"郭行长，您看，又变成偷偷摸摸了，别说得那么难听。"齐小红看一眼叶斌，"我们可是在商量晚上值班的事。"

"对对对，晚上值班的事。"叶斌说。

"嗯，你们就编吧！"郭玉梅看看叶斌，又看看齐小红，"刚才你们说的我都听到了，跟张行长有关，是不是？"

"是……"叶斌脸一红，支吾着。

"你看你，一个大男人，还上过战场，郭行长又没凶你，也没骂你，还一下紧张起来了，好像做了什么亏心事似的。"齐小红手一甩，"真是的，没劲。"

"我……"叶斌看一眼齐小红，"我们说的真是值班的事。"

"我们是说到张行长。"齐小红拍一下额头，指着叶斌，"你还说要是张行长回来，就不要值班了，那多好，是不是？"

叶斌连连点头。

"郭行长，您的耳朵真是尖！"齐小红摇着郭玉梅的手，"我们说得声音那么小，您都听见了。"

"呵呵，也没怎么听清楚，模模糊糊的。"郭玉梅笑着。

"叶主任，你应该也知道吧？"齐小红看一眼叶斌，笑眯眯地看着郭玉梅，"为了张行长的事，郭行长是没少操心，没少费力，也是够辛苦的了，她也希望张行长能早点回来。"

"那还用说！我是巴不得他现在就坐在办公室。"郭玉梅看一眼张明亮的办公室，又指了指齐小红，一笑，快步走了。

齐小红圈图一笑，忙捂住嘴。

一阵接一阵的风吹得树枝摇摆不定，也吹得阳光在墙上飘来晃去。

李正道坐在椅子里，两眼空洞地望着墙上晃动的阳光。吕大业背着手，唉声叹气地来回走着。

"好，两位都在！"孔大华大步走了进来，指一下后面的吴龙江，"这位就是我生意上的好朋友，吴总吴大老板。"

"请多关照。"吴龙江边说边朝吕大业和李正道微笑着点点头，又拱拱手。

"两位，那个想得怎么样了？"孔大华拉开一把椅子，一屁股坐下。

吴龙江走到窗前，四下打望着院子。

"大华，我不跟你说了嘛，等小财回来再说。"吕大业走近孔大华，"昨天小财跟我打了电话，说应该快回来了。你别急于这一天两天，好不？"

"吕厂长，一天两天，我是等得，可人家吴老板等不得啊！"孔大华朝吴龙江一笑，二郎腿一架，瞅着吕大业，"吕厂长，你要知道，对于一个商人来说，时间就是生意，就是票子。别说是一两天，就是一两个小时，也是十分宝贵的。要不怎么说，一寸光阴一寸金。"

"这……这个我懂，我懂。"吕大业摊一下手，"可是，小财要不回来，我就是想办，也是办不了的。"

"这样吧，"孔大华放下二郎腿，站起来，"你要我再等三两天也行，哪怕再等十天半个月我也没意见。不过，借钱的时候说好了，最多一个星期，现在已经过了三天了。这可是你们不讲信用，怪不得我。你们说是不是？"

"那是，那是。"吕大业瞟一眼李正道。李正道仿佛什么都没听见，没一点反应。

"好，那就这样吧！"孔大华走两步，手一挥，"第一，那地是我的了，这是几天前就已成事实了；第二，借的钱从第八天开始就得按银行贷款两倍的利息折算给我。"

"你你你，你也太……太那个了吧！"吕大业指着孔大华。

"吕厂长，你别激动。"孔大华走近吕大业，按下他的手，"我可不比你，你是个大厂长，我只是个小商人。商人是干什么的？是要赚钱的。"他嘿嘿一笑，"你说是吗？"

"可你也不能这……这样啊！"吕大业跺了一下脚。

"好了，好了。我也不跟你多说了。"孔大华朝吴龙江抬一下下巴，"走，吴老板，我们到厂子里头去看看。"

吴龙江朝吕大业和李正道点点头，跟着孔大华出了门。

"这孔大华，怎么变成这么一个人了呢？"吕大业望着孔大华的背影，摇头叹息着。

李正道走到窗前，望着楼下边走边跟吴龙江比画着的孔大华，说："老吕啊，这没什么奇怪的，人家现在是商人了。"

"我看他就是一只白眼狼。"吕大业指了指孔大华去的方向，在椅子上坐下，"谁不知道，他那点家底还不是在厂子里捞的。现在倒好了，还给我们脸色看了。"他边说边敲着桌面，"你说他这是什么意思？这又是什么世道？"

"哎呀，你也别生气了。看这样子，只怕是受气的日子还在后头。"李正道拖过一把椅子，面对吕大业坐下。

"我就知道，他从来就没安过好心，老早就打着厂里的主意了，简直就是一只喂不饱的大饿狼！"吕大业拍了一把桌子。

李正道点点头，说："那是，说起来，厂里的好处，他应该是没少得的。"

"都怪我，四年前那次没把他拉下来。要是那次把他换了岗，他后来也没这个条件，没这个资本了。"吕大业长长一声叹息，"都怪我那时有私心，怕得罪了他舅舅，怕丢了自己这个破乌纱帽。我要早知道是现在这个样子，还真不如那时下来的好，也就不要来受这个窝囊罪了。"

"那次他为了拿回扣，确实给公司造成了很大的损失。要不是他，跟江北和青山那边，也就不会有现在这样的事了。当时确实是一个开除他，或给他换岗的好机会。"李正道摇摇头，"那也不能全怪你，我也是有责任。当时我的态度也不太坚决，其实是在和稀泥，是……"

"老李啊，你别说了，说来心酸、心疼。"吕大业站了起来。

"老吕，"李正道拉着吕大业坐下，"有个事，我想了好久了，早就想跟你说说。"

"什么事？你说。"吕大业看着李正道。

"我知道，你这个'维持会长'不好当，可也没谁能当下来。我这可不是夸你，说的全是心里话。"李正道朝吕大业轻轻一笑，"这半年来，我去过青山，听了不少关于原来冶炼厂和现在冶炼公司的事情。这回，我又去了一趟江北，到了冶炼公司，在车间里面又是看，又是听，还碰到了谭顺义。这可是眼见为实，虚不了、假不了的。"

吕大业挪了一下椅子，挨近李正道，"说，接着说。"

"我就在想啊，"李正道挺一挺腰，"有些东西，我们是不是也可以学一学冶炼厂。"

"什么东西？怎么学？"吕大业看着李正道，满眼期待。

"我看，就厂里现在这个样子，也是维持不下去的，拖得越久，矛盾越多，你的工作也越是难做。县里市里只说破产，却拿不出钱来，空喊而已。"李正道稍停了一下，"我想，既然是这样，不如就学学冶炼厂，一方面号召厂里的工人入股持股，大家来做厂子的主人，另一方面引进民间资本，让社会上有钱的人参与进来。"

"办法好是好，可不知道在厂里行不行得通，大伙又愿不愿意？"吕大业摸了摸下巴，"还有，也不知道上头会不会批准？"

"那得试呀！"李正道看着吕大业，"我在想，现在的形势跟前一两年不一样了，应该不会再有人骂破产是败家子，也不会再有人抱着农药瓶子要去喝，更不会再有人抱着炸药包要与厂子共存亡。"

吕大业望着窗外，一时不再言语。

成大为打电话给阳建国，报告了刚才去两河见张明亮的情况，又请示下一步怎么办。阳建国不阴不阳地说了一句："你自己看着办吧！"屈光宗一下子气就上来了，先是发了一阵牢骚，接着又怪冶炼公司不讲信用，完全是个无赖，最后骂张明亮是个顽固分子，不见棺材不掉泪，是个花岗岩脑袋，死不悔改，是个茅坑里的石头，又硬又臭……越骂越激动，声音大了，脸也红了，还一只手离开方向盘，挥舞一下拍了一把方向盘。

　　屈光宗这一骂，骂笑了成大为，接着又哼起了"我是个蒸不烂，煮不熟，锤不扁，炒不爆，响当当一粒铜豌豆"。坐在副驾驶位上的于小财反过身来，问成大为哼的什么。成大为说这是关汉卿的杂剧《窦娥冤》里的一句唱词。于小财挠着头，想了想说，张明亮还真有点像那一粒铜豌豆。

　　"成局。"屈光宗扭头看一眼成大为，"你还真说他是响当当的一粒铜豌豆？"

　　"怎么？"成大为淡淡一笑。

　　"成局，可不是我说你，我看你这是不分黑白，不分好歹，不分敌我，没有原则，没有立场，没有……"屈光宗口沫飞溅，挡风玻璃上好像下了毛毛细雨。

　　"还没有什么？"成大为往一边挪了挪，看着屈光宗，"有这么严重？"

　　"那当然！"屈光宗身子一挺。

　　"看你急的。"成大为摇摇头，"我又没说是他，只不过随兴跟着你哼了一句而已。"

　　"跟着我哼？"屈光宗停下车来，回头看着成大为。

　　"是啊。"成大为浅浅一笑，"是你说人家什么茅坑里的石头，才让我想起那粒铜豌豆。"

　　"你说是什么就什么，我也懒得管了。"屈光宗咽了嗯口水，"我倒真想看看，看他到底是不是粒铜豌豆。"

　　于小财说："要是，你又咋的？"

　　"还咋的？"屈光宗眼睛一眨，"那就蒸烂它，煮熟它，锤扁它，炒爆它呗！"

"那要是蒸不烂，煮不熟，锤不扁，炒不爆呢？"

"你……咋这么啰唆！"屈光宗在于小财头上叩了一下。

于小财正要说，手机响了，是吕大业打来的，问他这两天能不能回去。他悄悄说，早就想回去了，只是这边要听成局长的安排。吕大业说，尽量早点回去，越早越好，越快越好。他故意大声说，"好，我知道了，我报告成局长，就说你要我今天就赶回去。"挂了电话，他看着成大为，眼睛一眨也不眨。

"你们都这么看着我干吗？"成大为看一眼屈光宗，又看一眼于小财，"我告诉你们，你们的心思我都清楚，也理解，其实我也想回去，只是任务还没完成，还没谁通知我们回去，我们就得再坚持一下。"

"再坚持？"于小财看着成大为。

"坚持好，再坚持几天，也许会有所转机。"屈光宗看着于小财，"你要知道，这坚持就是比耐心、比毅力。我们多坚持一天，希望就多一分。我们难熬，他张明亮也不会轻松，只会比我们更难熬、更不好过。"

"可是……"于小财一脸茫然。

"你看你，吵着要来的是你，来了叫着要回去的还是你。"屈光宗指了指于小财，"我可跟你说实话，如果没弄到钱就回去，我是真的不心甘的。"

"这样吧，"成大为稍一想，"我们就再等三天，怎么样？"他往后一靠，闭上眼睛。阳光透过车窗，涂抹在他的脸上，他的脸一边阴一边晴，一边暗一边明……

"再等三天？好！"屈光宗兴奋地拍了一把方向盘。与此同时，引擎盖上突然光亮起来，一个什么东西在那儿一闪一跳的。他一个急刹，再定睛看时，光亮不见了，不由得一声叹息。

"你……你干吗？"于小财满脸惊疑，"怪吓人的！"

"哦，我就看到了一个……"屈光宗讪笑着，瞟一眼成大为，"哦，没啥，也没啥。"

成大为抬一下眼皮，随即又合上了。

太阳收走了投射在台阶上的最后一束橘黄，收工下山去了。

柳叶青瞟一眼齐小红，开始收拾桌上的东西，准备下班。齐小红在过道口，倚着门框，跟谁正在通话，间或"嗯""哦"一声，直到末了，才小声嘱咐对方，要注意安全，注意保密。

挂了电话，齐小红回到座位。柳叶青左右看看，见已没人，就挪了一下椅子，靠近齐小红。

"哎，我问你个事。"柳叶青拉一下齐小红的衣袖。

"什么事？你说。"齐小红边关电脑边说。

"有个事，你听说了没有？"

"什么事？"齐小红有点不耐烦地看一眼柳叶青。

"我说了，你可不能骂我。"柳叶青看着齐小红，"行不？"

"哎呀，你怎么这么啰唆。"齐小红翻一眼柳叶青，"你有话快说！"

柳叶青左右瞄一眼，又望一眼营业厅外，凑近齐小红的耳朵，悄悄说："我听到有人说冶炼公司的存款信息是你泄露出去的，你……"

"我泄露出去的？！"齐小红睁着眼睛，"谁说的？"

"哎，你……你别一副要吃人的样子好不好？"柳叶青往后缩着，"我只是听到，一片好心告诉你。"

"那你告诉我，是谁在说？"

"哎呀，你声音小一点好不好？我又没跟吵架。"柳叶青瞟一眼过道，等过道里的人走了才接着说，"其实我也是不相信的，你跟冶炼公司的人又没什么联系，也不缺钱用，怎么会干那样吃里爬外的事？"她摇摇头，"可是，他们又说得有鼻子有眼的，好像真是你出卖了信息，出卖了支行，出卖了张行长。"

"真是岂有此理！"齐小红霍地站了起来，一把抓住柳叶青的衣领，"你说，到底是哪个烂牙腔的说的？"

"哎，你……你松开手好不好？"柳叶青一脸惊恐。

齐小红瞪一眼柳叶青，哼一声，松开手，胸口猛烈地起伏着。

"哎呀，小红，你先冷静一下好不好？"柳叶青拉着齐小红坐下，"你要是不冷静下来，那另一个事我就不敢跟你说了。"

"你……"齐小红抬一下手，又放下了，咽了咽口水，看着柳叶青。

"好，那我就说了。"柳叶青舔舔嘴唇，"不过，我要是说了，你可得沉住气，不能骂我，也不能去找别人的麻烦，行不？"

齐小红咬着嘴唇，轻轻点了一下头。

柳叶青左右看了看，凑近齐小红的耳朵，又将手捂上，"有人说，你这么多年总不找对象，是因为你看不上别人，就只喜欢张行长，想……"她停下来，疑惑地看着齐小红。

齐小红面带微笑，双目含情，出奇的平静。

"小红，你？"柳叶青愣了愣，用手在齐小红眼前晃了晃，"你没事吧？"

齐小红看着柳叶青，"你说什么？"

"我……我是不相信的，真的不相信。"柳叶青挪了挪椅子，"只是，他们说得也有枝有叶的，好像真就是那样。"

"什么样？"

"还什么样？就说你很喜欢张行长呗！"柳叶青眼睛一转，呵呵一笑，"不过，张行长这样的人，要帅气有帅气，要才气有才气，还有一个好脾气，谁不喜欢呀，你说是不是？"

齐小红莞尔一笑。

"哎，小红，"柳叶青拢一下头发，呵呵一笑，"不瞒你说，其实我也很欣赏张行长，只是不好说出来。"

齐小红蹙了一下眉头，随后抿嘴一笑。

"不过，喜欢也白喜欢，只能埋在心里，因为人家李姐好爱他的，他也好爱李姐，你说是吗？"柳叶青摇了一下齐小红的手臂，"小红，你不怪我吧？"

"怪你？"齐小红手一甩，"我吃撑了啊？真是莫名其妙！"

"你真不吃醋？那就好。"柳叶青抿嘴一笑，"不过，你放心，原来我是不晓得你喜欢他，现在知道了，那我就不敢了，不……"

"不不不，不你的头！"齐小红在柳叶青额头上点了一下，"看你鬼话连篇的，哪里有半句真话？"

柳叶青一愣，眼睛一动不动地看着齐小红。

"你是在试探我、报复我，对不对？"齐小红推了一下柳叶青的肩膀。

"没有。"柳叶青点头，又摇头。

"你呀，我怎么说你呢？"齐小红指了指柳叶青，"你也不想一想，我是那样的人吗？我会出卖支行，出卖张行长吗？你说你喜欢张行长，我为什么就不能喜欢他？难道我比你矮了一截，比你少了一条腿或是一个胳膊？还是……"

"没有，都没有。"柳叶青眼皮有点红了，"说你出卖信息，我是打死也不相信的；说我喜欢张行长，那是套你话的。说心里话，张行长那么优秀，我只是仰慕、敬爱。只是我一直没想明白，马剑飞一表人才，又有文化，单位也好，家境还不错，你怎么就看不上呢？早上我听他们说你喜欢张行长，一琢磨，好像还真是，就忍不住问你了。"她一声叹息，"我们女人就是有一个弱点，一旦心里有了一个人，就难以接受另一个。你说是不是？"

齐小红也不应答，只是抿着嘴，用手指在柳叶青头上戳了一下。

"你放心，我绝对没有别的什么意思。"柳叶青真诚地看着齐小红，"只是想提醒你，你得小心一点，你可能是得罪什么人了。"

"好，谢谢你！"齐小红拉了拉柳叶青的手，"显然是有的人别有用心，在捕风捉影、造谣生事，这看起来似乎是在说我，其实是在中伤张行长，陷害张行长。"

"是呢！"柳叶青眨眨眼睛，恍然大悟道，"这个人也太阴险、太毒辣了！"

齐小红朝柳叶青一笑，"好，你明白就好。"

"你说这个人是谁呢？"柳叶青偏着头，"我要知道了，看我不咬他两口！"

"你是狗啊！"齐小红"扑哧"一笑，"好了，你也别猜了，不管是什么人、什么事，总会有原形毕露、水落石出的时候。"

柳叶青点头说那是。郭玉梅从台阶上走过，见齐小红和柳叶青在说什么，就推门走进来。

"郭行长，我是算着您要来的，就特意在这里等着。"齐小红迎上去，左右打量着郭玉梅，"哎呀，郭行长，你这气色有点不对啊！你从额头到眼圈到面颊都有些黑，没平日里那样有光泽，是累了？嗯，不对，应该是心里有什么事，日夜不宁吧？"

"没有，没有。"郭玉梅边说边摆着手，出了门。

"郭行长，走好哦，小心台阶！"齐小红话里有话地送别。

柳叶青看一眼出了门的郭玉梅，再看一眼齐小红，蓦然想到什么，却又说不上来。

于小财朦胧中翻了一下身，模糊地听到一个声音，幽幽咽咽、飘飘荡荡的，时高时低，时远时近，一下像人在哭泣，一下又像狼在嚎叫……他身子一颤，一头缩进被窝里，定了定神，再屏息一听，那声音却是清晰可辨，满是忧伤和哀怨，就在窗外，阴气十足，寒气逼人，让人瘆得发慌。过了一会儿，他慢慢从被窝里探出头来，轻轻地侧过身，伸手撩开一道窗帘，一抬头，映入眼帘的是一个张牙舞爪的东西站在窗台上，并发出嘿嘿的笑声。他立马放开窗帘，拉着被子蒙住头，抖抖瑟瑟缩作一团。

渐渐地，窗外的声音远去了，消失了。于小财给自己壮了壮胆，又竖着耳朵听了一会儿，确认那声音没有了，试探着从被窝里钻出来，又凝神听了听，悄悄挪近窗户，用食指和中间尖夹着窗帘，掀开一角。涌进来的只是淡淡的灰白色月光和怪兽一样的树枝的黑影，还伴着一声声鸡鸣和狗吠。他胆子一下大了，再看一眼旁边床上打着鼾的屈光宗，一翻身坐了起来，移到窗户跟前，伸头去望窗外。一个女鬼哭着突然从窗台下站起来，披头散发、面目狰狞，令人毛骨悚然。他"啊"了一声，仰面倒在床上。

"谁？"屈光宗一下坐了起来，见没人应答，忙跳下床，开了灯。

于小财直挺挺地躺在床上。

"哎，你咋啦？"屈光宗摇着于小财。

"鬼！"于小财一手指着窗户，一手紧紧抓着屈光宗的手。

"哪来的什么鬼！"屈光宗走到窗户跟前，拉开窗帘，朝外四下看了看，"没什么啊，你做噩梦了吧？"

"真有的，我看到了。"于小财坐起来，牵着屈光宗的手，爬到窗前，指着窗外，"一个女鬼，就在这里。"

"在哪儿？女鬼在哪儿？"屈光宗指了指窗外，指着于小财，"半夜三更的，你吓唬谁呀？是你想女鬼了吧？"

"我真看到了的，开始还在哭，哭……"

"哭哭哭，哭你个头，是你自己在梦里哭吧！"屈光宗关了灯，上了床，"你就别哭了，天亮还早，快睡吧！"

"你自己睡得死猪一样，听不见，也看不见，还怪我做噩梦呢！"于小财自语着钻进被窝，一摸身上，一身的冷汗。

于小财刚才那一声"啊"也惊醒了睡在对面房间的成大为。他下了床，想过来看看，到门口又退了回去。

于小财躺在床上，翻来覆去的，再也睡不着，不时听一听窗外，看还有没有那声音，想去掀开窗帘看看，却又不敢，就在床上等着天亮。

成大为贴着门听了听，见里面响着起伏的鼾声就悄然离开，来到前坪，望了望东边天际的霞光，转身望着飘浮在薄薄云朵里若隐若现的半轮月亮，想着参与煤化厂这个案子，特别是这半年多来的经历，不禁感慨万分，连连自问：冶炼公司与煤化厂之间是不是还有别的什么？冶炼公司为什么会那么蛮横无赖？煤化厂为什么要苦苦相逼？张明亮为什么会那么坚定无畏？这案子为什么会办得如此艰难？这回自己是不是该接手，是不是该来？是不是还能继续办下去？办下去又会是什么结果？是不是还有别的什么途径，或是别的方法？如果放弃，会是什么结果？

于小财悄悄下了床，心有余悸地走到窗外，弯着腰四处搜寻着。蹑手蹑脚地跟过来的屈光宗在于小财背上猛地拍了一下，问他找到什么没有。于小财扭过头，抚着胸口，说："昨晚真是吓死我了，现在却什么也没找到。"屈光宗幸灾乐祸地笑了笑，"你肯定是做噩梦了，自己吓唬自己。"于小财神情恍惚、将信将疑地跟着屈光宗朝前坪走去。

"哎呀，那轮胎怎么瘪了？"屈光宗边说边跑过去。

"你看，这边的也瘪了呢！"于小财朝屈光宗招着手。

"好好的，出鬼了，出鬼了。"屈光宗边说边绕着车子看着。

"我说有鬼，你还不信。"于小财揉了揉黑眼圈，"这下你信了吧？"

"看你们说的，哪来的什么鬼啊！"成大为轻轻踢了踢轮胎，"是人家不欢迎咱，在赶咱走呢！"

于小财"哦"了一声。

"赶咱走？"屈光宗眨眨眼睛，鼻子一哼，"想赶老子走，老子偏不走，看他敢把老子怎么样！"

"成局长，那我就今天回去算了，厂里的事也很急的。"于小财想起那张纸条和宋广元丢的那个包，不由得在心底打了一个冷战。

"好了，没什么怕的，别急着这一天半天的。走，我请你们上街吃馄饨去！"成大为手一挥，带头就走。

李警官独自看着电视里的股评，边看边骂那些股评员是纸上谈兵，害得他亏得一塌糊涂。在骂声中，他换了频道，播放的是关于麻雀的故事。画面上出现了一群蹦蹦跳跳、叽叽喳喳的麻雀。麻雀的出现勾起张明亮孩童时代掏麻雀、罩麻雀的记忆。

他记得，小时候老家的麻雀很多。它们平时在田地里、草埋上、场院里觅食，到了冰天雪地的日子，就会一窝窝一伙伙地溜进屋来偷吃，跟鸡鸭一块抢着吃。人们就想着法子来逮，其中最有趣的法子就是用筛子来罩。拿一个眼孔多又大的竹筛子，用一截筷子支着筛子一边的沿口，线的一头系着筷子，一头攥在躲在暗处的人手中。在筛子下面撒一些谷或米或饭，等麻雀进去了，线一拉，筛子罩下来，麻雀就飞不起来了。可这线什么时候拉，就得把握好了。

他以前想起罩麻雀的事，还只觉得有趣，今天却从中悟出一个道理：为人也好，做事也好，见好要收，见坏更要收。

"李警官，我不炒股，但曾看过一些有关炒股的书，对炒股有一点感性的了解。"张明亮笑了笑，"不过，我想这炒股跟罩麻雀也有相似之处，应该是见好就收，见坏更要收。要把握时机，抓住机遇，该买则买，该抛则抛，不要失了时机，涨也亏，跌也亏。至于那股评什么的不可全信，也不可不信，关键在于自己要有主见，要有悟性。"

"嗯，你说得有道理。不只炒股是这样，做什么事都是这个理：见好要收，见坏更要收。"李警官丢一口槟榔到嘴里，"就拿你们这个事来说，我看成大为他们也是想收场了。如果他们真的提前解除对你的拘留，对你来说也是好事，我看你也就顺坡下驴算了，有什么先出去了再说。"

张明亮说："好，我听你的。只是现在还不清楚，他们葫芦里卖的什么药。"

"这个你用不着担心。"李警官嚼着槟榔道，"凭我的经验和感觉，他们这两天准会把对你提前解除拘留的通知书送来。"

叶斌匆匆从门口走过。齐小红向他招了招手。他停下脚步，稍一犹豫，进了营业厅。

"哎，你看你这鬼样子，一脸乌七八黑的，手指上还缠了创可贴。"宁彩霞打量着叶斌，"你老实交代，昨晚是钻草窝去了，还是扒窗子去了？"

"你看你说的什么话！"叶斌脸一红，指了指宁彩霞，"我……我老实巴交的，会是那样的人吗？"

"这谁知道！"宁彩霞看着叶斌，"有的人看上去老老实实的，肚子里坏得要死，背地里净干一些偷鸡摸狗的好事。"

叶斌脸一板，说："哎，你嘴巴干净点，可别冤枉人啊！"

"你急什么？又没谁说你一定干了。"宁彩霞捂嘴一笑，"我问你，你怎么这个鬼样子？"

"快说来听听。"一直在办着业务的柳叶青松开鼠标，好奇地站了起来。

"叶主任，快说呀，大家都等着呢！"宁彩霞倚着柜台，双手抱在胸前，充满期待地看着叶斌。

"你……你要我说什么呀？"叶斌跺一下脚，"我……我昨晚都在家睡觉，真没干什么坏事！"

"可是……"宁彩霞眼睛一转，"我早上碰到你老婆，她说你昨晚没在家哦！"

"这……我……"叶斌挠着脑袋。

"哈哈，叶主任，你就别抵赖了，快快如实招了吧！"柳叶青指着叶斌，"好了，你不说，就是默认了。"

宁彩霞忍俊不禁，弯腰大笑起来。

"你……你们……"叶斌红着脸，跺着脚，指一下柳叶青，再指着宁彩霞，最后指着看热闹的齐小红。

"我？"齐小红朝叶斌眼睛一眨，"叶主任，你今天要去双江上解头寸吧？"

叶斌愣了一下，随即点了点头，说："嗯，要去，马上就去。"

"那你帮我领几样凭证回来。我写给你。"齐小红在纸上写了，走过去，将纸条交到叶斌手上，"昨晚的事，吴老板都跟我说了，幸亏有你，要不他损失就大了。哦，你那手指没什么大问题吧？"

叶斌看一下手指，说："没事，就划破一点皮。"

齐小红瞟一眼宁彩霞，说："那就好，地上都打扫干净了吧？没留下什么吧？"

"没有，什么都没有。"叶斌看一下手机，"哦，我得走了，刘石他们在叫我了。"说毕，小跑着出了门。

柳叶青侧过头，看看齐小红，琢磨着刚才她和叶斌的对话，疑窦丛生。

宁彩霞看着叶斌消失在视线里才收回目光，走了两步，又扭头看着齐小红，本想再问她，但话到嘴边又打住了，一摇头，去了办公室。

学校门口，人头攒动。李颖踮着脚，往门里张望，见张倩随着人流出来，高高地举起手，挥舞着。

"妈妈，今天又休息吗？"张倩边走边问。

"是呀！"李颖牵着张倩的手，"否则，怎么能来接你呢？"

张倩停下来，抬头看着李颖说："你明天还是去上班吧，不用来接我了，我自己会回去的。"

"没事，反正妈妈也累了，就多休息几天，也好多陪陪你呀！"李颖抚摸着张倩的头。

"可是……"张倩眨着眼睛。

李颖牵着张倩的手，说："走吧，回家煮好吃的去。"

"爸爸那儿有好吃的吗？"张倩偏着头，看着李颖，"要不，我们给爸爸送一碗过去？"

李颖幸福地一笑，说："那么远，送到那儿也早凉了。"

"那就给爸爸留着。"

"嗯，好，留着。"

菜地边的小径上，两只麻雀正叽叽喳喳地说着什么。张倩甩脱李颖的手，猫着腰，蹑手蹑脚地走了过去。麻雀见她近了，也不飞走，只打量她几眼，又跳了几跳，与她保持一定的距离，照样欢快地聊着。她蹲下去，静静听麻雀说话。李颖站在菜地边，看着架上耀眼的红南瓜、长了一身白毛的大冬瓜……又揽过一枝白里透蓝的扁豆花闻了闻。

楚芳打来电话，问李颖是不是身体不舒服，怎么好几天没去上班了。李颖说她写了条子的。楚芳说她看到了，但还是希望她能去上班。李颖说："我想好了，不去公司了，在家多休息几天，带带孩子。"

楚芳问："那你下一步打算去哪儿？"

"不知道，天无绝人之路，总会有地方去的。"

"那好吧，你可别怨我。"

李颖笑说："我怨你干吗？社会就这样。"

楚芳沉默了。

李颖挂了电话，见张倩蹦跳着跑过来，忙抹了下眼角的泪花。

秋风吹红了墙角的半树枫叶。院里的四季桂吐露着芬芳，清新可人。

屈光宗笑呵呵地进了学习室，冲正在看书的张明亮道恭喜。随后进来的成大为朝张明亮淡淡一笑，点了点头。张明亮眉头一皱，问"喜从何来"。屈光宗瞟一眼门外的李警官，说："恭喜你，提前解除拘留了。"张明亮心里乐着，胆子也壮了，嘴上却说他既没申请，更没写什么具结悔过书，现在还不想出去。于小财一脸疑惑，说："真是怪了，还有不想出去的？"

"成局长，我可不想稀里糊涂地出去，你得给我个解释。"张明亮看着成大为，"当初你们把我弄到这里来，莫须有地说我妨碍了你们的执行，现在要我提前出去，是不是说明我没有妨碍执行？"

成大为默然不语。

张明亮哈哈大笑。

"你……你也太嚣张了吧！"屈光宗指着张明亮。

张明亮盯着屈光宗，说："我嚣张了吗？"

"那你笑什么？"屈光宗拍一下桌子。

张明亮手一摊，边说边走向屈光宗："我笑你们辛苦了，笑你们……"

"你……"屈光宗脖子一挺，迎了上去。

成大为忙拉了一把屈光宗。李警官大步走过来，问吵什么。成大为说没什么，退还钱物，办完手续就走。

办完手续，成大为看着张明亮，伸出手，道："这些天来，因为执行的事，给你带来了一些不愉快，希望你不要放在心上，也不要怨恨我们，这不是我们的初衷，更不是我们的心愿。"张明亮礼节性地握一下他的手，笑了笑说："我知道。"

站在台阶上，望着成大为他们远去的背影，张明亮心里明白，这事只是告一阶段，后面的路还长。

李警官催张明亮快点打电话回去，要行里派车来接。张明亮觉得天色已晚，问能不能明天再走。李警官拍一下张明亮的肩膀，说："我明白你的心思，但今天你必须离开，否则我担不起这个责任。"他随即打了曹立夏的电话。曹立夏说他马上到所里来，叮嘱不要让张明亮一个人走，一定要行里派车来接才放行，不能出什么意外。

张明亮只好打通周大新的电话。周大新说他在省行开会，马上联系赵万隆。

既然不能留宿，张明亮倒是归心似箭了。他几次走到栅栏门前，翘首以待。老顽童端着碗走过来，咽下嘴里的饭，用筷子指了指张明亮，嘿嘿坏笑着。曹立夏背着手，不紧不慢地走过来。张明亮感谢他这些天的关照。曹立夏只摇摇头，在他的肩上拍了拍。小马蹦跳着跑过来，脸一红说，要是能在张明亮手下工作，那该多好。曹立夏说，那是，能跟张明亮一起共事，肯定是一种幸福。

天黑下来，没有月亮，只有几颗星星点缀着天空。

"他真的不想走？他今天不走了？他们敢让他留在这里？没谁来接他？"屈光宗伸着脖子，边往车窗外望边说着。

"嗯，只怕是呢！"于小财看一下时间，"都七点半了。"

刚才一出大门，屈光宗就说不能便宜了张明亮，不如先在附近候着，如果他单独出来，就把他弄上车带走。成大为点了点头，但他想的不是要带走张明亮，而是想看看他会怎么离开这里。

突然，右前方一束束灯光划破天空，照射过来。

车子一辆接一辆地在门口停下，最前面的是警车。于小财数着车，一共有六辆。

屈光宗看到张明亮奔出大门，与从警车上下来的吴启东握了手，再跑向第一辆小车，与从车上下来的赵万隆拥抱，接过从第二辆小车上下来的李颖捧着的鲜花……

"人那么多，都挡住了，看不到他了。"于小财左右张望着。

"他们这是对法律的蔑视和挑衅！"屈光宗猛地拍打了一下方向盘，"悲哀，真是悲哀啊！"

"悲哀？"于小财扭过头来，"谁悲哀啊？"

"谁悲哀？"屈光宗盯着于小财，"你悲哀，我悲哀，法院悲哀，法律悲哀！"

"不对。"成大为望一眼大门口，"不是法院的悲哀，也不是法律的悲哀，只是你的悲哀，我的悲哀，因为你和我都代表不了法院，也代表不了法律。这悲哀，是别人给的，也是你我自己找的。"

"是吗？"屈光宗看着成大为，满眼疑惑地摇着头。

成人为点点头，慢慢靠了下去，缓缓闭上眼睛。一阵霜风吹过，成大为抖动一下，伴随着一种从未有过的弱小和孤独。

于小财忙关上了车窗。

成大为扬了一下手，轻轻说了一声："走吧！"

车子滑进了无边的夜色……

赵万隆刚端起酒杯，周大新来了电话，说他已到楼下。赵万隆忙放下酒杯，告诉大家一个好消息，周大新行长赶回来了。话刚落音，周大新春风满面地走进来。

"来来来，明亮，我先敬你一杯！"周大新端着酒杯，"下午你打电话给我的时候，我说可惜不能到两河去接你。可一挂了电话，越想越不是滋味，觉得有愧于你，就跑去跟省行的丁行长请假。他一听就说：'那你还等什么，快走啊！'我刚转身，他又拉着我，要我给你带个好。"

张明亮双手捧着酒杯。酒杯在摇晃，酒在荡漾，两行热泪清脆地掉进酒杯之中，格外地响亮，动听。

"周行长，你这一到，倒让我想起了卓恕的故事。"李永嘉看着周大新，微笑着端起酒杯，"三国时吴国的卓恕，为人非常讲信用，说话没有不算数的。他从建业回老家会稽，行前向诸葛恪告别，诸葛恪问他什么时候回来，卓恕回答说某一天。到了他说的这一天，诸葛恪做东请客，大家都不吃不喝，为了等待卓恕的到来。客人都以为，从会稽到建业相距千里，恕卓怎么能按期到来呢？可过了一会儿，卓恕果真到了，满座的客人都惊讶得不得了。周行长，你这也是数百里紧急赴宴呢！这一杯酒我是要敬你的了！"

"这也是应该的啊！平时我是不准司机开快车的，今天却是不停地催司机快点，快点，再快点，还好，赶上了。"周大新放下酒杯，看着李永嘉，"我们做领导的，搞管理的，诚信是最重要的。人而无信，不知其可也。孔老夫子说得好啊！《新序》中有这样一则故事：春秋时吴国的季子身佩宝剑出使晋国，途中拜访徐国的国君。徐国的国君看见他佩带的宝剑，嘴上没说想要，心里却很想的。季子心里也清楚，但考虑到身负出使大国的使命，就没有当时把宝剑送给徐国国君，但他心里已经答应把宝剑送给他了。可是等季子返回来的时候，徐国国君已经死了。季子就把宝剑送给徐国的新国君，新国君不要。季子就把宝剑挂到徐国国君墓前的树上走了。季子是个讲信用的人，不仅说话算数，即使心里应允过的事，也要付诸实施。当时人们就赞扬他说，'延陵季子兮不忘故，脱千金之剑兮带丘墓。'"

张明亮心想，是啊，诚实守信是中华民族的传统美德，是中华民族宝贵的精神财富。做人还是做事，诚信都是根本。历史给我们留下了无数坚守诚信的典范，也给我们留下了不少抛弃诚信的教训。诚实守信在任何时候都需要，在任何地方都不能丢弃。如果冶炼公司是讲诚信的，那事情又何至如此啊！

回到家里，已近午夜，张明亮躺在床上，回想起这些日子，百感交集，久久不能入睡。前后左右、上下里外连贯起来一想，他更是觉得这不再是一个简单的经济官司，而是一个纷繁复杂的社会事件；不再是一个简单的个案，而是一个纷繁复杂的社会现象；不再是一段简单的个人经历，而是一出纷繁复杂的人生杂剧。李颖问他在想什么。他说在想一个人。李颖扑闪着眼睛，说半夜三更的，想起哪个美女来了。他笑而不言，拿过手机，试着给成大为发了一条短信。不到一分钟，手机"叮咚"一声，成大为回过来了，说"谢谢问候，在回岳北的路上"。张明亮祝他一路平安。成大为说，"谢谢"。

"嗯，说起来，他也是不容易。"张明亮无头无尾地说了这样一句。

李颖愣了愣，关了灯。

尽管昨晚想了很多，睡得很迟，当黎明来到窗前的时候，张明亮还是一骨碌就翻身起了床，拉开窗帘，推开窗户。清风拂面，菊香扑鼻，窗台上的两盆菊花黄灿灿的，甜美地笑着。吃过早餐，他精神抖擞地直奔办公室。轻快地走在院子里，他感到天空、小鸟、玉兰、桂花，一切还是那么熟悉，还是那么亲切。

刚走出院子，张明亮一眼看到钱大娘坐在办公楼前台阶上的藤椅里，神情专注地打望着过往的行人和车辆。他快步走过去，叫了一声"钱大娘"。对方扭过头，上下打量着他，惊喜地握着他的手颤颤巍巍地站了起来。他赶忙扶住她，请她坐下。他又听到退休员工曾老那熟悉的声音。扭头一看，只见曾老正从西头扬着手跑了过来。

三双手叠在一起，三双眼睛都闪动着泪花。曾老看着张明亮，连声说："回来了就好，回来了就好啊！"张明亮问他们在干什么。曾老指了一下钱大娘，说："我们都在值班啊！"钱大娘拿着手杖，在地上戳了戳，自豪地说："是啊，我们都是护行队员嘞！"

张明亮正在纳闷，何小年来了，说："本来是想昨天终止护行队值班的，但大家，特别是一些'老革命'不答应，说你不回来，他们就不会停止值班。"

"钱大娘年纪大了，我们是没安排值班的，可她比哪个都积极，总是提前来，又推迟回去。"何小年握着钱大娘的手，"如果要评最佳护行队员，那您是当之无愧！"

"哪里哪里。"钱大娘一只手挂着手杖,一只手摆动着,脸上浮现出淡淡的红晕,"张行长,这么大的事,你说我能不来吗?能闲在家里吗?那钱如果真的被搞走了,儿媳的工作没了,我靠谁去?他们要蛮干,那他们就是老虎,我也不怕喂了这几十斤老骨头。"她操起手杖,在地上用力一敲。张明亮打量着她,"呵呵"一笑说:"你们看,钱大娘还真有点佘太君的风范。"她连连摆手,脸上却笑得菊花一样。

望着钱大娘和曾老蹒跚的步履,张明亮心头一热,无穷的力量从他们身上传导过来,注入他的肌体,流进他的血液……

办公室还是原来的样子,只是桌上蒙了一层薄薄的尘埃,仿佛一层淡淡的忧伤,一层浅浅的哀怨。那判决书、裁定书也还原样地摆在那里,灰头土脸地埋着头,沉默着,似乎有些害怕,有些羞愧。他拉开窗户,清风吹来。那判决书、裁定书轻轻地掀动了一下,像是张了张嘴,有什么要诉说,有什么要倾吐。

张明亮拿起鸡毛掸子扫除了桌上的灰尘,桌上又是一片光亮。看着那判决书和裁定书,他心中隐隐有些作痛,恨不得一把把它们撕了个粉碎,但就在要下手的刹那间,他打住了,没有撕下去,而是将它们放进了抽屉:也好,就让它们留个纪念,做个见证吧!

打开邮箱,查看邮件,他从报表中清楚看到,这些日子支行一样在发展、在进步。一种自豪和欣慰、敬意和感激自他心底油然而生。

谢谢你们,谢谢你们这些可亲、可爱、可敬的员工和员工家属!

朝阳伴着清风来到窗台,向他问好,向他致敬。他友好地一笑,走到窗前,仰望,只见天空湛蓝,阳光灿烂,俯瞰,只见院内鸟儿欢唱,院外小河欢歌。

凝视着不远处那蜿蜒东去的小河,他蓦然有悟:人生漫漫路,几多坎坷,几多曲折,几多艰辛,几多磨难,不如意事常有,不顺心事常在,何不把不如意、不顺心之事都付与那滔滔流水,并像滔滔流水那样一往无前,永不言休,永不言败!

第八章

午夜，成大为轻轻开门，关上，扶着墙静静听了听，再悄悄摸到郝梦楠的门口，贴着耳朵听了听，没闻到她的味道，也没听到她的呼吸，试着轻轻地敲了敲门，再逐渐加大力度敲了敲，还是没听到响动……伴随着肚里一股气陡地往下一沉，他心底的期待和希望一下全碎了，一片一片地落在地上，"喊嚓喊嚓"地响着，响得他心慌意乱……

他开了灯，一切还是他去青山那天的样子，唯一的变化就是地上、桌上、沙发上……都蒙上了一层薄薄的灰，显得朦朦胧胧、模模糊糊，只有他刚才留下的脚印清晰可辨。看着地上的脚印，他莫名笑了一下，走到沙发跟前，也没擦就坐下去，呆呆地看着茶几，看了一会儿，用右手食指在茶几上写了"回来了"，又写了"去哪了"。他的目光徘徊在"回来了"和"去哪了"之间。

楼下突然传来短促的汽车喇叭声。他忙竖起耳朵。又一声喇叭响过。他摇摇头，往后一靠，闭上眼睛。

"叮叮咚咚"的声音传入他的耳朵，虽然微弱，但他真切听到了，仿佛播放的轻音乐。他一下子弹了起来，快步走到鱼缸跟前，拿出鱼食，撒进缸里，边撒边说："对不起啊，这么多天了，也没人管你们，都饿了吧？想我了吧？哎呀，别抢啊，都有的……好了，好了，差不多了，明天再吃吧，吃撑了，可不舒服哦！"鱼儿见他收起食罐，也都摇头摆尾地游玩去了。他跟鱼儿摆摆手，进了卧室，往床上一倒，却又全无睡意，就下了床，从包里拿出笔记本，坐到桌前，开始整理这次去青山的情况，好第二天向局里和院里汇报。

此刻，郝梦楠优雅地走在省城一家高档酒店的大堂内，边走边对旁边的林梦雄说："今天的谈判你是头功，要好好奖励你。"林梦雄问："奖励什么？"郝梦楠嗔他一眼，说："还奖什么——股份啊！"一辆皇冠小车开过来，在酒店门口停下。两人上了车。林梦雄说："这一谈就好几个小时，你也够辛苦的，是不是去吃点夜宵？"郝梦楠说："我不饿，不去了。你要是想吃，自己去吧！"林梦雄问司机想不想去，司机说听他的。林梦雄看着郝梦楠，说："那我们就去了。"郝梦楠轻轻点点头，说："少喝点酒，早点回。"林梦雄笑着点头。

会议室里一片沉闷、压抑。大多数人都勾着头，面色阴郁，表情冷漠，只有个别人若无其事、事不关己地挂着一张笑脸，东张西望地瞅瞅这个，瞧瞧那个。

副院长谢忱一手拿着笔记本，一手握着手机，边说边走进来，走到阳建国和成大为之间的空位跟前，放下手机，朝大家点点头，坐下，说："不好意思，刚才有事去了，前头的会没参加。"阳建国说："没关系，您是不是先做几点指示？"他说："也好，先说几句，谈不上什么指示，只说几句心里话。"

"这回大家去青山，虽没达到预期目的，还是很辛苦的，也是努力了的。"谢忱目光扫了一圈，"只是大家工作一定要注意方式方法，千万不可简单草率，要与申请执行人、被执行人、协助执行人等多沟通、多协商，要跟当地政府、法院等多交流、多汇报，争取他们的理解和支持，不要动不动就蛮干，更不要以为自己穿了法官制服，就以为自己代表了法律、代表了法院，那样会……"手机响了，谢忱一看，忙起身接，给阳建国和成大为递了个眼色，又匆匆拿着笔记本出了会议室。

"好，我们接着开会。"阳建国敲了一下桌子，"我一开始就说了，今天这个会是一个检讨会，也是一个思想再统一的会。我也得告诉大家，对这回简单草率地拘留张明亮，将局面弄得那么被动，问题又没得到解决的做法，高院的江副局长是有看法的，他对你们这次去青山是不满意的，是……"

"哟，"老杨呵呵一笑，"阳局长，好像这次去青山你还是总指挥，也是你动员我们去的。"

"老杨，我哪里得罪你了不成？"阳建国指着老杨，"你老跟我抬什么杠！"

"我哪敢呀！"老杨眼镜一推，"我只是觉得，以后这样劳民伤财的事还是别干的好。"

"老杨，你这样说就不对了。"坐在斜对面的王维权瞅着老杨，"一来，阳局是副总指挥，不是总指挥；二来，阳局也是为了煤化厂，为了院里，为了大家，可不是为了他自己。再说，阳局这回虽没亲自去青山，只在局里运筹帷幄，也是操碎了心，好几个晚上没合眼，你看他的黑眼圈就知道，那都是……"

"你说这些干吗？这都是我应该的。"阳建国指指王维权，看着成大为道，"我就是再辛苦，也没有成局长、光宗他们辛苦啊！"

成大为面无表情地端坐在那里，一动不动。

"哪里，我们辛苦一点都是应该的。"屈光宗脸一红，"我们虽然没有白跑一趟，但与阳局的要求还差距很大，心中有愧。"

"好一个心中有愧啊！"老杨笑了笑，"还是屈法官会说话。明摆着不能去，你们偏要兴师动众地去，当然只能白跑一趟了。"

屈光宗一拍桌子，说："老杨，你可别信口开河，说话是要负责任的！"

"我就说了，怎么？"老杨椅子一推，站了起来，"还说错了不成？"

"你就错了！"屈光宗霍地站了起来，"彻底错了！"

"杨老说的虽然有点过，却也不无道理。"坐在老杨一侧的陈大海望着天花板道。

"是啊，由此可见，不管做什么事，都还是谨慎一点，悠着一点的好。"

这声音来自角落，有点浑浊，成大为听得不太清楚，不由侧头瞄了一眼，又干咳一声，不紧不慢地说："要我看，这回去青山，院里的决定无可厚非，阳局长的指挥也是无可挑剔的。让大家白跑一趟，责任主要在我，是我这个组长没有组织好，没有协调好。大家都辛苦了，请大家原谅，也谢谢大家！"他起身，后鞠躬。

屈光宗愣了一下，欲言又止。郭大宝和曹二喜一脸茫然。

"成局长，你这样可不行。"老杨侧过身，瞅着成大为，"好像就你一个人境界高，敢担当，把责任往自己身上揽，显得与众不同。问题是，你这样做了，有的人可不一定领你的情哦！"

阳建国玩着笔，有点尴尬地笑着。

"老杨，你是老资格了，想说什么就直接说什么，别含沙射影、指桑骂槐的。"王维权朝老杨笑了笑，"要不别人听不懂，你说也白说。"

"我说的大家听不懂？不会吧！"老杨左右看了看，"诸位都知道，我是个搞技术的，说话只会直来直去。刚才如果有冒犯之处，也是出于肺腑，还请多包涵，多担待！"他朝大家拱拱手，"唉，老喽，看不懂了哦！"

成大为瞟一眼老杨，正好碰上对方扫过来的目光。老杨又站起来，刚要开口，阳建国看到成大为递过来的眼神，连忙说"散会"，又招呼成大为和屈光宗留下。

阳建国望着老杨的背影，一声叹息，说："好好的一个会，给他搅成了这样。"成大为说："他就这么一个直快人，别跟他计较就得了。"

"两位局长，我看他东拉西扯的，就是在摆老资格，以为没哪个敢碰他。"屈光宗边说边给阳建国和成大为添上水，"他口口声声说自己是个搞技术的，说话只会直来直去，我看他虚伪得很，话里有话，让人听起来不是个滋味。要不是你们示意别理他，我刚才真要跟他好好理论理论，看他……"

"他说的也并非一无是处。"成大为瞟一眼屈光宗，"有时多个提醒也好。"

阳建国说："高院江副局长说了，这案子压力大，没办法，还得执行下去，尽快把钱弄回来。你们好好谋划一下，早点拿出一个方案。"

成大为本想跟阳建国建议，别再对银行执行下去了，毕竟理由不充分，也想说这个组长责任大、难度大，自己胜任不了，但终究没有说出口。

张明亮正和宁彩霞讨论营业部下一步的工作。李颖打来电话，问他回家吃午饭不，他一口答应下来，可放下电话一看时间就纳闷了：现在才十点半，难道李颖今天又休息？

李颖给张明亮夹了一块鱼，问好吃不。张明亮狼吞虎咽地吃着，连说好吃。李颖用欣赏的目光看着丈夫，要他慢点，别噎着，晚上还有更好吃的。

吃过饭，张明亮靠在沙发上随手翻看杂志。李颖从厨房出来，边解着围裙边问他怎么还不去休息。张明亮问她怎么没去上班，是不是见他刚回来，跟公司请了假。她说，是的，请了长假。张明亮忙问怎么回事。她咬咬嘴唇说，六七天前，公司的楚部长找她谈话，要她换个岗位，接手的人已经来了，希望她能理解配合。

"你就理解了？配合了？"

"我已经写了辞职信，也打过移交了。"李颖拢了一下头发。

"是吗？"张明亮一眼看到了李颖额角上小指头大的疤痕，"这是怎么了？"

"没什么，不小心擦了一下。"李颖头一甩，刘海遮住了疤痕。

"是吗？"张明亮眨眨眼睛，"好好的，辞什么职呀？"

"也没什么。"李颖看一眼张明亮，"也许跟你有关。"

"跟我有关？"张明亮稍一想，大体上明白了。

"你也别往心里去，是我不想去了，不怪公司，也不怪楚部长。"

张明亮叹了一口气，说："他们也太那个了吧！"

"真的，不怪别人。"李颖摇着头。

"好，不怪别人。"张明亮把李颖搂在怀里，"只是委屈你了。"

李颖抹了抹张明亮眼角渗出的泪水。

张明亮抚摸着妻子的脸，说："也好，你就先休息一段时间，有合适的地方再去上班吧！"

"我就是这么想的。"李颖双手勾着张明亮的脖子，"先在家待一段时间，每天做好饭菜，等你回来吃。这些天来，你受了苦，遭了罪，黑了，瘦了，也要好好补补的。"她眼圈一红，眼泪跟着就上来了。

张明亮摇头一笑，说："哎呀，没什么呢！"

"还没什么。"李颖放开手，坐到张明亮的腿上，用手梳理着他的头发，"头发都白了一些，看着都心疼。"

"我真没什么，在那里吃得好，睡得好。"张明亮双手捧着李颖的脸，"只是让你担惊受怕了，也受苦受累了。"

"只要你平安回来，我就什么都好了。"李颖拉着张明亮的手，"走吧，快去睡一觉。"

张明亮一手揽着李颖的腰，一手托住她的腿，起身一用力，将她抱在怀里。

靠在椅子上的于小财一睁开眼，就见歪鼻子等人走过来。他本能地想夺门而出，却迟了一步，歪鼻子他们已堵在门口。

"怎么？想跑？"歪鼻子将于小财往里面一推。

"谁想跑啊？"于小财退了好几步，一手扶着椅子，一手捂着肚子。

"你往外窜什么？"歪鼻子进了门。

"上厕所，要拉屎。"于小财指一下门外。

"鬼话连篇。"歪鼻子指着于小财，"钱呢？在哪儿？"

"什么钱啊？"于小财故作一脸茫然。

"我让你装！"歪鼻子举起手就要上前打于小财。

"你想干吗？！"吕大业起身挡着歪鼻子。

歪鼻子放下手，瞅着吕大业，说："你说干吗呢？问他要钱，大家都等着拿钱！"

"那钱没拿到。"吕大业低下了头，一脸愧疚，好像自己做错了什么事一样。

"什么！又没拿到！"歪鼻子一跺脚，"那钱都冻结在那里了，只要去拿就可以了，难道煮熟了的鸭子还飞了？到了碗里的肉还跑了？"

吕大业看一眼低头坐着的李正道，"听说那钱不是冶炼公司的，是银行汇票的质押款。"

"那我不管，我只知道谁的钱写谁的名字。存单上写得清清楚楚，是冶炼公司的名字，那钱就是他们的。"歪鼻子看着门口，"你们说是不是？"

堵在门口的人七嘴八舌地附和着。

李正道站起来，说："存单上虽然写的是冶炼公司的名字，却是质押给了银行，那钱就不再是冶炼公司的，而变成银行的了。"

"那你们去干吗？"歪鼻子一手叉腰一手指着李正道的鼻子，"还去了那么多人，花那么多钱，游山玩水啊？"

"没有。"李正道苦着脸，后退了一步。

"哼！"歪鼻子一脚踢翻了一把椅子，"真是一群饭桶！"

于小财嘀咕着："那你去呀！"

"什么？我去？"歪鼻子头一晃，"我才懒得去呢！"

"要你去，你又不去。"于小财瞥一眼歪鼻子，"却要说这样的话。"

"我说什么了？"歪鼻子一拍桌子，"我告诉你，这回你们去的钱，你们自己出，想厂里出，没门！大家说对不对？"

众人异口同声："对！"

"这不对，没道理的。"吕大业朝大伙压压手，"他们也是为了大家，并不是为自己。何况他们这次去，不仅受苦受累，而且吃不好，睡不好，还要担惊受怕。你们看，于科长人都瘦了一圈。再说，就是于科长的自己出了，你也总不好问成局长他们要吧？人家毕竟也是为了我们，是在替我们干事。大家说是不是？"

众人面面相觑，鸦雀无声。

"可也不能便宜了他们。"歪鼻子擤一把鼻涕，"明天我叫些人，再去问，让他们给一个说法。"

"你可别这么说！"吕大业指着歪鼻子。

"怎么的？"歪鼻子脖子一挺，"我偏要说，就要说！"

"你——"吕大业手一扬。

"怎么，想打？"歪鼻子伸过头，"好，你打，你打啊！"

吕大业放下抖着的手，说："好好的，我打你干吗！"

"是呀，吕厂长那么好的一个人，怎么会随便打你。"李正道拉着歪鼻子坐下，脑子一转，"再说，那钱虽然是质押给了银行，这回没有弄回来，但成局长那边并没说放弃，还会搞下去，弄回来的希望还是有的。"

"对对对，是这样。"于小财讪笑着，"我听屈法官说，他们今天上午开了会，决定继续执行下去，只要执行下去，希望就有的。"

歪鼻子鼻子一哼，不屑地一笑说："只怕是希望在田野上吧！"

"好了，大家别说了，我跟大家的心情是一样的，只要有一点希望，我们就要去争取。"吕大业跟李正道交换了一个眼神，"至于厂里何去何从，我们也正在想办法，力争早日给大家一个交代。"

歪鼻子起身，瞪一眼吕大业和李正道，一甩手，朝门口走去。

张明亮一进门，李颖就问他是不是掉进酒坛子里了，怎么一身酒气。张明亮说没办法，吴龙江非要拉着喝几杯，说给他消消毒，除除晦气。李颖给张明亮冲了一杯蜂蜜水。张明亮大口地喝着，边喝边说真好喝。李颖接到楚芳的电话，说要来家里坐坐。李颖看着张明亮。他摇摇头，又摆了摆手。李颖对楚芳说，时间不早了，就别麻烦了。楚芳说没事，都到楼下了，就上来。

楚芳进了门，换了鞋，将手上拎着的一个小礼品袋放到靠墙的一字柜上，快步上前握张明亮的手，说是公司的董事长委托她来慰问他的，她只是先来一步，过后董事长还会亲自来，这两天他出差。张明亮起身，礼貌地握了一下她的指尖。楚芳接过李颖端过来的茶，抿一口，先是夸了张明亮一通，后一下子找不到别的话题，只好说今天来董事长还给她布置了一项工作，就是要请李颖回去上班，还是原来的岗位。李颖心里早已猜到，脸上仍掠过一丝惊讶和疑惑，随后眼里流露出一缕轻蔑和鄙夷。

楚芳见张明亮和李颖反应冷淡，就拉着李颖的手说："哎呀，你一走，董事长急了，怪我怎么没把你这个人才留住。"

李颖一笑说："怪你干吗？又不是你要我走的，是我自己要走。"

楚芳拍拍李颖的手，有些自责道："话是这么说，这些天来，我心里一直过意不去，总觉得有愧于你，觉得还是我们姐妹俩一起工作时既轻松又愉快，就跟董事长说了几次，要把你请回去。董事长也有点儿后悔，觉得还是你在那个岗位更合适，毅然决定要我请你回去。"

"那新来的怎么办？"李颖问。

"这个啊，你不用管，会安排好的。"楚芳说。

"我还是不去了吧！"李颖看一眼张明亮，"新来的才几天呀，别让人家心里难受，也别让你和董事长为难。"

"哪里，不为难的，你就放心回去吧！"楚芳看着李颖，"你就当给姐一个面子！"

"我……"李颖看着张明亮，一时不知怎么说了。

"这样吧，楚部长，"张明亮站了起来，"你的心意我们领了。也请你转告董事长，谢谢他了。回去上班的事，让李颖再考虑一下，明天答复你，行不？"

"好，行，行。"楚芳起身，握着李颖的手，"我期待着哦！"

李颖送至门口，请楚芳将纸袋带走。后者执意不拿，争来抢去的，纸袋破了，两条烟掉在地上。李颖弯腰去捡，楚芳趁机跑了。李颖要去追，张明亮说，别追了，明天送回去，或是折价将钱存入公司账户就是了，要把道理说充分，不能让人家有想法。

"他们也太势利了吧！"李颖将烟往桌上一丢。

"挺正常的。"张明亮司空见惯道。

"他们以为你出了天大的事，一时半会回不来了，这行长也当不成了。"

李颖边走边说。

"别这么想，公司也有他们的难处。"张明亮拍拍沙发，示意她坐下，"人家也没有让你走，只是换个岗位，你倒赌气走了。"

"你不是我，是体会不到的。"李颖挨着丈夫坐下，"你知道当时的情景吗？了解我当时的心情吗？"她眼睛红了，眼泪跟着下来了。

"好了，都怪我，让你受委屈了。"张明亮拉着她的手。

"谁怪你了？"李颖抹一下眼睛。

"那你还去吗？"

"不去！"

"真不去？"

"真不去！"

"好马不吃回头草？"

"没心情去，也没心思去。"

"那你干吗？"张明亮偏着头，看着李颖，"天天在家待着？逛街？打麻将？"

李颖点头。

张明亮一摇头，说："那不行！"

"怎么不行？"李颖偏着头，看着张明亮，"你是我男人，你得养我呀！"

"也是哦！"张明亮呵呵一笑，"那好，你就待在家里，反正在青山城里，我的工资也不算低，养活一家人还是没问题的。"

李颖"扑哧"一笑，在张明亮额头上一点，说："你想得美，我才不想靠着你来吃饭呢！"

"那你去哪儿？"

"不瞒你说，这几天我早想好了，就开一家小烟酒店。"李颖亮着眼睛，"我调查过了，一年下来赚个七八万应该是没问题的。"

"好，不错。"张明亮点下头，突然身子一挺，话锋一转，"不过，你不能开烟酒店，也不能开饭店之类的。"

"为什么？"

"你说呢？"

"我说？"李颖激动地站了起来，走了几步，冷静下来，看一眼张明亮，自语着，"那干什么呢？"

张明亮的目光落在李颖的脸上、胸上、肩上、腰上、腿上……

"好！"张明亮一拍沙发站了起来。

"你好什么呀？"李颖转过身来。

"你看，你这身材、这气质，整个一模特啊！"张明亮招着手，"你就开一个服装店，没说的，准能赚钱。"

"是吗？"李颖打量着自己，"嗯，还真是的哦！"

"我赞成，我支持！"张倩拍着手从卧室里走出来，"爸，我看有的模特还没妈漂亮呢！"

"这孩子，耳朵倒是蛮尖的啊！"李颖摸着张倩的头，"你又高兴个啥？"

"你要真开了服装店，"张倩仰望着李颖，"我就天天有新衣服穿了呀！"

"美得你呢！"李颖弯下腰，扶着张倩的肩，"我卖的不是童装哦！"

"啊！"张倩眼睛一睁，朝李颖做个鬼脸，摇着头，嘟着嘴巴走了。

"你看这孩子。"李颖指着张倩，一脸疼爱。

"开店可不是容易的事，很烦琐，很辛苦的。"张明亮拉着李颖坐下。

"你看我什么时候叫过苦？什么时候叫过累？"李颖盯着张明亮。他愣了一下，随即开心地笑了，又朝妻子竖了一下大拇指。

斜阳照射到墙壁上，变幻着各种形状。

"成局长，时间不早了，走吧！"已等候了快一个小时的于小财又一次站了起来。

成大为抬起头，用手遮着墙壁上反射过来的光芒，说："不去了，真不去了。"

"哎呀，成局长，歪鼻子他们的话，你就当是放屁，别放在心上，只要吕厂长心里清楚就行了。何况这次去，并不是白跑一趟，还是弄回了四万块钱的。虽然少了点，但一分一厘也是钱啊，你说是不是？"于小财笑了笑，"吕厂长说你一心为厂里着想，这回又辛苦了，特意要我来向你表达一片感激之情。"

成大为瞟一眼于小财，侧过身子，避开阳光的反射。

于小财看一眼门口，掏出一个信封，说："一点点出差补助，一点心意而已。"成大为摆摆手，说："别再弄这一套。"于小财笑着将信封往抽屉里放。成大为脸一板，指着于小财。后者只好将信封收回去。成大为往椅子上一靠，闭上眼睛。

于小财坐了一会儿，又开始劝成大为："如果您不收，饭也不去吃，那就是对煤化厂有看法，对吕厂长有意见，我也不好回去交差。"成大为慢慢睁开眼睛，摘下眼镜，擦了擦镜片，问："去哪儿？"于小财连忙起身，哈着腰，说："不去别处，就去桃花姐那儿。"成大为犹豫了一下，说："那就简单一点，随便点个菜就行了。"于小财说："好，听您的。"成大为戴上眼镜，锁了抽屉，走到窗口往下看了一眼，见马旺财还在，心一沉，又回到办公桌前，坐下，拿出案卷翻看起来，案卷上的字却是一片模糊。他合上案卷，靠在椅上，空洞地望着窗外。

窗外夕阳西下。远处的山梁一片殷红。

于小财望一眼窗外，走到桌前，说："成局长，太阳都下山了，我们走吧！"

成大为起身踱了几步，往门口走去。下了楼，站在大门口的台阶上，他目光在地坪上搜寻一圈，已不见马旺财的身影。

聊了一会儿，说了一些煤化厂的趣事，再一连几杯下来，桃花姐的脸上浮起了桃花，眼神也迷离起来。成大为却脸不变色，还是笔挺地坐在那里。

于小财看一下手机，说出去接个电话，回来就说朋友有急事，得先出去一下，两位慢慢聊，等下他再过来。成大为明白这是托词，却说在这儿等他，快去快回。于小财走到门口，又朝桃花姐挤挤眼睛。桃花姐心领神会。

成大为靠着椅子，双手搭在桌沿上，头稍稍向右偏，目光在桃花姐的眼睛、鼻子、嘴巴、胸脯……上一一扫描过去。

"哎哟，成局长，看你这眼睛像个熨斗一样，熨得我这脸上、身上，还有这里头……"桃花姐指一下胸口，"都是麻麻的、痒痒的，一身都酥了。"

成大为凝视着桃花姐……郝梦楠的形象慢慢浮现出来，遮挡住了桃花姐……郝梦楠慢慢隐去，桃花姐又涌现出来……交替几回之后，成大为越看越觉得桃花姐像郝梦楠，却又比后者更有女人味……

"成局长，外表看，你确实是风流倜傥、风光无限，令人羡慕，可内心里，你有的是郁闷，有的是苦恼。不说别的，就为我们煤化厂的事，就搞得你焦头烂额、苦不堪言。"桃花姐见对方又摇头又摆手，便道，"不说这个了，就说……说你家那个郝大老板吧！她虽然容貌漂亮，腰缠万贯，可对你一点也不在意，只顾自己做生意，自己去享受，哪管你吃不吃饭，睡不睡觉……你十天半个月都见不到她的影子，好不容易进一回家门，她也不看你一眼，不跟你说半句话，晚上还是她睡她的，把你晾在一边。你说，这叫什么？"

成大为木然地坐在那里，无言以对。

"这样的婆姨，你真的只是得了一个名声，没得到半点实惠。还就着她干吗？"说着，桃花姐挪了挪椅子，双手搭在成大为肩上，轻柔地摇摇，屁股一抬，就势坐在他的腿上，头靠在他的胸前。成大为一时不知所措，泪珠"嘀嗒嘀嗒"落在桃花姐的脸上，浇得她脸上的桃花更加娇艳夺目。

坐在大厅跟人闲聊的于小财一看时间，已快八点了，赶紧上了楼。他轻轻推开门一看，只见成大为双手拿着筷子，敲打着桌沿、酒瓶、碗碟，桃花姐摆动双手、扭着细腰，翩翩起舞，两人唱着《两只蝴蝶》，十分投入。他一笑，悄然而退。

回到家，成大为站在空阔冷清的客厅里，一个踉跄，差点摔倒，连忙扶着墙壁。他走到郝梦楠房间的门口，听了听，闻了闻，猛地一拳砸在门上，同时在心底一声呐喊："郝梦楠，你在哪里？"没有回响，没有回应。他摇晃着走进自己的卧室，往床上一倒，眼泪随即流出，流过面颊，流过耳朵，落到被子上，洇开了去……

　　天空灰蒙蒙的。张明亮站在支行大门口的台阶上，边看手机边等刘石开车过来。刘石打来电话，说油加好了，但车子出了点小毛病，因为要跑山路，就开到修理厂了，尽快回来。张明亮说，抓紧一点，别误了去扶贫点的事。

　　车子在山路上颠簸，扬起一路灰尘。

　　刘石看一眼副驾驶位上的张明亮，说："有几句话，憋了好些天了，也不知能不能讲？"张明亮看着他，要他说说看。

　　"也没别的，"刘石瞟一眼张明亮，试探道，"这半年来，特别是近一段时间以来，郭行长好像有点不对劲。"

　　"是吗？"张明亮看着刘石。

　　刘石点下头，"近来她说话也好，做事也好，明里暗里总是针对你。不只是我，杨主任也看出来了。"

　　"没有吧？"张明亮皱一下眉头，瞟一眼刘石，呵呵一笑，"我可没听到什么，也没看出来什么。"

　　"张行长，你放心，我并不是要挑拨你和郭行长的关系，只是觉得她有点过了，有点为你担心。"见前面是陡坡，又是急弯，刘石按了喇叭，降低了车速。

　　"郭行长虽然是个女人，却有男人的性格，说话直爽，行事果断。这几年，我们合作也一直不错，没有她的支持和配合，支行的工作不会是今天的局面。你说是吗？"张明亮微笑着看着刘石。

　　"那是，那是。"刘石冲张明亮一笑，"一句话，我听你的。"

　　"好，我谢谢你。"张明亮在刘石肩上轻轻拍了一下，"有些话你听到也就听到了，有些却要当作没听见；有些事你看到了也就看到了，有些却要当作没看到。一句话，有些话，有些事，只能装在自己肚子里，不能说，不能传。"

"好。"刘石看一眼张明亮，满眼的感激和敬佩。

张明亮与郭玉梅共事多年，彼此知根知底。如果有机会，他真想尽快离开青山，让她圆了一生的梦想。

"郭行长，你别怨我，也别太着急，许多事情是由不得你我的呀！"张明亮在心里自语。他望一眼车窗外，满眼的青山绿水。

吕大业和李正道、于小财并排面窗而坐。孔大华坐在他们对面，旁边站着他的公关部主任兼秘书尤小柳。

"你们都怎么啦？"孔大华用跷着的二郎腿挑了挑桌子，"一个个都哑巴了似的。"

于小财抬头瞟一眼吕大业和李正道，舔下嘴角，欲言又止。

"你们到底想怎么样，也痛快点给句话啊！"孔大华放下二郎腿，敲了一下桌子。

李正道瞟一眼低着头的吕大业，瞅着孔大华，试探着说："孔老板，也不是我们不想给你，而是不能给你，是……"

"不能给我？"孔大华一拍桌子，跳了起来。

"是这样，"于小财怯怯地站起来，"吕厂长和李厂长都同意抵给你，我也没意见，只是上头不同意，说那里现在还是国有资产，不能想给谁就给谁。"

"咦，这就奇怪了，上头不管吃饭，不管工资，这个倒是管起来了。"孔大华气呼呼地来回走着。

吕大业看一眼孔大华，低头不语。

"既然是这样，当初你们就不要答应，我又没逼迫你们！"孔大华接过尤小柳从包里抽出的一张纸，往桌上一拍，"自己看吧，白纸黑字，写得清清楚楚，吕厂长还签字画押了的。现在我把什么都准备好了，你们倒是说得轻巧，就一句话，不能给了。你们这不是把我当猴耍，明摆着欺侮人吗……"

"大华，话可别这样说。"吕大业抬起头，面带羞愧，"没错，我是答应了，字也签了。我都认账，不会抵赖。可上头不同意，我们也没办法，这也是当初你我没想到的，还得请你理解。"

"理解？"孔大华手一挥，"你要我怎么理解？"

"那……那你骂我一顿，或是打我一顿，我都没意见，行不？"吕大业苦着脸，看着孔大华。

"骂你一顿，打你一顿又有什么用？"孔大华踢了脚椅子，一声冷笑，"你倒是想得好，让我骂你一顿、打你一顿，你就没事了；我呢，不仅东西没拿到，名声也坏了。"

"那……那你要我怎么办？"吕大业一脸无奈。

孔大华指着自己的鼻子，"我也不知道。你们自己看着办吧！"

"我们再打个商量，行不？"李正道说。

"商量？怎么个商量？"孔大华看一眼尤小柳。她忙把椅子摆正，请孔大华坐下，又把那张纸放进包里。

"能不能这样？"李正道看一眼吕大业，再看着孔大华，"我有两个想法，一个是还钱，就按银行贷款两倍的利息计算，从借款那天算起，算到钱还清的那天为止，只是这钱一时也没有，还得等，也不知要等到什么时候；另一个是给地，就是资产处置的时候，在同等条件下，孔老板可以优先，不过，这也得等，也不知要等到哪一天。"

"哼，说来说去，就是一个'等'字。我可不跟你们等，没那个耐心！"孔大华一拍桌子，"哦，不对，你说的其实就是一个'赖'字。"

"孔老板，你要说我们赖，那我可有想法了。"李正道站直了，"吕厂长也好，我也好，可不是赖的人，更……"

"好了，你也别说了。"吕大业朝李正道压压手，"孔老板说我们赖，那也没办法，谁叫我们既不能给钱，也不能给地呢！事情已然这样，我们也没办法，就请孔老板多担待，从刚才李厂长说的那两个中间选一个，行不？"

"选一个？"孔大华扭头看着尤小柳，见她先摇了一下头，又晃了晃两个指头，挤了挤眼睛，一拍桌子说，"那好吧，看在我们曾经同事一场，你们也都关照过我的情分上，我就不多说了。"他跷上二郎腿，边摇边说，"你们得给我写几句话，承诺到时那地优先给我，欠着的钱也得从今天算起，按银行贷款两倍的利息计算，前一段时间的就还是按原来的约定执行。没问题吧？"

吕大业见李正道和于小财都默不作声，也就一声叹息低下头去。

孔大华边敲桌子边说："怎么？还要开个会，研究研究不成？"

"那好吧！"吕大业一咬牙，"写，我写。"

孔大华一出门，李正道顺手抓起一只瓷杯就要往地上摔，却高高举起，在半空停下，又轻轻搁在桌上。

"真是气死我了！"李正道一拳砸在桌面上，震得杯子跳起老高。

"老李啊，说实话吧！这维持会长，我早就真心不想干了。"吕大业抹抹潮湿的眼睛，"可推也推不掉，赖也赖不脱，真是没办法……这事总还得有人来干，这气总还得有人来受，你说是不？"

李正道喘着气，"嗯"了一声。

"你不怪我吧？"吕大业瞅着李正道。

"怪你？"李正道眨着眼睛，"怪你干吗？"

"前几年，要不是我硬要留着你，你现在早发了，也用不着来受这窝囊气了。"吕大业轻轻拍着李正道的肩膀。

"我就这个命，不怪你，真的不怪你。"李正道看着吕大业，"我只是想，这样真不是个办法，一定得想办法促使上头早下决心，不能再这么拖着了。"

"那是的，再这么拖着，别说你们当领导的，就是我都受不了。"于小财看看李正道，又看看吕大业，"再说，越拖下去，那些设施、设备就锈蚀得越多，越不抵钱，那些资源就会更多地被人侵占……"

"可又有什么法子呢？"吕大业背着手，在地上来回走着。

于小财突然一拍桌子，站了起来。

"怎么？"吕大业和李正道一脸惊疑，异口同声道。

于小财试探着说出自己的想法。李正道想了想，说可以一试。吕大业说这个办法好是好，风险也很大，不过，现在也管不得那么多了，就辛苦于小财来组织，出了事情他一个人担着。李正道忙说，如果有什么，也算他一份。

于小财虽然心中不太乐意，又说不出口，只好应承下来。

其实，于小财这个想法，李正道和吕大业都早就想到了，只是心里有些顾虑，没说出来罢了。

杨正奇将一封快递递到张明亮的手上。他扫一眼，心头一紧，又一沉，背上感到一阵发凉。

窗外一股冷风刮过。几片枯叶扑向纱窗，落在窗台上。张明亮打了一个冷战，起身关上窗户，回到桌前，慢慢坐下，拿起快递，"哗"地撕开封口，取出里面的东西。果然是责令支行继续履行支付和赔偿义务，并追加市分行为被执行人。他马上报告周大新。周大新要他立即去双江。

昨天，张明亮还跟何小年说起，虽然冻结的款项因成大为他们没有续冻，已经兑付，支行只产生了垫付资金的利息损失，在可承受范围之内，但煤化厂肯定不会善罢甘休，法院也会有相应动作，还得有思想准备。

宋广元看过快递，捻着胡须，说果然不出所料。吴启东说这个也在他意料之中，如果是他，也可能会这样，不过，成大为没跟他通过气，更没跟他商量过。周大新问，他们会不会到双江来执行。宋广元说不会，一是他们不敢再来，二是他们也不必来，因为在双江是达不到目的的。吴启东点点头，他赞成宋广元的分析，如果是他，也不会来双江。赵万隆面带疑惑，说他们这样就没什么意义了。宋广元说，非也，这只是他们的第一步，没猜错的话，下一步就会追加到省行，最终追加到总行，那才是他们真正的目标。吴启东喝口茶说，这也是银行的软肋，下面的分支机构有了什么问题，执行机关可以逐级追加上去。

"岂有此理！孙子犯了错，为何要爷爷来承担！"赵万隆拍了一下桌子，"那不就是株连了吗？何况，这孙子也没犯错啊！"

"可不好这样比的。"吴启东笑了笑，"应该说有点像一根藤，藤上的瓜是分支机构，藤的苑子是总行——这也不对。"他摇摇头，"可以说像一棵树，枝叶是分支机构，树干是总行——哎呀，这还是不妥当。"

"确实有点不好比。"宋广元朝吴启东一笑，"实质上来说，他们这么做是很牵强的，但从程序上来说，却是正常合理的。"他看着周大新，"这是对他们有利的地方，却是对银行不利的一面。"

"那该怎么办呢？"周大新吸了口凉气，"追加我们可以，可不能追加到省行，更不能追加到总行去啊！如果真追加到了总行，那篓子就捅大了！"

"就是啊！对总行来说，几百万算不了什么，更不会为了区区几百万去与法院纠结。"赵万隆看一眼张明亮，"如果钱真的扣划走了，总行是会问责下来的。从这一点来说，与其从总行扣划走，不如从支行扣划走。这样还不惊动上头，可以……"

"这正是他们的高明之处，也是够狠的一手。"吴启东点点头。

"那不行，无论从哪里都是不能扣划走的。"周大新顿了一下茶杯。

赵万隆脸一红，说："周行长，我不是说那钱可以扣划走，刚才只是……"

"我知道你的意思。"周大新朝赵万隆点点头，"一定要想个法子，阻止他们去追加省行，更不能追加到总行。"

"那是，那是。"赵万隆点着头。

"最好的办法就是冶炼公司能与煤化厂和解，让银行解脱出来，可从目前的情况看，这几乎是不可能的。现在唯一的办法就是请省高院出面，与L省高院那边协调。能协调好，事情也许简单一些。"宋广元看着周大新，"如果协调不好，就只得上最高法院，事情就更加复杂了。"

"是的。"吴启东点下头，"他们这么搞，应该是王八吃秤砣，铁了心了，一般是不会这样干的。"

周大新拍了一下桌子，说："这事既然已经摊上了，就是再大再难，也得面对，避不开也躲不掉，与其消极对抗，不如主动迎战。这是一个态度，也是一种方法。"他站起来，边走边伸着手指，"第一，那钱绝不能划走，一分也不行，这是底线；第二，请吴局长帮助我们，请省高院出面协调，当然，我也会向肖书记、胡院长汇报；第三，今天下午，最迟明天早上，明亮和宋律师跟我一起去省行；第四，下一步的工作还是以青山支行为主，分行全力支持、配合。"他走到张明亮身后，压了压他的肩膀，"怎么样，能扛吗？"

"能！"张明亮扭过头，仰望着周大新，满怀信心地说。

"好！"周大新拍拍张明亮的肩膀，满意地点点头。

一出大楼，一股冷风迎面吹来。张明亮打了一个冷战，抬头看一眼阴沉沉的天空，心情更加沉重起来。刘石问是不是吃了饭再回青山，他说不了，马上走。上了车，张明亮跟何小年打了电话，要他在办公室等着，顺便给他和刘石到食堂打个饭。

万长花踏着暮色，出了公司大门，顺着人行道往前走，不时看看有没有的士过来。

天上没有月亮，也没有星星。一阵冷风刮过，万长花不由得缩一下脖子，又裹了一下风衣。

到一个僻静的拐角处，万长花犹豫片刻，还是拐了进去，可她刚拐过去，脚下就踢到什么，一抬头，她的额头差点就碰到了谭顺义的鼻子。谭顺义"嘿嘿"笑着，说他算着万长花会从这里来的，果然不出所料。万长花瞪一眼谭顺义，要他让开。谭顺义反而伸开双手，邀请她上江堤散步。

"你给我滚开！"万长花推了一把谭顺义。

"怎么滚呀？"谭顺义嬉笑着，"你示范给我看看。"

"流氓！"万长花扭头看着围墙。

"好，我是流氓，你说的啊！"谭顺义偏着头，"我今天就流氓给你看看！"

"你敢！"万长花指着谭顺义。

谭顺义嬉皮笑脸地去搂万长花。后者顺势抓着谭顺义的手，一口咬上去。

"哎哟，舒服，舒服，疼并快乐着！"谭顺义咝咝地吸着气，一副享受的样子，"你咬，重点，再重一点。"

万长花狠狠咬了一下，推开谭顺义的手。他看着手背上渗出的血，吮吸了一口，吞了下去。

"好啊！"谭顺义一声狞笑，"你刚才咬了我，喝了我的血，你身上也就流着我的血了，你也就是我的了！"

万长花朝地上连呸几口，骂道："不要脸！"

谭顺义嘿嘿一笑，说："只要有你，要不要脸，我无所谓。"

"真是个无赖！"万长花跺了一下脚，又甩了一下手。

"无赖就无赖。"说着，谭顺义一把将万长花搂在怀里，在她还没反应过来的瞬间，他那厚实的双唇就压住她的嘴……她没有挣扎，也没有反抗……

谭顺义睁开眼睛，只见万长花软在他怀里，双目紧闭，眼角挂着泪珠，气息微弱，双手冰凉……他害怕了，打了一个冷战，慌忙抱着她走向停在路边的小车。

万长花慢慢开启眼帘，坐了起来。谭顺义松了口气，拍拍自己的胸口。万长花狠狠瞪一眼他，扭头望着车窗外。

"刚才我……我也是控制不住，没想到你会那样。"谭顺义咬咬嘴唇，"你又没说不行，我还以为你……"

万长花轻蔑一笑，说："你还以为我同意了，是吗？以为我心甘情愿，是吗？以为我求之不得，是吗？"

"你别这么说好不好？"谭顺义拉一下万长花的手。

万长花甩开他的手，说："我警告你，再也不要来纠缠我。今天，我们两清了。"

"两清了？"谭顺义眨眨眼，"那……那你把钱全付给我。"

"你还好意思要那钱？"万长花盯着谭顺义，"就因为你提供的原材料以次充好，才造成产品质量问题；就因为你提供的东西短斤少两，才造成生产的不配套……"

"那……那也不能只怪我。"谭顺义哭丧着脸。

万长花眉毛一挑，厉声说："那还怪谁？你说！"

"我……我不好说。"谭顺义瞟一眼万长花，"反正那几单生意，我一分钱也没赚，算起来还亏了。"

"那谁赚了？"

"我……唉！"谭顺义一拍车门，"我再打点折，折下的给你，行不？"

"打折？给我？"万长花一笑，"我不稀罕！"

"那你要怎样？"

"那生意谁要你做的，你就找谁要钱去。"说着，万长花就要下车。

"那不行！"谭顺义一把抓住她的手。

"你放开！"万长花甩着手，"你不放？那我叫人了啊！"

"你叫啊！"谭顺义紧紧抓着她的手，"刚才也有人看到了，还有人从我们身边走过，可有哪个问了？有哪个管了？都没有。人家还以为我们是在谈恋爱，或是两口子呢！"

"是你个头！"万长花嘴上说着，心里却盘算着如果跟他硬耗下去，一时半会也脱不了身，索性说，"我知道，你做生意也不容易，累死累活的不说，还要这里疏通，那里打点，也怪可怜的。"

"就是嘛。"谭顺义松开了手，"你这话我爱听，说到我心坎里去了。如今做桩生意，求爷爷告奶奶的，看上去热热闹闹，到头来，落到自己口袋里没几个子。"

万长花点点头，说："可你知不知道，现在公司的日子也不那么好过。"

"是吗？"谭顺义眨着眼睛。

万长花偏着头，瞅着谭顺义，说："上个月，公司首次出现产销下降的情况，这个月还在减少。这可不是一个好信号。"

"不一直是红红火火的吗？"

万长花鼻子哼了一下说："就因为有你这样的人啊！"

"我？"谭顺义指着自己。

"当然，也不只因为有你。"万长花瞟一眼谭顺义，"还有市场需求的变化、资金的问题。"

"资金怎么啦？"

"周转不过来啊！"万长花眼睛一转，"你不知道了吧？一来，应收账款增加，催又催不回来；二来，银行不增加贷款，有的还说现有的都要收回。"

"好好的，银行怎么就不增加贷款了？还要收了？"谭顺义摸着脑袋，"几个月前，银行不都还在抢着要给公司增加贷款吗？"

万长花摇摇头说："这半年多，特别是近两个月来，银行对公司的看法不断在变，首先是H行，接着是……"

"哦，我明白了。"谭顺义若有所悟地点着头。

"你明白了？"

谭顺义看着万长花，说："如果我没猜错的话，是跟岳北法院的执行，特别是这回去青山的执行有关，对不对？"

"那还不是因为有你！"万长花盯着谭顺义。

"怎么又扯到我身上来了？"谭顺义避开她的目光。

"要不是你泄露信息，人家会知道青山？会到青山去吗？"万长花推了一把谭顺义，"你说！"

"你别说那个事了，好不好？我一分钱也没得到，真的！"谭顺义偏着头，怯怯地看着万长花，"如果当初公司能讲点信用，付点钱给煤化厂，后来的事应该也就没有了。"

"你什么意思？"万长花笑着说，"你也好意思说信用？"

"没……没什么意思。"谭顺义往门边挪了挪。

"那就好。"万长花说着，突然打开车门。

"你别走！"谭顺义一把抓住万长花的胳膊，"还没说好什么时候给我钱呢！"

"你刚才没听懂？"万长花挣脱道，"公司现在没钱，就是想给你也没办法，我又变不出钱来！"

"那你也得给我一个说法。"谭顺义抓着不放。

"说法？"万长花牙一咬，"好，等有钱了就给你，行了吧？"

"不行！"

"你放开！"万长花眼睛一瞪，指着谭顺义的鼻子。谭顺义一愣，手松了一下。万长花趁机快速下了车，跑几步转过身，气呼呼地说："谭顺义，我警告你，你我之间的事刚才已经两清了，你要再来纠缠，我就对你不客气了！"她甩开手，大步朝前走去。

谭顺义下了车，追了几步，站在路边望着，直到她的背影消失在夜幕里……他双手抱着头，慢慢蹲下去……也不知蹲了多久，起来时已是泪流满面。

沐浴着夕阳，张明亮走出矿井。站在离井口百来米的土坡上，他看到坡下那小山似的煤堆和正在装载的车辆，看到了山脚边那一排单层红砖房和出出进进的矿工，看到了隆隆开过来的满载煤炭的矿车和矿车上笑着的黑花脸，看到了山边被水冲出的沟沟壑壑和坡下一片乌黑的田垅，看到了山间那一棵棵死去的枯树和一块块凸起的巨石……

吴龙江走到张明亮跟前，问："是不是再辛苦一下，去看看我刚接手的洗煤厂和焦化厂？就在前面几公里。"

张明亮走下土坡，说："今天就不去了，行里还有事，得赶回去。"

吴龙江边跟着走边说："也行，下次再去。"

张明亮停下脚步，问吴龙江："焦化厂跟冶炼公司是不是有业务往来？"

吴龙江点点头，又说："但那都是过去的事，他接手后就没有了。"

张明亮"哦"了一声。

吴龙江看一眼张明亮，说："看来，你的决策还是对的，听说冶炼公司近来开始走下坡路，货款支付都不太及时了。"

"吴总，有几句话，我想跟你说，也不知道该不该说，更不知道你听不听得进去。"张明亮看着吴龙江。

"看你说的，你和我，谁和谁啊！"吴龙江虽然心里有些忐忑，却手一挥说，"你快说！"

"那我就说了。"张明亮望了一眼田垅，再望了一眼山上，"也没别的，只是一个建议。你看啊，你开这个煤矿，一来山上山下都糟蹋了；二来这井打得深，煤层又不厚，煤质也不太好，成本高；三来井下地质结构复杂，瓦斯又高，容易引发事故，风险大，虽然目前煤的市场价格不错，有钱可赚，但绝不会长久。而你与孔老板的合作，我倒觉得是一条好出路，如果经营得好，不会比开煤矿少赚钱，只会……"

"别说了，我明白你的意思了。"吴龙江笑了笑，"只是，我刚接过来不久，也不好……"

"就什么呢？"张明亮拉着吴龙江的手，"我只是一个建议，你明白就好。"

"你放心，我真明白了，会好好考虑的。"吴龙江握着张明亮的手。

出了矿区，吴龙江说请张明亮去山那边吃野味。张明亮说不去了，等会就在进城的路边随便吃点，何小年还在行里等他。

张明亮一进办公室，何小年就将一个文件夹递上来。

"不错，我只在几个地方稍有修改。"张明亮边说边合上文件夹，"明天我去一趟双江，再给周行长和宋律师看看，看他们还有什么意见。"

张明亮看资料时，何小年就一直弯着腰，站在张明亮旁边，看他怎么修改，琢磨为什么要那样修改。张明亮放下笔，抬头赞赏地看他一眼，他对张明亮也由衷地生出一片敬意。

"张行长，我有一个小建议，希望你能够采纳。"何小年认真地说。

"请说。"张明亮坐正了。

"这次去那边，如果还是你去，目标大，风险大。作为同事、兄弟，我真不想让你再去冒这个风险。"何小年真诚地看着张明亮，"我想，与其你去，不如我去，他们不会把我怎么样。到了那边，我一定及时跟你汇报、请示，不会……"

"不会什么呀？"张明亮笑着，泪花挂上了睫毛。

"我……"何小年也笑，笑得泪光闪耀。

"谢谢你，我的好搭档、好兄弟。"张明亮抽出一张纸巾，擦了擦眼睛，"你的心意我领了。这次去那边，还是我去更合适。你不用担心，上次都没什么，这回更加不会。其实，你在行里的担子并不比我轻，压力并不比我小。有什么事可以跟郭行长多商量，把握不准的可以请示赵行长。赵行长虽然回双江了，但他还是组长。"

"好。我会尊重郭行长的，只要她不出格……就算她出格了，只要不触及原则，我也会让着她。再说，有事我也会及时向你汇报，请你定夺。"何小年低垂着眼睛，"只是，我总觉得心里难受，对不住你。"

张明亮要他快别这么说，没什么对不住的，都是为了工作。何小年说，要不是自己把冶炼公司这个账户接进来，就不会有这些事了。张明亮说，接这个账户进来并没错，这不是问题的关键，当然，也要吃一堑长一智，得个教训。

这些天，李颖一直在忙开服装店的事，选店址、选品牌、选搭档……忙得一塌糊涂。走到支行门口，她给张明亮打了个电话，对方说在办公室加班。她进了院子，看到了办公室的灯光，还隐约听到有人说话。

一只猫"喵"的一声从围墙上跳下来，从驻足细听的李颖脚前一闪而过，吓得她一声尖叫。楼上的窗户"哗"地被推开，张明亮伸出头来，问怎么了。何小年也探出头。李颖说没什么，就一只猫，又请何小年等下一块儿来家里吃饭。

吃过饭，何小年又跟张明亮谈了一会儿工作上的事才走。何小年一走，张明亮就问起了李颖服装店的筹备情况。她说比预想的要好要快，特别是想合伙或参股的人不少，连楚芳也打来电话，说想来一个。

张明亮说："在选择合作伙伴的问题上，一定要慎重再慎重，大意草率不得。"

李颖点头："我明白，只是想合作的人多了，还真不好选择，也把握不准。"

张明亮提醒道："那就更要小心。生意场上，别说是同事同学、战友朋友，就是兄弟父子，也有反目成仇，甚至刀兵相向的。"

"不至于吧？别说得这么吓人好不好？"

"不是吓唬你哦！"张明亮腰一挺，收敛了笑容，"这么多年来，我见到不少公司热热闹闹地开了张，还没一年两载，就轰然倒塌，或是无声无息地不见了。为什么？就因为这些公司的合伙人或合作方，在公司成立之初，或在公司开业不久，就在经营方向、思路，在管理方式、方法等方面思想不统一，认识不一致，各唱各的调，争权夺利，明争暗斗，只想着自己的小九九，甚至扯皮拆台，大打出手。你说，这样还能合作下去吗？"

"那还用说，当然是……"李颖眨眨眼睛，恍然大悟似的指着张明亮，"好啊，你说了那么多，原来就是……"她双拳在张明亮肩上捶打着。

"原来是什么呀？"张明亮看着李颖，"哎哟，这按摩舒服，真舒服。"

"好，我让你舒服！"李颖拧着张明亮的耳朵，"我问你，你是不是想让我自己干？"

"哎哟——恭喜你，猜对了！"张明亮捂着耳朵。

"你呀！"李颖嗔一眼张明亮，"本来就一句话的事，何必转弯抹角说那么多。"

"可不是我要说那么多，只是要提醒你。开店不是容易的事，跟别人合作就更不容易。"张明亮拉着李颖的手，"实话跟你说吧，要你去开店已是无奈之举。也有公司跟我说过，想请你过去，但我都没答应。要你独立开店，我是有我的考虑，怕你被人利用，怕把我也牵扯进去。这是我自私的地方，却也是为你好，为这个家好。我知道，你一个人开店肯定要更辛苦一些，但也能更好地施展手脚。可以多请一个帮手，开高点工资，培养店员的忠诚度和敬业感。这些都希望你能理解。"

"我知道，你是为我好，也是为这个家好。我都听你的，行了吧？"说着，李颖的眼睛就红了，头一拱，偎在丈夫怀里。张明亮搂着她，轻轻地摇着。

"哎，我问你个事。"李颖睫毛上挂着晶莹的泪花。

张明亮点点头。

"你可得说实话，不能哄我。"李颖眼睛一动不动地看着张明亮。

"什么事啊？这么看着我。"

"也没什么。"李颖笑了一下，"就是那个齐小红。我越来越觉着她看我的时候，眼神老是怪怪的，就好像我偷了她什么东西似的，总有一种说不出来的滋味。我琢磨好一段时间了，就是想不出来为什么。你说呢？"

"这……"张明亮稍一愣，笑了一下，"我也没看到过她是怎么看你的，你也没跟我说过，还真不知道是怎么回事。"

"不过，也怪了。"李颖坐起来，"你看，她个子高，身材好，长得漂亮清爽，单位不错，家境也好，应该是好找对象的，可就是找不到。"

"也许正因为条件好，挑来挑去的，挑花眼了吧！"张明亮随意说着。

"我就不信，一个青山，那么多人，就没一个她看得上的？"李颖叹口气，"要是再挑来挑去，等个三年两载，过了三十，就是别人来挑她了。"

"嗯，那也是。"张明亮点着头。

李颖用手碰了碰张明亮，说："她是你的优秀员工，你是不是也关心一下？"

张明亮讪讪一笑，问："怎么关心啊？"

李颖往张明亮腿上一坐，说："给她物色一个对象呗！"

"这……"张明亮脸一红，摇着头，"我可不会。"

"咦，你红什么脸啊？"李颖眨眨眼睛，审视着张明亮，"哦，我明白了。"

张明亮张着嘴，问："明白了什么呀？"

李颖陡然脸一阴，指着张明亮的眼睛，说："你看着我。你给我老实说，她是不是瞄上你了？你是不是喜欢她？"

"你……"张明亮心陡地一沉，马上又镇定下来，做出一副十分委屈的样子，"看你又说到哪儿去了。人家才二十六七，怎么会瞄上我这么一个上了四十的人？你也知道，如今的美女，喜欢的是帅哥、票子，我既不帅，也没钱，人家怎么会喜欢呢？再说，你要外表有外表，要内涵有内涵，聪明能干又温柔贤惠，一天到晚我都喜欢不过来，哪还有心思和精力去喜欢别人？"

"你呀！人家说着玩的，你还当真了呢！"李颖眼睛一转，"扑哧"一笑，用手指在张明亮额头上一点，"你要当真，就说明你心里有鬼了。"

　　"我有什么鬼呀？"张明亮说得有点虚软。

　　"你看你，人家都说是说着玩的，你还急眼，看来是真的有鬼了啊！"李颖呵呵一笑，"好，你给我老实交代，坦白从宽，抗拒从严！"

　　"你干吗？还真审上了不成？"张明亮脑子一转，指着李颖，话锋一转，"你看你那个严肃样儿，人家能不当真吗？"

　　"嗯，当真好。"李颖莞尔一笑，"我就是给你提个醒，记在心上就是了。美色固然可人，美女固然可爱，可美色就是一把刀，常常害人于无形，杀人不见血。美女就是一条藤，一旦缠上你，你就在劫难逃，不死也会脱层皮。"

　　"那是，那是。"张明亮感到身上一阵发热，又一阵发凉。

　　李颖双手往张明亮肩上一搭，笑着说："我是不是说得太恐怖了？"

　　"没有，没有。"张明亮摇着头。

　　"好啦，都是说着玩的，不说了。"李颖温柔地看了一眼张明亮，双手往他脖子上一勾，"你是我的。我知道你的为人，放心着呢！"她双手捧着张明亮的脸，亲着他的额头、鼻子、嘴唇……头一歪，拱进了他的怀里。他搂着她，闭上眼睛，轻轻地摇着……

第九章

　　成大为看着日历，心里算着日子，想着张明亮如果要来，应该也就是这两天了。想着想着，他就站起来，走到窗口，往楼下的前坪看，没看到张明亮的踪影，却一眼看到马旺财身上背着的那个"冤"字。那"冤"被风刮得一时飘起，一时又落下……一阵风怪叫着刮过，将那"冤"字掀起，盖到马旺财的头上。马旺财被风推着跑了几步，一个趔趄，歪倒在地上。他挣扎着，可刚躬起腰，又一股风刮来，将他扑倒在地……他终于站起来，将那"冤"字扯到胸前，背向着风的方向。

　　望着马旺财和那个"冤"字，成大为突然头一阵昏眩，眼前一黑，差点摔倒。他连忙扶着窗户，倚着窗台站了一会儿，定定神，坐到椅子上，闭上眼睛。

　　屈光宗在门口伸进头来，敲了敲门，见成大为睁开眼睛才走进来，在他对面的椅子上坐下。

　　屈光宗伏到桌上，小声说："成局长，看来情况有点不正常，期限眼看就要到了，怎么张明亮他们还没一点动静？"

　　成大为坐了起来，问："你是不是盼着他们早点过来？"

　　屈光宗说："我看，他们是不会不来的。"

　　成大为抓起桌上的一支铅笔，猛地往桌上一扔，说："那好，你马上去打电话，请他们快点来啊！"

那笔跳了几下，滚到地上。屈光宗挪一下椅子，弯下腰，捡起笔，轻轻放到桌上，瞟一眼成大为，轻轻地走到门口，出了门，再探进半个头，见成大为的头又靠在椅子上，闭上了眼睛。

"他这是怎么了？今天怎么这么大的火气？谁招惹他了？是我哪里说错了，还是什么地方得罪他了？难道是……"屈光宗边想边走回自己的办公室。

成大为双手揉着太阳穴，头疼却一点也没缓解。他不由自主地走到窗前，一眼看到的还是那个"冤"字。风已停歇，太阳钻出云层。斜阳照射在那个"冤"字上，反射出刺眼的光芒。那光芒好似一根根针，扎进他的眼睛，扎进他的心尖……

太阳快要落山了。马旺财用手遮着额头，对着太阳看了看，正要转身离去，一只手搭在他的肩上，吓了他一跳。

"谁呀？"

"是我。"

"成法官！"马旺财向前一步，伸出双手。

"干吗？"

"铐上啊！"马旺财哈着腰。

"铐什么？不铐。"

"那你要干啥？"马旺财站直了。

"有个事，我想跟你商量下，行不？"成大为边说边四周看着。

"跟我商量？"马旺财惊疑片刻，看着太阳，又指了一下，"不对，你看，太阳还是从那边山梁上落的嘞。"

成大为诚恳地说："真的，不骗你，是有个事想跟你打个商量。"

马旺财看着成大为，"那好，我就信你一回。不过，你得跟我走，行不？"

"可以。"成大为点了下头。

马旺财和成大为一前一后走出了大院，走上人行道……

这一切被刘志高、阳建国和屈光宗看在眼里。不同的是，刘志高是下楼来接一位退休老法官。他站在大门口，看到成大为从走近马旺财到和对方一起离开的全过程。成大为往四周看的时候，一眼就看到了他。他朝成大为扬扬手，赞许地点了点头。阳建国则是在电话里挨了高院江副局长的一顿数落，气冲冲地走到窗前，拉开窗户，朝窗外狠狠吐了一口痰，同时看到马旺财正指着太阳，成大为侧身站在他的对面。而屈光宗回到办公室，琢磨来琢磨去，还觉得是自己惹成大为生了气，应该当面做个检讨，却见成大为办公室的门关着，又听人说他下楼去了。他快快地回到办公室，坐了两分钟，再也无心办事，就跟邻桌的王维权打个招呼，下了楼，一出大门，一眼看到刘志高，然后顺着他的目光，看到成大为跟着马旺财走上了人行道。他朝刘志高点头笑了一下，边往台阶下走边拍了一下自己的脑袋，在心里说，哎哟，原来是这样，脚下也跟着轻快起来。

马旺财沿着人行道走了两百来米，拐进一条小巷，走了百来米，到了巷子尽头。他指了一下左侧一扇低矮的双页木门，又拿钥匙开了门上的小挂锁，"吱呀"一声推开门，朝成大为做了一个请进的手势，见成大为推让就自己先进了。

这是一个小院子。对着门的是三进单层的土砖房。院子左侧堆放着一些纸箱、书报之类的废品，右侧堆放的是一些破铜烂铁。

"这都是我捡回来的，过两天就拿去卖了。"马旺财指了指地上的废品，"没上你们那儿去的时候，我就四处捡拾这些，聚多了再一次性送出去。"

"这些捡了多久？"

"一个来月吧！"

"能卖多少钱？"

"不一定，价格常变的。"

进了屋，马旺财开了灯，但还是有些昏暗。他小心地取下那个"冤"字，轻轻靠墙放下，问成大为是坐那挨着"冤"字摆着的破烂沙发，还是坐沙发对面的旧木椅。成大为在木椅上坐下，又请马旺财在沙发上坐下。

"马大伯，我对不起您，对不起您一家，我向你道歉，向您全家道歉。"成大为站起来，恭敬地向马旺财深深弯下腰。

"你……你这是干啥？"马旺财连忙起身，在身上擦了两把手，边扶起成大为边说，"快别这样，这我可承受不起。"

"马大伯，我是真心向您道歉的。"成大为扶着马旺财坐下，"半年多来，特别是近一段时间，每次看到你背着那个'冤'字，我心里就像刀子捅着一样难受。"

"是吗？"

"是的。"成大为抚着胸口，"马大伯，这些年来，您一直恨着我吧？"

"恨过。"

"现在呢？"成大为看着马旺财。

"不恨了。"马旺财轻轻地摇着头。

"真的？"

"真的。"马旺财说得平和平静。

"那您怎么还时不时去那边？"

"也没啥，习惯了，习惯了……"马旺财一连说了五六个"习惯了"，每说一个，成大为的心就沉一下，紧一下，疼一下……

"哦，你坐。"马旺财让成大为坐下，又起身给他倒了一杯水，"这样跟你说吧，去那儿还真是习惯了，要是隔几天不去，心里准不舒服，空落落的，就好像还有一个什么事没去做一样。"

成大为双手捧着杯子，点着头。

"我要是隔几天没去，晚上准会做梦，梦见大富在跟我喊冤。"马旺财扯着袖子擦了擦眼睛。

"马大伯，大富那边，我这两天就去看他，也想想办法，看能不能……"

"不用，别麻烦你，早都习惯了。"马旺财淡淡一笑，"反正都过了一大半了，最多也就还有两年半吧？"

"两年半也不短的。"成大为放下杯子，"请您相信我，我会尽力的。"

"别说了，真的不用。"马旺财摆着手。

一阵沉默。

"马大伯。"成大为挨着马旺财坐下，"我想跟您打个商量，您能不能不再去那边了？"

马旺财摇着头。

"那去可以，但不要背着那个，行不？"成大为指了一下"冤"字。

马旺财翻一眼成大为，点一下头，马上又猛地摇起来。

又一阵沉默。

暮色降落到了小院里。

"成法官，你回去吧，不早了。"马旺财打破了沉默。

成大为仿佛没听见，一动也不动地坐在那里，眼角渗出泪来。

"谁呀？"马旺财听到院门"吱呀"一声开了，便起身问道。

"舅，是我呢！您今天回得这么早呀！"左又芳说着进了屋。

"这就回来了？"马旺财接过左又芳手上的椅子放到地上。

"是啊，特意早点回来的。"左又芳放下篮子，一眼疑惑地看着成大为，"有人通知了，明天一早要去厂里开会。"

"又芳，这位是成法官。"马旺财指一下成大为，又指一下左又芳，"她是我外甥女，煤化厂的，下岗了，在街上擦鞋子。她男人在一家餐馆打工，回来得晚。"

"哦，你就是那个大名鼎鼎的成大法官呀！"左又芳一声冷笑，"你这是微服私访呢，还是现场办案啊？"

"都不是的。"成大为站起来，"是来看看马大伯。"

马旺财瞟一眼成大为，默然坐着。

"既然是来看我舅的，那就是客，得吃了饭再走，也体验一下我们底层百姓的生活。"左又芳袖子一撸，做出要做饭的样子，"不过，先得声明一下，大鱼大肉没有，山珍海味更没有。"

"看你这说的。"马旺财瞟一眼左又芳，"人家成法官事情多，马上就走的，哪有闲工夫在这儿吃你那粗茶淡饭。"

成大为本是想在这里吃了饭再走的，好跟马旺财再聊一会儿，可听他这么一说，只好走了。马旺财走在前头，领他到门口。他出了门，伸出手。马旺财却装着没看见，将门掩上。透过门缝，他看着马旺财模糊的背影移进屋里，才转过身来，借着屋内照射出来的斑驳破碎的灯光，朝巷口走去。

马旺财坐在灶前，两眼看着火膛。火光映在他的脸上，跳跳闪闪的。左又芳边和面边说成大为能到这里来，应该也是下了很大决心的，又说虽然大富是冤枉，但人家毕竟也瞎了一只眼睛，受的伤害也不轻，现在人家头也低了，歉也道了，还说会去看大富，不如就顺坡下驴，以后别再去了。她话还没说完，马旺财就"砰"的一声，一脚踢翻了一条小板凳，一双眼睛灯笼似的瞅着她。她舔了一下舌子，埋下头，不作声了。

吃过饭，马旺财躺在床上，想着成大为来的情景，烙饼似的睡不着……到了后半夜才想定，如果不再梦见马大富喊冤，就不去那边了。

公安早就得到信息，知道煤化厂可能有数百人去政府请愿。尽管政府相关部门的领导都给吕大业打了电话，或当面跟他指出了问题的严肃性和严重性，他都或软或硬地顶了回去，说自己实在没辙了，各种手段、方法都用尽了，现在要么是他辞了这个厂长，或是把他免了，不管怎样他都不会说半个"不"字；要么是厂子早点破产破了，或是改制改了，好让大家该留的留，该走的走，是去是留，是死是活，也早点给大家一句话，好有个打算。

请愿的队伍被警察拦在半路上。过了一会儿，公安分局的副局长奉命赶来。随后，一辆小车在路边停下，下来三四个人。一个警察扯了扯局长的衣袖，局长扭头一看，连忙跑上去，向为首的敬了个礼，说："请秘书长指示！"秘书长点点头，整理了一下大衣，走到人群跟前，扫一眼，问歪鼻子："吕厂长来了没有？"歪鼻子故意四处看了看，说："没看到。"秘书长拨通了吕大业的手机，问他在哪儿。吕大业说厂里还有几百人吵着要过来，他正在做工作。秘书长要他安抚好厂里的职工后，尽快赶过来。

与此同时，阳建国站在窗口，望着大楼的前坪。前坪一片空荡，偶尔有人往来。马旺财背着"冤"字进了前坪，站在旗杆下，目光顺着旗杆往上爬，爬上了飘扬着的红旗，又爬到了大楼上、国徽上……

办公桌上的手机响了，阳建国跑过去接听。谢忱问煤化厂的人来了没有，又说他在去省城开会的路上，有事找其他领导汇报。阳建国说，煤化厂的人暂时还没来，但他已做好了充分准备。谢忱说，这事由他具体负责，一定要做好安抚工作。阳建国挂了电话，走到窗前，已不见了马旺财，便带着疑惑匆匆下楼，问大门口严阵以待的法警看到马旺财没有。有人说没看到，有人说几分钟之前他就走了。阳建国"哦"了一声，回到办公室。

马旺财刚才在前坪走了走，又站了一会儿，想起成大为前天跟他说的一些话，心底一颤动，莫名地就往回走了。

吕大业气喘吁吁地站在秘书长跟前，抹了一把额头上的汗水，边喘气边解开棉衣，敞着胸口。

秘书长轻轻拍拍吕大业的肩膀，说："吕厂长，解铃还须系铃人。你快跟大伙说说，让大伙快点散了，别影响岳北的形象，别坏了岳北的名声。"

吕大业点着头，说："好，我说，就说，只是大家听不听，就不知道了。"

"那不行，一定得说好，让大伙快点散了！"

"那好，我试一试。各位，我和大家一样，都是煤化厂的职工，对厂子都是有感情的。煤化厂有过辉煌的时期，有着光荣的历史。这是大家的自豪，也是大家的骄傲。如今，厂子败落了，大家一两年没领到工资，日子过得寒碜，不容易。这我全知道，我对不起大家！"吕大业站到一个石礅上，向人群鞠了一躬，"说心里话，我也希望厂子能振兴起来，希望大家的日子能过得好一些。可我又有什么办法？想来想去，唯一的出路就是改革，要么是破产，要么是改制。当然，这一方面需要政府给我们政策，另一方面也需要大家的支持和配合。"

歪鼻子高举着手，要秘书长给一个答复，众人跟着附和。

吕大业从石礅上跳下来，满眼期待地看着秘书长。秘书长看着人越聚越多，想着来之前市长的交代，心底不禁打了一个寒战，脑子一下也乱了，随后跟吕大业耳语了几句，又朝局长扬扬手，示意他退下。

吕大业站到石磙上，接过有人递过来的喇叭，提了提气，大声说："各位煤化厂的兄弟姐妹，大家好！我要跟大家说一句大实话，也是一句掏心窝子的话，那就是政府并不是不管我们，而是一直在关心着厂子，关心着大家。大家想的是什么、要的是什么，政府都知道，秘书长更是清楚，也非常理解。但政府也有政府的难处，有些事只能一步一步来。刚才秘书长跟我说了，他一定会把大家的想法、要求都带回去，跟市长好好汇报，尽快给大家一个结果。"他见秘书长点头，就接着说，"当然，你说要秘书长现在就给大家一个满意的答复，也是不可能的。为什么？大家都是聪明人，一想就明白了。好了，大家也都辛苦了，天气又冷，聚在这大街上，晃来晃去的，也不像个什么，就都快点散了，回家去吧！"他扬着双手，身子一歪，差点从石磙上掉下来。

于小财朝歪鼻子挤了挤眼睛。歪鼻子点下头，跳一下，举起手，大声说："好，那我们就信秘书长的，也听吕厂长的，走，回去！"他手一挥，带头就走。人群跟着也就散了。

在一个僻静的巷口，歪鼻子接过于小财手上的钱，数了一下，塞进衣兜里，捅一下对方的肚子，说这一回总算没骗他。

与此同时，张明亮乘坐的飞机刚好着陆。和他同来的还有省高院执行局的罗群英副局长和赵万隆、吴启东、宋广元等。罗群英跟L省高院执行局的邢援朝副局长是战友，几个月前还在武汉一起开过会。

下午一见面，邢援朝主动与罗群英紧紧握手，接着是久久拥抱，显得格外亲热。张明亮看着是既敬佩又感动，对他们的战友情深啧啧称赞，又暗想，看这架势，邢援朝应该会给罗群英一个面子……

坐下之后，才寒暄几句，罗群英就想将话题往正事上引，邢援朝忙笑着说，"几位远道而来都辛苦了，下午只喝茶，只叙友情，不谈工作。"罗群英哈哈一笑，说："也好，先叙友情，打个基础，到时候也好再谈工作。"邢援朝一拍沙发扶手，指一下罗援朝，开怀大笑。

天南地北一聊，两个小时不知不觉就在指缝间溜走了，其间罗群英有两次想往正事上扯，总是被邢援朝岔开了。中途说到南方的风土人情，张明亮趁机接上话头，可他刚说到青山，邢援朝又将话接了过去，兴致勃勃地介绍起了L省的人文地理、风俗习惯……

晚上，邢援朝在一家百年老店宴请罗群英一行。在车上，邢援朝就开始津津有味地介绍起这家名店，上菜后，他又如数家珍地说着店里每一道菜的掌故，绘声绘色，生动风趣，赢得喝彩四起，掌声不断。而每每喝彩或掌声过后，罗群英等就要举杯敬他，或是他敬罗群英等人的酒。就在这样友好的气氛之中，大家尽兴而散。

邢援朝和罗群英相互搀扶着进了房间。张明亮跟着进去，说给他们烧水泡茶。邢援朝却扬着手，说不用。张明亮只好退出去，将门带上。

"怎么样？老战友。"邢援朝让罗群英在沙发上坐下，"没事吧？"

"没事，这点酒算个啥！想当年，我们都是这……这样的。"罗群英做了个吹瓶子的手势，"你不记得了？"

"记得，怎么会不记得。"邢援朝拍拍罗群英的肩膀，"好了，我给你烧水喝去！"

"嗯，好！"罗群英挥着手，"你去，你去！"

隔壁房间里，张明亮坐在床头，耳朵几乎贴到墙壁上。宋广元坐在靠床头的沙发上，眼睛盯着墙壁。他们都屏气静听，却听不到隔壁的声音，只能听到自己的心跳。

邢援朝将两杯茶放到茶几上。罗群英端起茶杯就喝，烫得直吐舌头。邢援朝笑他还是当年那个猴急的样子。

"那我还真就改不了了。"罗群英将茶杯往茶几上一搁，"那个事，你就一句话，给我一个痛快吧！"

"什么事呀？"邢援朝笑着，"看你急的。"

"哼，你就装呗。"罗群英盯着邢援朝，"原来你也还是那副德行！"

"你是说那个事吧？"

"不那个事，还哪个事！"

"那个事，你说怎么办呢？嗯，还真有点不好办。"邢援朝搓搓手，"前两天你给我打了电话后，我就马上了解了一下情况。从了解的情况来看，这事还真是很复杂，不是一句两句说得清的，也是不是一天两天讲得完的。一句话，这事我心有余而力不足。"

"你……你你你……"罗群英指着邢援朝，"我那么远跑过来，你总得给我一个说法，让我回去也好交差么！"

"这……这……"邢援朝站起来，踱了几步，"这样，你看行不？"

"怎样？"罗群英盯着邢援朝，"你给我快点说！"

"猴急个啥呢？"邢援朝一笑，坐下，面对着罗群英，"这可是我给你们争取到的最宽松的条件了，当然，也不知道你们满不满意？"

"你啰唆个鬼呢！"罗群英拍了一下邢援朝的手，"快说！"

"你让银行将那冻结的钱划一半过来，这事就算完了，行不？"邢援朝瞅着罗群英。

"那不行！"罗群英头一摇，手一摆，"要这样，我还来干什么？我来又有什么用？"

"那两百万，行不？"邢援朝喝口水，"你要行，我就给他们做了这个主。"

"不行，没道理的！"罗群英敲了敲茶几，"这你应该也清楚！"

"老罗，你也知道的，"邢援朝笑了笑，"世上的事，有时候，没那么多的道理不道理。"

"别的我知道，就这个我不懂！"罗群英斜看着邢援朝，"我也不跟你多说了，反正这回你得给我一个面子。"

"这……"邢援朝双手往腿上一拍，叹口气，站了起来，从沙发跟前踱到床边，从床边踱到门口，从门口踱回沙发跟前，"老罗，那这样，就160

万。如果你同意，我去做他们的工作，怎么也要把这事搞定；如果你还有想法，就当我没说，但你也不要怪我没给你面子。我的面子只有这么大，顶了天了。"

"真就顶了天了？"罗群英疑惑地看着邢援朝。

"还骗你不成？"邢援朝坐下，"我什么时候骗过你？"

"那好，我去跟他们说说。"罗群英指了指隔壁，"看看他们的意思。"

"好，我等你回信。"邢援朝端起茶杯。

听了罗群英的述说，赵万隆先谢过他，说："还是您面子大，一下就减了四十万。虽然是减到一百六十万，却是没道理的，账务上也不好处理，还得问责，不好办。"张明亮支持赵万隆的说法，认为这承诺不得。宋广元说："如果能够这样处理完事，那也未尝不可，如果耗下去，花费的钱财自然不会是个小数，还要耗时费力，更不知要耗到何年何月才能清白。"罗群英认为，宋广元说得有道理，与其耗下去，不如这样结了更好。吴启东说："能不能请您再跟邢援朝谈一谈，能不能再少一点，哪怕是减少五万十万的都好。"罗群英摇头不语。赵万隆看着张明亮，要他拿主意。后者也拿不准，说要请示一下周大新。周大新说，如果是这样，那就耗下去，不能破了底线。

来之前，周大新给了张明亮一条底线，那就是退一步，可以谈，但只能在可承受的范围内谈。谈好了，既不会给上面添麻烦，也了结了一桩烦心事。

"那好吧，既然是这样，你也就别怪我了。"邢援朝听罗群英一说，摇摇头，笑了笑，"老罗，我也跟你说句实话吧。刚才我跟你说的那个数，煤化厂和岳北中院应该都不会同意。可我为什么又说了，就在于你们的这个答复已在我的意料之中。这就是知己知彼，你说是不？"

"你呀！"罗群英指了指邢援朝，"我也懒得跟你多说了。我还是奉劝你一句，这事耗下去，对你也不会有什么好处的。"

"没错，这事对我不会有什么好处，却也不会有什么坏处。你要知道，这事并不是我能左右得了，更不是我说了算的。"邢援朝拉着罗群英的手，"老战友，你看这样行不，如果你在这边玩个一天两天，我陪你；如果你不玩，我明天就下地市调研去了。"

"不用陪，你调研去吧！"罗群英笑着说，"我明天上午就回去了。这边我来过几回的，该看的早看过了，也没什么好玩的了。"

"那好。你早点休息。"邢援朝和罗群英握手道别。

送邢援朝进了电梯，罗群英回到房间，踢了一脚沙发，又嘟哝骂了一声，也不知道他骂的是谁。话刚落音，赵万隆过来了，说明天陪他去省城周边的名胜古迹走一走。他连连摆着手说，不去了，事没弄好，没心情，没兴致，也没什么好看的，明天一早就回去。见罗群英执意要回去，赵万隆只好说明天陪他一起走。张明亮打算明天去一趟岳北，请宋广元陪他一起去。宋广元点头同意。赵万隆说，去一趟也好，一定要注意安全，保持联系。

这些天来，张明亮越想越觉得，要冶炼公司与煤化厂协商解决也好，要成大为他们现在中止或终止执行也罢，都是天方夜谭，如果能让煤化厂自动放弃执行，或丧失执行的主体资格，那就从根源上解决了问题，可这又谈何容易，也许只是一种幻想。这么想着，他决定再次去岳北，见见成大为，摸摸底细，也见见孔大华，促成孔大华与吴龙江的合作。

出了酒店，赵万隆陪罗群英、吴启东前往机场，张明亮和宋广元赶往汽车站。

在去岳北的车上，张明亮试着给孔大华发了一条信息，问了个好。孔大华说等下去车站接他。

随着车子的颠簸，望着远处灰黄的梁峁、沟壑，看着在寒风中颤动的树枝，张明亮想起了四月来时那盛开的梨花、飞舞的蜂蝶……

宋广元碰了碰张明亮的手，问他想什么。张明亮一笑，指了一下窗外说，没什么，只是人是物非了。宋广元摇摇头说："你我已不是四月的你我了。"张明亮轻轻一声叹息道："事却还是那个事。"宋广元捻着胡子说："其实，事也不再是那个事。"张明亮稍一想，点头笑了。

出了车站，张明亮四处张望，不见孔大华的踪影。尤小柳袅袅婷婷来到张明亮跟前，说她是孔大华的秘书小尤，孔总临时有事去了，特委派她来接站。

车在酒店门口停下，孔大华致电张明亮，说亲自没去接他很抱歉，晚上请他喝酒。张明亮并不在意，说自己现在四周转转。

沿街走了半晌，张明亮远远看到了上次落荒而逃的那家小旅店，又看到老板娘从门里走出来，抓着一个站在门口张望的人的手就往里拖，那人半推半就地跟着进去了。快到旅店门口时，张明亮拉一下宋广元，横过马路。左又芳微笑着朝他们打了个招呼。张明亮扭头一见是她，惊喜地走过去，又冲后面的宋广元招一下手，再看一眼脚上的鞋，一屁股在椅子上坐下，把脚伸过去，问对方生意怎样。她边擦鞋边说，还好，天气好多擦几双，刮风下雨早点收工，吃饭的钱还是挣得到的，也就是过日子呗！

张明亮问她："厂里怎样了？有没有什么新的变化？"

"还能怎样！听说好像是要破产，或是要改制了吧！"左又芳边叹气边擦着宋广元鞋上的灰，"这些天来，厂里闹哄哄的，每天都有人去政府或法院。昨天我还给他们硬拉着去了，在大街上站了小半天。他们说，如果这两天不给一个答复，还会去的。"

"那你希望破产，或是改制吗？"宋广元笑着问。

"要死早死，早死早投胎！这样要死不死、要活不活的，最是憋气，难受。"左又芳将刷子往地上一扔，又一笑，捡了起来。

"那你说是破产好，还是改制好？"张明亮看着左又芳。

"我也弄不清楚，还真没想过。"左又芳眨着眼睛，"也没别的，反正哪个还能上班，还能有事做，还能有工资发，哪个就是好的。"她抹了抹湿润的眼睛，"你以为谁愿意来擦这个鞋子？都是没办法，总得活吧！"

张明亮点着头，一种难言的酸楚随之而来……

这几天，郭玉梅格外心烦气躁，做事老走神，动辄批评这个，训斥那个，说话总是夹棒带枪，尖酸刻薄，员工大多对她敬而远之，唯恐给她逮着。刚才，她把柳叶青叫上来，没头没脑地训了一顿，然后拍着桌子质问她凭什么说自己是更年期综合征。柳叶青开始还摸不着头脑，也就低头任她训斥，后来听她说到"更年期综合征"，就想解释几句，可才开口，郭玉梅就抓着杯子往桌上一蹾，破口大骂。柳叶青赶紧闭上嘴巴，低头垂肩，眼泪随之滚落下来。

带着泪痕回到营业部，柳叶青一头趴在桌上抽泣起来。齐小红和宁彩霞劝了好一阵，她才抬起头，红着眼睛，道出原委。齐小红"扑哧"一笑，说郭玉梅这样无端地骂柳叶青，正是更年期综合征的表现。宁彩霞横一眼齐小红，拍了拍柳叶青的肩，说："算了，别多想了。郭行长也是心情不好，才批评你几句，就别放在心上；再说，领导批评你，也是一种关怀，是看得起你才批评你的。"柳叶青眨巴着眼睛，抹着脸上的泪水。

张明亮回青山的那天下午，杨正奇致电郭玉梅，问她去不去两河接张明亮。她想了想，说自己还在乡下，来不及，就不去了。当时，她确实在乡下，中午喝了一个亲戚的喜酒，多喝了几杯。后来，杨正奇又打电话给她，说张明亮已经回到青山，问她能否赶到宾馆参加晚宴。她说刚上路，肯定是赶不上的。其实，她若有心想去两河，是来得及的。自从张明亮去了两河，她的心里就一直矛盾，有时想张明亮慢点回来，永远不回来更好，有时又盼他早点回到青山，巴不得他马上就出现在她的眼前……当听说张明亮真的要回青山时，她的第一反应是，他怎么就回来了？接着是一种莫名的失落和惆怅，还有一种模糊的嫉妒和怨恨。那一晚，她彻底失眠了。而当她看到追加市分行为被执行人的裁定书时，又心底一亮，莫名地兴奋起来。

此刻，郭玉梅坐在办公室桌前，想着张明亮这回去岳北的种种可能，在纸上画着线条，画着圈圈。蓦然，她脑子里一闪，如果成大为他们将钱一划走，张明亮就在劫难逃了。想到这里，她一拍桌子，兴奋地站起来，在地上来回走着，走着走着，又坐下去。

"这样做是不是太下作了？是不是太恶毒了？"郭玉梅这样想着……突然，她一咬牙，心想，管他呢，无毒不丈夫，成功与否在此一举。

在煤化厂门口一侧的墙角下，于小财蹲在地上，手里拿着一块煤矸石，在地上圈圈点点、写写画画。

"你能确认那是银行的人干的？"蹲在于小财对面的歪鼻子问。

"那还用说！"于小财将石块往地上一扔，"开始我还以为真的是鬼，后来屈法官一说，我再一想，就觉得不对，那鬼肯定是人扮的。"

"你没吓坏吧？"

于小财眼睛一睁，"吓了个半死，差点那口气就上不来了。"

"你的胆子也太小了，就一粒小米大吧？"歪鼻子笑着。

"你胆子大，你去试试看！"于小财鼻子一哼，"要是你，只怕胆早给吓破了！"

"哎呀，我说着玩的呢！"歪鼻子"嘿嘿"一笑，"要是我，何止吓破了胆，早给吓死了。"

"就是嘛。"于小财凑近歪鼻子的耳朵，悄悄说了几句。

"桃花姐那儿我知道的，好找。你就看我的吧，看我不吓死他才怪！"歪鼻子得意笑着。

于小财指着歪鼻子，说："你可别给我放空炮，只说得好听哦！"

"哎呀，怎么会呢！"歪鼻子嬉笑着，伸出手来。

"急啥呢？"于小财打了一下歪鼻子的手，"说好了，完事以后给。"

"那不行，先得给一点。"歪鼻子偏着头，"就算是付点定金。"

"定什么呀？"

歪鼻子一抬头，看到站在于小财背后的孔大华。

"没……没什么。"歪鼻子站起来。

"你们想吓唬谁呀？"孔大华微笑着。

"没……没……"

"你们也太投入了吧！"孔大华大笑着，"我早就站在你们后面了。你们说的我都听到了。"他瞅着歪鼻子，"你说，于科长给你多少钱，我加倍给你，而且现在就给。"

"我……"歪鼻子看着于小财。

于小财退了一步,讪笑着。

"说呀!"孔大华瞪一眼歪鼻子。

于小财眼睛一转,在大腿一侧摆弄了一下四个手指。

"四……四百。"歪鼻子说。

"好,八百,你拿着。"孔大华将钱往歪鼻子手上一拍,"不过,你得给我记住了,张行长是个好人,也是我的好朋友,如果他在这边少了一根头发,我就要你一根手指。"

"啊!"歪鼻子怔怔地看着孔大华,又看看手上的钱,想把钱退给孔大华,见于小财轻轻点了下头,就将钱塞进衣兜里。

"听到了没有?"孔大华厉声说。

"哦,听到了,听到了。"歪鼻子擤了一把鼻涕,接着说,"孔老板,其实我们刚才也是说着玩的。你放心,我们是不会去找张行长麻烦的。"

"对对对,刚才是说着玩的。"于小财看着孔大华的脸,"孔老板,你刚才上哪儿去了?"

孔大华指了一下公司后面的小山头。

"我知道,孔老板对那儿是有感情的。"于小财看一眼小山头,看着孔大华的脸,笑着。

"怎么?"孔大华左右看着。

"你脸上。"于小财指指自己的脸。

孔大华抹了一下脸,三个手指是黑的。

"你下井了?"于小财眨着眼睛,"那井不是早封了吗?"

"没下。"孔大华望一眼天空,"只在井边转了转。"

"那井下还是有东西的。"于小财摇着头,"也真是可惜了。"

孔大华瞟一眼于小财,背着手,走了。于小财朝他挥挥手,将手伸向歪鼻子。歪鼻子愣了一下,摸出两张票子,放到于小财的手掌里。于小财轻轻抖了抖伸着手。歪鼻子一闭眼睛，添了一张。于小财的手还伸着。歪鼻子一咬牙，再添一张。于小财一笑，点点头，右手拿着钱，在左手掌上一拍，塞进瘪着的钱包里。

"真不去了？"歪鼻子问。

"你敢去吗？"于小财眯着眼睛。

"我可不去了。"歪鼻子嘴巴一咧，"人家跟我无冤无仇的，去吓唬人家干吗！"

"你傻呢！"于小财指着歪鼻子的鼻子，说："怎么无冤无仇啊？要不是他，那钱早回来了，你知不知道？"

"那……那你怎么还要我收孔老板的钱？"歪鼻子摸着头。

于小财指了指歪鼻子，"你傻呀！"

"我……我是傻。"歪鼻子后退了一步，瞟着于小财，"反正我是不去了，你找别人去，行不？"

于小财瞪一眼歪鼻子，嘴上没说，心里却在想，这回算是便宜张明亮了。

回到房间，张明亮给成大为发信息，没有回音，给他打电话，无法接通。他往床上一倒，双手枕着头，出神地望着天花板。

北风一阵紧似一阵，一时在城边的山梁上奔跑着，呜呜地怪叫着，一时猛烈地旋转过来，搅得窗外的树枝大幅地摇晃，一时拍打着窗户，拍得"哐咚哐咚"直响。

也不知是什么时候迷迷糊糊睡着的，张明亮睁开眼睛一看，暮色已挂在窗前。宋广元歪在沙发上，发出轻微的鼾声。一本书躺在地上，挨着他的脚。

张明亮下了床，刚叫醒宋广元，门就被擂响了。他忙跑过去，开了门。孔大华一把拉住张明亮的手说，走走走，天冷，快喝酒去。

进包间一看，尤小柳已经候在那里，菜已上了几道，酒已斟好。一落座，孔大华举杯就说，先得敬张明亮三杯，是他穿针引线，才有缘结识了吴龙江；接着说要再敬三杯，不过，这是罚酒，罚自己没有去车站接张明亮，怠慢了朋友；后面这三杯，孔大华说是自罚，但张明亮还是陪着喝了。孔大华将杯子一搁，一拳擂在张明亮的肩上，大声说"好"。

尤小柳起身先敬了张明亮，又敬了宋广元，最后敬了孔大华，每人两杯，一气呵成，双目流星，两颊微红，更显俊俏妩媚。张明亮说孔大华和尤小柳都是好眼力，好一对黄金搭档，说得孔大华好不开心，好不得意，抓起酒瓶就往嘴里灌。尤小柳嫣然一笑，朝张明亮端起了酒杯……

孔大华已是步态飘摇，却还端着杯子，叫嚷着要喝。尤小柳走到他旁边，也不知在他耳边说了什么，他竟然一下安静下来，不再叫嚷。宋广元不由得在心里感叹，有美女真好，美女的能耐真大。

桃花姐扭着腰进来了，揪着孔大华的耳朵就给他灌了一杯。孔大华扶着桃花姐的腰，指着尤小柳说，怎么样啊？桃花姐一把将他推开。他哈哈大笑。桃花姐走到张明亮跟前，说要来个交杯。张明亮躲闪着，却还是在桃花姐的追逐和众人的喝彩声中交了杯。

喝过酒，孔大华摇摇晃晃地站起来，手一挥说，唱歌去。桃花姐也在旁边鼓动，说喝了酒唱歌好，吼得几首歌下来，那酒就不见了影子。张明亮死活也不去，说晚上真的还有事要去办。见张明亮执意不去，孔大华就要陪他喝茶聊天去。

一进门，孔大华边打着酒嗝边拉着张明亮的手，摇晃着说："张行长，那……那个事，上……上次你要我说，我没……没说，对……对不起，不过今……今天，我不给他保……保密了……"他一个趔趄，身子一歪。张明亮就势扶着他坐到沙发上。孔大华眼睛一闭，嘴巴动了动，如雷的鼾声就响了起来。

张明亮看着孔大华，笑了笑，在他旁边坐下，给成大为发了个信息，问他是否在岳北。过了一会儿，成大为回过来，说今晚没时间，明天再联系。

这时，成大为正在岳北监狱，与监狱长商谈。两人说得十分投机，大有相见恨晚之感。他一大早就来到这里，先见了监狱长，说明来意，之后隔着墙，躲在窗边，看到马大富在专心致志地加工配件，也看到他间杂的白发、额上深深的皱纹。他的心一阵绞痛，忙捂紧了胸口。监狱长问他要不要跟马大富见个面，说几句。他犹豫一下，摆了摆手。

孔大华的鼾声和"呜呜呜"的风声，还有风拍打着窗户的"哐咚哐咚"声，或此起彼伏，或相互交融，谱出一部交响曲。张明亮时而躺在床上，望着天花板，时而坐到沙发上，翻看着书，时而走到窗前，眺望窗外。宋广元一直歪在床上，看一会儿书，再闭上眼睛，思考一会儿，接着再看。

鼾声一停，孔大华就睁开了眼睛。

"哎哟，你看我这睡的……"孔大华身子一挺，坐起来，抹了一把嘴角的口水，讪讪一笑，"没吵着你们吧？"他摸出烟来，点了一支，又问张明亮明天有什么安排。

"没别的，就想见见成大为。"

"有什么需要我帮忙的，你尽管说。"

张明亮正要说，吴龙江打电话来了，说从何小年那里知道他来了岳北。孔大华从张明亮手上拿过手机，大声问吴龙江想不想他。吴龙江在那边哈哈大笑。孔大华说，"你要真想，那干脆现在就过来。"吴龙江说好，"你等着。"

孔大华将手机递给张明亮，往窗外一看说："好，风停了，天低了，寒气重了，要下雪了。"

尤小柳接走孔大华之后，张明亮想着昨天罗群英与邢援朝商谈的结果，想着成大为今晚是不是真的没有时间，想着执行追加上去的后果……他坐卧不宁，一时躺到床上，一时踱到窗前，一时靠在沙发上……寒气从窗户的缝隙间挤进来。张明亮走到窗前，打了一个寒战，感到寒气明显地比上半夜重了。他关紧窗户，上了床。

蒙眬中，宁彩霞欢天喜地跑来报告张明亮，冶炼公司的账户上进来一笔钱，有一百多万。张明亮睁着眼睛，好一会儿才问她是不是在做梦。她说，不是梦，实实在在的。张明亮抬腿就往营业部跑，在门口与何小年碰了个满怀。就这一碰，碰醒了张明亮。他一摸额头，还真是南柯一梦，不由得长长一声叹息。

早上拉开窗帘，涌入张明亮眼里的是一个全白的世界，白的窗台，白的屋顶，白的山梁……白的天，白的地。要是往日，面对此等雪景，他准会诗兴大发，而此时，他兴致索然，心情沉郁。

宋广元跳下床，推开窗户，从窗台捧进一捧雪来，看着，闻着，听着……情不自禁地吟诵起："地白风色寒，雪花大如手。笑杀陶渊明，不饮杯中酒……"

吃过早餐，宋广元赏雪去了。张明亮回到房间，等成大为的消息。等了一个多小时，没半点动静，他再也没心思看书，将书往床上一扔，刚起步要去窗前，手机响了，他连忙拿起一看，是李颖打过来的。她问，是不是下雪了，是不是很冷，要他多穿点，别冻着。他答，下了，穿得多，不冷；又问她，服装店的进展如何。她说，比计划快，春节前应该可以开业。他让李颖注意休息，别太累。刚收线，齐小红又来了信息，说她知道这边下雪了，问张明亮冻着没有。他心底一热，说带够了衣服，感谢她的惦念。接连两个问候让张明亮的心情一下如雪后初晴般明亮起来，心想：与其坐等成大为的信息，不如主动跟他联系。可几次拨打电话，都无法接通。他有些沮丧，将手机往床上一扔，一头倒在床上，眼睛一闭，各种联想随即又在脑海中翻腾起来……

宋广元兴高采烈地进了门，手上捧着一个鹅蛋大的雪球，嘴里说着："过瘾，真是过瘾！"张明亮抬一下眼皮，又闭上。宋广元轻轻走过去，将雪球往张明亮脸上一贴，后者猛地弹了起来，盘腿坐在床上。宋广元笑着说，那事急不得，急也没用，只能顺其自然，到哪个山唱哪个山的歌。张明亮苦笑了一下道："宋律师，你是不在其位，不知其味啊！如果急死就能把事情弄好，那我宁愿急死。"宋广元将雪球放到杯子里，搓了搓手，说他完全可以理解张明亮的心情。张明亮望着窗外纷纷扬扬的大雪，走到窗前，"燕山雪花大如席，片片吹落轩辕台"的诗句不禁脱口而出。

吴龙江打来电话，说孔大华已经在机场接到他了，中午见。这让张明亮又惊又喜，刚才的沮丧一扫而光。

这些天来，成大为老是失眠，一晚睡不到三四个小时。今早，他几乎是与张明亮同时拉开窗帘。洗漱后，他在楼下的小面馆里吃了一碗面条，又跟屈光宗打了一个电话，说上午有点事，那个案子就授权他带两个人去执行好了。

马旺财昨晚一直折腾，没合多少眼。上半夜风大，鬼哭狼嚎似的，有种随时要把房子推倒的架势。他分明听到顶上的瓦片被掀走两片，重重砸在地上。风停之后，他感到寒气逼人，沉沉的天幕又仿佛随时要坠落下来，将房子压垮。他打了个盹，一睁开眼睛，看到窗外的雪铺天盖地地来了，很快就白了院子。他不敢大意，去叫醒左又芳，要她别睡得太死，有什么事要能一喊就起得来。左又芳迷迷糊糊地应答着，翻一下身又睡着了。他靠在床上，眼睛在窗外和屋顶上来回移动，耳朵也竖起来，仔细听着里里外外的动静，直到快天亮，实在撑不住了才朦胧睡去。

天刚蒙蒙亮，左又芳跟平时一样翻身而起，一开门，雪立马涌进来。她抬头一看，是屋檐上的雪飘落下来，风一吹，都堆积在门口了。门一开，冷风灌进来，灌得马旺财一抖，立马醒了。望着这漫天大雪，左又芳一声叹息，心想：今天这鞋是擦不成了，总不能就在屋里待着吧！

"嗯，这么厚的雪，今天是去不得那边了。"马旺财边朝门外铲雪边自语着。

"你还想去那边？"

"你以为我去哪儿？"马旺财瞟一眼左又芳。

左又芳笑了一下，指一下法院的方向，说："还不是那个地方！"

"又芳，这还真有点怪。"马旺财直起腰，双手撑着铲子，"这两天真是没梦见大富喊冤。"

"是吗？"左又芳从马旺财手中拿过铲子，边铲边说，"那你就不要去那边了。这么多年了，你还不累？"

"要以往，今天是该去的。"马旺财看一眼"冤"字，"但今天我……"

院门口传来敲门声。马旺财看一眼左又芳，换上靴子，提了铲子，走到门口，从门缝里往外瞧，迟疑一下，开了门。

"马大伯。"成大为站在门口，一身的雪花。

"是你？"马旺财后退了一步。

成大为微笑着，"下雪了，我来看看您。"

马旺财愣在那里，不知说什么好。

"舅，人家都到门口了，天寒地冻的，还让人家站在门外干吗？快请进来呀！"左又芳边招手边大声说着。

进了屋，成大为感激地看一眼左又芳，边水果放到桌上，说："马大伯，昨晚准没睡安稳吧？"

马旺财看眼窗外，又看眼屋顶，说："还真是，开始担心屋顶给风吹跑了，后来又怕房子给雪压垮了，折腾得没停歇过。"

成大为四面看了看，走到雪地里，瞅瞅屋顶，又望望天空，回到屋里，问马旺财有梯了没有。马旺财不解。成大为说，雪还在下，得把屋顶上的雪铲一铲才行。

架好梯子，成大为爬上去，站在梯子顶端，双手抓着铲子，一铲一铲地将屋顶上的雪往下扒。马旺财和左又芳在下面一左一右地扶着梯子，防止梯子滑动。左又芳不时仰望，或叫他慢点铲，注意安全，或叫他下来休息一会儿，别累着。马旺财要左又芳别东张西望的，好好把着梯子，别让人家摔下来。

铲过屋顶上的雪，成大为身上早已大汗淋漓，头上也是热气腾腾。马旺财给他端来一杯热乎乎的茶。成大为双手接过，喝了一口，说："真甜。"马旺财瞅着成大为，稍稍偏着头，张开嘴，带着笑意。左又芳笑着说："舅今天笑得好甜哦！我都好久没看到你这么笑过了。"马旺财略带羞涩地一笑，指了一下左又芳。

喝过茶，成大为提了铲子走进雪地，朝院门口铲过去，快铲到门口，有人敲门，接着有人大声喊着"又芳"。

"是龚姐吧？来了！"在成大为后面跟着扫雪的左又芳应答着跑过去，开了门。

"走走走，快走，我刚接到通知的。"龚姐拉着左又芳的手就要走。

"干吗？"左又芳站在门内。

"上街呀！"龚姐看看天空，降低声音，"歪鼻子说了，那天去了的今天要去，那天没去的今天也要去。"

"我……"左又芳回头望一眼。

"那是谁？"龚姐指一下埋头铲雪的成大为。

"是法院的法官同志。"左又芳脸红了一下。

"哦，还是个法官？这个法官可真不简单呢！"龚姐怪怪地一笑，"是不是天还没亮，就跑来帮你铲雪了？"

"龚姐，看你说的。"左又芳甩脱龚姐的手，"人家是来看我舅的。"

"哦，是来看你舅的，不是看你的？"龚姐拉长着声音，"你看我，还差点误会了呢！"

"误会什么呀！人家就是来看我的。"堆着雪的马旺财直起腰，走过来，对龚姐说，"来了就进屋里坐一会儿，喝杯热茶，别站在这里，外头冻着呢！"

"不冻，马大爷。"龚姐朝马旺财一笑，拉着左又芳的手，"走吧！"

"我……"左又芳看一眼马旺财，又瞟一眼成大为，"我等一会儿来，你先去，行不？"

"那……那好吧！"龚姐转身就走，走几步又回过头，"你一定要来啊，歪鼻子说了，反正这天也擦不了鞋，你就别窝在家里！"

"好，我等儿会来！"左又芳边应答着边关上门。

"你们要去哪儿呀？"成大为放下铲子，问左又芳。

"去街上走一走。"左又芳瞟一眼成大为。

"走一走？"成大为笑笑，又摇了摇头。

"真不好意思，这么冷的天，让你这么辛苦。"马旺财边说边给成大为添上茶。

成大为喝口水，四面看看，看着马旺财，说："马大伯，我想，这房子也太旧了，不安全，说不定哪天真会给风吹倒，给雪压垮的。"

"就是嘛，我早说要搬地方了。"左又芳看着马旺财，"可我舅就是舍不得这里，说这里离那边近，来去方便，又有个小院子，好堆放乱七八糟的东西，而且租金又便宜。"

马旺财四面看着，说："在这里几年了，习惯了。"

一阵沉默。

"马大伯，是我……"成大为放下杯子，拉着马旺财的手，咽了咽口水，"是我对不起你，对不起大富，对不起你们全家。"

马旺财轻轻摇着头，眼泪涌出眼眶，顺着面颊往下淌……

成大为咬着嘴唇，鼻翼翕动着，泪水渗出了眼角……

左又芳鼻子一酸，扭过头去。

一片寂静，只有雪花飘落的声音。

"还疼吗？"马旺财瞅着成大为的眼睛，抬一下手又放下了。

"不疼了。"成大为轻轻地摇摇头，淡淡一笑。

"是吗？"马旺财抹了一把泪水，"你不恨我？不恨大富？不恨我们一家人？"

成大为轻轻地点点头，浅浅一笑。

"舅，那个？"左又芳指着那个"冤"字。

马旺财盯着那个"冤"字，眼前渐渐模糊起来，"冤"字也随之消失了。他猛地摇摇头，揉揉眼睛，那个"冤"字又回来了，清晰起来；接着那"冤"字一下模糊，一下清晰，一下放大，一下缩小，一下扑面而来，一下又猝然退却……

左又芳看着马旺财，随着他脸上表情的变化，心也跟着起伏跳动着。

成大为低垂着眼睛，目光落在马旺财的脚上。

马旺财突然起身，走到"冤"字跟前，颤抖着双手，将那"冤"字举起，痛哭起来……

左又芳不知所措，愣在那里。

成大为悄然起身，默然离去。

雪早已停了，天空还是阴沉沉的。

车子离酒店还有二三十米，吴龙江放下玻璃，探出头，朝站在路边的张明亮挥手。张明亮忙迎上前去。尤小柳停下车，朝张明亮优雅地摆摆手。

吴龙江下了车，一把抱住张明亮，下巴抵在他的肩上，双手在他背上欢快地拍打着，让他有点儿喘不过气来。

"你还真来了？"吴龙江手一松开，张明亮边说边在他胸前擂了一拳。

"既然说来，岂能爽约？"吴龙江哈哈一笑，"不过，我这可不止千里哦！"

"你乘的是飞机，而人家卓恕呢？"张明亮双手一摊，"只怕是靠两条腿，最多也就搭条小船，或是坐个牛车马车什么的吧！"

"卓恕是谁呀？"孔大华拍一下张明亮的肩膀。

"很早以前的一个朋友。"张明亮朝吴龙江挤一下眼睛，对孔大华说，"你不认识的。"

孔大华"哦"了一声，一手拉着吴龙江，一手拉着张明亮说，走，喝酒去！

喝酒的时候，张明亮问吴龙江怎么说来就来了。吴龙江笑而不语。张明亮心里琢磨着，不知他葫芦里卖的什么药。

喝过几杯后，吴龙江将杯子扣了，说下午有事，晚上再喝。孔大华一拍桌子说，好，就听吴总的，晚上再痛痛快快地喝。

吃过饭，稍做休息，吴龙江敲开了张明亮的门，请他一起出去一下。张明亮说自己还有事，要等一个人，耽误不得。

"那……那就辛苦一下宋律师。"吴龙江见宋广元点头，接着说，"要是有人来了，你就打张行长的电话，我马上送他回来，保证不会误事。"

吴龙江和张明亮上了车。坐在副驾驶位上的孔大华手一扬，尤小柳就将车开动了。

"去哪儿？"张明亮有些忐忑不安。

"我也不知道。"吴龙江呵呵一笑，"到那里就知道了。"

车子先绕着煤化厂厂区慢慢溜了一圈，又上了厂子后面的小山。公路路面宽阔，可以并排行驶两辆大卡车，路面虽被大雪覆盖，却还可以明显看到坑坑洼洼。尤小柳小心翼翼地开着车，离坡顶还有二十来米，"砰"的一声，车子陷进了坑里。大家都下了车，好不容易才把车推上去。尤小柳下车看了看，说前面的路肯定更烂，车是不能开了，只能辛苦各位步行了。孔大华说，那好，就走上去吧，反正一到坡顶，就什么都能看到了。

站在坡顶，山上山下尽收眼底。孔大华指点着那些废弃的矿井、工房等，说那些都是煤化厂的，那两个矿井已荒废两三年，当时说是没资源了，采不出煤来，其实不是，只要再往深掘进一段，就又到矿脉上了，再采个十年八年没有问题，而且煤质好，卖价又高。吴龙江看着那黑白分明的高高井架，还有井架旁边堆积起来的小山，心里莫名一阵激动，弯下腰，捧了一捧雪，捏成一个雪球，用力朝半山腰上的井架投掷过去。雪球在空中划出一条抛物线，淹没在井架旁边的雪地里。

孔大华转过身来，指点着山下的煤化厂，说："那一片是煤化厂两年多前停产了的焦化厂，这一片是煤化厂的办公区和生活区。焦化厂只要有资金投入，做一些技术改造和设备的更换、维修，两三个月就可以恢复生产。办公区和生活区占地宽，离城里又近，就在城边上，做房地产开发潜力也是十分巨大的。"

吴龙江朝张明亮点点头，又拉一下他的手，眼里闪着兴奋的光芒。

下山途中，张明亮几次看手机，既没有未接电话，也没有信息。他又给成大为发了一条短信。不到三分钟，成大为回过来，说正忙着，等下联系。

车子开进煤化厂，又在里面转了一圈，在大门一侧停下。孔大华又开脚，站在大门口，边指点着边说："你们看，多好的地段。"

李正道背着手，从房子里出来，一抬头看到孔大华他们，稍做犹豫，心里嘀咕着走过来。孔大华迎上前，张明亮和吴龙江跟在后面。

"你又来了？"李正道看着张明亮。

"嗯，来了。"张明亮说。

"还是为那事吧？"李正道问。

"是的。"张明亮答。

"李厂长，他们都是我的朋友。"孔大华指着张明亮和吴龙江。

"知道。"李正道看着孔大华，"你这是在干吗？"

"随便看看。"孔大华头一扬。

"随便看看？"李正道疑窦丛生。

孔大华哈哈大笑，"那你说我在干吗？"

"谁知道你在干吗？"李正道阴着脸，"我就知道，你准在搞什么鬼把戏，没安好心。"

"哎呀，这你可错了。"孔大华一笑，"这回我还真是安的好心，是为你好，也是为全煤化厂的人好。"

"就你？"李正道摇摇头一笑，"你只要别来逼我，我就谢天谢地了。"他斜一眼孔大华，转身走了。

"你……"孔大华鼻子一哼，心中不悦。

张明亮还想和李正道说两句。孔大华一把抓住他的手，拉着就走，说回去喝酒，难得他和吴龙江都齐了，晚上不醉不归。

张明亮没心思喝酒，想的全是成大为怎么还不跟他联系，就是不愿见面，也得给个准信，好作安排。

"想什么呢？别想了，来来来，喝酒，喝他个痛痛快快，喝他个一醉方休。"孔大华将杯子端到张明亮的手上，"喝醉了好，一醉解千愁啊！"

"别想那么多了。来，我陪你喝！"吴龙江一拍桌子站了起来，"这么远的，能在这里相聚，也算是有缘了，什么也别管了，敞开了喝吧！"

张明亮杯子一举，说："好，喝！"可他杯子刚到嘴边，手机突然又唱又跳了起来，是成大为打过来的。他赶紧放下杯子，边接电话边伸出一个手指，示意大家别出声。成大为说七点见面，地点五分钟后发给他。电话那头传来喇叭声，还有人的叫喊声。

成大为的短信来了。孔大华一看，对张明亮说："这个地方啊，好找，不远的，等下小柳送你过去，十来分钟就到了。"

"那好，张行长，我再敬你一杯。这酒呀，是壮胆的，也是提气的。"吴龙江举起酒杯，"喝了这杯酒，浑身是胆雄赳赳！"

"好，我们一起来！"孔大华指了一下宋广元。

尤小柳开着车，在街上左一拐，右一弯，指着前面一家小酒店，说就那儿，又说她在下面等着，有什么情况尽管叫她。张明亮还是打发她先走了

"张行长，你真行啊，在岳北还有美女接送。"一坐下，成大为就笑道。

"哪里，是一个朋友的车。"张明亮也笑，"他非要让秘书送我过来，怕我找不到地方，其实，这里挺好找的。"

"还派了保镖吧？"成大为稍稍偏着头，似笑非笑地看着张明亮，"你就不怕？一个人出来，人生地不熟的，又是晚上，还冰天雪地的。"

"怕？"张明亮哈哈一笑，耸耸肩，"你说我怕什么呢？又有什么可怕的？我是应约来见你，又不是来见老虎。我是有事来跟你谈，又不是来跟你打架，更不是来跟你拼命的，你说是不是？"

"你呀，还是那么口若悬河，咄咄逼人！"成大为指了指张明亮，摇摇头，"在你这铁齿铜牙面前，我自愧不如，甘拜下风！"说着拱拱手。

"哪里哪里，成局长过谦了！"张明亮摆摆手，"在你面前，我可是一直是如履薄冰、如临深渊。今天来见你，全凭提着一口气，壮着一个胆罢了。你看，这心还在乱跳着，腿也还软着呢！"他笑着摸一下胸口，又拍一下大腿。

"呵呵，自相矛盾了吧！"成大为指着张明亮。

"非也，不矛盾的。"张明亮摇摇头，"只不过是此一时，彼一时也。"

"好一个此一时彼一时啊！"成大为往椅子上一靠，双手搭在桌上。

"你那手怎么了？"张明亮指着成大为包着纱布的左手。

"没什么，就一个手指，给人咬的。"成大为看了看手指。

张明亮盯着手指，问："跟人打架了？"

成大为叹口气，说："上午屈法官他们去执行，执行受阻，非要我过去。我刚到现场，一个老人家也不问青红皂白，抓着我的手就咬，我又不敢推她，更不敢打她，只好任她咬，手指差点被咬下来。"

"还有这样的事？"张明亮眨眨眼睛，"那老人家怎么样了？"

"没怎么，好好的啊！"

"哦，那就好！来，成局长，我敬你一杯。"张明亮举着杯子，"谢谢你能接见我！"

"不好意思，让你久等了。"成大为端起杯子碰过来。

"没有，我知道你挺忙的。"张明亮一饮而尽。

"张行长，说实话吧！"成大为放下杯子，"论工作，那是公事，我们各为其主，各有各的立场，各有各的做法，还弄得剑拔弩张的……不过，那也是身不由己，不得已而为之。"他扶了扶眼镜，"论感情，那是私事，我们虽然是一个在南一个在北，相隔千山万水，却有不少相通相似之处。在我心里，我们早已是朋友。我不只是存在心底，嘴上也曾说过，虽然曾经多少有些虚浮，现在真没有了，全是发自内心。"他停了一下，看着张明亮，"我想，你也许在心里已经把我当作朋友了，至少现在是，只是嘴上还没有说出来。你看，我说得对不对？"

张明亮低头想了想，觉得还真是，便抬起头，将手伸了过去。成大为也伸手过来，似乎早有准备。两只手在桌子中间握在一起，又摇了摇。

"成局长，不瞒你说，对你的言行，我开始十分反感，后来慢慢觉得可以理解。现在呢，还真有点同情你了。"张明亮朝成大为笑了笑，"就说这次来岳北吧，开始是没打算的，以为在高院邢局长那里就能把事情办好，没想到事情会是那样。罗局长他们带着一肚子的郁闷和怨气，怏怏不乐地回去了。

我想解铃还须系铃人，要解决好问题，还得来你这边，就跑过来了，没想到还真见着你了。回头一想，我没到办公室去找你，也没去局里找别人，这不就是朋友情分吗？"

"说得好。"成大为点点头，"张行长，其实我早就想到了，你会去高院，也会来找我。可我为什么不让你去我办公室？又为什么约你到这儿来？没别的，就因为我们是朋友。这里更适合朋友见面。"

"好，既然我们是朋友见面，那我们就要开诚布公，实话实说了，对不？"

"当然，现在也没必要再遮遮掩掩、躲躲闪闪的，有什么你尽管直说。"

"那好，我想问你，"张明亮身子稍稍前倾，"你们已经追加了市分行，是不是还会追加省分行，直到总行？"

成大为浅浅一笑，说："这还只是一个方案，能不能执行下去，我心中没底，更由不得我。"

"你的想法是什么？"

"怎么说呢？"成大为看一眼窗外，又摘下眼镜，揉了揉眼睛，戴上眼镜，"我去青山执行过两次，第一次是满腔热情去的，第二次是迫不得已。现在呢？不瞒你说，还真有点反感，也有点厌倦了。这中间既有各种复杂的利益关系的调整，也有我个人认识和情感的变化，既有你们，特别是你的据理力争，也有我们内部意见的分歧，还有煤化厂情势的变化等等。"他拍了一下自己的额头，"哎哟，你看我，怎么这些话都说出来了。"

张明亮笑着说："我们是朋友嘛！"

"回想起来，我们几次见面的情景，每次的辩论，我现在都还历历在目，言犹在耳。"成大为站起来，低着头，边踱边说，"那时，从你痛苦的表情、激愤的言辞，我看到你的忠诚、你的担当；从你有理有据、不屈不挠的争辩，我看到你的智慧、你的力量，也让我久久回味，深深思索，并在回味和思索中反省、检讨。应该说，正是这些引发了我对事件认识的转变，也引发了我对你情感的变化。我在想，你为什么会那么坚定，那么无所畏惧，那么甘于牺牲？后来，我明白了，你有你的道理，你有你的原则，你有你的方法，而且你的道理、原则、方法又从内心深处震撼着我，说服着我。"

"我可没那么高大，更没那么高尚。"张明亮轻轻一笑，"一直到现在，我还是只认一个浅显的道理，那就是我们银行并没多少过错，而你们要扣划资金也好，拘留我也好，都有些说不过去。正因如此，我才无所畏惧，一往无前。还有，如果那笔钱真给你们扣划走了，无疑我是要承担责任的。这就让我坚定一个信念，与其到时候让员工来说我是个软骨头，是个败家子，让上面问责我、处分我，还不如自己一肩担着，硬挺着，就算没有一个理想的结果，也不会遭人耻笑。好在事实证明，我的选择是正确的。这事对我的身心虽然有些伤害，但我一点也不后悔，更多的是自豪和欣慰。"

"这也正是我最敬佩你的地方。"成大为低头想了想，看着张明亮，"这些天，我也在想，其实银行和法院不是对立的，你我更没有什么利害冲突，是冶炼公司和煤化厂把我们裹挟了进来。"

"这个我赞成。不瞒你说，开始我对你们是反感的，甚至说是怨恨的，但近来我通过一些换位思考，对你们的难处和苦衷也有了更多的认识和理解。"张明亮一声叹息，"探究起来，这本是冶炼公司与煤化厂之间的经济纠纷，他们却转移了矛盾，转嫁了风险，让银行背了黑锅，让你们蒙受……"

"这主要是冶炼公司不讲诚信，有意玩了一个金蝉脱壳的把戏，害了你，也害了我。"

"这……也不尽然吧？"

"姑且这么说吧！"成大为浅浅一笑，"你要说我有一点私心吧，我也不否认，我还没那么纯粹。当初得到冶炼公司在青山有存款消息的时候，想到折腾了两年多的案子，终于在我的手上将有一个圆满的结局，确实是非常兴奋的，也就满怀期待和信心地去了青山，可谁知到青山一看，那存款要么是转眼不见了，要么是成了承兑汇票的质押款，美好的愿望成了镜中花、水中月。如果是你，你能接受吗？显然不能。用煤化厂的人的话来说，就是到了嘴里的肥肉，要那些已许久没见过油星的人松开嘴，会愿意放弃吗？不会。

这样一来，那肥肉就死劲咬上了。"

"可是，那肥肉尽管肥，却是太大、太油，吞不下去，就是吞下了，也消化不了，会拉稀，会……"

"看你说的。"成大为指了指张明亮，"后来，我冷静下来一看，再一想，发现这确实有些勉强，可来自多方的压力，特别是煤化厂维稳的需要，想松口，却又欲罢不能，只能咬着不放，也想借你们去向冶炼公司施加影响，以图有所突破，等冶炼公司有了松动，再松口不迟……这回把你带上车，开始也只想吓唬你一下，让你签字付款，没想到你是软硬不吃，何小年、赵万隆他们又毫不退让，结果一步步下来，成了骑虎之势，真是无奈。"

"无奈？"张明亮摇头一笑，"也不全是吧！"

一阵沉默。

"好了，张行长，你本来是只要协助我们的，结果弄成现在这个样子。这不是我的初衷，更不是我的目的。"成大为一声叹息，看着张明亮，"我想，我们还是好好配合，让事情有一个双方都满意的结局才好。"

"但愿如此。"张明亮深呼吸了一口，"成局长，你知道我现在想要的满意结局是什么？"

"当然是希望事情能够尽快结束，而且是按照你的意愿。"

"不错。"张明亮盯着成大为，"那你说我该怎么办？"

"还真不好办。"

"为什么？"

"现在刀把不在你手上。"成大为打了个手势，"这刀什么时候砍、从哪里砍、怎么砍下去，都不是你说了算的。"

"那我怎么办？"

"不好办。"

"那你怎么办？"

"也不好办。"成大为低下头，嘴角动了动，抬头看着张明亮，"不过，我可以告诉你，"他朝门口看了看，凑过头，压低声音，"煤化厂的人这些天来

298

正一个劲地闹着要破产、要改制。如果真破了产、改了制，执行的主体就没了。不过，这恐怕没那么容易，也不是一天两天的事。"

这正是张明亮想到的，也期待的。他佯装不知，猛然一拍桌子，茅塞顿开地说："好，能这样真好！"

"你明白了？"

"嗯。"

"真明白了？"

"真明白了。"

成大为靠着椅子，微笑看着张明亮。后者稍稍偏着头，朝成大为点点头，笑了笑。

"不过，你也不要太乐观，事情不会那么简单。"成大为摸着下巴，"就是真的那样，我也不敢说他们就能放手。"

"那就尽人力，看天意吧！"张明亮举起杯子："从现在起，我们只喝酒不谈事，怎么样？"

"好，喝酒！"成大为说着将杯子碰了过来。

孔大华打电话来，要张明亮快点回去，那边还在等他，半个小时后尤小柳会过来接他。

果然没多久尤小柳就出现在门口，笑盈盈地朝张明亮和成大为摆摆手。

成大为跟张明亮碰了一下杯，握着他的手，说："今天说到位了，喝尽兴了，也算是不打不相识了。"

张明亮抢着去买单，成大为不让，尤小柳就索性买了。

树枝上的雪团落下来，在路灯和霓虹灯的照耀下，纷纷扬扬地变幻着色彩……

"真美啊！"张明亮欣赏着窗外的景致。

"张行长心情不错嘛！"尤小柳朝张明亮嫣然一笑，有意放慢车速，好让他多看看雪后的夜景。

吕大业在门口跺了跺脚，跺去脚上的雪。正在说话的于小财和李正道见他推门进来，忙站了起来。吕大业朝他们压压手，示意他们坐下。李正道忙问那事谈出个结果没有。吕大业没有急于回答，先拍了拍身上的雪沫，接过于小财端过来的热茶，轻轻吹了吹，喝了两口，放到桌上，随后慢慢坐下，默然无语。李正道有点急，挪了挪椅子，靠近吕大业，追问不迭。于小财更急，说如果还不行，就叫歪鼻子他们明天再去折腾。

　　"千万别再闹了！"吕大业看一眼李正道和于小财，空洞地望着墙壁，机械地说，"家家有本难念的经，谁都有谁的难处。我们必须要理解秘书长的难处，要支持他，不能含糊，不能讲价钱。"

　　一个小时前，秘书长打电话把吕大业叫了过去，先对他维持煤化厂所付出的心血和努力给予了表扬和肯定，接着对他在职工聚集上街事件的疏导不力、处置不当进行了严厉批评，最后给他提出三点务必做到的要求，其中最关键的一点是不能再出现集体上街的情况，一旦出现，将严厉追究他的责任。吕大业几次想反驳，但都忍住了，或沉默不语，或低头应承。秘书长对他的态度还是满意的，临走又握了握他的手，拍了拍他的肩膀，一切尽在不言中。

　　"那就这样拖着？"李正道张着嘴。

　　"那可不行。"于小财走几步，"要再这样拖着，我也不陪你们了。"

　　"你要干啥？"吕大业斜看着于小财。

　　于小财往椅子上一坐，有几分得意地说："有两个大老板都争着请我过去！"

　　"不行，只要我在这儿，你哪里也别想去！"吕大业瞪一眼于小财。

　　"那……那到时候，我问谁吃饭去？"于小财哭丧着脸。

　　"你们放心，有我吕大业一口饭吃，就不会饿死你们。"吕大业站起来，背着手，踱了几步，推开窗户，看了一眼无精打采的太阳，"秘书长也说了，会尽快给我们一个结果。"

　　"尽快？"李正道看着吕大业，"是明天，还是后天？这个月，还是猴年马月？"

"这……"吕大业想了想，"应该就这个月吧！"

"好，那我就等过了这个月。"于小财说着一巴掌拍下去，却只是轻轻落在桌面上——吕大业正盯着他。

"我还跟你们说一个事。"李正道看一眼门口，"孔大华昨天领着上次来过的那个吴老板，还有那个张行长，一起到公司来了，还在大门口指指点点了一阵，神神秘秘的。"

"他呀！"于小财鼻子一哼，"一句话，就是没安什么好心！"

"也别说绝对了。"吕大业瞟一眼于小财，"三十年河东，三十河西。有时候，有些事还真说不准。"

"那倒是。"李正道摸着下巴，皱着眉头，"这年头，谁有钱，谁腰就直，话就粗，谁就是能人，就是英雄。"

"那倒是。"于小财点点头，"听说这些年来，孔大华还是赚了些钱的。"

"赚了钱又怎样？赚得再多也是他自己的。"李正道瞟一眼于小财。

"是他的没错。"于小财眨着眼睛，"可是，如果……"他停下不说了。

"哦，小财。"吕大业突然拍了一下额头，抬起头来，"阳局长说的那个什么追……追得怎么样了？"

"你是说那个追加吧？"于小财放下二郎腿，"前两天我正好碰到阳局长，问他了。他说双江早追加了，但不会去那边，过一段时间还会往上追加……"

"不去正好。"吕大业站起来，"去了又得花钱，我可是再也没那个冤枉钱了。"

李正道一声叹息，说："看这架势，那事到头来，只怕是竹篮打水哦！"

"那事以后就不管了？"于小财眨着眼睛。

"谁说不管了？"吕大业斜一眼于小财。

"干脆任阳局长他们去搞算了。"于小财看着吕大业，"我们不再去人，也不再出钱，但还得让他们去搞，搞回来五五分成，或是让他们得大头也行。"

"看你这说的什么话！"吕大业不以为然地看一眼于小财，"谁会跟你去分成？谁会在意你那点钱？人家是在尽职尽责，也是出于无奈。"

"吕厂长说得是。"李正道瞟一眼吕大业，看着于小财，"这话你还真的只能说在这里了。"

"这事还真就放着了？"于小财看着吕大业。

"谁说的？"吕大业斜一眼于小财，"该追还得追嘛！"

于小财尴尬地笑着，心里却在骂他们没头脑、虚伪。

太阳出来了。树上的雪哗啦哗啦地往下掉……

李正道推开窗户，雪沫一拥而进。窗外虽然是阳光闪耀，他却感觉不到暖意，只是觉得寒气袭人……

成大为拖着疲惫的步子，昏昏沉沉地回到家。他换了衣服，烧了水，泡上一杯茶，边喝边看着电视。突然，楼下传来汽车的喇叭声。他快步走到窗前往下看，看到林梦雄先下了车，打开后面的车门。郝梦楠扶着林梦雄的手，下了车。郝梦楠往楼上看了看，稍一犹豫，和林梦雄说了两句，后者点点头，把车开走了。

"你回来了？"郝梦楠一进门，成大为就迎上前去，去接她的拎包，却没接着。

"你也回来了？"郝梦楠冷冷地瞟他一眼，拎着包进了房间，随即关上门。

成大为站在门口，听到她在找东西，随后是接电话，说的是生意上的事，一时开心大笑，一时沉默不语，一时责怪对方，一时又热切地应答着……他徘徊着，一种莫名的失落和惆怅涌上心头，也掺着自卑和愧疚。

郝梦楠走出房门，坐到沙发上，随即又点上一支烟，优雅地抽着。

"你等下不走了吧？"成大为将一杯热茶放到茶几上。

"有事？"

"想跟你聊聊，好久没见你了。"成大为在她身边坐下。

"好久？"郝梦楠轻轻吐出一口烟，"也就两个来月吧！"

成大为浅浅一笑，说："不久吗？我可是经常想起你的。"

"是吗？你日理万机，还能经常想起我？"郝梦楠瞟他一眼，"虚伪！"

成大为咬咬嘴唇，说："你要这么说，那我也没办法。"

"怎么，手是给人打了，还是给人咬了？"郝梦楠弹了弹烟灰，"看你那么卖力，院长梦应该快圆了吧？"

"这手就是划了一下。"成大为看一眼手指，叹息一声，"你别笑话我了，什么院长不院长的，我已经看淡了。"

郝梦楠说："是吗？"

"说实话吧，"成大为看一眼郝梦楠，低下头，"近来我越想越觉得你当年的选择没有错。"

"难得啊！"郝梦楠偏着头，盯着成大为，"你是不是也有什么新想法了？"

"我想……"成大为欲言又止。

"想什么呢？"

"想……想去你公司。"成大为盯着郝梦楠，"也好帮你分担一些。"

"去我公司？"郝梦楠将烟头在烟灰缸里一摁，站起来，在地上踱着。

"你不是跟我说过吗？"成大为看着郝梦楠，"我想清楚了，你随便给我一个职位就行。"

"谢谢你，成副局长。"郝梦楠一笑，抹了抹眼睛，"可是，现在晚了。你已经不是当年的你，我也不是当年的我，公司更不是当年的公司了。对不起，公司已没有适合你的岗位，你还是一心去当你的局长、院长吧！"

"果然如此！"成大为哈哈大笑。

在郝梦楠的记忆里，他从未这样笑过，这笑声让她觉得有点可怕，有点不可理解。

楼下响了两声喇叭。

郝梦楠进了房间，拎包出来。

"你还要走？"成大为起身。

"还有桩生意要谈。"郝梦楠边说边往门口走。

"这么晚了还谈生意？"成大为跟着走。

"人家可不会迁就你。"

"深更半夜的，小心点。"成大为看着郝梦楠。

"习惯了。"郝梦楠看一眼成大为，关上了门。

成大为走到窗口，打开窗户，看到林梦雄站在车旁，打开车门。郝梦楠扶着他的手，上了车。

一股霜风吹过来，刮得成大为脸上隐隐生痛。他打了一个冷战，头脑似乎清醒了许多。

第十章

张明亮正在批阅文件，何小年走进来。张明亮放下笔，和何小年一起在沙发上坐下。

何小年说："近几天，在员工中又有了思想和情绪不稳定的苗头，听说陈雪兰还暗中做好准备，要去省城参加下周的集体请愿活动。"

张明亮点头道："这个我也知道了，但这种苗头不能蔓延，陈雪兰更不能离开青山。下午开一个座谈会。"

何小年走后，张明亮把齐小红叫到办公室，跟她了解了一些情况，并请她从侧面做陈雪兰的工作。齐小红说："要我做工作可以，但要答应我一个条件。"张明亮迟疑道："什么条件？"她浅笑："也没别的，就是晚上请领导喝茶。"张明亮再度迟疑。她眼睛一转，呵呵一笑，连发七问："陈雪兰的工作是不是要做？她的工作是不是难做？做工作是不是要费口舌？话讲多了是不是口干？口干了是不是要喝茶？陈雪兰的工作是不是你请我来做的？那这茶是不是该你来请我喝？"张明亮无话可说，点头应允。

小会议室里，挨挨挤挤坐了十五六个人。

张明亮说："这个座谈会是支行班子想听取大家，特别是一线代表的意见和建议，以利于今后更好推动支行的工作，更好地为全行员工服务。大家可以畅所欲言，各抒己见。"

叶斌带头发言："食堂的伙食还有改进的空间，应该让大家吃得更好，特别是早餐，不能天天只是面条，还可以考虑做一些油条、包子之类的东西。"

有人接着说："还有，送到我们网点的饭总是凉的，是不是每个人配一个保温饭盒？"

"任务重，压力大，经常晚上睡不好，半夜三更就醒来了，任务完成的难度确实太大了，能不能只奖不罚，或是重奖轻罚？"

"又快到年关了，今年的春节能不能放两天假，三十、初一别再上班了，弄得叫花子都不如。"

…………

见其他的代表都说了，只有陈雪兰没发言，张明亮就微笑着看着她，示意她也说一说。郭玉梅也用鼓励的眼神看着她，轻轻朝她努了努嘴。

"哎呀，我一直躲着，想不说，可领导们还是盯上我，看来不说上几句，是不行的。"陈雪兰左右看看，笑了笑，"可我说什么呢？好说的、能说的各位都说了，我还真不好开口了。"

"你就随便说呗，想到什么说什么。"何小年说。

"可……可是我说什么呢？"陈雪兰边说边拢着头发。

大家的目光都聚集在她身上。

"陈雪兰，你卖什么关子，有话直说，别婆婆妈妈的！"齐小红眼睛一瞪，指着陈雪兰。

"好好好，小红姐，我投降。"陈雪兰举一下手，"可……可是我没什么要说的啊！"

"不行！你一定要说！"齐小红指着陈雪兰。

"好好好，"陈雪兰左右看了看，"不过，我说了，要不好听可不能怪我，行不？"她笑了笑，"其实，我要说的也不是别的，应该是在座诸位心里都想说的。"她瞟一眼齐小红，"几个月前，我们准备去省城反映情况，却半途而废，那是因为我们听话，理解支行的难处，不想给支行添麻烦。"她停了停，"可是，几个月过去了，谁理解我们了吗？没有；谁可怜我们了吗？也没有；

问题解决了吗？还没有；待遇提高了吗？更没有。"

听她这么一说，有的点头，有的交头接耳，有的不以为然。

"我说完了。说得不到位的地方，请大家补充；说得不准确的地方，请大家指正；说得不正确的地方，请大家批评。如果真的很难听，请多包涵！"陈雪兰起身，向大家鞠了一躬。

见郭玉梅要开口，张明亮抢先鼓掌道："好，雪兰同志说得好。"

大家一怔，先后跟着鼓掌。陈雪兰红着脸，眼睛不知往哪里看，就双肘撑在桌上，双手捂住面颊。

"雪兰同志之所以说得好，是因为她敢于说出心里话，这说明她心胸开阔，真诚坦荡。"张明亮环视会场，"做人做事就是要这样。我赞赏。"

大家跟着鼓掌。陈雪兰也放下手，拍了起来。

"各位是全行员工的代表，也是我们的精英，刚才提的意见和建议都很好，说得实在，说出了心里话。我们班子一定会好好研究，尽力解决，实在解决不了，也会给大家一个交代。"张明亮身子一挺，话锋一转，"我们改革也好，变革也好，初衷是什么？又是为了什么？就是为了让银行办得更好，让大家的日子过得更好！我们是一个集体、一个整体，需要每个员工有大局意识、全局意识，求大同，存小异，心往一处想，劲往一处使。这样，我们的事业才会蒸蒸日上，待遇才会水涨船高。尽管我们还存在这样那样的不足和问题，但也应该欣喜地看到，这一年多来，我们的发展快于同业，待遇也有所提高，大家说是不是？"

有人说是，有人点头……陈雪兰不知如何是好，两眼空洞地望着窗外。

"按我的理解，刚才雪兰同志说到的待遇问题，应该包含两层意思：一是经济上的，也就是薪酬上的事；一是政治上的，也就是身份问题。薪酬上的事应该基本上得到了解决，基本实现了同工同酬；身份上的问题目前尚未解决，但我和郭行长、何行长都是放在心上的，一有机会就向上级反映。我可以告诉大家的是，上级已在考虑这个问题，将会通过考试、考核等途径和方式，分期、分批实现身份的转换。我想，只要大家努力学习、努力工作，这个机会一定是有的。当然，这个机会不在我的手上，也不在郭行长、何行长的手上，而在你们自己的手上。我希望大家早做准备，机会来临的时候能够抓住，不让它在自己手上溜走。"

齐小红鼓掌。陈雪兰跟着拍手，眼里闪着兴奋的光芒。

"大家有什么想法，尽管说；有什么意见，尽管提。"郭玉梅看一眼陈雪兰，"我们不怕大家说，也不怕大家提。说了，提了，我们一定想办法给大家解决。如果我们熟视无睹，那是我们不作为，大家可以批评，也可以向上级反映。"

"没错。"张明亮瞟一眼郭玉梅，"如果是力所能及的，我们肯定会千方百计地去解决。有的事情，如果我们尽心尽力了，还是解决不了，还得请大家理解、谅解！"

"有张行长这句话，我没得说了。"陈雪兰说。

郭玉梅脸一沉，瞪了陈雪兰一眼。

散会后，张明亮叫陈雪兰来他的办公室。

"张行长是不是对我不放心，还要单独给我上一课？"一落座，陈雪兰就笑着说。

"哪里，是有个事还想跟你聊聊，听听你的想法。"张明亮说着给她倒了杯茶，端过来。

"张行长，给这么大的礼遇，我可是心里发慌哦！"陈雪兰笑着接过茶，抿了一下，放到茶几上。

张明亮一笑，说："看你这样子，倒让我也心里发慌呢！"

"那真是罪过，罪过。"陈雪兰起身弯一下腰，复又坐下，"张行长，您请问吧！"

张明亮笑着看着陈雪兰，"哪来的什么问话，我只想跟你聊聊。我希望我们是以朋友的名义来谈，能推心置腹地谈，行吗？"

"这……"陈雪兰咬了咬嘴唇，眉毛一扬，"好，可以！"

"好！"张明亮一拍沙发的扶手，"那我就直截了当地问了！"

"请问！"陈雪兰亮着眼睛。

"你这几天是不是碰到什么为难的事情了？"

"没有啊！"

"没有？"张明亮轻轻一笑，"你的思想和情绪好像有点波动啊！"

陈雪兰说："你看出来了？"

张明亮点点头，说："说出来给我听听？"

"嗯，既然你说是朋友，我就不怕了，干脆说了。"陈雪兰喝口茶，抹一下嘴，"前天，相邻地市分行的一个人联系我，要我串联几个人，一起去省里。我当时没答应，也没否定，只说看看再说。说实话，我心里是想去的，就暗中跟支行的三四个人说了，大多数不敢去，有一个勉强答应了，后又说不去了，真正愿意跟我去的只有一个。"她看着张明亮，"我想，你应该会问我这个人是谁吧？"

张明亮笑而不言，又轻轻地摇了摇头。

"也许你已经心中有数，知道这个人是谁了吧？"陈雪兰眨眨眼睛，讪讪一笑，"不过，幸好你没问，就是问了，我也不会告诉你。"

"是吗？"

"当然。"她头一偏。

"你没把我当朋友。"

"不是，那个人也是我的朋友。如果我说了，等于我出卖了朋友，你说是不是？"

张明亮笑了笑，"实话告诉你，我还真知道了。"

"真的？"

张明亮"嗯"了一声，说出了那个人的名字。

陈雪兰目不转睛地看着张明亮，"你是怎么知道的？"

"我也不便告诉你。"张明亮哈哈一笑。

陈雪兰脸一红说："那您不怪我吧？"

"怪你干吗！你没告诉我，我也没告诉你，彼此彼此，扯平了呀。"张明亮打了个手势。

陈雪兰看着张明亮，说："这我可没想到。"

"没想到？"张明亮笑了笑，又喝口水，"我想问你，那你还去不去？"

"这个……"陈雪兰舐了舐嘴唇，迟疑道，"不瞒您说，我正矛盾着呢！还没最后决定。"

"那就好。"张明亮看着陈雪兰，"希望你好好考虑一下，当然是不去为好。"

"好，我一定好好考虑。谢谢您！"陈雪兰起身向张明亮鞠了一躬，走到门口却停下脚步，转过身，向张明亮走过去。

"还有事吗？"

"也……也没什么。"陈雪兰瞟一眼门口，"就是有一个事，也是一个秘密，我还是想跟你汇报一下。"

张明亮也看一眼门口，"你放心，我一定给你保守秘密。"

"您知道是谁泄露了冶炼公司的账户信息吗？"

"不知道。"

"真不知道？"

"真不知道。"张明亮摇着头。

"是我。"陈雪兰低下头，抿着嘴。

"你？"张明亮惊疑地看着陈雪兰，"你又不在营业部，更不在记账或复核岗位，怎么会知道得那么清楚、那么准确？那些信息你是自己看到的，还是从哪里问到的？问你要信息的是谁？你又是怎么传递出去的？对方给了你什么好处？"

"我……"陈雪兰被张明亮的连串发问搞得有点蒙，一时语塞，愣愣地看着对方。

"没事，你慢慢说。"张明亮意识到了自己的失态，放缓语气。

"应该是……"陈雪兰眼含愧疚地看着张明亮，"是岳北法院的人第一次来之前五六天吧！那天下午，我的一个亲戚打电话给我，说她的一个亲戚跟冶炼公司有生意往来，想了解一下冶炼公司的资金情况，好决定是不是扩大与冶炼公司的业务量。我先问了柳叶青，她说不行，还骂了我几句。我就请齐小红帮忙，她开始也说不行，后来我一磨，她就答应了。不过，她只告诉我冶炼公司活期账户的情况，而且说就这一次，下不为例。当然，我也跟那个亲戚说好了，就只这一次。"

张明亮点点头，又摇摇头，说："如果是这样，那跟你关系不大。"

"其实我也纳闷，"陈雪兰有些茫然地望了一眼窗外，"我泄露的就那么多，可他们掌握的信息却那么详细、那么准确。"

"你那个亲戚的亲戚叫什么？干什么的？"

"我也不太清楚，要不我去问一下？"

"不用了。"张明亮摆摆手。

"张行长，您批评我吧，我全都接受。"陈雪兰瞟一眼张明亮，低下头。

"批评你干吗？"张明亮呵呵一笑，"我还要谢谢你对我的信任呢！"

"是吗？"陈雪兰抬起头来，略带羞涩地看着张明亮。

"是呢！"张明亮伸出手，"我希望我们今后是朋友。"

"嗯。"陈雪兰猛地点着头，双手握住张明亮的手。

半个小时后，陈雪兰打电话告诉张明亮，那个亲戚的亲戚叫谭顺义，原来是冶炼厂的职工，现在与冶炼公司有生意往来。张明亮要何小年问一下万长花，是不是有这个人，是不是他泄露了信息。何小年当着张明亮的面打了电话。万长花说谭顺义这个人是有，但是不是他泄露了信息不得而知。

早上，康水田在公司大门口站了好一阵，进了大门也没直接去办公室，先到车间转了一圈。公司的三座高炉中有一座已在半月之前就没冒烟了，还有一座如果下周矿石进不来，也得停产。

此刻，他关着门，在办公桌前足足呆坐了半个小时，大脑时而一片空白，时而一片混沌，没有半点头绪。昨天晚上，深圳那边又来电话，问他还去不去，给他两天的时间考虑，如果不去，那个职位就另外安排人了。他与家人商量过，有支持的，也有反对的，还有让他自己做主的。他自己也拿不定主意，还在犹豫之中。

突然有人敲门。康水田一惊，竖起耳朵听着，也不出声。

"康部长，在吗？不是要钱的，是我呢！"

"万部长，是你呀！"康水田走过去，边开门边说。

万长花提了财务部的副部长，是昨天下午宣布的。她清楚这是康水田提携的结果，也是他在为自己铺后路。康水田了解万长花是一个知恩重情的人，也知道她虽不是田本国的心腹，但田本国还是信任她的，更看重她的才干和能力。

"我也不知道你在不在呀！"万长花看着康水田说，"看你这愁眉苦脸的，想什么呢？"

"还能想什么。"康水田将头探出门，左右看看，关上门，又打开一半，走到桌前。

万长花将几张纸往康水田面前一丢，没好气地说："你看看，这都是谭顺义的，在我那压了一段时间了。昨天一家公司的人给我发了信息，说谭顺义欠了他们公司的钱，谭顺义的货款三天之内要是不付，会影响公司的生意，要我小心小命。"

"是吗？"康水田目光落在万长花的脸上。

"还骗你不成！"万长花边翻看着手机上的信息边说，"我找给你看就是。"

康水田摆着手，说："别找了，我信。"

"康部长，那你看着办吧！"万长花指一下那纸，"我是懒得管了，也管不了。如果为了这个，真的丢了自己的小命，也太不值得，你说是不是？"

"那我……"康水田将那纸往万长花那边推了一下，一声叹息，坐了下去。

"康部长，你别怪我，我也是没办法。"万长花苦笑一下，"反正你也是我的领导，这事也只能是你来做主。"

康水田走到门口，轻轻将门掩上，回到桌前，站了一会儿才坐下。

"康部长，你怎么啦？"万长花看一眼门，"这么神秘兮兮的，可别吓着我。"

"长花，从冶炼厂到冶炼公司，我们共事也有十来年了吧？"

"快十二年了。"

"你说我们相处得怎么样？"

"你一直是我的领导，信任我，关照我，提携我，我心里挺感激你的。"

"是吗？"

"怎么？"万长花眨着眼睛，"你不相信我？"

"不是。"康水田摆摆手，"要不相信你，我也不会这么问你的。"

"你有什么事就直说吧，我绝对保密。"万长花举着手。

"也没别的，你也别害怕。"康水田站起来，走了几步，"深圳那边又打电话来了，要我过去。我也拿不准，想听听你的意见。"

"这……"万长花在站起来，看着康水田，"我也不好说，还是你自己拿主意的好。"

"不瞒你说，今天早上一来，我就在车间里转了一圈。看着那个不冒烟的炉子，听着那些工人的牢骚，心里真不是个滋味。"康水田摇摇头，"照这样下去，只怕要不了多久，公司在不在都会成问题，你说是不是？"

"怎么不是呢？公司刚成立的那一年多里，我也跟大家一样，信心满满，干劲十足。慢慢地，特别是这半年多来，不瞒你说，信心就有点动摇了，有点看不到前景，看不到未来的感觉。"万长花一声叹息，"不知道为什么，反正心里就是不踏实。"

"我也有同感。"康水田看看门口，屏息听了听，"有一句话，我本来不想说，但实在憋不住，还是说了，但只能说在这里。"

"当然。"万长花看着康水田，"康部长，你要是不相信我，就别说出来。不过，你要说的，也许我也想到了。"

康水田淡淡一笑，说："既然你我都想到了，就别说出来，留在各自的心里，如何？"

万长花点下头，看着康水田，说："不过，康部长，我是一直跟着你的，如果你要走，就得把我也带了过去。"

"这个……"康水田摸摸头，站了起来。

"康部长，你别紧张，逗你呢！"万长花咯咯笑着，"我怎么能跟着你去，又怎么好跟着你去？真跟你去了，嫂子还不把我吃了呀！"

康水田讪讪一笑，指着那纸，说："长花，这个，要是能想办法付一点，就先付一点，也别让你太为难。"

"这……反正我给你了，你说怎么办就怎么办。"万长花漫不经心地说，"问题是近半个多月来，公司账上的钱一直是进得少、出得多，现在就是想付，也是无钱可付，除非有银行愿意贷款。"

康水田长长一声叹息，摇摇头说："半年多前，公司账上还有的是钱，那些老板都争着要给我们供货，赊账也行，银行更是抢着放贷款，就怕我们不要；现在倒好，老板不见现钱不再发货，银行一见我们就怕、就躲。悲哀，真是悲哀啊！"

"说心里话，弄到今天这步田地，跟煤化厂的官司也是有些关系的。"万长花感慨地摇了摇头，"官司刚开始的时候，我就说过，尽管对方也有些不是，但毕竟是我们欠了人家的钱，何况人家也退了一步，再打点折扣，结了算了，可有人听不进，说现在是大改革、大变革时期，大家都一样，拖一拖就过去了。"她将笔一扔，站了起来，"什么拖一拖！那就是赖皮，无赖！"她敲了一下桌子，"要是那时结了，就不会有后来的法院来执行，也不会把人家银行牵扯进来，更不会有我们今天这样的局面，这真是害人又害己。"

"是啊，这就是代价！"康水田深呼吸了一下，"当时你是说了，我也赞成，但后来没有坚持。"

"也不能怪你，那时你还是副部长，做不了主的。"万长花看着康水田。

"其实，部长也是支持我们的意见的。"康水田看一眼万长花，"是厂里不同意。"

"什么厂里不同意！"万长花哼了一下，"还不就是他田本国一句话？他有能力、有魄力，我佩服，但他也确实太霸道、太专横……"

"小声点。"康水田指一下门，"有些话还是放在心里的好。"

"怕什么？"万长花看一眼门口，"我才不怕呢！"

"你……"康水田指着万长花，"你不怕，你说，你说！"

万长花看着康水田，呵呵笑着。

"怎么？不说了？"康水田放下手。

"听你的，不说了。"万长花坐下，"不过，康部长，公司现在这样子，我心里真的是着急呢！你倒是好，到时会有人请你。可我呢？谁要我？"

"没事的，还没到那个境地。"康水田边说边轻轻摆着手。

万长花叹着气出了门。康水田关上门，闭上眼睛，静静坐了一会儿，突然睁开眼睛，一拍桌子，决定了——去深圳。

茶馆的一个小包间里，灯光柔和朦胧，小喇叭里播放着轻柔妙曼的乐曲。

"不好意思，前天晚上参加一个营销活动，多喝了几杯，走路都高高低低的；昨天晚上去了双江，跟周行长汇报工作，好晚才回来，就拖到今天，你不怪我吧？"张明亮看着齐小红。

"怪你干吗？你忙的也都是正事，又不是别的什么。"齐小红脸一红，"只要你心里偶尔还惦记着就行。"

两个茶杯响亮地碰了一下。两人都喝了一口茶，同时放下杯子，看着对方，好似有千言万语，却又不知从何说起。

"昨天下班后，我跟陈雪兰说了，她给我立了保证，说坚决不去省城了，还说你找她谈过话，把她当作朋友。她说她也会把你当朋友，今后全听你的，不会再为难你。"齐小红先找到了话题。

"那就好。你知道周行长找我干吗？没别的，就给我下了一个死命令，要我保证支行没有一个人去。现在好了，陈雪兰被你搞定了，真的谢谢你！"

"谢我？"齐小红指一下张明亮，再指一下自己，"你跟我谁跟谁，还说谢呢，不用的。"

"哦，对。"张明亮拍一下椅子的扶手，"我们也是朋友！"

"也是朋友？"齐小红眨着眼睛。

"难道不是吗？"张明亮偏着头。

"哦，也是吧！"齐小红边说边低下头去，眼里兴奋的光亮也随之柔弱下来。

"怎么啦？"

"没什么。"齐小红抬起头，看着张明亮，"我只是想问你，我跟你也只是陈雪兰跟你那样的朋友吗？"

"是，也不是。"张明亮略一想，"跟她是新朋友，而我们是老朋友；跟她有些话不能讲，而我们可以无话不说。你说，是不是？"

"嗯，也是，也不是。"齐小红说得有点勉强，也有点伤感。

一阵沉默。

"小红，我知道……"

"你不知道！"齐小红眼睛一红，趴到桌上，肩膀一耸一耸的。

"小红，别这样，好吗？"张明亮走过来，轻轻摇了摇她的肩膀。

"你走开！"齐小红推了一把张明亮，头也没抬。

"好，我走开。"张明亮边说边退回原位，怜惜地看着齐小红，又给她的杯子添上水。

过了两分钟，齐小红抬起头来。张明亮连忙抽了纸巾，递给她。

"你知道什么？你说吧！"齐小红揩了揩眼睛和脸。

"我……"张明亮咽了咽口水，看着齐小红，"我知道你的心思。说实话，我也喜欢你。可是，我们只能做最好的朋友，不能……"

"不能什么？"齐小红偏着头，一脸委屈地看着张明亮，"我要你怎样了吗？"

"没有啊！"张明亮咬咬嘴唇，"前些天，李颖和我说你看她的样子怪怪的，不对劲。是不是你们之间近来发生了什么？"

齐小红低头想了想，说出那天在街头碰到李颖和高莉打架的事，末了又说："当时我心里也很矛盾，看她的眼神自然也就有点怪怪的。"

"是这样啊！"张明亮点点头，"那真要谢谢你了。"

"谢什么呢，应该的。"齐小红摇摇头，淡淡一笑，"没想到，就那一眼，还给你添麻烦了，对不起。"

"可别这样说，我是真心感谢你。"张明亮微笑着，"小红啊，我们既然是最好的朋友，就要跟你说几句掏心窝子的话。如果说得有道理，你就听着，要是说得不对，你可以不听，行不？"

齐小红稍一想，点了点头。

张明亮深深吸了一口气，喝口茶，平和地看着齐小红，说："小红，你要模样有模样，要才干有才干，家境又好，单位也不错，完全可以找一个合适的男朋友。再说，你年纪虽然不算大，却也不小了，到了该找男朋友的时候，再拖上三年两载，就不是那么容易了。说实话吧，女孩到了一定年龄，即便条件再好，也会贬值，难免要将就。我不想你也是那样。"

"这……我都知道。"齐小红脸红了一下，"可我就想找个你这样的。"

张明亮自嘲一笑，说："我有什么好的？个子又不高大，长得也不帅气，还没什么钱财，更是年纪还一大把……"

"我就只喜欢你这样的！"齐小红看着张明亮，满眼柔情。

"我就实话跟你说了。"张明亮心一横，看一眼齐小红，望着窗外，"我爱李颖，也爱张倩。我们一家过得和睦、幸福。我虽然喜欢你，只是那种朋友间的情谊，或说是兄妹一样的感情。当初就是这样，现在也是这样，将来还是这样……"

"好，你不用说了。"齐小红摇摇头，慢慢闭上眼睛。她脸上带着微笑，但笑里浮动着痛苦，眼角渗出了泪水，顺着面颊往下淌。

"小红，你怎么啦？"张明亮有点慌乱地说。

"没事。"齐小红抹了一把脸，眼里闪着泪光，"说真心话，我确实喜欢你，却从来没想过要伤害哪个，更没想过要破坏你的家庭，真的！"

"这我知道。"张明亮看着齐小红，"谢谢你！"

"那以后，我们就是朋友，也是兄妹，行吗？"齐小红笑盈盈地看着张明亮。

"行！"张明亮脱口而出。

"好！"齐小红举起茶杯。

"哦，还告诉你一个事。"张明亮看一眼门口，"昨天周行长跟我说了，过两个月上头会组织一次考试和考核，解决优秀员工的身份问题，估计我们支行会有一到两个名额。你可得努力学习，考出好成绩。"

"好，一定！"齐小红调皮一笑，"这就是我跟陈雪兰不一样的地方吧？"

"就算是吧。到现在，我只告诉你了。"张明亮笑了笑，"不过，文件过几天就会下来。"

"也好。"齐小红偏着头，"我现在有一个小小的请求，你能答应吗？"

"你说。"

"我想拥抱你一下，可以吗？"

"当然可以。"

"嗯，你真好！"

张明亮和齐小红同时朝对方走去。张明亮张开双臂，齐小红拥了上去。张明亮轻轻拍着她的背。

"谢谢你，这里让我留下了人生最美好的记忆。"齐小红放开手，端详了张明亮片刻，"好了，我的好朋友、好老兄，我走了。"她含着眼泪，朝门口走去，打开门，回头朝张明亮摆摆手，莞尔一笑，门随即关上了。

张明亮一愣，怅然若失地在那里站了好一阵。

天刚放亮，马旺财就开了门。他站在门口，望了望天空。东边黛青色的天际露出了一抹红，那红又迅速扩散开来。

"舅，今天我陪你去吧！"左又芳边说边从屋里走出来。

"不用，今天天气好，你就别去了，别耽误了生意。"马旺财踢了踢地上的废纸箱。

"没事，还是看表哥要紧。我要不是想陪你去，早就走了。"左又芳看看天色，"走吧，我们早去早回。"

"你非要去？"马旺财看一眼左又芳，"也好，那就走吧！"

从进监狱大门到见到马大富，一路上马旺财就有一种感觉，今天的狱警比以往友善、客气多了，脸上总泛着笑容，语气也和缓得很。其实，狱警还是老样子，只是他的心态、心情变了。以往每次来，他都一连做几晚的梦，梦见马大富喊冤叫屈，吃不好，睡不好，进了大门，也总是勾着头，战战兢兢的，仿佛自己也是一个罪犯。

马旺财打量了一通马大富，说："大富，你没那么瘦了，长秤了吧？"

"嗯，这些天是吃得香一些，睡得甜一些了。"马大富端详着马旺财的脸，"您比上次来气色也好了一些。"

"是吗？"马旺财摸了摸自己的脸，"也是怪，这些天来，还真没做梦了。"

"我还正要跟又芳妹妹打电话，要她告诉您的。"马大富嘿嘿笑着。

"什么事啊？那么高兴。"马旺财忙问。

"我减刑了。今天早上通知我的。"马大富咧嘴笑着，"高兴吧！"

"减了多少？"左又芳问。

"一年半。"

"那什么时候可以回家？"马旺财问。

"过年以后。"

马旺财点点头，说："要是能回家过年就好了。"

"好好的，怎么一下就减刑了？"左又芳想了想，看着马大富，"是你近来表现好，立功了？"

"也没有，我一贯就是那个样。"马大富看着左又芳，"生产任务虽然完成得不是数一数二，也从没拖过后腿。"

"那是怎么回事呢？"左又芳寻思着。

马大富挠了挠头，说："我听说前一段时间，有人找监狱长了解过我的情况，而且不止一次。"

马旺财急切地问："是谁？你见到了？"

马大富摇摇头，说："不知道，没见过。"

左又芳想了想，说："嗯，肯定跟那个人有关。"

马旺财拍一下自己的额头，恍然大悟道："哦，我知道了。"

"……"马大富一脸疑惑。

"嗯，我也明白。"左又芳点点头。

"又芳，我们走！"马旺财拉着左又芳就走。

马大富一头雾水地愣在那里，直到狱警叫他才回过神来。

进了城，马旺财要左又芳先回家，自己直接去找成大为。

屈光宗经过成大为门口，见他还在写着什么，就叫了一声："成局长，快十二点了，吃饭去！"成大为嘴上说好，脚却没动。他把东西写完，起身一看，已经快一点了，到食堂一看，门早关了。

马旺财躲在大门口的柱子后面，一见成大为立马冲上去，一把抓住他的手，说："你总算出来了！"

成大为一惊，问："您怎么在这里？"

马旺财也不说话，拉着他就走。一路上，马旺财始终拉着成大为的手，生怕他跑了似的。二人都没有说话，只大步走着。起初成大为还不知道马旺财要去哪里，直到进了巷子，才放下心来。

开了门，进入院子，马旺财请成大为在那个破沙发上坐下，又给他泡了茶，双手端到他手上。成大为起身双手接过，抿一口，坐下。马旺财将那个"冤"字拿过来，往地上一掷，举刀就要砍。成大为连忙起身，从马旺财手上抢过刀，将那"冤"字捡起来，靠墙放好，拉着对方在沙发上坐下。

"你拉我来，就为那个？"成大为指一下"冤"字。

马旺财点头。

"留着吧！"

"为啥？"

"给我，行吗？"成大为看着马旺财。

马旺财眨着眼睛，问："你要来干吗？"

"我……我有用。"成大为扶下眼镜，"你放心，我会保管好的。"

"嗯，那好吧！"马旺财咽一下口水，"就给你。"

"谢谢。"成大为轻轻一笑。

"不用。"马旺财摆摆手，"我还想请你再帮个忙，行不？"

"请说。"

"就是……"马旺财看一眼成大为，低下头，"就是想请你再跟那里头的领导同志求个情，让大富回家过年，不再去了，可以不？"

"这……"成大为抿了抿嘴，"这怕是有些难……不过，我会尽力的。"

"哦，那就别麻烦了。有你这句话，我就心满意足了。"马旺财看一眼门外，"哎哟，都这个时候了，你还没吃饭吧？一定饿坏了。我马上做！"

成大为稍一想，说："好，我来帮你。"

吃过饭，成大为拎着那个"冤"字出了门，一路上引来各样的目光和议论，他却视而不见、听而不闻地大步走着。

大楼门口，刘志高迎面走来，一眼看见那个"冤"字，再看成大为，赞许地点点头。成大为一出电梯，迎面碰上阳建国。

"你你你……你这是要干吗？"阳建国指着"冤"字。

"没干吗。"成大为淡淡一笑。

"没干吗？"阳建国眉头一皱，进了电梯。

成大为进了办公室，将那"冤"字放在办公桌与墙壁的缝隙之间，如释重负地在椅子上坐下去。

张明亮去一家公司实地考察，刚进大门就接到周大新的电话，要他马上去双江。他喘着气跑进周大新的办公室，只见周大新和赵万隆一脸忧郁地坐在那里，宋广元则眯着眼睛，轻轻捋着胡须。

周大新示意张明亮坐下，又看一眼赵万隆和宋广元，干咳了一声，阴沉着脸说："一个小时前，省行打电话过来，劈头盖脸地批评了我一通，责问我们工作是怎么做的，怎么让省行也成了被执行人，责令我们立即想办法，阻止他们前去执行，如果他们到省行去执行了，不管是否将资金划走，都要严肃问责，还要……"

"还要什么？"赵万隆捶了一把沙发的扶手，"整天就知道问责，除了问责还能做什么？真是莫名其妙！"

周大新一惊，看着赵万隆，一脸严肃地说："你……你干吗？"

赵万隆瞟一眼周大新，说："我还能干吗，就让他们问责呗！"

"对不起，是我工作没做好，给领导们添麻烦了。"张明亮站起身来。

"明亮，你坐下，这不关你的事。"赵万隆拉着张明亮坐下，"为这个事情，你已经吃了不少苦，也是尽心尽力、尽职尽责了。"

"可是，我……"张明亮心底一酸，眼前有点迷蒙起来。

"明亮，你别难过。我挨几句批评算不了什么，没事的。"周大新笑了一下，"说起来，省行批评得也对，我们工作是没做好，给省行添了麻烦。"

"没错，是给省行添了麻烦，可也不是我们愿意的啊！"赵万隆双手一摊，"再说，我们也并不是没报告、没请示，更不是没想办法、没尽力去做。按理说，这时，不应该来责备我们，而应该支持我们，给我们……"

"好了，老赵，别多说了，自己的孩子自己抱。"周大新喝口水，"当然，该请示的还得要请示，这是规矩。"

"这个我自然知道。"赵万隆叹了一口气。

"明亮，说说你的想法。"周大新看着张明亮。

"从获悉的情况看，成大为他们虽然追加到了省行，但不会到省行去执行，他们的真正目标是总行。"张明亮看看周大新和赵万隆，"我很有必要提前去总行做一个汇报和沟通，听一下透明的意见和建议，争取得到总行的指导和帮助。"

"好，很有必要，并要请省行的人一起去。省行那边我去沟通。"周大新看着宋广元，"也辛苦宋律师去一趟。"

"没问题。"宋广元点点头，"我想，他们不去省行执行，并不意味着他们不想，只怕执行不成，反而不好。他们盯住总行，是因为总行目标大，可供执行的地方多，总行也不会为了区区几百万与法院对抗。这样一来，他们果真去总行执行，成功的可能性是非常大的。"

"从总行划走？那不行！要是在总行给划走了，还不如就在青山给了他们。"周大新摆摆手，看着宋广元，"宋律师，你说该怎么办？"

"既然他们不去省行，也好，这就给了我们时间和机会。离春节不到二十天了，可以肯定的是，他们要去总行也是在春节之后。"宋广元捻着胡须，"我建议，不妨兵分两路，一路去总行，一路去最高法院，或是合兵一处，那就先去总行，然后请总行的人一道去最高法院。如果他们真去总行执行，那没别的法子，只有靠最高法院了。这是唯一的希望所在，也是……"

桌上的座机骤然响起。周大新连忙走过去，抓起听筒。是省行打过来的，说省行刚才研究过了，对追加省行的事，务必引起高度重视，绝不能掉以轻心，要千方百计化解，可以跟那边联系，再好好谈谈，一定要把问题解决，绝不能让他们追加到总行去，有什么需要省行支持和帮助的，跟省行报告就是。

放下电话，周大新稍一想，安排赵万隆带队去总行和最高法院汇报，宋广元随同，张明亮负责与成大为保持联系，有必要的话，再去那边一趟。赵万隆说，这样好，与其坐以待毙，不如主动出击。张明亮说他尽快过去。待赵万隆和宋广元一走，周大新又嘱咐张明亮，郭玉梅近来思想有些波动，难免有情绪，他得宽宏大量，多担待一些。张明亮说，他知道，会处理好的。周大新满意地点了点头。

一出大楼，寒风迎面扑来，张明亮下意识地裹了一下风衣。宋广元站在台阶上，望了望低沉的天空，说只怕是要下雪了。张明亮说，要真能下场雪，那也是好事，好多年不见大雪纷飞了。

快进青山的时候，张明亮突然对刘石说："不进城，直接去上午去过的公司。"

刘石看一下时间，说："都快下班了，就是赶到那里，只怕财务部的人也走了。"

张明亮说："没事，就去车间和仓库看看，这样更能看到实情。"

在公司四处转了转，所到之处都干干净净的。张明亮对公司已有三分好感，再到车间一看，只见生产紧张有序地进行着，好感又增添了两分。与几个不同年龄段的工人聊了一阵下来，张明亮心中就更有数了。

张明亮刚关上车门，一辆小车"咻"的一声在旁边停下来。公司的董事长下了车，请张明亮去办公室再坐一会儿。张明亮下了车，说："都看过了，还不错，这贷款没问题，但不需要那么多，如果需要那么多，肯定是另有用途。"董事长呵呵一笑说："张行长果然是洞若观火。不瞒你说，确有一个朋友想从我这挪点钱过去。"张明亮指着董事长哈哈大笑。理事长脸一红，跟着笑了起来。笑过之后，董事长请张明亮赏个脸，一起去吃个便饭。张明亮爽朗一笑说："好，我请你，三菜一汤。"董事长眼睛一眨，附和道："好，听你的。"

前一天下午，何小年交给张明亮一份贷前调查报告，请他审阅。他仔细看过后，对公司申请贷款的额度有疑惑，就要了公司相关资料，一一看过，与何小年交换了意见，又实地考察来了。

早上醒来，成大为在床上呆坐了好一阵，到了办公室，也是无精打采地闷坐在那里，一份案卷看了大半天也没理出个头绪来。屈光宗送来一沓案卷，问他是不是哪里不舒服，要不要买点药来。他说，没事，只是头有点晕晕沉沉的，等一会儿就好了。屈光宗"哦"了一声，出了门。

十点半，成大为给郝梦楠发了个信息，约她晚上回家吃饭，给她做最喜欢吃的菜。他一直尖着耳朵听着，又不时查看手机，就是不见任何动静。快十二点了，他实在等不得了，就打了她的电话。一连两次她都没接，第三次的时候，她接了，却只说了一句"在开会"，就挂了。

屈光宗探进头来，说："吃饭去？"

成大为朝他扬扬手，说："还有点事，再等一会儿。"

屈光宗先走了。成大为闭着眼睛，靠在椅子上。肚子"咕噜"一响，他感到有点饿了，起身去食堂。食堂已空无一人，门也关了。他又回到办公室，找出几块饼干，"咔嚓咔嚓"吃起来，然后"咕咚咕咚"喝了几口水。

大楼里一片寂静，只有呜呜怪叫的风声一阵接一阵地从窗外吹过，还有隔壁屈光宗的鼾声时不时地传过来。成大为歪在沙发上，努力想让自己静下来，睡上一时半会儿，哪怕三两分钟也好，可就是不行。他坐起来，摸出手机，几经犹豫，终于给郝梦楠又发了一条信息，要她今晚务必回家，有要事跟她谈。

成大为特意提前半个小时下班，顺路去市场买了菜，在出口一抬头，一眼看到拎着菜走出来的刘志高。彼此笑了笑，又扬扬手，打过招呼。

走近了，刘志高打量一下成大为说："怎么？气色不太好啊！太累了？可得注意一点，劳逸结合才好。"成大为轻轻一笑道："也不是，只是休息得不太好。"刘志高"哦"了一声，问："是不是因为煤化厂执行的事？"成大为先说是，后又否认，尴尬地站在那里。刘志高拍一下他的肩膀，说："那事确实有点不好办，别太认真。"成大为点头说是，又说要向他学习，也请他多指点。刘志高哈哈大笑，笑得眼泪都溢出眼眶。成大为跟着也笑，但笑得勉强，还有点难看。刘志高看着成大为，心里酸酸的，咽了咽口水，又擦了一下眼睛，说："大为，我们是同事，也是朋友，我跟你说两句。一句是要知可为与不可为，万万不能明知不可为而为之；另一句是要知进退，可进时不一定要进，但该退时一定要退。"成大为连连点头，说："记住了，谢谢。"刘志高拍了拍成大为的肩膀，不紧不慢地走了。成大为站在原处，目送刘志高，直到他的背影消失在视线里。

成大为是六点回到家的。他已很长一段时间没这么早回家了。进了门，开了灯，他站在客厅中间四面看了看，将零乱的东西整理了一下，又将地面清扫了一遍，用拖把拖了拖，地上呈现出了光亮。他摇头一笑，放下拖把，进了厨房，边做饭边想着等下跟郝梦楠谈什么、怎么谈，一不小心，油溅到手上，等他感到疼的时候，手背上已冒出两个小水泡来。他抬起手，吹了吹，又吮了吮，将手放在龙头下冲了冲。

饭菜都做好了，郝梦楠还没回来。成大为打开电视，《焦点访谈》已经开始了，谈的是暴力抗法的事。他边看边给郝梦楠发信息，问她到哪里了，饭菜早都做好了。访谈播完时，她回复"你先吃，别等我"。这是意料当中的，但见她真这么说，成大为一时感到很是失落，还有几分气恼，手机差点从手上掉到地上。他一声长叹，眼睛一闭，往后一倒，靠在沙发上。

手机响了，是桃花姐打来的，问能不能到她那边坐一会儿，有个事想跟他聊聊。成大为说，下乡了，明天才能回来。放下手机，一看电视，里头一家人正在闷头吃饭，谁也不看谁。他将饭菜端到桌上，刚拿起筷子，门响了。他忙跑出去，郝梦楠已进了门，正在换鞋。

"回来了？"成大为迎上去。

"嗯。"

"吃饭了？"

"没有。"

"我……我一直在等着你的。"

"嗯。"郝梦楠看一眼他手上的筷子，朝卧室走去。

"我……我也是刚吃的。"成大为边跟着她走边说，"我把菜再热一下，你就来吃啊！"

成大为热好菜，盛好饭，轻轻敲了敲门，说："梦楠，吃饭了。"

"不饿，不吃了，你吃吧！我想休息一会儿。"

成大为快快地回到餐桌前，呆坐了一会儿，端起碗，吃了几口，觉得索然无味，就放下碗，靠在椅子上，目光落在饭菜里……看着看着，他心底蓦然一动，抓起筷子，端起碗就狼吞虎咽吃了起来。

"看你这样子，饿坏了吧？"

成大为一抬头，看到郝梦楠站在他身旁，表情复杂。

"你还是吃一点吧！"成大为站起来，"特意为你做的。"

郝梦楠在他对面坐下，问："有酒不？想喝一杯。"

他拿来酒，斟上。

她夹了一筷子菜，慢慢嚼了嚼，悠悠咽下去，点点头说："嗯，不错，来，喝一个。"

杯来盏去中，一瓶红酒见了底。

成大为起身要去拿酒，郝梦楠说："算了，差不多了，不能喝得太满。"

"难得这么一回，一定要喝好才行。"

郝梦楠翻一眼成大为，不冷不热地说，"那你喝吧，我不陪你了。"

成大为愣愣地瞅着她，缓缓坐下去。郝梦楠点了一支烟，吸一口，任烟从嘴里飘出来，飘向成大为。他咳了一下，稍稍偏过头，任烟在他跟前飘绕。郝梦楠淡淡一笑，出手要将烟灭了。

"没事，我没事。"成大为抬一下手，"不过，你也还是不抽的好。"

"是吗？"郝梦楠笑了笑，看一眼夹在手指间的烟，"这说起来，还得感谢你。"

"感谢我？"

郝梦楠点点头，"那时，我要你来公司主持，或是帮我一把，你就是不听，一心做着局长梦、院长梦；而我，一个女人整天要去……唉，好了，不说了。"她摇着头，摆摆手。

"那时，我……"成大为低下头。

"那时你有着远大的志向、美好的理想。"郝梦楠吸一口烟，噘着嘴，吹向成大为。

成大为用手在鼻子跟前划了划，讪讪一笑："梦楠，你这吸烟的样子倒是挺优雅、挺时尚的。"

"是吗？"郝梦楠说，"那些都是历史了，不说也罢。人各有志，勉强不得。"

"回想起来，这些年，我都像做梦一样。"成大为叹口气，"不过，这段时间以来，我梦醒了，可你……"

"我还是我，还是走着我自己的路。当初我责怪过你、怨恨过你，不瞒你说，还有过想和你分手的念头，但这都过去了，我不再怪你，不再怨你。"郝梦楠看着成大为，"你也不要多想，好好做你的院长梦吧！"

"梦楠，你责怪我、怨恨我，都行，曾经想过要和我分手，我也理解，不会怪你。"成大为一脸平静，"但我不后悔当初的选择，真的！这些年来，特别是近半年来，我学到了许多，明白了许多，懂得了许多。我相信我会工作得更好。"

郝梦楠一愣，盯着成大为。

"不过，我有一个小小的希望。"成大为咬了咬嘴唇，"希望你能多回家吃饭、睡觉，行吗？"

"是吗？"郝梦楠咯咯笑着。

"嗯。"成大为点下头。

"你能回家做饭？能待在家里？"郝梦楠偏着头瞅着成大为。

"能！"成大为说得十分坚定。

"你的这份心我领了。"郝梦楠将烟灭了，"只可惜我现在没这个福气了。"

"那……"成大为心思一动，"那我去你公司。"

"去我公司？"郝梦楠冷笑道，"看你说的，公司池子小，哪盛得下你呀！再说，公司里也没有适合你的职位了。"

"我就知道你会这样说。"成大为指一下郝梦楠，"你既不回来，又不让我过去，也一个多月不去学校看儿子，是什么意思？"

"看儿子？你还好意思说儿子。"郝梦楠鼻子一哼，"要是靠你，儿子早就不知道去了哪里了！"

"那次我也是没办法，心里还是十分焦急的，只是实在脱不开身。当时我要是走了，那边可能会出人命的，要……"

"要是我不半夜三更冒着大雨，背着孩子往医院跑，再晚半个小时，孩子就……"郝梦楠眼睛一红，哽咽了。

"为那个事，我一直心怀愧疚。我对不起你，也对不起孩子……每次一想起，心就疼，就……"

"那我问你，从小到现在，孩子你带过几天？又陪着玩过几回？"郝梦楠头一扬，"我告诉你，孩子下个月就跟我去省城了，我已经联系好了那边的学校，以后也用不着你操心，更用不着你费力了。"

"你……你是什么意思？"成大为站起来，涨红着脸，"你要这样，这日子就没法过了。"

"没法过了？"郝梦楠盯着成大为，"你这又是什么意思？"

"我能有什么意思！"成大为脸色由红转白，"你不要以为我什么都不知道。你那个什么副总，叫林梦雄的，到底和你什么关系，你心里清楚。我告诉你，变了的是你，不是我。"

"我变了？你没变？说得多动听啊！"郝梦楠拊掌大笑，笑过就腾地站起来，指着成大为道，"我只问你，那个什么桃花姐，是你的什么人？"

"她是她，我是我，什么人都不是！"成大为铁青着脸。

"别说得那么干净——"郝梦楠嘴一撇，"虚伪！"

成大为嘴唇颤抖着，问："谁虚伪？"

郝梦楠冷笑，说："谁虚伪谁自己心里有数。"

"你……"成大为甩了一下手。

手机在桌上又唱又跳起来。郝梦楠赶紧接了，边说边大步走进卧室，拎了包就往门口走。成大为愣了愣，追上去。

"你就这样走了？"

郝梦楠只顾着换鞋，没搭理他。

"那我问你，你还想不想进这个门？"成大为要拉她的手。

"想不想是我的事。"郝梦楠手一甩，出了门，顺手将门"砰"地关上。

走到窗前，成大为看着林梦雄下了车，迎向郝梦楠，又模糊听到他说其他人都已经到了，只等她一到就开会。车子开走了。成大为一拳砸在窗台上，却疼在自己心坎里。伴着这疼痛，莫名的伤感和悲怆也从心底涌起……

成大为摸了摸砸疼的手指，又看看手背上的水泡，一进餐厅，就看到桃花姐来了电话。他犹豫一下，接了……

挂了电话，成大为觉得此刻不宜去桃花姐那里，但双脚却往门口走。快到酒店门口，他又犹豫了，在那里徘徊着。一股寒风刮过，他一激灵，猛地抬头，一头撞在路边的树干上。他摸着头，自嘲地笑起来，忽然觉得轻松起来，郁闷也丝丝缕缕地随风而去。

回到家，成大为站在镜子前，冲自己一笑，心想：幸好刚才没走进酒店。

吕大业背着手，唉声叹气地在地上来回走着，不时瞅一眼李正道或于小财。李正道坐在椅子上，双手支在桌上，手掌托着下巴，眼睛闭一会儿睁开一下，瞟一眼吕大业或于小财。于小财倚着窗户，笼着袖子，不停地透过玻璃朝外张望。

"哎，你看什么呢？也不好好想想，出出主意！"吕大业看着于小财。

"我……我说什么呢？"于小财头一歪，嘿嘿一笑，"你是厂长，还是你说吧！你说什么就是什么，我没意见。"

"看你说的什么话？"吕大业白一眼于小财，瞅着李正道，"老李，这事你怎么看？"

"这事可不是我们几个说了算的，没那么简单。"李正道靠在椅子上，"弄不好，只怕是不好收拾，会出大乱子的。"

"就是嘛。"于小财走过来，扶着椅子，"他们倒是好，一甩手，把这么一个烫手山芋硬塞给了我们。"

"你说什么呢！"吕大业盯着于小财，"我告诉你，这话你只能在这里说，千万不能到外面说，听到没有？"

"听到了。"于小财拖着声音说。

"秘书长说了，由我们自己决定是破产还是改制，这是对我们的尊重和信任，也是对我们的期待和考验，我们可不……"

"不给一分钱，光尊重和信任，谁能经受得起考验？又有什么期待呢？"

于小财不以为然地摇摇头，两手一摊，"谁都知道，破产也好，改制也好，都是需要钱的，没有钱，就是无源之水、无米之炊。"

"这个我知道，当着秘书长的面我就提出来了，说没有启动资金，什么都是不好弄。"吕大业顿了顿，"可秘书长说，你们呀，没同意的时候，天天吵吵闹闹，要破产，要改制，现在同意你们搞了，又提出这样那样的要求，实话告诉你们，要钱没有，如果非要给钱，那就等有钱给了，你们再搞吧！"他一声叹息，"他这么一说，我还能说什么呢？"

"他……他这是……是……嗨！"于小财拍了一把椅子。

"不过，他又说，老吕啊，你要思想再解放一点、胆子再大一点，要开阔思路、放宽眼界，要多动动脑子，多想想办法……其实，你的手上就抱着一个金娃娃的。"吕大业伸出双手，左看看，右看看，"你们说，我手上有一个金娃娃吗？你们谁看到了？金娃娃在哪儿？在哪儿呢？"

于小财摇着头，说："你手上空空的，什么都没有，要说有，那只有空气。"

"哎，老李，你看到没有？"吕大业看着若有所思的李正道。

"你手上好像是有一个娃娃。不过，我有点看不清楚，好像是金的，又好像是铜的，还好像是一坨灰泥巴。"李正道煞有介事地看着吕大业的手。

"你真看到了？"吕大业端详着自己的手。

于小财偏着头，说："是看到了，好像还真是个黄色的东西。"

"看你神神道道的，一下有，一下又没有。"吕大业斜一眼于小财。

"老吕，我跟你说吧，"李正道站起来，走了几步，看着吕大业，"我们现在的情况跟两三年前的冶炼厂还真有点相似，只是……"

"哦——你说过的。"吕大业拍了一下自己的额头，茅塞顿开道，"我明白了。我的手上还真是捧着一个宝呢！"他看看自己的双手，脸上瞬间又阴下来，"可是这……"他一声叹息，颓然坐在椅子里，沉思起来。

李正道也坐下来，往椅子上一靠，闭上眼睛。于小财踱到窗前，往外张望，不时瞟一眼吕大业和李正道。

"哎，老李，"吕大业踢了踢李正道的椅子，"你说，是破产好，还是改制好？"

"我看还是改制的好。如果弄好了，矛盾会少一些，从长远来看，对职工也有好处。"李正道坐起来，摸了摸头，"不过，不管是改制，还是破产，都得有一个前提，那就是要有一笔启动资金。"

"我也就是愁这个啊！小财，"吕大业朝于小财招一下手，"法院阳局长那边怎么样了？是不是已经追加到了总行？钱什么时候能回来？"

"说是追加上去了。至于钱什么时候回来，那还真不知道。"

"老吕，坦率讲，那个钱你就别去指望了。"李正道看一眼吕大业，望着天花板，"那钱是很难弄回来的，就是弄回来了，也不知道到猴年马月了，远水解不了近渴的。再说，那钱就是弄了点回来，也只是杯水车薪，解决不了根本问题。"

"你的意思是不管了？"于小财瞅着李正道，"那可不行，前头花了那么多功夫，也花了不少费用，可不能半途而废。再说，不管什么时候回来，不管回来多少，也总比没有的好。"

"事到如今，也不能全怪冶炼公司，更不能怪人家银行和法院，如果当初厂里退让一点，跟冶炼公司好好谈谈，也就解决了，可……"吕大业一声叹息，"这世上的药有千种万种，就没有后悔这种药可吃。"

"好好的，吃什么后悔药？当初谁能想到会是这样？谁又不想多争取一点？"于小财手一挥，"这事就怪冶炼公司，银行和法院也……"

"好了，别说这个了。"吕大业看一眼李正道和于小财，"眼下的当务之急是要找到启动资金。"

"这个倒也不难，你手上捧着的那个宝里面自然会有。"李正道看着吕大业，"关键在于是改制，还是破产，只怕不是我们说了算的。"

"我们说了还不算？"于小财眉头一皱，"那谁说了才算啊？"

"你们听，说了算的来了。"李正道指指窗外。

外面传来吵吵嚷嚷的声音……

于小财走到窗前，踮着脚看了看，扭过头来，说是歪鼻子他们，人很多的。吕大业搓着手，有点手足无措。于小财看着吕大业，说："看样子，一个个气势汹汹的，还是先躲一下的好，别白挨一顿揍！"李正道望一眼门口，说："来得正好，都用不着走，更用不着躲，走是走不开的，躲也是躲不掉的。"

话刚落音，歪鼻子第一个堵在门口，随即他的左右和身后就挤满了人，黑压压一大片，左又芳也在其中。

"好啊，你们都在！"歪鼻子一只脚踏进门里，冷冷一笑，"听说上头都同意了，让我们自己做主，是不是啊？看样子，你们是在开会吧？那好，说给我们听听，打算怎么个玩法？"

吕大业看看李正道，又看看于小财，有些厌恶地瞟一眼歪鼻子，扭过头去。

"怎么？不想说？想背着我们玩花样？"歪鼻子转过身，"各位，他们又想玩花样，你们答不答应啊？"

"不答应！"门外众人齐声说。

歪鼻子回过身来，嘿嘿一笑说："三位，听见了吧？代表们都说不答应呢！"

牛大贵高举着双手，从人群中艰难地挤了过来，大口喘着气。

"挤挤挤，挤你个鬼啊！"歪鼻子朝牛大贵眼睛一瞪，猛地推了他一掌。后者往后一倒，后面的人又将他往前推。

"你们干……干吗？"牛大贵胸一挺，脚一跺，"我是保卫科的，要保……保卫……"他猫下腰就要往里钻。

"保你个头呢！"歪鼻子将牛大贵往后一拖，后面一个接一个地将牛大贵拖出去。牛大贵站在人群外面，不断地跳起来，往里面打望。

吕大业朝李正道递了个眼色。李正道轻轻点下头，犹豫了一会儿，起身走到离门口五六步远的地方，定了定神，抬起头，有些尴尬地笑了一下，又咽了咽口水，试探着对歪鼻子他们说："大家好，辛苦了！没冻着吧？"见歪鼻子要说话，他忙接着说，"不瞒各位，刚才我们还在商量，看怎么向大家征求意见。"

"是吗？"歪鼻子边笑边左右看着。

李正道看一眼吕大业，"正好大家都来了，有什么要说的，就说出来吧！"

"既然领导民主，大家就快说吧！"歪鼻子朝左右边挤眼睛边说，"有什么就说什么，怎么想的就怎么说，不要怕！"

"我们要就业！"

"我们要生存！"

"厂子就是我们的家！"

"我们要做厂子的主人！"

"听到了吧？这就是群众的心声！"歪鼻子指点着。

"我听到了，也明白了。"李正道瞟一眼面色凝重的吕大业，"我可以告诉大家，我们跟大家的想法是一致的。"

"是吗？"歪鼻子睁着眼睛。

"当然。说心里话，我们可不希望有人失业，只希望大家今后能生活得更好。不过，这需要大家的支持和配合。下一步怎么走，具体怎么做，我们会及时跟大家通报，也会听取大家的意见和建议。大家尽管放心，厂子是大家的，我们绝不会背着大家玩什么花样。天寒地冻的，我看大家就先回去吧！"李正道说着朝歪鼻子努了努嘴。

"那好，既然你这么说，我们就先回去了。"歪鼻子向人群挥了挥，"走吧，都走吧！"他随着人流走了十来步，突然又跑回来，指着正在说着什么的吕大业和李正道，"你们可得说到做到，要是玩花样，别怪我翻脸不认人哦！"他转身就走，额头撞在跑过来的牛大贵的下巴上。牛大贵"哎哟"一声，赶忙退到一边。歪鼻子摸一下额头，瞪一眼牛大贵，在他胸前擂了一下，骂骂咧咧地扬长而去。

孔大华透过包间的落地玻璃，居高临下地看到歪鼻子从的士上下来，四面看看，望一眼酒楼，又看看手机，快步朝楼里走来。

门响了两下。服务员引导着歪鼻子走过来。孔大华懒懒地靠在椅子上，只是朝对方点了一下头，用夹着雪茄的手指了一下对面的椅子。歪鼻子迟疑一下，在椅子上坐下，挺着腰，双手搭在腿上。

"孔老板，您也太客气了。"歪鼻子笑了笑，"我又没帮您什么，却请我到这么高档的地方来喝酒。"

"哎呀，都是好兄弟，别弄得陌生人似的。"孔大华将菜单往歪鼻子跟前一推，"来，你点菜，不要客气，拣好的来，想吃什么就点什么，不要怕花钱。"

歪鼻子谦让一阵才捧起菜单，翻看起来，不时地瞟一眼抽着雪茄的孔大华。菜单翻了两遍，却没点上一个，他脸一红，将菜单放到孔大华跟前，说自己不会点，也不知道孔大华喜欢吃什么，还是请他来点好。孔大华哈哈一笑，指了指歪鼻子，递一只雪茄给他。他忙摇头，拱手说不会抽。

"兄弟，你是想给我省钱吧？"孔大华坐起来，看着歪鼻子，"我告诉你，现在兄弟我最不缺的就是钱。"他从包里拿出一个信封，往歪鼻子面前一推，"给你的。"

"给我的？"歪鼻子眼睛在信封和孔大华身上移来移去。

"是啊！"孔大华颔首一笑。

"想收买我？"歪鼻子偏着头，嘻嘻笑着。

"看你说哪儿去了。我不要巴结你什么，你也不要求我什么，有什么要收买的呢？你放心，真没别的什么意思，我们是好兄弟嘛。我知道，你没有别的爱好，就喜欢喝两杯。这也没别的，只是我给兄弟的一点小酒钱，你就别东想西想的了，拿着！"孔大华指一下信封。

"那……那我就真拿着了？"歪鼻子看一眼孔大华，目光落在信封上。

"拿着，客气个啥！"孔大华一拍桌子，"好了，我们今天就吃大龙虾，澳洲进口的，喝洋酒，XO，怎么样？"

"好，我听孔老板的。"歪鼻子红着脸，亮着眼睛，"今天就沾孔老板的光，开个洋荤。”

“这算什么！下回请你去省城，哦，不，去上海，或是去深圳，进那里最好的酒店，那才是开眼界。”孔大华靠在椅子上，笑眯眯地看着歪鼻子，“怎么样？”

“好啊！”歪鼻子话刚出口，随即低下头，眼里的光亮也跟着暗下来。

“怎么啦？”

“没……没什么，还是不去吧！”

“怎么又不去了？”

“孔老板，你也知道，我这个人没什么本事，帮不上你什么忙。”歪鼻子抬起头，“也就一点，就是讲义气、够朋友。你说，是不是？”

“那是，就因为你够朋友，才有那么多人听你的话、跟你走，一呼百应。不瞒你说，我也就是看中你这一点。”孔大华话一出口，马上意识到不妥，忙接说，“这么多年来，我就知道你够朋友，才把你当兄弟。还记得吗？那时，我们一起在井下逃过命，一起偷钢板卖过……”

“不好意思，这些我还真不怎么记得了。”歪鼻子带着歉意笑了笑，“孔老板，你就别转弯抹角的了，还是别……”

“别误会。”孔大华抬一下手，“我可不是要利用你什么，是真心要认你这个兄弟。”

“孔老板，你放心，没事。”歪鼻子摆摆手，“我也知道，世上没有无缘无故的恨，也没有无缘无故的爱。你说，是不是？”

“也是。”孔大华有点尴尬地笑了笑，喝了口水。

“还需要我干啥子，你就直说吧！”歪鼻子瞅着孔大华。

“哎呀，也没什么。”孔大华放下雪茄，双手搭在桌上，“说起来，前一段，我得好好谢谢你，没有你，事情就不会进行得那么快、那么顺。”

“那可不是为了你，而是为了我自己，也是为了大家。那样拖着，不死不活的，肚子不开心，这里也难受。”歪鼻子指着胸口。

“那是，我虽然不在厂里，但看着曾经的同事有的擦皮鞋，有的扫马路，

336

有的还没事可干，天天就窝在家里生闷气，有的没钱买菜，一大早或大半夜跑到市场里去捡人家丢弃的烂叶子，有的没钱看病，只好忍着拖着，结果小病变成大病。"孔大华叹了一口气，"你还别说，我每次一看到这些，或想起这些，心里就疼，不是个滋味。"

"是吗？"歪鼻子淡淡一笑。

"你不相信？"孔大华眨了眨眼睛，"那我告诉你，当我第一时间从秘书长那里得到消息的时候，你知道我有多高兴吗？"

"不知道。"歪鼻子呵呵一笑，"但我知道你肯定高兴。"

"不瞒你说，当时我真是高兴得跳了起来。"孔大华吸了一口雪茄，"你知道我为谁高兴吗？当然是为我自己，但更是为曾经的同事们，为将要成为我同事的那些人。这曾经的和将来的，都会有你在内。"

"未必吧？"歪鼻子喝口水，"孔老板，其实你想的什么，打的什么算盘，我早就知道。"

"知道就好。"孔大华笑了笑，"所以，我才请你来商量，帮我出出主意。"

"出主意可不敢当。"歪鼻子脸一沉，"不过，有两点我倒是要先说清楚，一是我歪鼻子的为人你是知道的，一贯行得正、走得稳，不会为了自己的一点小好处，出卖煤化厂和煤化厂全体职工的利益；二是谁也别想贱买贱卖煤化厂，谁要那么干，我第一个就不答应。"

"说得好，佩服，佩服！"孔大华放下雪茄，鼓了鼓掌，"你放心，兄弟我绝不会让你为难，更不会让你吃亏！"说完又拍了拍胸脯。

"什么吃亏不吃亏的，看你又说到哪里去了！"歪鼻子看一眼孔大华，望着华灯初放的街道。

"我们不说这些了。"孔大华起身走到歪鼻子身边，抓起信封，塞进他的衣兜里。歪鼻子扭过头，朝孔大华表情复杂地笑了笑。

孔大华心头的一块石头彻底落了地。

吕大业站起来，边走边捶着腰。李正道放下笔，拿起桌上的几幅草图，就着昏暗的电灯，一幅一幅看着，边看边摇头。于小财将计算器一推，起身甩了甩手，踢了踢腿，说："头也大了，眼也花了，天也黑了，肚子也饿了，明天再来算。"吕大业忙走过来，看一眼桌上的账表，说："那不行，必须拿出一个初步意见，明天一大早，我得去跟秘书长汇报。"于小财复又拿起了笔，说："那好吧，反正也快算好了。"

"老吕，这一天真的来了，你心疼不？"李正道突然问道。

吕大业仿佛没听见，过了一会儿才侧过脸，瞅着李正道，一脸茫然地问："你说什么？"

"也没什么，只是心里有点难受。"

吕大业没说话，只是点点头，脸色有点难看。

"老吕，我不瞒你，我是真不希望有这一天，但又盼着这一天。"李正道叹了口气。

吕大业木然坐在那里，一动不动。

"公司搞到今天这个境地，也就三四年的光景，这谁又想得到？是我们这些人不行？那也未必。前些年也是我们这些人，还不是搞得红红火火？是我们不努力？那真不是。这几年，我们操了多少心，费了多大劲，吃了多少苦！可结果还是这样……真不知道是怎么回事了。"李正道边摇头边说，像在自言自语，又像在问别人。

于小财瞟一眼李正道又埋头干自己的事。

"既不是井下没有煤，也不是焦炭烧不好，更不是原煤和焦炭没有市场……唉，可惜，真是可惜啊！"李正道一捶砸在桌上。

"你干啥呢？"吕大业一愣，满脸惊疑地瞅着李正道。

李正道茫然地看着吕大业，"我没干啥呀！"

"李厂长，你刚才捶桌子了。"于小财指着桌子。

"我捶桌子了？"李正道尴尬地笑了笑。

"老李啊，你刚才说了些什么，我还真没听见。但我知道你说的是什么。"吕大业一声叹息，"好了，那都是历史了，不说也罢，说来心酸、心疼。"

"也是。"李正道点点头，"到了这个境地，还能说什么？只要能保住厂子，职工还能上班，还有工资发，就是万幸了。你说，是不是？"

"好，说得真好！"

吕大业一扭头，一眼看到孔大华边拍手边走进门来。

"是你！"李正道站起来。

"是我呀！"孔大华拉开一张椅子，坐下，"我听说领导们还在挑灯夜战，立马赶过来了，也知道吕厂长明天一大早要去跟秘书长汇报。"

"你怎么知道？"吕大业忙问。

"我当然知道！"孔大华哈哈一笑，"我又不是聋子。"

"那你来……"

"来看看你们呀，也顺路买了点吃的，想着你们也该饿了。"孔大华朝门外招招手。尤小柳拎着一个纸袋走进来，将里面的烟、水果、饼干之类的东西分放到吕大业他们跟前，又给他们续上水，退了出去。

李正道慢慢悠悠地剥了一根香蕉，送到嘴边却又放下了。于小财拆开一包饼干，"咔嚓咔嚓"地嚼着。

"孔老板，有什么事，你就直说了吧！"吕大业不想废话。

"其实也没别的。"孔大华笑道，"只想跟领导们商量一下，让吕厂长明天一早好去汇报，也好让刚才李厂长说的那个愿望变成现实。"

"哦？"吕大业眯着眼睛，瞅着孔大华。

"一点也没错。"孔大华掏出烟盒，弹开，取出一支雪茄，朝吕大业和李正道亮了亮，见他们都摆手，就自个点上，吸一口，轻飘飘地吐出烟来，"我的来意，你们肯定已经想到了。不瞒你们，我的想法秘书长是知道的，而且是受了他的启发，又在他的指导下成熟起来的。歪鼻子等职工代表还主动找过我多次，说欢迎我回到厂里来。"他挪了挪椅子，"说实话，我是从厂里出来的，是厂里培育了我、锻炼了我，没有在厂里的积累和经验，就没有我孔大华的今天。这一点，无论走到哪里，我都不会忘记。歪鼻子他们说要请我回厂里来时，我还有些犹豫，怕这怕那的，可后来经秘书长一教育、一点拨，自己再一思考、一盘算，就觉得回报厂里、回报同事，都是我的责任，也是我的义务。"他摸出手绢，在眼睛上压了压。

"说得真好！"吕大业轻轻一笑，"还挺动听、挺感人的。"

"好了，我先走了，不多耽误你们的宝贵时间。"孔大华站起来，"我的意思已经说得十分明确，请你们多考虑、多关照。至于借的钱，还有做抵押的门面，那些都是小事，你们也不要放在心上。"走到门口，他又回过头来，摆了摆手。

"白眼狼！"吕大业听到车子开走了，猛地起身，走到门口，冲着外面骂道。

"老吕，你生气了？"李正道问。

吕大业苦笑一下，双手一摊，说："我才懒得生气呢！"

"没生气就好。"李正道几口将那香蕉吃了，"你别说，还真有点饿了。"又递一根给吕大业。吕大业迟疑一下，一掌扫过来，将香蕉扫落在地，断成两截。

"你跟香蕉生什么气啊？"李正道愣愣地看着吕大业。

"我可没跟香蕉生气。"吕大业喘着气，"我是看不惯他那个嘴脸。"

"老吕啊，事情已经到了这一步，生气也没用。"李正道将那香蕉捡起来，吹了吹，咬了一大口，"既然没用，又何必生气，是不是？"

"老李，你心里想的什么，我是知道的。"吕大业盯着李正道，"我只问你，你是不是也欢迎他回来？"

"老吕，我们共事这么多年，彼此应该是十分了解的。"李正道站起来，"这几年来，那么多大大小小的老板来请我，我为什么一个都不答应，就因为我对厂里是有感情的，舍不得离开。反正我就一条，不管怎么样，不管是谁来，这厂子不能垮，这人不能散。"

"老李，你这会不会是单相思，一厢情愿呢？"吕大业在椅子上缓缓坐下。

"那倒未必。"李正道走了几步，眼睛一亮，"老吕，你要看到，我们现在的条件比当初的冶炼厂要好，还可以学习借鉴冶炼厂和冶炼公司的经验教训。对煤化厂的未来，我有信心。"

"哎呀，总算弄完了！"于小财将笔一丢，伸了伸腰，又打了一串呵欠。

三人经过一番争辩、商议，最终达成共识。公司先破后立，成立股份制公司，职工的破产所得可自愿折算入股，成为股东。如果孔大华具备相关条件，且有实力出资启动破产，那也欢迎他参与或主导破产和重组的相关工作。

县里一个新的财政专户要开，几家银行都在争取。何小年这两天一直盯着，可局长就是不表态，说这事还真不好办。

张明亮这天本来是要去岳北的，只因县里有一个大型的招商引资项目，县长指定要他代表银行参加与投资方的洽谈。何小年又请他今晚务必亲自出马，否则会前功尽弃。他只好白天参与洽谈，晚上去见营销局长。

早上起床时，李颖问张明亮昨晚梦里怎么老喊"终止了"。张明亮摇摇头，一声叹息，说："真要终止了就好了。"李颖稍一想，明白了，便笑道："能在梦里终止一回，也好啊！梦是反的，只怕还真是个梦呢！"

十一点半，张明亮回到家，李颖哼着《春暖花开》进了门。张明亮问她有什么好事，都快要累成狗了，还那么开心。

"后天小店开张，能否有劳张行长亲临小店，视察一下，指导一番？"李颖掩口一笑。

"这么快！真是深圳速度了！"张明亮拱拱手。

"你别和我打哈哈。"李颖盯着张明亮。

"该死，还真是去不了。"张明亮挠着头，"明天还得去岳北。"

"去岳北？"李颖闪着眼睛，"就不能推迟两天？"

"不行的，是……"

"是什么？"李颖推一把张明亮，指着门口，"好，你去！你现在就去！"

"现在就去？"张明亮苦着脸，"半夜三更的，去哪儿呀？"

"去岳北呀！"李颖手一甩，"你不是急着要去吗？"

"人家也是没办法，又不是故意的。"张明亮拉着李颖的手，做出一副无奈的样子，"那边有了新情况，挺急的，真的。"

"蒸的？还煮的呢！"李颖嗔一眼张明亮，双手半握拳在他胸前捶打着，"你去，你去，我让你去！"

"真让我去？"

李颖放下手，鼻子一哼，"实话告诉你吧，我压根就没做过你会去的打算。你自己想想，从说开店到现在，你去店里看过一回没？你帮过我一次忙没？"

"嗯，还真没有。"张明亮尴尬地笑了笑，拉着李颖的手，"不过，也怪不得我，谁叫你那么聪明、那么能干，自己都干了，而且干得那么好，我就是……"

"就是什么？"

"就是想干，也没你干得好啊！"

"你呀，就一张嘴说得漂亮。"李颖指了指张明亮，"你以为我不想轻松，不想舒服？不想有人替我去干？我是没办法。"她摇摇头，"你有你的事，而且你的事比我多，又重要。"

"知我者，爱妻也！"张明亮一把搂过李颖。

"你干吗？"

"你还没吃饭吧？"张明亮耳朵贴着李颖的肚子，"里头都咕噜咕噜地响呢！"

"没吃，但不饿。"

"那不行，得吃一点。我给你煮碗面条去。"张明亮放下李颖，嘿嘿一笑，"其实晚上我也就喝了一阵酒，没吃什么东西。"

"原来是你自己想吃，却要打着我的旗号。"李颖嫣然一笑，"还是我去吧，你等着。"

张明亮看着李颖的背影，心底荡起层层幸福的涟漪。"叮咚"一声，他收到了一条短信。宋广元说他们已到省城，下午与罗局长见面，明天前往北京。

第十一章

吴龙江见张明亮走过来，连忙下车，迎上前去。两人紧紧握手。

"一大早的，你准是有什么事吧？"进了办公室，张明亮边开电脑边问吴龙江。

"我想把煤矿卖了。"

"你真的想好了？"张明亮看着吴龙江。

吴龙江呵呵一笑，说："真想好了。就算是给家乡多留点青山绿水，造福子孙后代吧。"

"钱存哪儿去了？是在我们这边吧？"张明亮盯着吴龙江。

"你看你，就关心那点存款。"吴龙江指了指张明亮，"也不问问我为什么要卖煤矿，卖了煤矿的钱又用来干什么。"

"是为什么？又干什么？"张明亮边给吴龙江沏茶边问道。

"简单地说，是为了赚更多的钱，到时给你带来更多的存款。"吴龙江抿了抿茶。

"怎么赚？到哪儿去赚？"

"你知道的。"

"那边？"

"是的。"吴龙江看一眼门口，"孔大华打电话过来了，说那边的进展比预期要快，要我准备好资金，随时打过去。"

"你敢去那边？不怕？"

"怕什么？"吴龙江"哈哈"一笑，"要想赚钱，就不能怕，要想赚大钱，就得有冲胆，就得冒风险。你要怕，就只能躲到茅厕中，缩到裤裆里，到了口袋里的钱都会被别人掏了去、抢了去。"

"你就不怕项目有风险？不怕人生地不熟？"

"不怕，都不怕。"吴龙江摇下头，喝口水，"上回我跟孔老板一道仔细看了图纸，又实地勘查过了，资源肯定是没问题，而且煤质又好，开采成本也不会太高。"

"这倒不是关键，关键是……"

"是人，对不？"

张明亮点头一笑。

"这道理我懂。你先听我说。你看啊，孔大华原本就是煤化厂的人，对公司的过去和现在都比较熟悉。这几年，他赚了些钱，在当地结交了一些方方面面的朋友，给他壮胆，给他撑腰，还网罗了一批在公司有影响的人替他说话、替他造势，可以说是有基础、有人脉、有实力。在岳北，他也算得上是个人物了。"

"那倒是。"张明亮点点头，"可是，正因为他是个人物，就算你是条强龙，也是强龙难压地头蛇。到时候，只怕你降他不住，反把你给吃了。"

"没那么容易。"吴龙江摇头一笑，"孔大华虽然是个厉害角色，但他真没我精明，更没我聪明。我相信，他是吃不了我的。如果他想吃我，也是几年之后……当然，我不希望是这样，只想我们永远是兄弟、是朋友。"

"但愿如此。"张明亮举一下茶杯，"和气生财，和则利，争则散。"

"那是。"吴龙江也举一下茶杯，"你刚才说孔大华是地头蛇，这没错。不过，前不久，我老婆的一个亲戚的亲戚选上了L省的副省长，通过这个亲戚，我又认识了岳北的一位副书记，而他正是那个亲戚的老部下。"

"难怪你有底气啊！"张明亮朝吴龙江竖了一下大拇指，"你行，有种！"

"哪里哪里，我这只能叫吉人自有天相。"吴龙江笑了笑，"不过，我现在也是万事俱备，还欠东风。"

"东风？"

"是的。这东风就在你的手上。"吴龙江收了笑容，一本正经地看着张明亮，"我先把卖煤矿的钱打过去，下一步就等着你的东风了。"

"好，我明白。"张明亮点下头，"你把情况跟何行长好好说说，用你在青山的不动产做抵押，以焦化公司或贸易公司的名义申请贷款。"

"好的。不过，你一定要快。"吴龙江眼睛一转，"不瞒你说，有两家银行抢着要给我贷款，我都委婉地回了。"

"我会跟何行长说的，你自己也得配合好。"张明亮看一下时间，"好吧，就这样，等下我还要去岳北，得准备一下。"

"好，过两天我也会去。"吴龙江走几步，又回过来，走到张明亮身边，瞟一眼门口，"哎，那边我给你也留点股份？"

"什么？"张明亮抬头看一眼吴龙江，边说边摇头，"不用，真的不用。"

"那以后再说吧！"

张明亮朝他挥下手，说声"不送"，开始埋头整理资料。半晌，他停下来，脑子里突然冒出股份的事情，一下搅得他内心一团乱麻。

寒风从窗户的缝隙间挤进来。张明亮打了个寒噤，在心底骂了一声"去你的股份"，起身将窗户关严了，接着整理资料。

伍兴国将手上的烟头狠狠往地上一摔，又狠狠地踩了一脚，在办公室大步来回走着，边走边说着："完了，完了。"

"一大清早，吓死个人的！"阮小芳笑着探进头来，"什么完了完了？"

"走走走！你不懂的，别来啰唆！"伍兴国瞪阮小芳一眼，朝她挥手。

"哼！还我不懂，准没什么好事！"阮小芳嘴巴一撇，扭着腰走了。

伍兴国往椅子上一坐，顺手抓起桌上的烟，弹出一支，叼在嘴上，点燃，往后一靠，边抽烟边摇着椅子。摇了一会儿，他关上门，回到桌前坐下，抓起听筒。

"谁呀？"那头传来吴启东的声音。

"领导，是我。"伍兴国小声说。

"快说。我在开会。"

"领导，不好了，完了，什么都完了。"

"什么啊？你快说！"

"我刚刚得到消息，煤化厂马上就要破产了！"

"破就破呗，你急什么？"

"领导，你又不是不知道，只要它一破产，执行就更没戏了，就全……"

"就全什么？"吴启东哈哈大笑，"兴国啊，我告诉你，你说的那个什么，我可是从来就没指望过的，更没有像你一样老放在心上。"

"那是，那是。"伍兴国朦胧听到了那头"哗啦哗啦"的水流声，眼睛一眨，诡秘一笑，"领导，您散会了吧？"

"是啊，刚散的。你怎么知道，千里眼啊？兴国，我跟你说，有些事，你希望越大，失望就越大。你就别想了，就当做了一个梦，现在醒了！"

"都想了这么久了，能说不想就不想吗？"伍兴国一声叹息。

"好好的，你叹什么气啊！你就别再做梦了。这梦做得再久，终归有醒的时候。到头来，还不是水中捞月。再说了，这梦也没谁请你去做，完全是你自作多情。你得学会分析、学会判断，要知深浅、知进退哦！"

"领导批评得对。以后还得多跟领导学习，也要请领导多指教、多关照！"

"你真的别多想了，听到没有？"吴启东不等伍兴国回答就挂了电话。

伍兴国"啪"地将听筒扔在座机上，一屁股坐在椅子上，点上烟，大口吞吐着。

有人敲门。伍兴国骂骂咧咧地去开了门。阮小芳板着脸说，十点半院长召集开会。伍兴国没好气地说"知道了"，随即将门关上。阮小芳笑着走了。伍兴国先打了屈光宗的电话，问到煤化厂确实是很快就要破产了。他扔了烟蒂，打通了张明亮的电话，说要立即见他。

张明亮正在收拾东西。伍兴国急匆匆地跑进来，随手将门关上，往沙发上一坐，二郎腿一架，却只顾抽烟，并不说话。张明亮给他倒了茶，也不说话，自个清理东西。

"哎，你就不想听听？"伍兴国放下二郎腿，看着张明亮，"很重要的情报。"

"什么呀？"张明亮瞟他一眼。

"我给你弄到了一个非常重要的情报，你就不想听听？"伍兴国站起来，走到张明亮的对面，"这个情报，得来不易，是花了功夫、花了代价的。这个情报对你来说，那就是福音，就是救星，不仅打开了套在你脖子上的枷锁，斩断了戴在你脚上的铁链，你还可以反戈一击，让他们吃不了兜着走，还……"

张明亮看着伍兴国，说："有这么神奇？还这么大的威力？"

"当然。"伍兴国走到张明亮的身边，凑近他的耳朵，放低声音，"煤化厂很快就要破产了！"

张明亮睁着眼睛，故作不知，问："真的？"

"当然是真的！"伍兴国笑着，"怎么样？不亚于一颗小型原子弹吧？"

"那是，足以把许多东西炸得灰飞烟灭，化为乌有。我不仅知道有这颗原子弹，还知道这颗原子弹会在哪天爆炸。"

"你怎么知道的？"伍兴国张着嘴。

"伍局长，蟹有蟹路，虾有虾道。你有你的方式，我有我的办法。不管怎么样，我还是要好好感谢你，难得你一片好心，一得到这么重要的情报，马上就想到我，还亲自跑来相告。"

"都是应该的。谁叫我们是好兄弟呢！"

"好了，我得走了。"张明亮拍拍伍兴国的肩头，"等我回来，一定好好感谢你。"

"好，那我就等着了。"伍兴国看一眼时间，"哦，我也要赶回去开会呢！"

伍兴国一溜烟下楼去了。张明亮也提着包走了。

成大为一走进会议室就感到气氛的沉闷、压抑。阳建国坐在那里，阴着脸，在笔记本上写着什么。成大为在他左侧坐下，能听到对方的心跳，还有书写的声音。

与会人员或埋头看手机，或靠在椅子上闭目养神，或两眼空洞地望着窗外，或昏昏欲睡地摇晃着脑袋，或百无聊赖地抽着烟……偶尔有点声响，那是有人咳嗽一下，或挪动一下椅子，或打火点烟……

阳建国放下笔，看一眼手机，朝成大为点一下头，说："好了，开会。"说着猛地拍了一巴掌桌子，拍得大家心惊肉跳，一个个忙打起精神，正襟危坐。

"我先跟大家通报一个情况，煤化厂很快就要破产了。"阳建国扫视着会场，"大家说说，我们该怎么办？"

一时鸦雀无声。

"怎么？都哑巴啦？"阳建国敲了敲桌子。

"要我看，它破它的，不关我们什么事！"有人说。

"不对，跟我们关系可大了。不破产，执行还可以勉强追加下去，一破产，执行的主体就没有了，还怎么去追加？"郭大宝说。

"这破产还破的真不是时候。"曹二喜说。

"破不破是人家的事，可等不得你。人家早就想破了，只是这里拖着，那里拽着，才挨到今天。"又有人说。

"难道煤化厂不想要那钱了？心甘情愿放弃了？"郭大宝说。

"不会吧？"曹二喜挠着头。

"你们乱七八糟地说什么呢？"屈光宗敲一下桌子，"人家煤化厂还没破产，更没说那钱就不要了。"

老杨咳了两声，说："屈法官，我只想问你，我们跟煤化厂到底是什么关系？是不是必须听煤化厂的？难道你……"

"你……"憋红了脸的屈光宗"嗵"地站起来，指着老杨，"你还想放什么屁？"

"臭。"老杨耸耸鼻子，左右嗅了嗅，"还真是臭，简直是臭不可闻！"

不少人憋不住，笑出声来。阳建国瞟一眼成大为，见他不动声色地坐在那里，抬手就要拍桌子，但又中途放下了。

会场一时又沉寂下来。

"怎么又不说了？说，接着说，畅所欲言。"阳建国继续启发。

"那好，我说两句。"陈大海举了一下手，"煤化厂的破产那是大势所趋，也是人心所向。既然人家当事人都不在乎，我们又何必去计较，不如也顺坡下驴，算了，别再管了。"

"当事人可没说不在乎，前两天还在穷追猛问呢！"郭大宝看一眼阳建国，"再说，这都弄了几年了，可不能前功尽弃。"

"对，不能功亏一篑。"曹二喜说。

"说得好，我赞成！"屈光宗挠了挠头，"等下就把追加总行的文书寄出去，或是干脆今天就带着文书去北京，我……"

"光宗，我看你是发高烧，烧糊涂了吧？"老杨偏着头，扶着眼镜瞅着屈光宗。

"都这个时候了，还说什么去北京，到时候匆匆忙忙的，洋相百出，还是免了吧！"有人不阴不阳地说。

"你……你什么意思？"曹二喜指着对方，"你说风凉话，是不是？"

"大家说话还是文明点好，别东拉西扯的，更不要指桑骂槐。"王维权看一眼阳建国，"煤化厂这案子前前后后弄了好几年了，执行组长也换了好几茬了。执行的过程中，有的人挨过骂，还挨过打，没少吃苦，没少受委屈。这一点，成局长应该最有心得，最有体会，最有发言权，你也是为这个案子付出最多、贡献最多的。"他看一眼成大为，见对方置若罔闻，就话锋一转，"话又说回来，如果这半年来，特别是近两个月来，加大执行力度，加快执行进度，事情应该也不会弄到今天这个地步，不会是这么一个无言的结局。"

"王庭长，你这多少有点不地道哦！"陈大海笑了笑，"你说不指桑骂槐的，结果铺垫了一大堆，无非是绕着弯子说执行组执行不力、不作为啊！"

"大海一针见血，王庭长有含沙射影之嫌。"老杨摸着下巴。

"看来，该我说几句了。"成大为朝阳建国淡淡一笑，"煤化厂这案子，我从头到尾都参加了，在执行组里当过组员，当过副组长，现在还是组长。对这个案子，我尽管有自己的思考和认识，但执行中，对局里、院里的决定，我从来就没有打过折扣，总是坚定地、坚决地执行。尽管有付出，有牺牲，但结果不如人意，没有达到局里、院里的预期目标，也没有实现煤化厂和同事们的愿望。这不能怪执行组的其他同志，责任在我，是我不作为，或是作为不够，不能……"

"成局，那不能怪你！"屈光宗红着眼睛，"要怪只能怪冶炼公司不讲诚信，不自觉履行付款义务，而且目无法纪，不配合我们的执行，甚至暴力抗拒……"

"光宗，你别说了。"成大为站起来，"是我没有能力当好这个执行组长，让大家受了委屈，我对不起你们！"他鞠了一躬，"说心里话，我早就觉得自己不能担此重任，几次想辞了这个组长，可又好面子，不敢承认，下不了决心。现在好了，我想清楚了。今天在这里，我当着大家的面，请辞执行组长，也请辞副局长，请大家理解，也请大家支持。"

会场一时一片寂静。

"好了，大家还有什么要说的吗？"阳建国冷冷地扫视一圈会场，"既然大家没什么说的了，我再说几句。"他朝成大为点下头，"首先，我得申明，我跟成局长没有任何个人恩怨，工作上也配合得不错。就煤化厂这个案子而言，我也是半路接手，不知首尾；而成局长呢，他不仅知道来龙去脉，还是全程的参与者、组织者。为了这个案子，他呕心沥血，尽职尽责，我从内心里感谢他、感激他。"

阳建国站起来，看着成大为，笑着伸出双手。成大为嘴角一动，也站起来，将双手伸过去。两双手握在一起，又摇了摇。

郭大宝和曹二喜等人面面相觑。陈大海等人不以为然地笑着。老杨悄悄对旁边的人说，真是看不懂了。

"我看是这样，只要院里没有宣布中止或终止执行，我们就必须坚定不移、毫不动摇地执行下去。"阳建国手一挥，又握了一下拳头，"至于刚才成局长请辞的事，我在这里不能答复，也没有这个职权，会后我会向院里汇报。大家也看到了，成局长的请辞是真诚的、坚定的，发自内心的，绝对不是一时心血来潮。既然是这样，我相信院里也会充分尊重他的意见。"

"阳局长，你看煤化厂的事，我移交给哪个合适？"成大为侧过头，平静地看着阳建国。

"你还真这么急？"阳建国瞅一眼成大为，扫了一圈会场，"你等下先交给王维权吧！"

"给我？"王维权猛地站起来，举手朝阳建国敬了个礼，"感谢领导的信任，保证完成任务！"

曹二喜要鼓掌，可才举起手，阳建国已宣布散会。大家一哄而散。

老杨摇着头起了身，走到成大为身边，拉着他的手，捏了捏，又拍了拍。成大为报以浅浅一笑。

阳建国宣布散会之际，张明亮正在赶往机场的高速公路上。飞机晚点，张明亮没赶上去岳北的末班汽车。他犹豫片刻，打了孔大华的电话，可才响了一下又赶紧挂断，觉得不该去麻烦对方。

张明亮站在路边，背着风，边吃烤饼边招的士，直到第三辆才谈妥，赶到岳北已是晚上九点多了。刚到酒店门口，孔大华的电话来了，说自己忙晕了，先头没看到，又问他在哪儿，是不是到岳北了。张明亮说，刚到。孔大华问，是不是在桃花姐那儿。他说是。孔大华说，如果忙完了还早，就过去看他。张明亮进了大厅，四处张望。大堂副理冲他一笑，问是不是找桃花姐，她这几今天一直没在这里。张明亮"哦"了一声，去前台办理住宿登记。

进了房间，张明亮烧了水，泡上一杯茶，双手捧着茶杯，小口喝着，身子渐渐暖和起来。坐了一会儿，他放下茶杯，打通了赵万隆的电话。对方说他们下午到了北京，见了总行法务部的徐部长，徐部长还与最高法院取得了联系。张明亮又给成大为发了一条信息，等了两分钟不见回复，就用房间座机打对方的电话，关机。

下班的时候，屈光宗说陪成大为走走，排解一下郁闷。两人沿着人行道漫无目的地走着，时而默然不语，时而聊上几句。

坐在的士里的桃花姐眼尖，一眼看到两人，忙叫司机停车，跑过去一手拉一个说：“走，到'随缘'吃饭去！”

成大为连连摆手，说：“不好，不去了。”

桃花姐见前面有个小饭店，就指着饭店说：“那好，就去那边随便吃点，没事的。”

屈光宗打圆场说：“嗯，好。桃花姐也是一片诚意，咱们也走乏了，就进去坐一会儿！”

进了饭店，桃花姐拿来酒。成大为说不喝，没心情。

“没心情就更要喝几杯了。”桃花姐边说边开了酒，“不管是愁也好，忧也好，一遇到酒就都化了。”

成大为还是摇头，只是喝茶。

桃花姐朝屈光宗努下嘴，说：“好，你不喝，那我们喝！”

屈光宗看着成大为。成大为视而不见。桃花姐举杯自饮。屈光宗用手肘碰了碰成大为。成大为瞟一眼桃花姐，心一动，手伸向了酒杯。

“光宗，你敬姐一个啊！”成大为指一下屈光宗和桃花姐。

“好，敬，只要局长高兴。”屈光宗举起杯来。

“你说什么？”成大为拉着屈光宗的手，“你还叫我局长？我都辞了，你忘了？”

“那……那也只是你自己说的，院里又没说要免了你、撤了你，你说是……是不是？"屈光宗摇着成大为的手臂。

"光宗啊！"成大为瞅着屈光宗，"你比王维权大两岁吧？"

"王维权？他算个啥！"屈光宗酒杯一搁，胸脯一拍，"在我眼里，只有你成……成局长。"

"你……你看你，又说错了吧！"成大为指着屈光宗，"罚……罚酒！"

"好，我错……错了，我喝……喝！"屈光宗晃晃荡荡地端起酒杯，将酒往嘴里倒，却大多顺着嘴角淌在身上。他身子一歪，一头趴在桌上。

"你看，还说要陪我喝个一醉方休，我还没醉，他倒是先趴……趴下了。"成大为指着屈光宗，对桃花姐说。

"他也是尽力了。"桃花姐看一眼屈光宗，"看得出来，他还真是你的好兄弟。"

"你这……这样看着我干吗？"成大为脸上带着几分羞涩。

"你看你，还害羞了，是不是？"桃花姐媚了成大为一眼，咯咯笑着。

"你……你笑啥？"成大为腼腆地笑着。

"傻瓜，人家喜欢你呗！"桃花姐坐过来，在成大为额头上点了一下。

"喜欢我？"成大为摆着手，"我没什么好的，你可别喜欢，真的别喜欢。"

"喜不喜欢那是我的事，你管不着。"桃花姐有点调皮，又有点撒娇地妩媚一笑，接着一声叹息。

"你咋啦？"成大为关切地问。

"也没什么。"桃花姐轻轻地摇摇头，"只是你辞了那个破组长，倒还说得过去，反正那也是个苦差事，费力不讨好。别人不理解，可我心里有数。李正道和于小财他们嚷着要去青山，当时我就说了，那只是枉费心机，白花钱财，可他们不信，非要逼着你们去，结果怎么样？我说准了吧！"

"你是在笑话我吧？"成大为盯着桃花姐。

"不是。"桃花姐一声叹息，"人家上次要你办的事，你说不急，现在好了，你局长都辞了，我靠谁去？"

"你以为我那么想当这个局长？你以为局长那么好干？你……"成大为满眼委屈地瞅着桃花姐。

"我知道你的苦处，也知道你的难处。不过，你曾经还是想当的，做梦都想着的。"桃花姐抹了抹睫毛上的泪花，"其实，你现在也不是真心不想，只是……"

成大为一愣，眼睛一红，伏在桌上啜泣起来。桃花姐边叹息边轻轻地在成大为的背上拍着，抚着。

与此同时，张明亮从瞌睡中醒过来，看一下时间，已是十点半了，就试着拨李颖的电话。李颖很快就接了。张明亮说听到了琴声，是不是倩倩在练习。李颖说张倩后天就要去双江参加比赛，正在抓紧练呢，又问他明天中午能否赶回青山。他说，只怕不能。李颖有点儿不高兴，但仍不忘叮嘱张明亮注意身体。

刚挂了李颖的电话，孔大华的电话就来了，说他十分钟后赶过来。

孔大华一见到张明亮，出手就是一拳，擂在他右肩上，说："怎么不早告诉我，害得我没去机场迎接，失了礼哦！"

张明亮说："没事，你也挺忙的，只要你把事情弄好了，我心里就高兴，比去机场接我更有用。"

"事情比预料得要快，要好。"孔大华往床上一坐，"告诉你吧，主要的事情已谈得差不多了，基本实现了预定目标。"

"好，那就好！"张明亮一拍床沿，一拳擂在孔大华的胸脯上。

孔大华给尤小柳打了电话，要她先回去，他今晚就跟张明亮挤一床，明天早上七点半来接他就行。

老杨有提早上班的习惯，一般会提前半小时出现在大楼门口。昨晚回家，他无端自个喝了几杯，莫名地有些兴奋，大半夜还睡不着，就下床看起了《施公案》，然后迷迷糊糊地睡着了，早起一看——不好，迟到了！

王维权昨晚睡前特意调了闹钟，就比以往早起了半小时。在大楼前看了一下时间，离上班还有一刻钟，他心头一潮，兴冲冲地小跑着拾级而上。刚进大门的老杨一转身，正好看到王维权的头往上冒，就站在门口候着。王维权也看到了老杨，想回避却来不及了，只好讪笑着走过来问好。

　　"哎哟，新官上任真就不一样，这么早就上班来了？好，好啊！"老杨一脸怪怪的表情。

　　"老杨，你就别笑我了。有些事要处理，就早来一会儿，可还是比你晚，还得向你学习，以院为家。"王维权边说边往里走。

　　"哪里哪里，学不得的。"老杨跟了上去，"你现在毕竟是组长了嘛，何况今天又是上任头一天，肯定更忙了，好多事要等着你去英明决策，好多人要等着你去发号施令，是不是？不过，话说回来，你毕竟是个临时组长，只怕是没几天，可得好好干，别辜负了领导的器重和信任！"

　　王维权扭头横一眼老杨，闪进电梯。老杨抢步上去，电梯已往上走了。

　　"这小子！"老杨鼻子一哼，朝走过来的陈大海等人点头一笑。

　　王维权一进办公室，将包往桌上一丢，抓起听筒就打屈光宗的手机，一听关机，气立马上来了，找到屈光宗家里的座机号，拨到第二回才听到屈光宗有气无力地问"谁呀"。他问屈光宗怎么了，有气无力的。屈光宗说病了，起不来床了。王维权把电话一摞，跑去报告阳建国。

　　"你问我怎么办？那我问谁去？你脑瓜子是干什么用的？"阳建国将文件夹往桌上一摔，瞪了王维权一眼。

　　"那是那是。"王维权哈哈腰，"那案子就成大为和屈光宗知道首尾，说得清楚。成大为是不会跟我去的，也就只有让屈光宗去了。"

　　"他不去，还谁去？"阳建国瞟一眼王维权。

　　"那……那我去他家里走一趟？"

　　阳建国黑着脸，扬了扬手。王维权一出门，心里就嘀咕起来，阳建国怎么这么大的脾气，跟吃了火药似的。

　　有人敲门。屈光宗正在吃早饭，侧耳听了听，迟疑片刻，轻手轻脚地走过去，透过猫眼一看，果然是王维权，手上还拎着一篮水果。他赶忙退回来，躺到床上，示意母亲佘小英去开门。

王维权站在床前，打量着屈光宗，见他脸色发青，又闻到一股酒味，心里也就有了底数。

"光宗老兄，看样子你这是喝高了酒，又受了风寒，虽然没有大问题，药还是要吃一点的，我现在就给你去买，行不？"王维权转身要走。

"不用，不用。"屈光宗从被窝里伸出手，摆了摆，"就不麻烦组长了。"

"还是去买一点的好。你这病可不是你个人的，而是局里的、院里的，要快点好才行。"王维权看着屈光宗，"你是不知道，阳局长可着急了，要我们今天一定赶到北京。"

屈光宗呻吟一下，无力地说："你们去吧，我实在是去不了。"

"那不行，阳局长说了，你是非去不可的。"王维权在床沿上坐下。

"可我这样子，怎么去呢？"屈光宗勉强坐起来，"如果非要我去，那就等到明天，这病就算不好，我也死活跟你们去，行不？"

王维权思忖片刻道："那我先回去跟阳局长汇报一下，看他的意思再说。"

王维权一走，屈光宗就哼着曲子下了床，可那曲子才哼到一半，突然又打住了，再一拍脑袋，后悔刚才不该那么说。跟王维权怄气，就是跟自己过不去。这样一想，他又埋怨起成大为来，好好的为何要辞了组长，害得他成了王维权的手下。他打心眼里瞧不上王维权，不愿听王维权的使唤，但北京确实是要去的。

阳建国听了王维权添油加醋的描述，先骂了一通屈光宗，接着又指着王维权的鼻子，狠狠训斥了一顿。王维权唯唯诺诺地站一旁，脸色一阵红一阵白，直到阳建国坐下看案卷了，才悄悄退出来。

佘小英坐在沙发上看京剧，见屈光宗背着手走来走去的，不由得脸一沉，眼一翻，没好气地说："你别晃来晃去的，好不好？头晕！"

"好，不晃，不晃。"屈光宗身子一歪，忙扶着桌子。

"好好的，要喝成这样？"佘小英瞪了屈光宗一眼，关了电视，"好，你晃个够，我懒得看你，买菜去了！"说完，拎着篮子出门了。

屈光宗在沙发上呆坐了一会儿，摸出手机，想跟王维权打个电话，犹豫一阵，还是作罢了，接着又打成大为的电话，才拨了三个数又放弃了。他走进卧室，将手机往床头柜一丢，被子一拉，蒙头大睡起来。

才七点多，孔大华就接到歪鼻子的电话，说有事要跟他谈，最好在八点前见个面。

孔大华一走，张明亮也就起了床，下楼去吃早餐，一回房间就打成大为的电话。成大为说等下再联系。

成大为泡上茶，捧着慢慢喝，手暖了，心也暖了。这是一种从未有过的体验，感觉真好。昨晚，他和桃花姐先把烂醉如泥的屈光宗送回家，然后他把一身软绵绵的桃花姐送到家门口，自己跟跟跄跄回到家已快子夜一点了。此时，他的头还有点晕，却并不感到难受。他放下茶杯，双手轻轻揉着太阳穴。

"怎么？还是一大早就来了？"刘志高笑嘻嘻地进了门。

成大为忙起身相迎，说："谢谢老兄的关心。"又给他泡了一杯茶。

刘志高捧着杯子，闻了闻，再品了品，说："好茶，好茶。"

"这茶是一个朋友送的，扔在抽屉里一年多了，难得今天有这个闲心找了出来。"说着，他从抽屉里拿出一盒茶叶，摆到刘志高面前，"老兄喜欢，就送给你了。"

"那可不行，君子不夺人所爱。"刘志高哈哈一笑，"这是老弟喜欢的，我岂能拿走！"

"老兄这么说就见外了。"成大为指点着，"在我这儿，只要老兄喜欢的，不管什么，拿了去就是。"

"是吗？"刘志高偏着头瞅着成大为，"大为，这些天，你变了。"

"变了？"成大为微笑着。

"是的，变了。好久没看到你这么笑过了。"刘志高点着头。

"都是受老兄的教导，也是向老兄学习的结果，以后……"成大为正说着，座机响了。刘志高示意他去接。电话是谢忧打过来的，要成大为现在就去他的办公室。刘志高起身要走。成大为将茶叶塞到他的手上。刘志高不再推辞，笑呵呵地走了。

成大为忐忑不安地进了谢忧的办公室，没想到谢忧却笑眯眯地给他看座，又给他倒茶。

"大为，你的心情我明白，你的心思我也懂得。"谢忧拍拍成大为的肩膀，"不过，有些事情，我有我的苦衷，我有我的难处，就像你一样，还请你多理解。"

成大为一时看不透谢忧的真实想法，不好说什么，只是点了点头。

"那个组长辞了也就辞了，反正那个执行小组，我估摸也存在不了几天了。"谢忧意味深长地看一眼成大为，"至于那个副局长，你就不要辞了。业务上，局里还要靠你撑着，阳建国有些方面不比你差，但业务上你要胜他一筹。实话跟你说了吧，你要辞那也得等我离开这个岗位，只要我还在这儿，你就别想撂挑子。"

"我……"

"就这样了！"谢忧从抽屉里拿出一小盒茶叶，塞到成大为手上，"不错的，你拿去喝吧！"

成大为回到办公室，一眼看到那个"冤"字的边角，自然想到了马旺财和马大富。他摘下眼镜，摸了摸左眼，不由得一声叹息，往椅子上一靠，闭上眼睛。

张明亮一直在等成大为的电话，一看快十点半了，就给他发了信息。成大为很快回了过来，说中午请他吃饭，边吃边聊。

阳光铺洒在窗口的玉兰树叶上，闪着耀眼的光芒。

这几天，郭玉梅以检查为名，将冶炼公司贴现、质押的相关合同、凭证、票据等一一仔细验证了一遍，又暗中向相关单位和人员了解了一些情况，虽没发现什么致命的硬伤，还是挑出了两处小瑕疵。这虽然让她倍感失望和失落，但还是莫名地有些激动和兴奋。她的这些异常举动，杨正奇都看在眼里，并电话告知了张明亮。张明亮说，没事，是他让郭玉梅去干的；又夸杨正奇敏感性强，工作负责；末了又叮嘱杨正奇要注意档案的完整性，千万不要有遗失、损毁等情况发生。

这时，郭玉梅找出前两天打听到的成大为的手机号码，瞟一眼门口，抓起听筒，可才拨了两下就放下了。她想找一个公用电话打，起身走到门口，又停住，站了一会儿，慢慢转过身子，碎步走到桌前，缓缓坐下去。

这电话该打吗？能打吗？打了会怎样？……我这是在干吗？我……想着想着，郭玉梅往后一靠，双手大拇指摁住太阳穴。半晌，她猛地站起来，抓起一支铅笔，"咔嚓"一声折断，往桌上一扔，双手扶着桌沿，一声叹息，一屁股坐下去，由于没坐正，椅子一歪，她连忙出手扶桌子，还是晚了，连人带椅一起翻倒在地……

李颖穿戴一新，满脸喜色地迎接着前来祝贺的宾客。

"恭喜恭喜！"楚芳边说边笑呵呵地快步走过来，上上下下、前后左右打量着李颖，"哎呀，李总，你看看，你这模样，这身段，这气质，好一个一流的模特啊！"见旁边一时没人，她连忙打开拎包，拿出一个红包，塞进李颖的拎包里。这一串动作连贯，流畅，以致李颖都还没反应过来，她就扭头走了，走了几步才回过头来，边扬手边说："李总，我还有点事，今天就不到里面凑热闹了，改天再来。"李颖下意识地追了几步，可她已走远了，只好作罢。

散了会，何小年出了政府大院，顺着街道往支行走，边走边想着刚才会上布置的捐资扶贫的事，听到鞭炮响，抬头看到对面新开张的服装店，接着又看到李颖。他一拍脑袋，心想：糟了，这么大的事怎么自己一点也没注意到。他赶紧给杨正奇打了个电话，叫他马上去买个花篮，买盘鞭炮，赶到李颖那里。杨正奇又问要不要叫郭玉梅。何小年说，如果她在就叫她一声，不在就打个电话问一下。

何小年在路边徘徊着。

杨正奇搭着摩托来了，一手拿着花篮，一手提着鞭炮，说："跟郭行长打电话了，她说别管她。"

"李姐，你这保密工作也做得太好了。要不是我路过这里，顺路看到了，我们还蒙在鼓里，什么都不知道呢！"何小年边摆放着花篮边对李颖说。

"就这么一个小店，还惊动你们，真是不好意思！"李颖略带羞涩地笑了笑，"不瞒你们说，我还真没告诉哪个，就几个同学和朋友，还有亲戚。他们非说要来看看，推都推不掉。"

"李姐，我是真心佩服你啊！"何小年打量着店面，"半个月前，我听张行长偶然提到，说你想开一个服装店，没想到今天就开业了。"

"何行长，我这也是没办法。"李颖爽朗一笑，"你也知道的，我先是被下岗，后来又给人炒了。人总不能在家闲着吧，还得找点事做，这样才不无聊，也有自己的收入。要是老让你们张行长养着，就是他不嫌弃，你们也没面子吧？"

"哪里哪里，李姐这么能干，又那么漂亮、那么贤惠，是张行长的福气，也是我们的骄傲！"何小年看着杨正奇。杨正奇连连说"那是，那是"，又快速将一个信封往李颖手上一塞，转身就走。何小年跟着也走，边走边朝李颖扬了扬手。

刘石将车子停在路边。郭玉梅下了车，站在路边往店里看了看，走到服装店的隔壁，买了一个红包，将钱塞进去。

李颖见郭玉梅往店里走来，忙迎了上去。郭玉梅见有三四个人从店里出来，忙将红包往李颖手上塞，说是一点小意思。李颖躲着不收。郭玉梅追着要给。几个人在旁边围观起来，指指点点，神态各异。郭玉梅将红包往李颖身上一丢，拔腿就跑。红包掉在地上。李颖捡起红包。郭玉梅钻入车中，从车窗里伸出手来扬了扬。李颖追了几步，摇头作罢。

打烊后，天色已晚，李颖还是敲开了郭玉梅的家门，一脸真诚地说："小店开张，承蒙郭行长前去捧场，万分感谢！没别的报答，送一条围巾，聊表心意！"说着，她将一个小纸袋递到郭玉梅手上，转身就走。郭玉梅一愣，李颖早走远了。她从纸袋里拿出围巾，一抖，红包掉了出来，钱没少一分。她脸色一变，手也颤抖起来。

郭玉梅一手提着围巾，一手拿着剪刀，牙一咬，一刀剪了下去……

张明亮走出酒店，一眼看到路边的士上的成大为在向他招手。上了车，张明亮问去哪儿，说干脆就在桃花姐那儿随便吃点算了。成大为笑而不言。的士在一条老街的街口停下来。下车后，成大为领着张明亮往里走，来到一个小院落跟前。悠扬的音乐、酒菜的香味、人的笑语……从院落里飘出来，丝丝缕缕，隐隐约约……

"吱呀"一声，双页又黑又亮的院门洞开了。一个脸蛋红扑扑的女孩笑容可掬地向他们鞠了一躬，又做了一个请进的手势，领着他们沿着卵石铺就的小径穿过院子，走上一段建在池上的曲廊，往左一拐，进了一个包间。一个身材高挑、身穿旗袍的服务员飘然而至。那女孩跟"旗袍"点个头，悄然退了出去。"旗袍"边给他们上茶边说，谷总就在旁边招呼客人，等会儿就过来。

"旗袍"将菜单递给成大为，说谷总已安排好了，等下就可以上菜，看还要不要加菜。成大为瞄一眼，递给张明亮。张明亮扫一眼，摇摇头，表示不用。"旗袍"退出包间。成大为笑着对张明亮说："看来，这谷总对你还是有所了解的哦！"

"哪个谷总？"张明亮皱着眉头，一头雾水。

"等下你就知道了。"成大为在靠窗的椅子上坐下，"如果我没猜错的话，你这次来，是想证实一些事情吧？"

"没错。还想了结一些事情。当然，这都需要你的帮助。"他从包里取出一本杂志，摆到茶几上，推到成大为那边。

成大为溜了一眼杂志，翻开，从里头的信封中抽出几张，放到茶几上，递给张明亮。张明亮接了，放回包里。

菜肴陆续上来。

"旗袍"敲门进来，引着春风满面的桃花姐进来，说："谷总是特意过来，敬两位尊贵的客人酒的。"

桃花姐先敬了张明亮，接着又敬了成大为，然后三人一起喝了一杯，说："还有客人要去招呼，等下我再过来。"说着，翩然而去。

"哈哈，局长，你这是金屋藏娇吧？"张明亮指着成大为。

"张行长，你这可是用词不当！"成大为一脸认真地看着张明亮，"她只是这里的股东，我也很少过来。"

屈光宗打来电话，说他想过来。成大为看一眼张明亮，说："想来就来呗！"

张明亮和成大为边吃边聊。

成大为说："我有三个没想到。开始没想到存款是质押的，后来没想到你会那么坚定、那么坚决，再后来更没想到你在岳北还有眼线、朋友，这让我自惭形秽啊！"

"那都是没办法，给逼出来的。我也有三个没想到。没想到你会辞了组长，还要辞了局长，也没想到你去帮马大富减刑，将那个'冤'字收在办公室里，更没想到上次你会请我喝酒，今天又一起坐在这里。"

"都是岁月的磨砺，也是你我有缘。"成大为一声叹息。

"只是这缘也来之不易，代价太高了。"张明亮摇头感慨。

"好了，打住！"成大为摆摆手，"这说来有点伤感。"

"不说也罢。我虽有我的苦处，你也有你的苦恼。如果社会的执法环境好一些，民众的法治意识强一些，冶炼公司不是那个样子，你也就不至于那么艰辛，那么无奈。"

"真没想到，我给你带来那么多麻烦，你倒替我说话了。"成大为给张明亮夹了一道菜，"来，谢谢你。"

"你客气了。"张明亮朝成大为笑了笑，"人是需要平静、平和的，一旦平静、平和下来，就能多替对方着想，尊重对方，理解对方，想事情、看问题就能更客观、更理智，沟通协商起来也更容易达成共识。如果只站在自身的立场，只考虑自身的利益，就很可能走向极端，使问题更加复杂，矛盾更加尖锐，结果小事变大事，难以收拾，给双方造成了伤害和损失，却又悔之晚矣。"

"是啊！"成大为点了点头，"执行难是一种社会现象，重要原因之一就是当事方、当事人缺乏平静、平和的心态，只看重自身利益，忽视对方，缺乏充分的、有效的沟通，也就有了有的申请执行人责怪法院执行不力，甚至采用多种方式向法院施压，被执行人千方百计阻拦，甚至暴力对抗；或是申请执行人和被执行人都对法院不满，将怨恨发泄到法院身上，法院和执行人员两头受气，费力不讨好。"

"法院和执行人员也确实不容易，这我理解，也认同。"张明亮摇摇头，"但执行难不是简单孤立存在的，是多方面因素交融的结果。要改变这种局面，必须不断深化改革，加强法制建设，增强民众法治意识，加强执法队伍建设。"

"当然。"成大为朝张明亮点头一笑，眼里闪着光亮，"改革是一个巨大的系统工程，不会那么容易，但我对法治中国满怀希望，也充满信心，近年来已经有所改变，而且正在改变。"

"好！来！"张明亮举起酒杯，"为我们的希望和信心干杯！"

两只杯子响亮地碰在一起。

屈光宗推门进来，一见张明亮，一脸惊疑地愣在门口。成大为朝他招手，叫他进来。

"旗袍"添上碗筷，拉开椅子，让屈光宗在成大为旁边坐下。

屈光宗朝张明亮讪讪地笑了笑说："又来了？"

张明亮点头一笑，说："是的，又来了。"

屈光宗摸着黄里发青的脸，说："我昨晚真的喝伤了，到现在还是昏昏沉沉的。"

成大为问："你特意跑过来，是不是有事？"

屈光宗瞟一眼张明亮，欲言又止。

成大为说："没事的，都是朋友。"

屈光宗咬咬嘴唇，说："王维权一大早的，先是打我电话，后又跑到我家来，要我跟他今天一起去北京。我看不上他那做派，就装病了，说要去也得等到明天再说。他说阳局长说了，明天必须要去，不能再耽搁。"

成大为笑了笑，说："你跑过来，是想要我给你拿个主意吧？"

屈光宗点着头。

"你是很想去的，恨不得马上就去。只是因为你没当上组长，又看不上王维权，才赌气那么说，是不是？"

屈光宗"嗯"了一声。

"你跑到这里来，也并不是要跟我商量，而是告诉我，你明天一定要去，对吗？"成大为眯着眼睛看着屈光宗。

屈光宗脸一红，低下头。

"没关系。"成大为拍一下屈光宗的肩膀，"你能来找我，说明你心里还有我。我高兴。"

"成局，"屈光宗一拍胸脯，"今天我当着张行长的面说句话，今后的日子，不管在哪里，不管什么时候，不管什么事情，我还是都听你的。"

"哎呀，什么都听我的！别这么说，只要你心里有我就行了。"成大为拉着屈光宗的手，"我知道，你做梦都想去北京的。好，你去，我不拦你。不过，你最好下班前，分别给王维权和阳局长打个电话，说自己病好一些了，明天可以去北京。明白为什么吗？"

屈光宗眨着眼睛。

成大为笑了笑，说："明不明白都没关系，你去就是了。"

"嗯，反正我都听你的。"屈光宗看着成大为。

"看你说的。"成大为指了指屈光宗。

"张行长，我有几句话想跟你说，也不知道能不能说？"屈光宗朝张明亮有点尴尬地笑了笑。

"当然可以。"张明亮微微一笑，"屈法官，你请说。"

"张行长，为煤化厂执行的事，这一路下来，你吃了亏、受了苦，我们也是奔波劳累，弄得筋疲力尽。我虽然佩服你的胆量，也佩服你的坚强，但总觉得你有些不识时务，否则不至于僵到今天。"屈光宗看着张明亮，"好在明天我们就要去北京了，事情很快就会画上一个句号。这个时候，不知你有何感想？"

"屈法官，这事我不管你是怎么想的，但我一样佩服你的执着。"张明亮微笑着看着屈光宗，"我没有别的，只希望你能高兴而去，满意而归。"

屈光宗一愣，告辞走了。

"我还以为我辞了组长，就没谁去了。可他们……"成大为自嘲地一笑，"看来，我还是太天真、太幼稚，太自以为是了。"

"你也别太在意，随他们去吧！"张明亮给成大为斟上酒，"听说煤化厂破产以后，是由孔大华来牵头组建新的公司，还说破产的启动资金近日必须到位，煤化厂的职工在小年那天，也就是三天后，必须拿到一部分钱。听说孔大华已经和厂里基本谈好了。是不是？"

"你果然是消息灵通啊！"成大为指了指张明亮，"其实，煤化厂的清产核资等工作早就展开了，一直在为破产改制准备着，只因各种利益的博弈才拖到今天。为什么早不破、晚不破，偏偏在这个时候破，这其中有你的智慧，也有你的功劳。"

"哪里，我可不敢贪功。"张明亮摆着手，"只能说我是破产的受益者。"

"不只是受益者哦，你还是谋划者、推动者。"

张明亮正要说话，手机响了，是吴龙江打来的，说他到了岳北，有事想跟张明亮见个面。张明亮说可以，稍后联系。

临走时，成大为说明天陪张明亮去附近走走。张明亮说年关时节了，事情多，下午就得回青山。

张明亮和成大为走到街口，正好看到吴龙江从尤小柳的车上下来。张明亮把成大为介绍给吴龙江。吴龙江握着成大为的手，说以后还请他多关照。成大为说，大家都是朋友，有事一定尽力。

上了车，吴龙江悄悄对张明亮说："资金明天必须到位，我已经从朋友那里借了一些钱，明天打过来应该没问题，但贷款的事一定得抓紧，越快越好。"

张明亮点头，说他等下就去机场，争取下班前赶到周大新的办公室。

第十二章

欢快的乐曲，闪烁的霓虹。

张明亮在马路边下了车。刘石问他要不要等。他说不用，等下自己回去。刘石鸣一下喇叭，走了。张明亮站在人行道边的香樟树下，抬头望一眼大气醒目的店牌，朝门口走去，边走边看花篮上的落款。

"老板，请你给我也看看，哪件适合我穿？"张明亮轻轻走到李颖身后，模仿着女孩的声音。

一个顾客左右手各拎着一件衣服，正在请李颖给她参谋。

"好，请稍等一下。"李颖回头一看，嗔了张明亮一眼，"一边去，自己挑。"

"就是嘛，去去去，别打岔，我的都还没挑好呢！"那顾客翻了一眼张明亮。

一个挨一个衣架看过去，张明亮有点眼花缭乱。他猛一抬头，眼前一亮，快步朝右前方走过去。

"呵呵，果然是你啊！"张明亮满眼惊喜。

齐小红有点调皮地一笑，"不是我，还是谁呀？"

"试衣服？"张明亮问。

"嗯，好看吗？"齐小红张开手臂，转了一圈。

"好看，好看！"张明亮连声说。

"哦，剑飞，你看呢？"齐小红偏着头，看着旁边的马剑飞。

"好看！"马剑飞看一眼搭在手臂上的衣服，"不过，我倒是觉得刚才试的这件红色的更养眼一些。"

"有同感！"齐小红拉着马剑飞的手，看着张明亮，"张行长，他是我的男朋友，马剑飞。"

"哦，好。"张明亮打量着马剑飞，"嗯，帅哥，美女，般配，真般配。"

齐小红边脱下衣服边瞟张明亮，后者慌忙避开她的目光，转过身去。

"小红，怎么样？挑好了吧？"李颖走了过来。

"挑好了，就买这件吧！"齐小红从马剑飞手上拿过衣服。

"嗯，眼光不错，这料子、款式、颜色，都挺好的。"李颖左右看一眼，"小红，这衣服就算姐送你的春节礼物了。"

"那不行。"齐小红摆着手，"姐，你今天才开张呢！"

"没事的，你喜欢，我愿意。"李颖拿过衣服。

"真的不行的。"齐小红抓着李颖的手。

"我看，就这样吧！"张明亮转过身来，摸着下巴，"七五折，怎么样？"

齐小红和李颖同时把目光投向张明亮，再相视一笑，都点了点头。

马剑飞提着衣服，齐小红挽着他的手，两人走到门口又回头一笑。

"傻了？"李颖推了一下张明亮，"人家早走远了。"

"哦，没……没什么。"张明亮讪讪一笑，心里有点酸，也有点涩，有失落，也有欣慰。

"没什么就好。"李颖飞他一眼。

"都九点多了，你也辛苦了，打烊吧？"张明亮边说边帮着整理衣架。

李颖看看两个还在挑选衣服的顾客，说："等他们走了就回去。你也累了，先回去吧！"

"不急，等你。"

一进家门，张明亮就笑道："李老板，我真没想到，你这么有能耐，店子弄得像模像样，热闹得很。"

李颖将包往沙发上一扔，眨眨眼睛，斜看着张明亮："你这话里有话的，什么意思？"

"夸你呗！"

"夸我？"李颖哼了一下，"这么多年了，我还不知道你是什么样的人？还听不出你话里说的是什么？"

"你看你……"张明亮端着茶，递给李颖。她手一甩，没接。他将茶放到桌上。

"我又没打广告，也没通知哪个，是他们自个来的。"李颖在沙发上坐下，抹了一把泪，"你去看看，哪个店子是半夜里偷偷摸摸开张，再看哪个店子开张没放鞭炮，没摆花篮，没……"

"没……没有，没有。"张明亮摆着手。

"人家开店，男人都跑前跑后、帮这帮那的。"李颖横一眼张明亮，"可你呢？你问过几回？帮过几次？"

"真没有。"张明亮摸着头，嘿嘿笑着。

"还好意思笑！"李颖挖一眼张明亮，"不要脸。"

"谁让你那么聪明，那么能干。"张明亮挨着李颖坐下，"什么都自己包了，我想帮忙都帮不上。"

"你也就一张嘴。"李颖往一边一挪，斜了一眼张明亮，"当初也是你说要开店的。现在又来说这说那，真不知道你安的什么心！"

"我安的什么心？"张明亮往李颖身边一靠，抓着她的手贴在自己胸口，"一颗善良的心，一颗真诚的心。"

"哼，就说得好听！"李颖抽出手，"也行，店子我明天就盘出去，免得你怕这怕那的。但你得给我找一个工作，那工作要让你满意，也要让我开心。"

"你……你这是……"张明亮指着李颖，一时语塞。

"我怎么？"李颖胸一挺。

"没怎么。"张明亮笑了笑，"我就夸了你两句，你倒批评了我这么多。当然，你批评得无比正确，我虚心接受。这店不仅要开下去，而且要开好，要开得红红火火。我相信你，也支持你！"

"这可是你说的！"李颖偏着头，指着张明亮。

"是啊！"张明亮搂过李颖，"好了，你忙了一天，也累了，快休息去吧！"

"不累，真不累。"李颖摇摇头，甜蜜一笑。

张明亮眼睛一眨，说："对，不累，不累！"

李颖拿过包，从里头拿出两个红包来，说："一个是楚芳送的，一个是杨正奇给的，我都不想收，怎么办？"随后说了郭玉梅去店里的事。

"你做得都对。这红包一个也不能收。"张明亮将李颖紧紧搂在怀里。她缓缓闭上眼睛，疲惫的脸上洋溢着快乐和幸福。

夜一片宁静。张倩均匀的鼾声隐约可闻。

吃过消夜，回到家，洗漱了往床上一躺，齐小红的眼前交替浮现出张明亮和马剑飞……最后她一咬牙，定格在了马剑飞身上。

成大为刚醒，屈光宗的电话就来了，说他们已经到了火车站，马上就要上车了。成大为应了几声，就挂了。他下床拉开窗帘一看，天才刚大亮。

在办公室看了一会儿案卷，成大为下楼，径直去了马旺财的住处，走到门口，正巧左又芳开门出来。她说马旺财回老家去了，昨天走的，不会再来了，过两天她也不住这里了。

"今天不去……"成大为看着她空着的双手。

"今天不上街了。昨天通知，今天都要去公司开会，还要签什么合同。"左又芳说着锁上门。

"签合同？"成大为皱了一下眉头。

左又芳转过身来，说："就是看破产以后，你是不是愿意留在新公司，破产所得的钱是不是愿意转为股金。"

"你是怎么想的？"

"还用说？当然愿意留在公司呀！"左又芳眼里光亮一闪，"至于那什么股金的，我还不太明白到底是怎么回事，看看再说。"

"好。"成大为顿了一下，"要是我的话，那钱就直接转成股金了。"

左又芳眨眨眼睛，似懂非懂地点了一下头，朝成大为一笑，往巷口小跑而去。

枯草败叶在地上旋转着，一时东，一时西。马旺财站在小院里，背着手，打量着那有些破败的房子，不时地摇头，叹息。

成大为在院门口迟疑片刻，才轻轻进去，走到马旺财身后，叫了一声"马大伯"。马旺财缓缓转过身，瞅着成大为，一脸惊疑。

成大为说："快过年了，我来看看您。"

马旺财摇着手，连说："不敢当，不敢当。"

"没事，应该的。"成大为扶着马旺财在凳子上坐下，"早上我去了城里的那个小院子，碰到了又芳。她说您回来了，我就跑过来了。"

"这么远的，还跑过来，辛苦你了。"

"不辛苦，开车来的。"成大为指一下院子外面，"车就停在外面的路边了。"

外边响起了甩鞭子的声音。马小明随着羊群进了院子。一只小羊蹦蹦跳跳地跑到成大为跟前，歪着脑袋，边打量边叫唤。成大为抱起小羊，抚摸着它的头。一只大羊猛冲过来，见他并无恶意，才摆摆短尾巴大摇大摆地走回去了。他放下小羊，一抬头见马小明站在门口，正横着眼盯着他。

"都长这么高了啊！"成大为边说边走过去，"还记得我吗？"

"记得！"马小明鼻子一哼，从牙缝里挤出来，"到死都记得！"

"哦！"成大为尴尬地一笑，去拉马小明的手。

马小明手一甩，瞪一眼成大为，去了羊群那边。

"这孩子！"马旺财指了一下马小明。

"没事的。"成大为看一眼马小明，再看看墙外的那棵光秃秃的大树，在马旺财身边坐下，指着羊圈，"塌了？"

"可不。"马旺财叹息一声，"前几天先是一阵大风，接着是一场大雪，棚子没扛住，垮了。"

成大为扭头看着羊，说："那这羊？"

马旺财瞅一眼羊群，心疼地说："这几晚，它们就挤在那墙角下，只那两个羔子跟着我。"他叹口气，"天冷，造孽呢！"

"那快修一下啊！"成大为指着塌了的羊圈。

"修一下？"

"对，修一下。"成大为稍一想，拉着马旺财的手，"人手您去找，钱我来想办法。"

"行吗？"

"行！"成大为从衣兜里掏出一个信封，塞到马旺财手上，"您先用着，过两天我再来。"

"你……"马旺财一手拿着信封，一手抖动着要去摸成大为的眼睛，"还疼吗？"

"早不疼了。"成大为摇着头，嘴角带着笑意。

"那就好。"马旺财轻轻拍着成大为的手，眼睛随之湿润起来。

马小明有些不解地瞅瞅成大为，挠着头朝屋里头去了。那只小羊边跑边叫唤着跟了过去。

天空还在飘洒着大片的雪花。火车站广场上，十来个戴着环卫标志和穿着铁路制服的人在铲扫冰雪，给旅客开出路来。

赵万隆和宋广元等人下了的士，小心翼翼地朝站内走去。这两天，他们往返于总行和最高法院，昨天下午终于有了一个比较理想的答复。

在站门口，赵万隆跺了跺脚，猛一抬头，与从站里出来的屈光宗差点撞了个满怀。

"是你？！"屈光宗后退了一步。

"是我。"赵万隆打量着屈光宗，"你这是？"

屈光宗腰一挺，说："没什么，搞执行去！"

赵万隆一笑，说："我知道你要去哪儿。"

"你知道？"屈光宗往左侧跨一步，看了一眼后面的宋广元等人。

赵万隆看着屈光宗，语带讥讽地说："只可惜你来晚了，你要去的地方我们都去过了。"

"你知道我们会来？"屈光宗一脸惊疑。

"知道。"宋广元趋前一步，捋须一笑，"屈法官，不瞒你说，我们还去了最高法院，见了庭长，还见了副局长。人家可都是有水平的，只听我们一陈述，一位就大笑了，另一位骂你们是乱弹琴。"

"你……"屈光宗脸一红，"你胡说！"

"急眼了吧！"宋广元哈哈大笑。

"你……"屈光宗指着宋广元，手指抖动着。

"走走走，我们走！"王维权拉一下屈光宗，瞟一眼赵万隆，抬腿就走，才走几步，脚下一滑，仰面就倒。跟在后面的屈光宗犹豫一下，等他再出手时，王维权已四脚八叉地躺在雪地上，招来一片哄笑。屈光宗伸手去扶，王维权撇开他的手，自个爬起来。屈光宗回头看一眼还在笑的宋广元，恨恨地朝雪地上"呸"了一口，在心底说："哼，走着瞧！你们别高兴得太早！"

楚芳在门口伸着脖子，往里探了探头，见李颖站在收银台里埋头看着什么，就扯了扯衣服，又拢了拢头发，一步一摇地走进去。李颖听到脚步声，一抬头见是楚芳，忙跟她打招呼，又给她倒了水。楚芳不住地夸李颖漂亮、能干，把店子打理得红红火火，天生是当老板的料儿；又说当初李颖离开公司时，她一万个舍不得，一直想着她能回去就好。李颖说，开这店子，也属无奈，自己出来混口饭吃罢了，今后还得请她多关照。楚芳脸一红，要她快别这么说，以后只要有用得着她的地方，尽管说就是，然后就挑衣服去了。

李颖拿起手机，打张明亮的电话，占线；过一会儿再打，通了。

"刚才跟谁在说话？挺久的。"李颖问。

"宋律师从北京打电话过来。他们到火车站了，还碰上了那边的人。"

"那事弄好了没有？"

"放心，上午就入到公司账上去了。"张明亮收线了。

"李老板，你还真是个天生的开服装店的主儿。看你这眼光，这衣服件件上档次，件件有品位，我恨不得都买了回去，可惜手上没钱，今天就只挑了这两件。"楚芳提着两件衣服走过来。

"谢谢部长夸奖。"李颖接过衣服，"头回光顾，我给你打八八折，行不？"

"不用，不用。"楚芳连连摆手，"我知道，你这是不打折的，可别为我坏了规矩。"

"没关系，钱是赚不尽的。"李颖边看标签边登记，"难得你看得起这小店，就八八折了。你也别嫌弃。"

"好，那就听你的。"楚芳眼睛一转，"听说张行长出差了的，回来了吗？"

李颖看一眼楚芳，说："昨晚回来的，怎么？"

"也没别的，有个事想跟他汇报一下。"楚芳趴在收银台上，"要不，你帮我先跟他说一说也行。"

"什么事？"

"还能有什么事？"楚芳呵呵一笑，"你猜得到的。"

"我可猜不到。"李颖摇头一笑，"还是你自己跟他说的好。"

"方便的时候，你也帮我说说，帮我……"楚芳说着，来了电话，才听了两句，她的脸色就变了，愣愣地看着李颖。

"怎么了？"李颖问。

"公司里有点急事，我得赶紧回去。衣服先放着，我下回再来拿。"楚芳怪异地看一眼李颖，转身就走。

刚才是高莉的电话，说李颖给公司账上进了一笔两千块钱的款。

齐小红在工位上纠结半晌，还是点了发送键，给张明亮发了一条短信，说自己快要走了。

"什么意思？怎么回事？"张明亮一看短信，先是一惊，接着纳闷起来，琢磨了好一会儿，打了宁彩霞的座机，请她马上到办公室来。

宁彩霞放下电话，心里打着鼓，一进门就问张明亮是不是自己工作哪里没做好，请批评指正。张明亮朝她压压手。宁彩霞在沙发上侧身坐下，双手搭在膝盖上，看着张明亮走过来。张明亮在她旁边的沙发上坐下，让她不要紧张。

宁彩霞欠一下身子，说："领导有什么指示，直说就是。"

"还真没什么，只是想了解一下营业部员工近来的思想状况。"

她眼睛一转，思忖片刻说："都还好，只是柳叶青说有时晚上睡不好，隔三岔五地做梦，说有鬼来抓她，应该是上回受了惊吓的后遗症。"

张明亮摇摇头，深深吸了一口气。

宁彩霞看一眼门口，说："另外，齐小红近来看起来还是嘻嘻哈哈的，但好像有不少心事，不知道她在想什么。"

张明亮"哦"了一声。

宁彩霞眼睛一眨，问："要不要叫小红来汇报一下思想？"

张明亮迟疑了一下，刚要开口，宁彩霞已电话通知了齐小红上来。

"报告！"齐小红站在门口，举着手，一脸娇俏。

"请进！"正在电脑上看报表的张明亮看一眼齐小红，笑了，又招了招手。

齐小红大大方方进了门，走到电脑跟前探了一眼，在张明亮对面的椅子上坐下，掏出手机，玩起了游戏。

张明亮干咳了一声。

齐小红抬起头，脸一红，边收手机边嘻嘻一笑说："忙里偷闲，轻松一下。领导有什么指示，尽管说来，我洗耳恭听。"

张明亮开门见山，问："你准备去哪里？"

"去政府部门，笔试面试都过了。"

"为什么要走？"

"此处风光旖旎，美好无比，但这美好不属于我，在这里我是越来越迷茫，看不到方向和希望。"齐小红弦外有音。

"这里确实美好，但这美好同样也属于你。虽然考试由于各种原因推迟了，但也只是推迟而已，并没取消，希望还在。"

一阵沉默。

"我……"齐小红欲言又止。

"怎么？"张明亮看着齐小红，"不方便说吗？"

许多话涌上心头，齐小红想说，却如鲠在喉。她想说这里有人已经把她视为眼中钉，以后的日子不会那么好过……想说她不想天天见到他，让自己内心煎熬，也许远离了他，会慢慢忘记……想说要张明亮注意一个人，小心防范，别被小人害了……想说李颖漂亮、能干、贤惠，是个好女人……想说……

"我……"齐小红眼一红，低下头去。

"好吧，你别说了，我都知道。"张明亮说得低沉，也有点伤感。

"对不起，我不该瞒你……"齐小红抬一下头。

"你没错，没有必要告诉我。"张明亮摆摆手，"只要对你好，不管你去哪里，我都支持。"

齐小红看着张明亮，轻轻一笑，说："谢谢！"

又一阵沉默。

"那你今后还来看我吗？"张明亮小声问道。

齐小红咬咬嘴唇，点了点头。

从田本国那里出来，回到办公室，一把无名火陡地从心底窜了上来，烧得万长花抓起桌上的一本台账就往地上摔，随即又捡起来，丢到桌上，一屁股坐在椅子上，呼呼喘着气。

一个多月前，康水田还是离开了公司。走前，他几次做万长花的工作，硬是挤出一些钱，付了谭顺义的部分货款。

万长花接手康水田的工作后，公司经营每况愈下。谭顺义也不再给公司供货，几次找万长花追讨剩余的货款，都被她严词拒绝了。

今天一大早，田本国叫她去办公室，问她怎么搞的，弄得公司资金这么紧张。她一腔委屈，本想辩解几句，但到底忍住了。接着，田本国说马上要过春节了，员工都等着发工资，工资发不下去，这年怕是过不成的，大家都不得安宁。她说她已想了不少办法，能拖的拖着，能压的也压着，包括税务和电力那边都说好了，等过年再补上，一切都是保工资，还是差了一大截。田本国不耐烦了，一挥手，要她去找银行。她说也找过了。田本国一拍桌子，指着她说，"你是财务部长，就是搞钱的！"她怔怔地看着田本国，强忍着气恼，尽量保持沉默。末了，田本国要她再去找银行，一家一家地找，哭也要把贷款哭回来。从田本国那里出来，万长花打算致电康水田，表示不在公司干了，但当找到对方号码时，她又犹豫了。她觉得自己不该在这个时候撂挑子。

上午，万长花一连去了两家银行。行长要么避而不见，要么委婉表示"没规模，没资金"。下午，她去了F行，尹行长直言不讳地说："我行看重的是诚信和责任，像冶炼公司这样的企业，我们是不可能贷款的，何况公司是现在这个样子。"

从F行出来之后，万长花想来想去还是去了信用社。这是她最后的一招棋了。

"哟，万部长，还贷款来了吧？"她一进门，还没开口，匡主任就抢先堵了她的嘴。

"没有。"万长花尴尬地笑了笑，"那笔贷款要下个月才到期，还有半个多月，不着急。"

"你不急，我可急哦！"匡主任瞟一眼门外，笑眯眯地看着她，目光落在她高耸着的胸脯上，"这么说，你是专门来看我的？"

"你也不去看看我，"万长花顺水推舟，鼻子哼一下，"就让人家来看你，好意思！"

"那好，只要你愿意，我每天去看你一回，怎么样？"匡主任走近万长花，偏着头，咧嘴笑着。

"好，你说的啊！"万长花在匡主任额头上一戳，"你可要记得嘞！"

"保证记得！"匡主任顺势抓着万长花的手，贪婪地亲了几下。

"看你这副德行！"万长花一甩手。

匡主任涎着脸，嘿嘿笑着。

万长花腰一扭，说："不只讨厌，简直是恶心！"

"嗯，美，真是美。"匡主任打量着万长花，"好一个万人迷啊！"

万长花在沙发上坐下来，"也不问问人家是来干什么的！"

"不是来看我的吗？"匡主任挨着万长花坐下。

"那只是一个方面，还有呢？"万长花看着匡主任，"你猜猜。"

"搞贷款？"

"不是。"

"那是什么？"

"还贷款。"万长花莞尔一笑，"我是来告诉你，那贷款下个月到期，公司正在筹集资金，一到期就先还了。有借有还，再借不难。你说是不是？"

"那是，那是。"匡主任边说边慢慢地把手伸过去，碰到万长花的手指，见她没躲闪，就将手心捂在她的手背上。

"你也知道，现在是年关，哪里都是资金吃紧，我们也一样。"万长花朝他妩媚一笑，"如果你能在关键时刻支持公司一下，再安排一点贷款，公司的资金就更宽松，生产就可以满负荷地进行了。"

"哈哈，说到正题上来了吧！"匡主任收回手，"我就知道，你不是来看我的。"

"你看你这个人，脸怎么说变就变？"万长花一脸委屈地看着匡主任，"人家又没说非要你贷款不可，公司也不是过不下去，我更没想要赖着你什么，你怎么就这样小心眼呢？"

"你你你，你看你！"匡主任挪开一点，指着万长花，"我才说了一句，你却说了这么一大堆。"

"人家也是给你气的嘛！"万长花眼睛一翻，鼻子一哼。

"好好好。"匡主任点着头"都是我错，行了吧？"

"那你说，能安排吗？"万长花盯着匡主任。

"嗯，肯定有难度。"匡主任摇摇头，见万长花板着脸，又道，"不过，你不一样，再难我也要考虑的。"

"我要的可不是考虑，是一个肯定的答复，并且资金这两天就得到位，你明白吗？"

"明白。"匡主任手一举，向万长花敬个礼，"只是，你刚才也说了，现在哪里资金都紧，我也一样。你非这两天就要，我就只能挤了别人的，先满足你。没办法，谁叫你是万人迷呢！"说着，他又把手伸向万长花。

"这还差不多。"万长花在匡主任手上拧了一把。

"哎哟！"匡主任假装喊疼，"不过，利率可得多上浮一点。"

"多少？"

"一倍。"

"两成。"

"一半。"

"三成！"

"好好好，全听你的，八百万,三个月,利率上浮百分之三十，满意了吧？"

"一千万。"

"不行，就八百万，多一分也不行！"

"真不行？"

"真不行！不要就算了！"

"好，行！就依你的。过两天办好贷款，我请你去吃野味。"万长花莞尔一笑。

回公司的路上，万长花越想越不是个滋味，越想越难受，一进办公室，火气就再也压制不住，一窜又上来了……

快下班的时候，何小年欢天喜地跑进门来，说冶炼公司在支行的账户上进了一笔钱。张明亮一下站起来，忙问什么时候进的账、有多少、哪些人知道。何小年说刚进的账，六十五万，现在知道的应该只有柳叶青和宁彩霞，还有郭玉梅。张明亮坐下去，稍一想，要何小年马上叮嘱宁彩霞等人，暂时不要声张，不要再告诉任何人，并立即将账户临时冻结起来。何小年应着下楼去了。

怎么办？是将这笔资金直接扣收，弥补支行的损失，还是先扣在那里，看最终结果再说？是告知冶炼公司，让公司尽快将钱支付出去，还是通报成大为，让他来执行走，多一个支行解脱的理由？是……思来想去，张明亮没了主意，在地上来回走着，不知如何是好，直到天黑了下来，还没理出一个头绪。

成大为进城的时候已是暮色四起。他在街边吃了一碗面，和郝梦楠电话约在半年前才开业的岳北第一家五星级酒店见面。成大为顺着旋转门进去，在金碧辉煌的大厅里四处看了看，随后在报架上取下《岳北日报》，于大厅一侧的沙发上坐下。

报纸头版的左下方，赫然写着"煤化厂破产重组顺利推进"的标题，正文大部分转第二版。头版右下方还配发了一篇五六百字，题为"改革，只有改革"的评论。看着这两篇文章，他一下抚额沉思，一下摇头叹息……

一股淡雅的清香飘过来。成大为抬头一看，郝梦楠已光彩照人地站在他面前。他愣一下，放下报纸，站了起来。

"早到了？"

"嗯。"成大为点一下头，溜一眼大堂的钟，"你真准时。"

"习惯了。"郝梦楠手一指，"走，去那边咖啡厅。"又对身后的林梦雄一扬手，后者一哈腰，快步上楼去了。成大为望着他的背影，有两分赞赏，也有三分怜惜，更有三分嫉妒，还有两分恼恨。

"什么事？"郝梦楠瞟一眼成大为，"快说吧！"

"马旺财家的房子塌了，我想资助一下。"成大为看一眼郝梦楠，低下头，咬了咬嘴唇，"可我手上一时拿不出钱来，想请你支援一下。"

"你要帮马家修房子？"郝梦楠偏着头，盯着成大为，"你忘了你的眼睛是怎么瞎的了？你忘了他们是怎么对你的了？你……"

"没忘，可我现在眼睛不疼了，心也不疼了。"成大为咽了咽口水。

"不疼了？好，好啊！"郝梦楠点点头，"听说你还出息了，辞了组长，还要辞了局长。这是你真心的？自愿的？"

成大为点点头。

"这就怪了，当初你那么狂热、那么执着，好容易弄到手上，现在却要辞了。"郝梦楠摇着头。

"此一时，彼一时啊！"成大为深呼吸了一口，"还是那句话，我不后悔当初的选择。不过，近来我想起过去的一些事情，还真有今是而昨非的感觉。"

郝梦楠偏着头，瞅着他，似笑非笑的。

"梦楠，你可以笑我，但不能笑我的选择。"成大为腰一挺，"我跟你说，有些东西，你是不懂的，就像你……"

"就像我？"郝梦楠眼睛一睁，"我怎么啦？"

"你……"成大为欲言又止。

"你说！"郝梦楠手一指，"我到底怎么了？"

"也没……没什么。"成大为瞟一眼郝梦楠。

"你不说是不是？"郝梦楠站起来，"那我走了。"

"别，别走。"成大为忙站起来，"还有时间呢！"

"那你快说！"郝梦楠坐下。

"好，我说。"成大为坐下，"听说你的生意越做越大，公司发展得很快。这当然好，我也为你高兴。只是公司发展那么快，许多东西可得跟上去，要不……"

"要不基础不牢，走不了多远，是不是？"郝梦楠呵呵一笑，"这道理我清楚，也自有安排。"

"那就好。"成大为咂咂嘴，"我听说你近来又涉足房地产，同时开工了两个项目，这是不是跨度太大、步子太快，也……"

"我说你不懂了吧！"郝梦楠指了指成大为，"我问你，做生意的目的是什么？是赚钱！赚钱靠什么？靠商机。商机在哪里？商机就在眼下的房地产里。我告诉你，谁抓住眼下这个商机，谁就会一本万利，就会……"

"可是，房地产对你来说，还是一个全新的，也是陌生的领域。一下开工两个项目，你有那么多的资金？你又能管得过来？"

郝梦楠往椅子上一靠，"我问你，有几个老板是靠自己的钱发的财？再问你，又有几个老板是靠自己去管理的？"

"银行的钱不是那么容易弄到手的，个人的钱更不是那么好拿的。"成大为看着郝梦楠，"你贷款也好，集资也好，或是别的来路也好，只要拿了别人的钱，你就是负债，是要承担责任的。"

"看来你是真的不懂。"郝梦楠呵呵一笑，"你不仅不懂社会、不懂市场，还不懂人情、不懂人心啊！"

"好，我是不懂。"成大为咬咬嘴，"我要提醒你，生意要做，钱也要赚，可千万别被钱迷了眼，草率冒进，别……"

"你……"郝梦楠一眼看到林梦雄站在大厅中央，一手提着包，一手指了指门口。

"我……"成大为也跟着她的视线看了过去。

"好了，时间到了，不跟你说了。"郝梦楠边说边站了起来。

"那……那马家的……"成大为连忙起身。

郝梦楠瞟一眼成大为，朝林梦雄招了一下手。林梦雄小跑过来。郝梦楠看一眼包。林梦雄点头，拉开拉链。郝梦楠迟疑片刻，从包里拿出两沓百元新钞，瞥一眼成大为，将钱往桌上一丢，转身就走。林梦雄看一眼成大为，提着包追了上去。

"你……"成大为望一眼他们的背影，再看桌上的钱，心里涌出一种说不出的滋味。直到看不到他们了，他才慢慢坐下去，目光落在那两沓钱上。那钱渐渐模糊起来，化作马旺财沧桑的脸、郝梦楠高傲的眼……化作砖头、沙石……

手机响了，是桃花姐打来的。成大为抹了抹湿润的眼角，告诉她马上就到。

一见面，桃花姐就问他，刚才是不是哭了。他自嘲一笑，说没什么，又问她手上有钱不，想借一点。桃花姐爽利地说，没问题。

回到家，张明亮还是想着那六十五万的事。他走到窗前，望了望黑沉沉的天空，打通了赵万隆的电话，问北京那边有什么新消息没有。赵万隆说暂时还没有，但屈光宗他们应该还在北京。

张倩一手拿着教材，一手拎着一个小纸袋，哼着小曲，蹦蹦跳跳进了门。走到张明亮跟前，她将小纸袋一亮，说是老师送她的生日礼物。

"生日礼物？今天是你的生日？"

"不是。是明天呢！"

"对哦！"张明亮拍了一下额头

"哈哈，爸爸，你是不记得了吧？"

"爸爸不瞒你，你要不说，我还真是不记得了的。"张明亮摸着张倩的头，"对不起啊，爸爸……"

"哎呀，真的没关系。我才不会那么小气呢！"张倩让张明亮弯下腰，在他脸上"吱"地左右各亲了一下。

张明亮牵着她的手，一起在沙发上坐下，问明天的生日打算怎么过。她说早几天就想好了，要做一件非常有意义的事情。

"非常有意义的事？"张明亮看着张倩，"能透露一点吗？"

"暂时保密。"张倩掩嘴一笑，"其实也没什么，提前告诉你算了。不过，你要先回答我一个问题。这个问题就是……就是，你知道我为什么要提前告诉你不？"

张明亮哈哈一笑，说："因为我们是好朋友啊！对不？"

"恭喜你，答对了！"张倩伸出两个手指，朝张明亮做出一个"V"字。

"你就别卖关子了，快说吧！"张明亮一把抱过张倩，让她坐在自己的大腿上。

张倩亮着眼睛，边说边打着手势："是这样的。前几天，老师号召我们给山里的小朋友自愿捐书，说他们好可怜，没有书看。当时，我一听就高高举起手，又站起来，说要捐献我的那本《安徒生童话》。可后来一想，又有了新主意。你能猜得着是什么不？"

"嗯，猜……猜不着。"张明亮微笑着摇摇头。

"我就知道。"张倩咯咯一笑，"还是我告诉你吧！明天我要去新华书店，买五本《新华字典》，等过了年，一开学，就给山里的小朋友寄过去。你同意不？"她摇着张明亮的手臂。

"好。"张明亮一拍沙发，"同意，完全同意。"

"我也同意哦！"李颖说着进了门。

"啊！妈妈回来了！"张倩欢快地跑过去，双手接过李颖手上的拎包。

"李老板，辛苦了啊！来，请喝茶。"张明亮端来一杯热茶，递到李颖手上。

"什么李老板的，听着就别扭。"李颖嗔一眼张明亮，接过茶，喝了两口，放到桌上。

"爸，妈，我练琴去了啊！"张倩蹦跳着走了。

张明亮拉着李颖的手，问："当老板的感觉如何？"

"就一个字——累！一天下来，人都跟散了架似的。"

"那就赶紧再添个人，别把自己累坏了。"张明亮建议。

"添个人容易，要打发走就难了。反正过几天就要过年了，累过这几天再说。"

"好吧，你自己看着办，别太累着……我要有时间也去帮帮你。"

李颖"扑哧"一笑。

"你笑什么？"

李颖看着张明亮，抹了抹睫毛上的泪花，说："跟你说实话吧，这开店，从一开始我就没指望过你。不过，有你刚才这句话，我心里也是暖的。"说着，她将头偎在张明亮胸前。张明亮轻轻拍着她的肩膀。

"哦，有个人今天又到店里来了。"李颖坐了起来。

"谁呀？来干吗？"

"楚芳。"李颖顿了一下，边说边看着张明亮的反应，"她说有个事，要我跟你说说，可还没说出来，接个电话就匆忙走了。"

"她不会有别的事，准是要贷款。不过，这一段时间，贷款是不好放的，早没规模了。"

"那就干脆明天回了她，免得她再来找你。"李颖挠挠头，"不过，我估计她也不好意思再来找了。"

"不急。"张明亮摆摆手，"这两天我带人去公司去看看，如果他们具备贷款的资格和条件，就给她想想办法，先解决一点。"

"真的？"李颖眨眨眼睛。

"哄你干吗？"张明亮偏着头。

"你就不怪她？"

"我怪她干吗？"张明亮一笑，"难道你怪她？"

"不瞒你说，我可没你那么高的境界，开始是有点怪她，怪她太势利，不该那样待我。"李颖喝口茶，"不过，后来一想，觉得她也有她的难处，她并没做错什么。"

"你这样想就对了。"张明亮看着李颖，"说来，你还应该感谢她。要是你还在公司，现在就不是李老板了，还只是李会计。"

"又老板老板的，难听死了。"李颖嘴一噘，"你以为谁愿意来当这老板？还不都是你害的！"

"我害的？"

"难道不是？"李颖在张明亮额头一点，"你要是不摊上那鬼事，我就不会离开公司，不离开公司，就不会来开这店，不……"

"打住！"张明亮捞住李颖的手，"当你成为一个连锁店的老总，当你成为一个集团公司的总裁时，你一定会说，哎呀，幸亏那时候离开了公司，开了那个服装店。"

"你！"李颖咬着牙，在张明亮的手背上拧了一把。

于小财手上拿着笔，来回走着，边走边说"就是那样，也不能便宜了冶炼公司"。

"你就别晃来晃去了，好不好？"吕大业瞅一眼于小财，"现在最紧要的是把数算好，尽量让职工多得几个钱，哪怕五块十块的也好。"

"这个我知道，也有我一份，当然要算好。"于小财将笔往桌上一丢，坐下，敲了敲桌子，"问题是那数不是我算了就行的，关键还得孔大华他们认账。他们算得可比我们精多了，也狠多了；再说，现在不是他们来求我们，而是我们求他们。"

"不是这样的，更不是谁求谁的事。"吕大业拍了一下桌子，"他们要太狠，我就不跟他们来了，我可不想让别人骂我是个败家子，给我扣上一顶贱卖国有资产的帽子，更不想让别人指指戳戳，猜疑我从中得了什么。"

"吕厂长说得对，这账一定要算好，好就要好在既不是贱卖，让人说闲话，也不是贵卖，让人不敢来买。"李正道看一眼吕大业，"破产改制是一定得搞的，已不是谁想不想破、想不想改的事，是箭在弦上，不得不发，没有退路，只能往前走。"

"这我知道。"于小财站起来，"只是就这么便宜了冶炼公司，我真是不甘心。"

"不甘心又有什么用？"李正道看着于小财，"这些年，为了冶炼公司的事，厂里没少花力气，你更是没少花心血。这大家都知道，也没哪个怪你。"

"还没哪个怪我？"于小财指着自己的脸，"歪鼻子只差没在我这儿咬下一块肉了。"

"你受了委屈，大家都知道。"李正道看一眼吕大业，"吕厂长更是心里有数。"

吕大业点点头。

"说实话，要不是你们两位在，我真的早走了，可不想受这里里外外的窝囊气。"于小财抹着眼角的泪花。

"好了，别说这些了，越说越难受。"李正道拍了拍小财的肩膀，"眼下紧要的一是算，二是谈。这算就靠你了，可大意不得，含糊不得；至于冶炼公司的事，可暂时放在一边，等这边有了结果再说不迟。"

"对，反正我们不再做多大的指望，也不跟法院说放弃，随他们去了。"吕大业看着李正道，"当然，能有钱回来，那自然更好。"

李正道点点头。于小财看看吕大业，又看看李正道，又走到桌前，坐下，核对起账目来。

早就有人多次举报田本国，说他在冶炼厂改制的过程中收受巨额贿赂，造成巨额国有资产流失，还为黑社会提供活动资金，指使黑社会成员殴打职工，造成一人重伤。几天前，他被关进了看守所。开始那两天，他还嘴硬，什么都不说，到第三天，他就撑不住了，嘴巴如溃破的大坝，知无不言，把谭顺义也供了出来。

昨天下午，康水田回到青山，去专案组协助调查。今天早上，万长花特意绕道进的公司，可还是给讨货款的人发现了。她好不容易摆脱那些人，刚躲进保卫值班室，还没来得及喘口气，电话就来了，要她立即去专案组。到了专案组，她一眼看到康水田从房间里出来，冲她苦笑一下。她进了门，很快就出来了，前后不到一个小时。等在外面的康水田迎上来，握住她的手。两人感慨万端，走进街边的一个小酒吧。

"长花，你今后有什么打算？"康水田把弄着杯子。

"还能去哪儿？"万长花看着康水田，"那时要你带我过去，你又不肯。"她一口将杯中酒干了，"但愿田本国进去了，公司能有所好转，有新的起色。"

"难说。这个时候，谁敢来挑这个担子？谁又能挑得起这个担子？"康水田摇摇头，"唉，一个有能力、有魄力，敢想敢干的人，就这样进去了，想来也是可惜、可悲，更可怜、可恨。"

万长花摇摇头，说："虽然可惜，他却也是活该，谁叫他要那么自负，那么霸道，又那么自私，那么贪婪。"

"也是啊！"康水田边说边倒酒，"冶炼厂也好，冶炼公司也好，真是成也田本国，败也田本国。"

"不全是。"万长花摇摇头，"说实话，我佩服他的魄力，却看不惯，也受不了他那家长制的作风。要不是他那不理睬、不配合、不付款的三不政策，又听不进别人的意见，我们与煤化厂和法院就不会弄得那么剑拔弩张，火药味十足，与银行的关系就不会是现在这么糟糕，谁见了都害怕，避瘟神似的躲着。公司现在是内外交困，外面的人逼着要货款，内部的人吵着要发工资，有的人还闹着要退股。可公司没钱，真的没钱。就是有钱，这个时候，那股也是退不得的，一退，必然是山崩地裂。"她长长一声叹息，"你倒是走了，清静了，也安全了，我可是坐在火山上，下不来。"

"你不是下不来，而是不想下来吧？"康水田盯着万长花。

"这个时候，我能下来吗？又该下来吗？"泪水在万长花眼里转动着。

"好了，别说这些了，说来痛心。"康水田举起酒杯，"来，我们喝酒！"

万长花端着酒杯碰了过去，一口干了。

"你也别急，公司毕竟是江北也是双江的骨干企业。政府是不会坐视不管的，你应该相信。"

"嗯，我也是这么想的，现在也只能指望政府，依靠政府了。"万长花点点头，"这一天，你是早就看出来了吧？"

"有预感，但我没能力去改变，所以我走了。"康水田腼腆一笑，"其实，你比我看得更清楚、更透彻。"

"是看到了，也想到了。"万长花羞涩一笑，"可是，我一个女人，不能像你那样，说走就走。"

一阵沉默。他们都望着窗外，没有说话。

"长花，据专案组的人透露，我估摸着田的刑期会在十年以上。到时候，我会去看他，虽然他犯了法，但也曾有恩于我。"临走时，康水田含泪道。

万长花点头说："他虽然罪有应得，但毕竟是有功于公司，我也会去看他的。"

张明亮在办公室桌前坐下，抓起听筒，刚要拨号，听到有人进门，便放下听筒。郭大宝虎着脸大步走来，将一张扣划通知书往张明亮跟前一放，要他立马签字，说曹二喜还在下边等着。

张明亮这一惊非同小可，好一会儿才回过神来，跟郭大宝打了个招呼，边看着通知书，边想着他们怎么来得这么快、信息还这么准。

"张行长，你快点呀！"郭大宝催着。

"郭法官，这是正常的协助执行，不用我签字，你只管去营业厅办理扣划就行了。"张明亮站起来，将通知书递给郭大宝。

"不行，你就得签！"郭大宝不接通知书。

"非要签？"

"必须签！"

张明亮稍一想，在通知书上签了"请按规定办理"几个字。

"你还是这么签？"郭大宝脸一沉，"张行长，我警告你，这回可不是上次了！"

"我知道。"张明亮一笑,手一扬,"走,我带你去营业部。"

曹二喜坐在高脚椅上,跟站着的柳叶青正说着什么,见郭大宝紧跟着张明亮进了营业厅,忙迎上去,问郭大宝那字签了没有。郭大宝将通知书塞到他手上。

"张行长,你怎么签的还是这几个字,莫非想故伎重演?"曹二喜坏笑道,"此一时,彼一时了哦!"

"曹法官,我知道。"张明亮一笑说,"这是此一事,彼一事,不一样的。"

曹二喜和郭大宝对视一眼,有点茫然地看着张明亮。张明亮从曹二喜手上拿过通知书,递给柳叶青。柳叶青看了一眼通知书,要了曹二喜和郭大宝的身份证等,又一一核对,将款扣划到了通知书指定的账户。

"张行长,上回你要能这样配合,那多好。"曹二喜说。

"曹法官,上回和这回是两回事,也是此一时,彼一时,不可同日而语,不可相提并论的。"张明亮呵呵一笑,"你说是不是?"

曹二喜挠了挠头,嘿嘿笑着。郭大宝仔细看着柳叶青给他的回单。

"好,你们还真在这里。"万长花推门进来,"真是来得好不如来得巧!"

张明亮向曹二喜和郭大宝介绍万长花。曹二喜愣了愣,忙拉着郭大宝就要走。万长花跨步挡在他们面前,要他们别急着走,再等一会儿。

"可是,你……"曹二喜边说边后退着,"你已经来迟了。"

"不迟,正好。"万长花边说边跟张明亮扬手打了个招呼。张明亮心里嘀咕,还真有这么巧?

"不迟?"郭大宝亮了一下回单,"我告诉你,钱都已经扣划好了。"

"这我全都知道。"万长花笑着道,"如果我不想让你们将钱划走,你们只会又是竹篮打水。"

曹二喜和郭大宝面面相觑,一脸疑惑。

"这钱是多少,从哪里来,什么时候到的账,我都一清二楚。而且,我还知道你们会来,是什么时候的。"万长花扫一眼曹二喜和郭大宝,"我没别的,只想你们将这钱拿走后,我们冶炼公司与煤化厂的事就此了结,也把银行解脱出来。"

曹二喜说："我们做不了主，得回去汇报了再说，也要看煤化厂的意思。"然后拉着郭大宝往门口走，出门前又回头朝张明亮摆摆手。

进了办公室，张明亮将一杯热乎乎的茶递给万长花，又将电烤炉往她跟前挪了挪，坐下，问她那钱是怎么回事。

"外省一家企业欠了公司一笔货款，已经有两年多了，也是没做打算的，没想到半年前，公司研发的新产品出炉，经营一下有了转机。"万长花抿了抿茶，"昨天上午，那边的财务科长联系我，说过去欠着可不是想赖账，确实是没钱，现在有了，不能再欠着，又问我那钱往哪里打。我毫不犹豫地说往你这里打。"

"是吗？"

"当然！"

"你心中有愧？"

"不只如此！"

其实在如何对待这笔钱上，公司新任董事长和万长花有分歧。董事长说，这钱放在青山的账户上，无异于拱手送人，公司眼下的资金那么紧缺，应该拿来发工资，或是交电费。她说，这钱暂时放在那里，不仅会化解多方矛盾，也是公司重塑形象、重建诚信的绝好机会，换来的何止十倍百倍的价值。一番争辩之后，她最终说服了董事长。

"果然他们来了，也将钱扣划走了。"万长花微笑着，"这样就好了。"

"你这是一箭数雕啊！"张明亮拍了一下沙发的扶手。

"说实话，我心里就觉得对不起你们银行，更对不起你。"万长花站起来，朝张明亮鞠了一躬。

张明亮摆摆手，笑了笑。

万长花一走，张明亮立马打了成大为的电话。

"张行长，我正等着你的电话呢！"

"成局长，你们的信息真灵通，人也来得真快啊！"

"难道只能你在岳北有朋友，我就不能有朋友在江北、在青山？"

瞬间沉默过后，两人同时哈哈大笑起来。

屈光宗抓着一瓶二两装的扁瓶二锅头，边喝边气呼呼地在地上来回走着。

"哎，你别喝了，也别晃来晃去的，行吗？"面朝墙歪在床上的王维权侧过身来。

"咋啦？"屈光宗酒瓶一挥，"你要心烦，也下来喝啊！"

"你还喝？"王维权坐起来，"你都喝了两个了，非要喝趴了不成？"

"我要喝。"屈光宗仰头喝了一大口，"就要喝趴了才痛快。"

王维权下了床，趿拉着鞋就去抢屈光宗的酒瓶。屈光宗手一甩，再一推，王维权一个趔趄，一屁股坐在地上，跟着又往后一倒，头撞在木椅脚上。屈光宗一愣，呆立在那里，木桩似的。王维权坐起来，手捂着后脑勺子。

"没……事吧？"屈光宗过去扶他。

"没事！"王维权拨开屈光宗的手，"你喝你的去！"

"你让我喝？"

"喝，喝死你！"

"好，我喝，喝死好了！"屈光宗头一仰，哗哗地往嘴里倒酒，将空瓶摇了摇，又亮了亮，"报告组……组长，完了，全……全完了！"他将酒瓶往脑后一扔，一个趔趄，跪在地上。他拍打了两下床铺，猛地坐起来，"哇"的一声，双手捂着脸哭起来。

"你这是干吗呢？"王维权摇着屈光宗的肩膀，"别哭了，让人笑话！"

屈光宗抽泣着。

"看你，跟一个孩子似的。"王维权给屈光宗擦着脸上的泪水，"光宗，我看你是真喝醉了。"

"这事咋就这么难啊！"屈光宗捶着自己的头，"我想不通，真的想不通啊！"

原来，前一天下午，王维权和屈光宗去了H行，一番理论下来，被H行法务部的人驳得哑口无言。晚上，他们跟最高法院的一个老乡约了今天见面，可那老乡一大早临时出差，要次日晚上才回来，最快也要后天上午才能见面，后来又说要他们干脆回去算了，有什么事电话里说。

此时，屈光宗盘着腿，抓着王维权的手，瞅着他，说："你想想看，这事弄了多少年了。这中间，我吃了多少苦，挨了多少骂，受了多少气，你不知道吧？我再问你，那个冶炼公司凭啥那么横？还有那个张明亮，他又凭啥不签字？"

"这……"王维权挠了挠头，"冶炼公司那样做，自然没道理，完全是乱来，甚至可以说是违法犯罪。"他停了停，"可平心而论，扣划那质押存款，后来又一路追加上去，那多少还是有些牵强的，你说是不？"

"你……"屈光宗一愣，接着不以为然地一笑，"好吧，你是组长，你说了算。既然牵强，你这回怎么还要来，还那么积极？"

王维权一时语塞。

"怎么？不好意思说？我帮你说吧！其实也没别的，就因为你刚当上组长，是不？"屈光宗哈哈一笑，往床上一倒，随即又坐起来，瞅着王维权，"组长，我再问你，你知道我为什么对冶炼公司的执行这么坚决、这么执着不？"

王维权笑而不言。

"不为别的，只为当年的承诺。"

"承诺？"

"是啊！当年我承诺要把钱执行回来，还暗地里发过誓，煤化厂和院里也……"

"哎呀，还说那些干吗？那就是天上的星星，你……"

"你说天上的星星好看不？"屈光宗偏着头，指着王维权，"我告诉你，我可是差点就摘到了的，要不是那个冶炼公司……"

"对，要怪就怪冶炼公司，是……"王维权的手机响了，一看是阳建国打来的，连忙接了。屈光宗不再说话，伸着脖子，竖起耳朵细听。阳建国告诉王维权，曹二喜和郭大宝已执行到钱了，要他和屈光宗明天尽快回去。

“曹二喜他们执行到钱了？明天一早回去？”屈光宗愣愣地瞅着王维权。

王维权点点头，“嗯”了一声。

“怎么是这样啊？！”屈光宗双手一拍床铺，哈哈大笑着仰面倒了下去。

与此同时，阳建国接到高院江副局长的电话。对方劈头盖脸训斥了他一顿，说他谎报情况，混淆视听，工作方法简单，没头没脑，不容他解释半句便将电话挂了。他木然地站了一阵，颓然坐了下去。

一派喜庆之中，吕大业和李正道一起摘下煤化厂的牌子。新公司的牌子由秘书长和孔大华、吴龙江共同挂了上去。

吕大业抚摸着煤化厂的牌子，泪水模糊了眼睛。

李正道碰了碰吕大业的手，说：“今天应该高兴才对。”

吕大业抹了抹眼睛，答：“那是那是。”脸上随即灿烂起来。

歪鼻子在台下走来走去，负责维持秩序。左又芳和龚姐并肩站在台下，满眼的喜悦和幸福，不时跟着欢呼、鼓掌。

继秘书长之后，吕大业上了台。他深深地朝台下鞠了一躬，才说了他对不住大家，就哽咽了。台下有人感慨，有人嘘唏，有人鼓掌。

吕大业一抹脸，一昂头，满怀激情地说：“我此刻无比激动，万分高兴。新的公司今天诞生了，煤化厂有了新的传承，新的未来。我衷心祝福公司红红火火、兴旺发达。”

台下报以热烈的掌声。

孔大华拉着吴龙江的手，春风满面地站在台上，满怀激情地说：“我此时此刻的千言万语就化做两个字——感谢，感谢党，感谢政府，感谢煤化厂，感谢秘书长和张明亮，感谢吕大业和李正道，感谢煤化厂和新公司的每一个人……”

与此同时，万长花走出办公室，站在楼道上，望着厂区一座高炉烟囱上的烟渐渐淡了，没了。由于资金紧缺，公司决定大部分生产车间和管理部室从明天起放假。董事长又叮嘱万长花，务必在这段时间筹集好资金，为春节后的开工做好准备。她深知困难重重，但信心满满。

孔大华将账本往桌上一丢，拍了一下吴龙江的肩膀说："走，天不早了，今天是小年，咱们过年去。"

吴龙江放下报表，又叫上了李正道。

"我……我就别去了吧！"李正道瞟一眼孔大华。

"对对对，老李是一定要去的。"孔大华指了一下于小财，"于科长也去。"

"好，我去。"于小财起身，哈下腰，"谢谢董事长，谢谢总经理！"

"谢什么？"吴龙江又拍一下于小财的肩膀，"往后都是一家人了。"

"那是。"于小财转过身，"往后我在尤部长手下，一定好好工作，也请尤部长多关照。"说罢，朝尤小柳哈哈腰。

"哪里哪里。"尤小柳嫣然一笑，"我们共同为公司服务好，为董事长和总经理服务好。"

"董事长，尤部长一说话，总让人如沐春风，心情舒畅。"吴龙江看着孔大华。

"小柳，哦，尤部长，"孔大华指一下尤小柳，看着吴龙江，"往后，你可得多听从吴总的调遣，吴总的意思就是我的意思。"

"放心吧！"尤小柳微笑着，"你们两位的话对我而言都是圣旨，我都听，都会不折不扣地落实好、执行好。"

"好！"孔大华拿起搁在烟灰缸上的雪茄，吸一口，"走，咱们喝酒去！"

于小财打开门，风裹着雪花扑面而来。

天空雪花飞舞。天地白茫茫一片。

孔大华刚走到楼道口，就听到楼下吵吵闹闹的，接着看到人群涌上楼来，歪鼻子张开双臂，挡在前面，边说边一步一个梯级地往上退着。

孔大华没说话，跨前一步，又扬扬手，示意吴龙江他们稍稍退后。

离孔大华还有五六个梯级的地方，人群不动了，也静下来。歪鼻子转过身，仰头一眼看到孔大华叉开双腿，笔挺地站在楼道口的最前沿，一只手夹着雪茄举在半空中，轻轻晃动，嘴里吐出一道浓烟，袅袅随风而去。

"董事长，我……我不让他们上来，可他们死活不听，吵闹着非要上来，说有事要当面问你，我拼了命都挡不住。"歪鼻子指了一下背后的人群，"他们……"

"呸，歪鼻子，我看你还真是一个大叛徒啊！"有人说。

"对，他就是一个大叛徒，出卖我们革命同志，好处他一个人得了！"马上有人附和。

"我看他不只是一个大叛徒，还是一个彻头彻尾的狗腿子！"又有人说。

"对，他就是一个狗腿子！"众人异口同声。

"你们别这样啊！"歪鼻子转过身，往上退了一个梯级，居高临下地指点着人群，"你们骂我可以，随你们怎么骂都行，我没意见，也不怪你们，但你们不能骂董事长和总经理，谁要骂他们，我跟谁急！"

"那你急啊！"有人说。

"对，急死他！"好几个人嚷着。

"走，上楼去！"有人煽动。

"对，往上走！"有人跟着起哄。

人群往上涌。歪鼻子往上退。

当歪鼻子退到离孔大华只有两个梯级的时候，孔大华将手上的雪茄头往地上一摔，再将歪鼻子往墙边一拨，大声说："大家是来找我有事商量的，你挡着干啥？"

人群止了步，都仰头看着孔大华。

"我……"歪鼻子靠着墙壁，愣在那里。

"吴总，你是不知道吧？"孔大华看一眼旁边的吴龙江，指着人群，"他们中间，有的是我的师傅，有的是我的领导，有的是我的兄弟，有的是我的朋友，都是对我有恩的人，是一个也不能怠慢的。"

"那是，那是。"吴龙江连连点头。

"好了，大家有什么要跟我说的，那就快说吧！"孔大华微笑着，"早说了，早回家过小年去，家里人正等到着呢！"

"我们没别的，只一条，就是要上班，要做公司的主人！"有人高举着手，大声说。

"当初你们说了，只要自己愿意，每个人都可以进新公司，怎么现在就要我们走？你们要这样，我们就不破什么产了。一句话，你们不能说话不算数！"有人跳起来。

"对，我们要上班，要做主人翁！"众人附和着。

"好，说得好，说得太好了！"孔大华拍拍手，"我要的就是大家这句话。"

歪鼻子不解地看着孔大华。尤小柳会心一笑。吴龙江点了点头。人群里或瞠目结舌，或面面相觑……整个楼道里一时沉寂下来，只听到风的呼啸。

"各位，当初我们是答应过，现在没有变，将来也不会变。"孔大华笑了笑，"你们现在已经是公司的主人，将来也是，只要你们入了公司的股，只要你们不退出公司，那你们就是主人翁。"

"那是，那是。"歪鼻子说。

"说起来，你们都是老领导、老同事，都是老资格、老革命，我是十分尊重，也是十分看重大家，只是你们工作几十年了，也辛苦了，就再休息一段时间，我……"

"我们已经休息得够久了，只想上班！"

"对，我们要上班！"

"好，大家放心，会有你们上班的时候。"孔大华看一眼吴龙江，"目前公司还在组建，春节之后才能开工生产，人手也暂时用不了那么多，但我告诉大家，公司是要扩大的，是要快速发展的。到时候，我请大家来当师傅，当顾问，你们可得赏脸，高高兴兴、痛痛快快地来，可别架子大，摆老资格，请不动哦！"

"才不会哦！"

"包你随叫随到！"

"那好，我们就等着了！"

"好，谢谢大家了！"孔大华向大家拱着手，"天寒地冻的，大家慢点走啊！"

人群退潮似的下了楼。

"董事长，我……"歪鼻子看一眼孔大华，低下头。

"没事，你做得对，挡着他们，那是你保卫部长的职责。"吴龙江拍了拍歪鼻子的肩膀，"董事长并没有怪你，刚才是说给那些人听的。"

歪鼻子心底一热，眼角滚出泪珠。

雪后初晴。阳光照在雪地上，反射着夺目的光芒。

两行深深的脚印在雪地里格外显眼，一路向车间那边延伸过去……

左又芳停下脚步，打量了一下那两行脚印，又在脚印里踩了踩，用手遮着额头，望一眼洁净的天空，甩动手臂，兴奋地朝车间走去……

车间高大空旷。李正道从机器下面钻出来，拍了拍身上的灰尘，抹一把额上的汗水，解开棉衣，扯着衣襟扇了扇，拿起地上的大板子，绕着机器紧了紧螺母，放下板子，抓起油壶，一一注上机油。

"李厂长？"

"谁呀？"李正道从机器后面露出头来。

"李厂长，还真是你呀！"左又芳摘下脸上的围巾。

"又芳，是你？"李正道笑着走出来。

"是我呢！您又在保养机器？"

"还好，没坏。"李正道点着头。

"还多亏了你呢！"左又芳绕着机器边说边打量着，"要不是你把这些机器当作自己的孩子一样，早就锈了，烂了。"

"停产的时候我就在想，总有一天，它们还会用得着。等了两年多，终于等来这一天。"李正道指了指机器，看着左又芳，"又芳，一大早的，你跑这

398

里来干吗？"

"跟您一样，从回家的那天起，我就一直盼着能有再开工的那一天。我是数着日子的，到今天正好九百天。"左又芳睫毛上挂着泪花，"李厂长，说句心里话，我恨不得今天就开工，一连干他两个通宵呢！"

"我也是。"李正道扫了一圈车间，"真要开工，那可不是今天明天的事，最快也得过了正月。"

"哟，是你们呀！"歪鼻子在门口探进头来。

"你在干吗？"李正道望着歪鼻子。

"我看到地上有脚印，就赶紧跟了过来。"歪鼻子打了个喷嚏，"董事长跟我说过，现在是非常时期，一定要搞好安全保卫工作，防止有人进来偷盗，或是破坏设施，要……"他一连又是两个喷嚏。

"怎么？感冒了？"李正道问。

"没事，昨天晚上起了两三次夜。每次听到响动，还以为是有人翻墙进来了，等我跑出去一看，又什么都没有，其实都是风刮得门窗响什么的。"

"嗯，昨晚的风是大。"李正道看一眼窗外，"不过，要不是风大，也就没有今天的太阳。"

"虽然是风在作怪，可我不能大意！"歪鼻子甩了一把鼻涕，"万一有人爬进来，偷走了什么东西，或是弄烂哪个机器，我怎么好向董事长交差？"

"小心一点总是好的。"左又芳看着歪鼻子，"不过，以后起夜的时候，要多穿一点，别冻着，手上也要拿个东西，万一碰到什么，也好有个防备。"

"谢谢你，又芳。"歪鼻子感激地看一眼左又芳，又对李正道说，"李厂长，说句掏心窝子的话，两年多来，我真是闲散怕了。你是不知道，闲散在家，没有收入，没有地位，自己心慌，没面子，老婆孩子也没个好脸色，那日子过得，唉，不说了。"他摇摇头，再一昂，"如今好了，董事长看得起，给了我这么重要的岗位，我就得尽心尽力、尽职尽责，要是工作没干好，再下岗，那可惨了，我……"

"哈哈，你们在说啥呢？"于小财走过来。

"是小财啊！"李正道扬一下手，"你来干吗？"

"总经理说了，要我把所有设备什么的再核查一遍，看哪些还可以继续用，哪些需要维修，哪些需要更换，还需要添置一些什么，还要……"

"还要什么呢？"左又芳笑着说，"告诉你吧，这个呀，李厂长心里早就有本账了！"

"是吗？"于小财看着李正道。

李正道点点头。从窗口涌过来的太阳洒在他的脸上，他感到一种温暖和力量。

"李厂长，你现在这样子真好看。"左又芳说。

于小财打量着李正道，说："有点像王进喜，也有点像焦裕禄。"

"看你说的！"李正道指了指于小财，有点难为情地笑着。

"李总，还要告诉你一个好消息，曹法官他们在青山执行回来钱了，是……"

"是吗？"李正道睁着眼睛。

"是呀！"于小财点点头，"听说冶炼公司的董事长和财务部长都换了人了。"

"好。"李正道点着头，"新人新气象。"

"我们也是啊！"左又芳激动地说。

"又芳，你这不对。"于小财指一下大伙儿，"我们旧人也是新气象！"

"说得好。"李正道擂了一下于小财，哈哈大笑。

左又芳扶着机器，欣赏着他们的快乐，一脸幸福。

张明亮和何小年一起分析了兴盛公司的财务报表，又看了公司提供的行业、产业前景分析及公司的发展规划报告，再参照省行下发的产业、行业授信指引，结合昨天下午去公司现场调查的情况，一致认为可以对该公司给予贷款支持，但在贷款的方式、品种和金额上有分歧。

"何行长，还是你说的更有操作性，也更切合实际。"张明亮点点头，放下笔。

"倒也不是，只是我说的要保守一点。"何小年腼腆一笑，"其实，我觉得从发展的角度看，你说得更有道理。"

"好了，就照你说的思路办。"张明亮拍了拍何小年的肩膀，"你告诉兴盛公司，节后尽快提交贷款申请。"

何小年点头说好。

"哟，两位都在呀！"吴龙江边说边进门。

张明亮连忙起身，"怎么这么快？"

"归心似箭啊！"吴龙江在沙发上坐下，"我可是一路狂奔，马不停蹄，今天凌晨三点半就到青山了。"

"是吗？没有乐不思蜀？"张明亮在吴龙江肩上擂了一下，在他身边坐下，"告诉你一个好消息，你的贷款批下来了。我也是刚知道的，正想给你打电话。"

"好，太好了！"吴龙江拍了一下大腿，"这真是及时雨呀！"

"吴总，来，喝茶。"何小年边说边将一杯茶放到茶几上，"你这贷款走的是绿色通道，称得上是特事特办，周行长还亲自跑了省里。"

"谢谢你们，谢谢周行长了！"吴龙江连连拱手。

"周行长要我谢谢你，说下次来青山一定要去拜访你。"张明亮看着吴龙江，"说实话，要不是有你从中促成，煤化厂的改制不会这么快。"

"这么说，那我就更要感谢你们了。"吴龙江拉着张明亮的手，"要没有你这个红娘，我就认识不了孔老板，没有你的那一席话，我就下不了决心去卖那个矿，没有你们这个坚强后盾，我就没有胆量，也没实力去与孔老板结亲。"

"好！"何小年点着头，"双赢，真正的双赢啊！"

"那边弄得怎么样了？还顺利吧？"张明亮看着吴龙江。

"比预料的要快要好。"吴龙江喝口水，"职工都在小年前那天拿到了破产的钱，没欠任何人一分钱。"

"这样就好。"张明亮一拍沙发，"这就是一种姿态，一种担当，是讲责任、讲诚信的体现，也为公司的未来树立了口碑，积累了资本。"

"不过，大部分人的钱只是过了一下手，有的手都没过，当即就转换成公司的股份。当然，这都是建立在自觉自愿基础上的。吕厂长离开了公司，说是去政府部门任职，但还没有安排，暂时闲在家里。李厂长自愿留下来，担任公司的副总，负责生产和技术。"吴龙江喝口茶，"我原来还真没想到，孔老板会有那么大的能耐。事实上，他早就在明里暗里运作了，现在不过是水到渠成。当然，我的加盟与合作又加快了进程，让事情更加顺畅。"

"不过，吴总，"何小年看着吴龙江，"你跟他合作，又是在外地，人生地不熟的，自己可得多个心眼，有十足把握才行。"

"那是。"吴龙江朝何小年点头一笑，"孔老板这个人虽然强势，但我自有一套办法与之相处。我心里有数。这几个月来，我也没闲着，在那边的人脉关系已经初步建立起来。说实话，我跑这么远投资，看中的一是那边的资源，二是孔老板这个人。要知道，有了资源，又有了人，两者结合，想不赚钱都不行。"

"好，有思想，有眼光！"张明亮朝吴龙江竖了竖大拇指，"你与孔老板的合作，可说是珠联璧合，必定前景广阔，风光无限。"

"对我们的合作，我和孔老板都充满信心！"吴龙江眼里闪耀着光芒。

"好！"张明亮站起来，将手伸向吴龙江。吴龙江起身，握住张明亮的手。何小年也走过来。三双手叠在一起。

送走吴龙江，张明亮就接到孔大华的电话。孔大华先说了一番感谢、感激之类的客套话，接着说他的第一步战略已经顺利完成，春节后就会有部分项目开工，正式开始实施第二步战略。张明亮祝贺他顺利完成第一步战略，预祝他第二步战略顺利推进，第三步战略早日实现。孔大华的第三步战略就是奋战三到五年，让公司上市。这是上次他和张明亮抵足而眠，彻夜长谈的成果。孔大华多次跟张明亮说起，他看中吴龙江的不是资金，而是他深刻的思想认识、敏捷的市场意识、灵活多样的方法和真抓实干的精神。

回到办公桌前坐下，张明亮接到一个陌生电话。

那头瓮声瓮气地说："老朋友了，还记得我吗？"他的第一反应是遇上骗子了，但仔细辨别，那声音确实有点熟悉。

对方又说："好啊，才这么久，就不认识了？"

他叫了一声"肖总"。

肖兵松开捏着鼻子的手，哈哈大笑，说："好样的！果然没有忘记我。"伴着笑声，肖兵那小眼睛、西式头、薄嘴唇的模样一下又浮现在张明亮的眼前。肖兵说他的厂子要扩大规模，资金不够，想请张明亮跟两河的方行长打个招呼，弄点贷款，要多一点，还要快一点。

张明亮说："如果符合贷款的条件，不用说也没问题；如果条件不具备，谁说也没用。"

肖兵说："我就知道你会这样说，不帮忙就算了，我找别人去。"

张明亮忙说："不过，我可以跟方行长说一声，你是我的朋友。"

肖兵嘿嘿一笑说："这话我爱听。"

张明亮眼睛一转，恍然大悟，说："你在逗我吧！"

肖兵说："实话告诉你吧，方行长已经让人通知我，说贷款已经批了下来，只看我哪天去提款了。我跟方行长说了，我是你的患难朋友，确实是打了你的这张牌的。"

张明亮说："既然打了我的牌，可得讲诚信，有担当，别坏了我的名声。"

肖兵说："那是自然，一定一定。"

跟往常一样，成大为一大早就起了床，走到一家早餐店门口，一抬头，见门关着，再左右一看，店面的门没两个开着的。他一笑，调头往家走。

成大为煮了一碗面条，还煎了一个鸡蛋。鸡蛋煎得有点老，边缘都焦黑了，那碗面也是面多汤少，快成一个面粑粑了。他左看看，右看看，自我欣赏一番后，津津有味地吃起来。

吃过面条，成大为抹了抹嘴，拍拍肚子，一脸的满足。他洗过碗，拿着手机在客厅沙发上坐下，找到郝梦楠的名字，拨了过去。

"刚起床吧？"成大为问。

"嗯。"郝梦楠按了免提键，将手机放在梳妆台上。

"今天怎么安排？"

"等一会儿也就十点了，要去拜访一位领导；中午还要去见一个老板，有一个合作项目要谈一谈。"郝梦楠边描眉边说着。

"这么忙啊？你知道今天是什么日子？"

"什么日子"

"大年三十呢！"

"是吗？对哦！"

"那你下午回岳北不？"

"只怕是没时间。"

成大为"哦"了一声，等着郝梦楠说"那你过来吧"，却只听到脚步声和搬运东西的声音。他惆怅地挂了电话，望着灰蒙蒙的天，心里白茫茫一片。在沙发上坐了一会儿，他抽了纸巾，擦了擦眼睛和脸面，下楼开车去了超市。

马旺财和马小明正在院门口张贴春联。马旺财一转身，看到提着两大包东西走过来的成大为，开始还以为是看花了眼，就向前两步，又揉了揉眼睛，伸着头仔细瞅了瞅，确认了没错，才张着双手，快步迎过去。

院子里已经堆放了一些砖头、沙石等物料。马旺财说，村主任同意了，过春节就动工；又说乡里一位姓陆的领导还来家里看过，答应免费给他一车红砖、一吨水泥。成大为点头笑了笑，给陆乡长发了一条短信，感谢他，祝他春节快乐。

马旺财非要留成大为吃了午饭再走。成大为见他一片盛情，想着反正没地方可去，就留下来。

吃过饭，马旺财将一个蛇皮袋放到成大为跟前，说是一腿羊肉，一点小心意，不要嫌弃，又推着他快走，过年了，别让家里人等着。他没有推辞，提着蛇皮袋，在马旺财的陪同下，出了院子，上了坡道。马旺财送他上了公路，进了车，直到车子拐过了山梁，才三步一回头地往回走去。

到了进城的岔路口，成大为不知往哪里走，就在路边停下来。刚停下，桃花姐的电话就来了。

"我就知道你今天准是没地方去。"桃花姐笑着说，"到随缘来吧，我这里欢迎你！"

成大为心底一热，说："嗯，那好！"

可启动了车子，成大为又犹豫起来。这时，刘志高来了电话。

"我就猜到你在岳北。"刘志高爽朗一笑，"那你快过来，我们一起好好喝几杯！"

成大为提着那一腿羊肉进了刘家。他们大块吃肉，大口喝酒，喝到痛快处，两人都热泪盈眶。杨小梅也很感动，殷勤地给他们倒酒、夹菜，还陪他们喝了几杯。

喝过酒，桃花姐开车过来，接走了成大为。他已有了七八分醉意，走路摇摇晃晃的，没了高低，是刘志高扶着上的车。他一连说了好几遍，说刘志高才是他的真知己，酒也从没有喝得这么痛快过。

到了"随缘"门口，成大为说"还是回家好"。桃花姐一声叹息，送他回家去了。

张明亮醒来一看，手机里一大串的新年祝福短信，有孔大华和吴龙江的，也有成大为和伍兴国的，还有万长花和楚芳的。万长花除了祝福之外，还希望张明亮不计前嫌，新年里有新的合作。

吃过早餐，李颖建议去走亲戚。张明亮说好，既走了亲戚，也顺便揽了存款。刚出院子，张明亮的手机响了。

李颖问："怎么不接？"

"外地陌生号码，懒得接。"

可才过了几秒，那号码又打了过来。张明亮犹豫一下，接了。

"张行长，新年好啊！"

"哦，新年好！"

"你知道我是谁吗？咋不接我电话呢？"

"哦，你是……是李厂长吧？！"

"是我，是我呢！"

"你在哪儿？"

"我在公司，值班呢！"李正道在仓库门口停下，边说边透过门缝往里瞧。

"值班？"

"是嘞。张行长，谢谢你，要不是当初你那一席话，我也许好几个月前就离开煤化厂了。现在好了，公司成立了，不用两个月，有一个矿井，还有一个车间就要开工了。我跟你说，这一段日子来，我天天做梦，梦见自己在公司里，看着矿车一溜一溜地从井下拖出煤来，看到焦炭一炉一炉地倒出来，心里那个高兴、那个痛快，哎呀，真是说不出来，没法形容。哦，张行长，你说我这该不是在做梦吧？"

"不是，会梦想成真的，一定会的！"

"那就好，谢谢你的吉言了！"

齐小红和马剑飞迎面走来。李颖下意识地靠近张明亮，挽住他的手。张倩偏着头，看一眼李颖，牵上了张明亮的另一只手。

"小红，什么时候吃喜糖啊？"李颖打量着齐小红，笑问。

齐小红红着脸，看着马剑飞。

"看我干吗？我听你的呀！"马剑飞看眼齐小红，又转向张明亮和李颖，"到时候一定会请你们的。"

"就不请我？"张倩仰着头。

"当然也请你呀！"齐小红摸了一下张倩的脸。

"真是天生的一对啊！"看着齐小红和马剑飞的背影，李颖对张明亮说。

"嗯，那是。"张明亮点着头，脸上掠过一丝失落和尴尬。

"爸，妈。"张倩一手拉着张明亮，一手拉着李颖，"你们也是天生的一对哦！"

张明亮看着李颖。李颖"扑哧"一笑，弯腰亲了女儿一口。张明亮听到后面有人叫他，回头一看，是小马正朝他盈盈笑着，手上还挽着一个男孩。

张明亮问："你怎么在这里？"

小马俏皮地指了一下那男孩。男孩脸一红，说小马是他女朋友。小马说，她下个月就来青山上班了。

望着小马脑后一甩一甩的马尾辫，张明亮心想：今天出门大吉，一路的好事、喜事，看样子今年准是百无禁忌、事事顺畅。

春节后的上班第三天，双江市政府在冶炼公司召开专题联席会议，商讨如何为冶炼公司提供信贷支持，加大输血力度，尽快全面恢复正常生产，如何减少税费支出，降低成本，提高经营效益，使公司摆脱困境，加快发展。

会上，尽管双江的一位副市长反复强调支持冶炼公司摆脱困境，加快发展的重要性、必要性和可能性、可行性，尽管江北新上任的县长一再表示今后要进一步加强金融安全区建设，加强对公司的指导和管理，创建良好的金融生态环境，尽管新的公司负责人一再对公司过去的不诚信表达歉意，表示一定会汲取这个惨痛的教训，努力以实际行动重建诚信、重塑形象，尽管也有税务、工商的局长积极响应，表示坚决落实政府的指示和要求，尽力减免公司税费，但行长们还是没一个主动发言，点到了的也只是三言两语，敷衍应付。

市长点名要周大新也说一说，希望能捐弃前嫌，与公司开启新的合作，为双江的银企合作创造一个新的典范。周大新朝市长点头一笑，客气几句之后说："报告市长，我真诚希望能与公司开展新的合作，打造合作的典范。银行都是愿意，也乐于让企业在自己的扶植下成长壮大的，因为在企业成长壮大的过程中，银行也会受益。对公司，目前我们还需要再观察一段时间，也许是三个月，也许是半年，也许会更长，只要公司真的有了起色、有了改变，我们一定支持。我期待着有合作的那一天。"

"冶炼公司曾经的诚信缺失不仅让公司付出了沉重的代价，也给银行带来了损失。这是血的教训，我们一定铭刻在心，时刻告诫自己，珍惜信誉，珍爱形象。"万长花站起来，向四面鞠了一躬，"不过，今天的冶炼公司已不再是昨天的冶炼公司，明天的冶炼公司也必将不再是今天的冶炼公司。请各位相信，公司在你们的真情关注和热心支持下，一定会红红火火、兴旺发达！"她微笑着看着匡主任。

"我来表个态。"匡主任举一下手，"我们和冶炼公司是合作多年的老朋友了，尽管公司现有的两笔贷款，一笔是明天到期，另一笔是下个月底到期，但我在这里表个态，明天到期的展期一次，下个月到期的先还后借，额度一分不减。"

"那可不行，还得增加一点才好！"万长花说。

"那好，再增加五百万也可以。"匡主任眼睛一转，"不过，必须得有可靠的担保。"

"好，我让财政给你担保，行了吧？"县长说。

"这……"匡主任尴尬一笑，左右看看，"行，行的。"

县长鼓掌。众人跟着鼓掌，但掌声并不热烈，也不齐整。

"同志们，我再跟大家说几句。"市长喝口水，清清嗓子，"在座的诸位，特别是各位行长、主任，一定要用发展的眼光来看问题。目前，冶炼公司虽然遭受了挫折，遇到了困难，这一定是暂时的，也许过不了三年五载，公司就会发展成为省里的明星企业，成为上市公司，成为银行争抢的香饽饽。谁现在主动与公司合作，谁就抢占了先机，就是有战略眼光。"

"市长说得对，我们要立足当前，更要着眼长远。"县长看看市长，"江北的企业壮大了，江北的经济发展了，对银行都是有益的。我也坦白告诉大家，今后谁对江北的企业支持力度大，财政的存款就向谁倾斜！"

匡主任带头鼓掌。周大新也跟着拍手，但拍着拍着就力度小了，节奏慢了。他在想：冶炼公司，一个"三高"又产能过剩行业的企业，也许会红火三年两载，但会成为省里的明星企业、上市公司吗？

408

张明亮在兴盛公司的授信审批表上签了字，递给身旁的何小年。何小年说他现在就去双江，当面跟分行相关部门的负责人汇报，争取明天就上报省行，在本周内拿到省行批复。

何小年小跑着下楼，边跑边跟刘石打电话，要他把车开到门口，先去兴盛公司，再去双江。张明亮起身，活动了一下手脚，走到窗前，出神地望着围墙脚下。

"那么专注，看什么呢？"吴龙江边说边进了门。

张明亮扭头看他一眼，指指窗外的墙脚。

"哦，在赏迎春花呀！"吴龙江笑着说，"春天已经来了，桃花都快要开了。"

张明亮望一眼明净的天空，在靠窗的沙发上坐下。明媚的阳光越过窗口的树梢，映照在他的脸上。

"老孔又在催我，要我放下这边的事，先去那边。"吴龙江在张明亮旁边坐下，"明天是正月十二，日子不错，我明天就过去。"

"元宵节回来？"

"那可不一定。"

"不回来也行，先把那边的事弄顺了，早点开工。"张明亮看着吴龙江，"这几天，我给你好好想了想。近三五年，国内经济应该仍会处于高速增长阶段，你一定要抓住这个难得的机遇，在那边好好赚几年钱，适当的时候退出这个行业，回到南方来，选择好的朝阳产业投资，寻求新的发展。"

"谢谢你！"吴龙江紧握着张明亮的手，"你这话可是让我茅塞顿开，给我指了一条路，还给我点了一盏灯啊！"

"哪里，我只是把自己的思考说出来，供你参考。"张明亮摇着吴龙江的手，"你是我们的朋友，更是我们的客户。我们理当为你做好参谋，搞好服务。"

吴龙江上了车，与站在大门口的张明亮挥挥手，开车离去。张明亮刚要转身，裤兜里的手机震动起来。

"张行长，恭喜你啊！"孔大华开口就是这样一句。

"恭喜我？"张明亮眨着眼睛，"喜从何来呀？"

"你还不知道？"

"什么呀？你快说！"

孔大华打了两个哈哈，说："我也是从省高院得到的信息，你的那个事，高院已通知终止执行了，你……"

"你说的是真……真的？！"

"我……我也是听说的。"孔大华顿了一下，"不过，应该不会有假吧？"

张明亮挂了电话，边琢磨着边往楼上走，刚走到办公室门口，收到成大为的短信，说省高院刚才通知中院，终止执行。他反复看着短信，看着看着手就抖动起来，眼睛也湿润了……

"执行终止了！"张明亮大声喊着朝楼下跑去。

何小年在支行大门口下了车，一抬头看到张明亮从大门里冲出来。张明亮站在大门口的台阶上，叉开双腿，高举双手，仰望天空……

何小年、叶斌、宁彩霞、齐小红等人一字排开，站在张明亮的背后。

"天……"张明亮心中不知有多少话要说，可才说出这一个字就已泪流满面，哽咽不止……他只好双手合拢，朝天空连作了三个揖……

杨正奇气喘吁吁地跑进郭玉梅的办公室，说："天大的好事，执行终止了。"

郭玉梅愣了愣，先是仰面大笑，接着是抱头号啕痛哭。杨正奇看着她，一时慌了手脚，不知如何是好，正要开口劝慰，她却突然站起来，抽了两抽纸巾，擦了一把脸，头一昂，胸一挺，深一脚浅一脚地朝门口走去，快到一楼时，一脚踩空，倒了下去……

张明亮听到后面"砰"的一声，忙扭头一看，只见郭玉梅从楼梯上滚了下来。他一个箭步冲上去，第一个冲到郭玉梅的跟前。

尾　声

大家都说郭玉梅运气好，滚下那么多个梯级，却没伤着哪里，只有不太严重的脑震荡。张明亮跟周大新打了电话，汇报了执行终止的事情，又把郭玉梅摔伤的情况说了。周大新说他正好后天会随市长来青山调研，到时候抽时间去慰问一下郭玉梅。

头一天，病床上的郭玉梅总处于兴奋状态，每当有人去看她，就拉着来人的手，说她总算熬出头了，终于当上行长了，是一把手了……又一再嘱咐来人，今后有什么事要帮忙的，找她就是，一定解决……她眼前还不时出现幻觉，一时是她坐在主席台上做报告，叶斌坐在她的左边，右边是陈雪兰，张明亮和何小年都恭恭敬敬地坐在台下；一时是她在斥责齐小红和柳叶青，她们两个都毕恭毕敬地站在那里，羞愧满面……

见到周大新，郭玉梅一开口就说她要退线，彻底休息算了。这让周大新和张明亮等人都感到意外。周大新说她离退线还有近半年时间。她说，没关系，这些天已经想明白了，退下来能让张明亮更好地开展工作，更有利于支行的发展。这让张明亮莫名地有些感动，也有点伤感。

夕阳中，屈光宗站在大楼前的台阶下，痴痴望着南边的天空。望了一阵，他蹲下，在地上边画边叨念着什么。

成大为低头走出大楼，拾级而下，差点一脚踩在屈光宗身上，就势在台阶上坐了下来。

屈光宗扭过头来，目光有些呆滞地看一眼成大为，指着地上画的图形，咧嘴一笑，说："你看，我有好多好多的星星，都是从冶炼公司弄回来的！"

成大为瞅了瞅地上的图形，摇头一声叹息，起身去扶屈光宗。屈光宗以为他要走，一只手一把抱住他的脚，一只手在地上一抓，再往他手上一塞，说："来，我给你一颗，快收好，别让冶炼公司的人偷了回去。"

阳建国和王维权边说边走出大楼。王维权先看到成大为和屈光宗，忙扯了一下阳建国的衣袖。后者转身就走，王维权紧跟上去。他们一起从后门上车，出了院子。

"走吧，光宗，我送你回家。"成大为扶着屈光宗的手臂。

"不。"屈光宗挣脱着，"我不，我要守着星星。"

"光宗，你醒一醒，别再做梦了。"成大为拍拍屈光宗的背，"没有什么星星，那都是虚幻的东西。煤化厂的案子已经结了，跟冶炼公司也已经没什么关系了。"

屈光宗不认识似的瞅着成大为，瞅着瞅着，眼睛一暗，一屁股坐在地上，"哇"的一声痛哭起来，泪涕混在一起，往下落……

成大为别过头，闭上眼睛，身子有些摇晃，嘴角一下一下地颤动着……

屈光宗爬起来，嘴里含混不清地说着什么，歪歪斜斜地朝街上走去……

成大为追上去，搀扶着屈光宗。

三个月后，倪国庆调任岳北法院副院长，分管执行；刘志高回到执行局，任局长；阳建国去了后勤部门；成大为本想去县法院任职，但给刘志高挽留下来，做他的搭档，任第一副局长。屈光宗还是跟着成大为，虽然还不时地念起星星的事，却已平静多了，偶尔还笑自己那时不该想那么多，不该脑子一根筋。

车间里，李正道和左又芳愉快地交谈着，陶醉在机器隆隆的欢唱声里。李正道从一台机器走到另一台机器，看着，摸着，情不自禁地在机器上亲吻起来。

吴龙江站在矿井边，看着那源源不断地从井下拖上来的满载原煤的矿车，心里有说不出的高兴和自豪。孔大华快步走过来，激动地对吴龙江说："照现在这个样子，产量和利润比预想的至少会提高三成。"吴龙江握住孔大华的手，并肩而立，以矿井为背景，用手机拍了几个，发给张明亮。张明亮欣赏着图片，由衷高兴，祝福他们合作愉快，兴旺发达。

何小年领着万长花进了张明亮的办公室，说冶炼公司又来贴现，还要办理承兑汇票。万长花不说话，只微笑着看着张明亮，眼里有期待、有信任。张明亮朝她友好地一笑，说今天的何部长已不是昨日的何科长，今天的冶炼公司也已不是昨天的冶炼公司，这现一定贴，承兑汇票一定开。万长花喜出望外，热泪盈眶地连连道谢。何小年领着万长花下楼去了。张明亮坐在桌前想了想，给何小年打了个电话，叮嘱他冶炼公司的承兑汇票必须是百分之百的存款质押，而且所有手续必须完备无误。何小年说，明白，放心好了。

刚放下听筒，成大为的电话来了，问张明亮什么时候再去岳北。张明亮说，还不知道，得找机会，不过孔大华和吴龙江早就邀请过他了。成大为说，如果过去，一定要告诉他。张明亮说，那是必须的。

窗外春光明媚，玉兰含苞欲放。

后　记

　　创作长篇小说《催收》之前，就在酝酿写一部以国企改制、银行股改为背景，以企业的兴衰转化为载体，以弘扬诚信和担当为主题的长篇小说。2015年夏，《催收》出版后，即着手开始写作，2016年12月完成初稿，计四十万字，拟名《代价》，后经几轮大的增删，先后更名为《惊梦》《纷繁》，2018年5月终稿时定名为《蜕变》，三十余万字。

　　无论集体抑或个人，都要讲诚信、有担当，这是贯穿《蜕变》始终的主题，是笔者着力弘扬的思想。深化司法改革，增强民众法治意识，打造良好司法环境，建设合格司法队伍，实现公平、公正执法，也是笔者在《蜕变》中所呼唤和期待的。《蜕变》讴歌的是诚信和担当，赞美的是人间的正直和正义，颂扬的是人性的光辉和力量，弘扬和传递的是正能量。

　　《蜕变》有意将笔触深入到企业、银行、法院及百姓个体之中，描绘了一幅幅宏阔的社会画面，描写了一个个细小的生活场景，力图向读者展示一轴时代画卷；围绕企业债务纠纷来展开矛盾，推动故事发展，同时让企业之间、企业与银行之间及企业内部、银行内部等多对矛盾时而与主线平行推进，清新明了，时而相交缠绕，错综复杂，力图使故事跌宕起伏、引人入胜；还注重细节描写，力求形象、逼真，实现生活场景化、语言个性化，力图让读者有身临其境之感，让人物鲜活丰满起来……这都是笔者在创作中所探讨和追求的。

《蜕变》在构思阶段就得到了中国作协主席团成员、湖南省作协主席、鲁迅文学奖获得者王跃文老师和中国作协全委会委员、中国金融作协主席、著名作家阎雪君老师的指导；在创作和修改的过程中还得到了湖南省作协副主席、著名文艺评论家、茅盾文学奖评委龚旭东老师及湖南省文艺评论家协会副主席、《创作与评论》主编王涘海老师和《湖南文学》主编黄斌老师等的指点；出版时又得到了出版社的领导和编辑老师的精心指导和帮助。在此一并致以最真诚的感谢！

书中故事、人物等等皆为虚构，如有雷同，纯属巧合。为了创作《蜕变》，笔者在深入生活的同时，还有意阅读了一些银行业务和法律实务方面的书籍，并请教了一些专家、学者，目的在于让读者在阅读文学作品的同时，还能开阔眼界，增长知识。从事经济工作，特别是在金融领域工作的朋友，《蜕变》是既可以作为一部文学作品来读，也是可以当作一本工作参考书的。

在本书付梓之际，谨向所有给予关心和指导的领导、老师、朋友表示诚挚的感谢！书中的不妥或错误之处，敬请批评指正！

胡小平

2018年6月8日　于长沙